T0277485

FRANCISCO DÍAZ VALLADARES

El círculo imperfecto

Primera edición: septiembre de 2023

Editorial Almuzara • Novela
Director editorial: Antonio Cuesta
Editora: Ángeles López
Corrección: Natalia Herraiz Troncoso
Maquetación: Joaquín Treviño

www.editorialalmuzara.com
pedidos@almuzaralibros.com - info@almuzaralibros.com

Editorial Almuzara
Parque Logístico de Córdoba. Ctra. Palma del Río, km 4
C/8, Nave L2, nº 3. 14005 - Córdoba

Imprime: Liberdúplex
ISBN: 978-84-11317-90-0
Depósito legal: CO-1107-2023
Hecho e impreso en España - *Made and printed in Spain*

A Isabel Carril Martínez.
A Reina Duarte Santamaría.

El odio es un sentimiento que solo puede
existir en ausencia de toda inteligencia.

Tennessee Williams.

20 de abril

—¡¿Dígame?!

—Me parece muy bien que hayan descubierto un fiambre. ¿Y...?

—¡¿Cómo que tengo que ir allí?! ¿Quién lo dice?

—¿Y el inspector jefe no tiene a nadie más que a mí en comisaría?

—¿Qué se lo diga yo? Está usted muy descarado esta mañana, ¿eh?

—A ver, deme algunos datos...

—¡Pero bueno...! O sea, voy a investigar a un fiambre y no sé si es hombre o mujer, ni la edad ni...

—¡¿Qué?!

—¡Váyase a hacer puñetas!

1

14 de abril

Ya hay suficiente basura en tu trastero como para añadir más. ¿Te has olvidado de HOSPISA y de los que murieron allí? ¡Yo no!

¡¡¡DEJA A ESA MUJER!!!

¡¡¡TE VA LA VIDA EN ELLO!!!

—¡Joder! ¡¿Qué coño es esto?!

La luz anaranjada del crepúsculo abrileño casi se había extinguido momentos antes de entrar en el despacho ubicado en el piso superior de la casa. Se desplomó en el sillón arrastrando la apatía de un agonizante y *nirvánico* fin de semana y encendió con desidia el ordenador.

Abrió el correo de trabajo. Varios mensajes de empresas del ramo, propaganda… Uno de Nacho: «El proyecto de la piscina cubierta está terminado, ya puedes pasar a revisarlo».

Aparejador, proyectos, oficina. Arquitectura, arquitecto, trabajo. Trabajo. Trabajo. Trabajo. «¡Vaya mierda!» —resopló hastiado y lo cerró.

Inés. Inés. Inés. Mientras bisbisea la letanía teclea la dirección abierta para comunicarse con ella. Algo llama su atención. Entre los mensajes de la bandeja de entrada, un remitente extraño:

puntoyraya@campingresort.net.

Lo abre y empieza a respirar con dificultad.

Ya hay suficiente basura en tu trastero como para añadir más. ¿Te has olvidado de HOSPISA y de los que murieron allí? ¡Yo no!

¡¡¡DEJA A ESA MUJER!!!

¡¡¡TE VA LA VIDA EN ELLO!!!

—¡Joder! ¡¿Qué coño es esto!?

Un frío acalorado le recorre el cuerpo.

Vuelve a leer el correo.

¿Una broma o tras aquellas líneas había una amenaza seria?

Observa la pantalla, embobado, sin pestañear, como si el mensaje fuera el resultado de una broma de mal gusto. «¡Te estás volviendo histérico! ¡Relájate!» Comprueba los correos de Inés, incluso, mira de manera absurda a un lado y a otro en busca de una respuesta.

¿Hospisa? ¿Dejarla? ¿Se refiere a ella?

«Te va la vida...»: ¿una amenaza de muerte?

—¡Joder!

Nadie estaba al tanto de la dirección de correo abierta al poco de conocerla y mucho menos de su singular relación.

De nuevo el escalofrío serpenteando incontrolado por la espalda.

Solo Inés puede haber mandado el email. Quizá alguna persona del entorno: el marido, una amiga íntima. ¿Por qué ha mencionado Hospisa? Ni siquiera Martina conoce en profundidad el desgraciado asunto del hospital.

Pocos lo sabían. Iñaki Larralde, Millán Pancorbo y Nacho.

(¿Pocos? A decir verdad, no son pocos, Carlos: casi una jauría).

Tragó saliva. Alguien ha descubierto la relación que mantiene con Inés desde hace meses. Pero, ¡qué relación ni qué ocho cuartos! Charlas por teléfono, algún wasap y varios correos. ¡Nada más!

Solo se había visto una vez en octubre, cuando expuso en la Galería de Arte Crislu, de Sevilla.

Respiró hondo para reflexionar.

¡Qué casualidad! Precisamente hoy iba a proponerle un segundo encuentro aprovechando una segunda exposición en Málaga. Se limpió las manos sudorosas en los laterales de los pantalones vaqueros y releyó por enésima vez los renglones de la pantalla.

¡Un chantaje! Quizás una trampa preparada por la mujer de quien se había enamorado a través del teléfono. Cerró la tapa del Mac de un manotazo, se levantó y trató de asimilar el impacto causado por el inesperado email.

Abandonó el despacho y una vez en la planta baja, se dirigió al salón masajeándose los nudillos. Intento serenarse antes de entrar, comprobó la hora en el reloj de pulsera, 22:30, y miró a través de los cristales biselados de la puerta lacada en blanco:

Nada anormal.

Martina Larralde, sentada en una mecedora, ajena a los avatares del mundo, ojeaba el *¡Hola!* Para variar. «¡Ufff, siempre igual!» Gafitas blancas de carey en mitad de la nariz. Descalza, con el pie derecho bajo el muslo de la otra pierna, mordisqueaba una galleta recubierta de chocolate. Pantalón corto azul turquesa, camiseta blanca de tirantes, sin sujetador. Piel bronceada. Observó unos segundos más los acompasados movimientos de la mecedora y, tras tomar aire por la nariz y soltarlo lento por la boca, entró en el salón. «Apuesto a que ni siquiera levanta la vista de la lectura. ¿Te das cuenta? Ella a lo suyo, como si yo no existiera».

«Ya está aquí el pintamonas. Seguro que viene de hablar con la puta. Ahora, para variar, se dirigirá al sofá, tomará la libretita de dibujo y el lápiz de la mesa del teléfono y empezará a pintarrajearla o a escribir tonterías. ¿Cómo era la última...? ¡Ah, sí!: «El hombre está condenado a ser libre». ¡Vaya estupidez que soltó el Sartre ese! Que se lo pregunten a la rusa que nos limpia la casa. ¿Es rusa o polaca?»

Sobrevino un silencio conocido por ambos que ninguno trató de romper.

¿Conversaciones después de la cena, risas y comentarios sobre los aconteceres del día? Nada. Todo había girado hasta convertirse en prolongados espacios vacíos. Ahora eso quedaba lejos; muy lejos. Allí donde solo la imaginación alcanza.

Continúa el silencio.

Los minutos se deslizaron mustios entre el sonido de las mecidas, el suave masticar de las galletas y el paso de las hojas de la revista.

—Mañana voy a Málaga. —La frase de Carlos, sin levantar la vista del bloc, apuñaló la quietud.

Martina dejó caer la revista sobre el regazo, suspiró y alzó la mirada para escrutarlo por encima de las gafas. Su rostro reveló una chispa de sorpresa mientras luchaban por la supremacía una respuesta anodina y el silencio.

Ganó el silencio.

Aunque esta vez el mutismo, espeso, propicia remontar recuerdos del pasado. Sus ojos negros chocan contra la fotografía enmarcada que reposa somnolienta sobre la mesita del teléfono. Una pareja joven, vistiendo ropas claras de verano, sonríe con deleite al fotógrafo.

Noches de cenas y sonrisas bajo la luz de una vela en Montmartre. Interminables paseos por las orillas del Sena, los Campos Elíseos... Aquellas escenas del viaje de novios a París le produjeron un sabor agridulce. Realizó una profunda inspiración. Mi padre podría estar vivo si no me hubiera casado contigo, maldito cabrón.

Martina se tragó la hiel, apartó la vista de la foto y lo observó. «Mañana voy a Málaga». Había lanzado la frase sin mirarla. Como siempre. Ahora fruncía el ceño y achicaba los ojos mientras movía la mano con rapidez por el cuaderno apoyado sobre las piernas recogidas. La luz cálida de la lámpara a su lado le originaba sombras en la cara, modelando y acentuando los rasgos del rostro cubierto en parte por el díscolo flequillo que se balanceaba de un lado a otro. A cualquier mujer le hubiera resultado guapo e interesante, estaba segura. A mí no, ya no. Conocía muchos recovecos, demasiadas perspectivas y algunas carencias; empezaba a sentir hacia él algo que sobrepasaba al odio. Incluso detestaba aquella ridícula forma de vestir desaliñada adoptada en los últimos meses para andar por casa: descalzo, pantalón vaquero desgastado arrastrado por el suelo y el atuendo habitual de pintor, una horrorosa camisa oscura llena de manchas. Tomó aire y lo contuvo en los pulmones. No podía dejar traslucir los sentimientos, debía esperar. Ya falta poco para llevar a cabo mi venganza. Expulsó el aire despacio y arrugó el entrecejo.

¿Lo había amado alguna vez?

Se había sentido cautivada por aquel arquitecto joven y atractivo, inteligente y brillante que encajaba a la perfección en su selecto círculo de amistades. Recién terminada la carrera, empezó a trabajar en el estudio Larralde recomendado por un profesor de la universidad debido a sus excelentes calificaciones y allí lo conoció. Atracción inmediata entre ambos, breve relación, boda. Como regalo, Iñaki financió la construcción de un edificio revolucionario, inteligente, diseñado por Carlos, donde con posterioridad instaló el estudio de arquitectura: Duarte & Larralde. Desde entonces había trabajado sin descanso hasta convertirse en un notable arquitecto en cuyo haber constaba una docena de los mejores edificios construidos en la capital y otros tantos repartidos por el resto de la geografía nacional. Luego acaeció el drama de aquel hospital y desatendió el estudio de arquitectura donde solo aparecía cada quince días, soltaba cuatro ideas y se marchaba. Lo justo para rectificar, modificar o aprobar el trabajo realizado por el equipo técnico y dejar algunos diseños nuevos.

¿Dónde estaba el arquitecto?

Martina levantó la cabeza, lo miró un segundo y buscó a continuación una referencia en su memoria más allá de los momentos mágicos de París.

No encontró ninguno. Nuevo suspiro y nueva galleta.

—Un poco pronto, ¿nooo? —El punto de sarcasmo alargando la *o* le llevó a rectificar enseguida—. Creo recordar que la inauguración en Málaga va a ser dentro de quince días, ¿no? —Fijó la vista en Carlos esperando una reacción mientras daba otro un pequeño mordisco a la galleta.

—Lo sé —respondió él—. Necesitaba comprobar las dimensiones de la sala para colgar todas las obras con holgura. —Un inciso sin dejar de prestar atención a los trazos esbozados en la libreta—. Pasaré la noche en Granada, en casa de mi hermana.

«Vaya, ¡cómo no iba a visitar a la rubita tonta! Tal para cual». Volvió un momento la vista a la lectura y enseguida levantó los ojos al techo, pensativa. Cambio de tema: al día siguiente a las nueve, ella visitaría al abogado de la familia con su hermana Cecilia para firmar unos documentos relativos a la herencia.

—Ese abogado parece inteligente —afirmó volviendo al dibujo.

Lo era, asintió Martina. Había conseguido prorrogar la hipoteca y, según le había comentado por teléfono, las escrituras de la herencia ya estaban preparadas para firmar.

Dejó de dibujar. Las miradas de ambos se encontraron unos segundos en el desierto.

¿De qué herencia estaba hablando? Carlos realizó una mueca despectiva torciendo la boca.

Iñaki Larralde había sido un constructor alavés, dueño de un imperio creado de la nada por él mismo. Sin embargo, había muerto arruinado. Unos meses antes de la caída de Lehman Brothers, se embarcó en grandes créditos hipotecarios, con tan mala suerte que le cogió por medio la crisis y terminó absorbido por quienes le prestaron el dinero. La ya menguada fortuna acabó diluyéndose casi por completo para comprar voluntades y minimizar la responsabilidad de su yerno en el caso Hospisa. Una mañana no amaneció para él. Un infarto acabó con su vida y sus problemas. Al morir, los únicos bienes dejados a las hijas fueron unos pisos en Getxo, hipotecados por el banco, y algunos terrenos que ahora pretendían vender para pagar la hipoteca.

Carlos inspira por la nariz y traga saliva. Una vez más se pregunta si Martina es consciente de la inversión realizada por su padre para salvar Duarte & Larralde. «Espero que no». Un atisbo de reminiscencia lo ubicó en el pasado. Cierto día, mientras pormenorizaba a Iñaki los detalles del proyecto de una urbanización, Martina irrumpió en el despacho y este se la presentó. Enseguida se sintió cautivado por la joven morena, de cuerpo escultural y mirada insinuante. Muy atractiva; sonrisa permanente, ademanes impresos de niña rica y educación exquisita, derrochaba dosis de simpatía y desparpajo suficientes para obnubilar a cualquiera. Al poco de conocerla (ella tomó la iniciativa, claro), presentación a su selecto grupo de amistades y pavoneo de novio arquitecto y guapo. Perfecto. Además de tener a su lado a una mujer despampanante, consiguió afianzarse en el estudio con varios proyectos exitosos que culminaron en la propuesta de Iñaki de crear Duarte & Larralde. ¡Pobre Iñaki! Un yerno arquitecto diluía la frustración provocada por los malos resultados de Martina y Cecilia en los estudios. Después de la boda, Carlos se centró en aumentar su prestigio en la profesión y consolidarse en el mundo de influencias y vida acomodada que siempre había perseguido. Ella, a lo suyo: sumergida en la intensa vida social que adoraba.

Un golpe seco le hizo volver al presente: Martina había tirado la revista al suelo y se disponía a coger un libro ubicado junto a una caja de galletas al lado de la mecedora. Después de recolocarse un mechón perturbador tras la oreja, lo abrió y empezó la lectura con aire displicente. *La fuerza del engaño* de Mary Higgins Clark.

Una vaharada de perfume a hierba fresca invadió el salón y difuminó las cavilaciones.

Los dos contemplan el metro sesenta apoyado en el quicio de la entrada al salón.

Nerea los observó unos segundos.

—Por lo que veo, estáis de fiesta, ¿no?

Sus ojos miel chispearon mientras esbozaba una sonrisa encarcelada por el corrector dental.

Carlos observó el pantalón vaquero roto por las rodillas y la camiseta blanca corta por encima del ombligo. «¿Por qué los jóvenes se empeñaban en vestir como pordioseros?». ¡Qué manía de aborregarse con las modas!

La chica se aproximó hasta Carlos andando de puntillas despacio, al estilo de la gimnasta que se dirige al centro de la pista para empezar la tabla de ejercicios, y se arrodilló junto a él. Luego le susurró:

—Si me acercas en el coche al centro, a la zona de los pubs, prometo volver antes del amanecer.

—¡Cómo que si te acerco en el coche! —se indignó Carlos al tiempo que se incorporaba—. Tienes que estar aquí antes de las dos, sí o sí. Te lleve yo, vayas andando o cojas el autobús. Te estaré esperando.

—*Enga*, no me seas...

—¡Nerea! —gritó su madre.

—Tranquila, no iba a decir «petardo». No te gusta, ya lo sé. Iba a decir «cutre».

—Vas a conseguir que me enfade contigo, en serio, Nerea —reproche de Martina.

—¡Pero si no he dicho nada!

Carlos se puso en pie y la cogió de la mano.

—Venga, voy a llevarte a donde sea con tal de que no montes uno de tus pollos.

Su madre llevaba razón, le regañó Carlos tras abandonar el salón. De un tiempo acá utilizaba un vocabulario poco apropiado.

—No me seas carca, papá.

—¡Cómo qué...!

—Si tenéis un lujo de hija: saca buenas notas, no fuma, no bebe..., demasiado, no se va con hombres malos, solo con los que están muy buenos, no...

—Te voy a...

—Dame un segundo, voy a coger el móvil a mi cuarto —le lanzó una mirada pícara y echó a correr riéndose.

Carlos atravesó el jardín bordeando la piscina y se encaminó hacia la cochera. No le apetecía nada llevarla hasta la zona de los pubs, pero le permitiría llamar a Inés sin buscar excusas para hablar a escondidas de Martina. El email amenazador aleteó unos instantes por su cabeza y empezó a dudar si sería buena idea encontrarse con ella sin aclarar antes lo del maldito mensaje. Tampoco Inés sabía nada respecto al viaje y la decisión de ir a verla. Tal vez estuviera ocupada. Aunque pasaría el mes de agosto sola, había asegurado en una de las últimas conversaciones. El marido trabajaba en una empresa de telefonía y andaría por Oriente Medio supervisando unos trabajos realizados en Jordania e Israel.

Se había enamorado de aquella mujer y tenía una necesidad imperiosa de verla de nuevo, olerla, de estar frente a aquellos ojos verdes aceituna, que se tornaban pardos cuando sonreía.

La exposición de Sevilla.

Falda larga de color incierto, jersey de un tono violeta apagado, *pashmina* fucsia liada al cuello, melena negra como la noche recogida en una cola de caballo. ¿Por qué se había acercado a ella? Quizá por el tiempo que permanecía en cada obra, la observación atenta, las notas tomadas en una libretilla sacada del bolso de tela gris en bandolera o el perfume suave a vainilla y jazmín…

—¿Te gusta? —se había atrevido a preguntar interrumpiéndola.

—No mucho —ladeó la cabeza a uno y otro lado y apelotonó los labios sin apartar la vista del cuadro. Al cabo de unos segundos volvió la cara y clavó los ojos en él, con descaro. Una sonrisa—. Creo que el autor no ha trabajado bien las sombras. Debería haber utilizado colores complementarios para evitar el efecto del claroscuro.

—Vaya, pareces una experta, ¿eres crítica de arte?

No. Era restauradora y amaba todo lo relacionado con la creatividad y lo artístico, respondió.

—Papá, ¿se puede saber qué haces?

—¡¿Qué?!

—Papá, estás hablando solo.

—¿Sí? Es verdad. Estoy preocupado con mi próxima exposición de pintura y con…

—Papá, los años no perdonan, no le eches la culpa a las pinturas.

—No sé si va a ser tu madre o yo, pero alguno de los dos acabaremos estrangulándote. ¡Anda, sube al coche!

Durante el trayecto Nerea habla de alguna discusión con su hermano Alejandro, pero Carlos está de nuevo aovillado en los pensamientos en torno a Inés.

La acompañó por toda la sala asistiendo a sus opiniones, incluso criticando él mismo las pinturas, sin decir que era el autor de las obras.

—El pintor debe de ser una persona interesante. ¿Lo conoces?

—Algo sé de él, sí. ¿Te apetece tomar algo? Apenas he probado bocado en todo el día.

Consultó la hora en un diminuto reloj de pulsera y soltó un «vale» tan natural como ella misma.

Salieron de la galería Crislu andando hasta la plaza del Cristo de Burgos y tomaron asiento bajo los toldos blancos de una terraza.

—Inés, me llamo Inés. ¿Y tú?

No había escuchado la pregunta. Centraba la atención en la mujer que tenía delante. ¿Qué le atraía tanto de ella? Brillo chispeante de la mirada, sonrisa cálida, y frente despejada. Rezumaba naturalidad, transparencia, paz. Tal vez lo que él necesitaba en aquellos momentos, paz.

—Aquí, aquí, aquí. Para, para. ¡Papááá!

—¿Qué…? —Frenazo brusco.

—¿Pero se puede saber qué te ocurre? Nos hemos pasado de calle. El pub está en la otra esquina.

—¿Quieres que dé la vuelta?

—No, deja. Ya regreso andando. ¿Has discutido con mamá?

—¿Yo? No, no. ¡Qué va!

—Entonces, vete ahora mismo a la cama.

Nerea bajó del vehículo y antes de cerrar la puerta, lo miró con fijeza.

—En serio, papá. ¡Vete a la cama! —Se despidió con un portazo y siguió en la acera hasta que el coche partió.

Carlos la vio alejarse por el espejo retrovisor. Diecisiete años ya. ¡Quién lo diría! ¿Fue ayer cuando jugaba con ella en el suelo del salón? Al girar en la esquina, las reflexiones se deslizaron de nuevo hacia Inés.

No le gustó mucho que le ocultara la identidad del autor de los cuadros, pero acabó aceptando las disculpas y entendiendo su intención de conocer la valoración real sobre ellos.

—La opinión hubiera sido la misma de haber sabido que eras el autor de las obras. No me gusta ocultar mis opiniones.

Envuelto en el tono de la voz, la sonrisa y la naturalidad de Inés, la tarde se iba diluyendo apacible.

Sentado frente a ella, se había sumergido en la profundidad del verde encendido de sus ojos que resaltaban en el rostro maquillado con discreción. La *pashmina*, ahora abandonada sobre los hombros, dejaba al aire un cuello sugerente y estilizado, adornado con un cordón de cuero negro del que pendía un colgante ovalado de nácar con el símbolo grabado de una espiral. Curioso, le preguntó por el significado. Forma parte de la simbología celta. Representa el crecimiento desde el interior hacia el infinito, le explicó instalándose en su mirada mientras sus dedos jugueteaban con el colgante.

Crecimiento desde el interior, musitó para sí. ¡Vaya! Le gustaba. De alguna forma debía ingeniárselas para verla de nuevo, así que inició una vertiginosa carrera por una pista de posibilidades todas descabelladas.

¡Las pinturas!

—¿Puedo llamarte alguna vez? Me gustaría saber tu opinión sobre algunas de mis obras. —La excusa perfecta para mantener contacto con ella.

—No sé.

El alma rodó por el suelo.

—Si crees que debes cobrar por tu asesoramiento, no hay problema.

—No se trata de eso. Como comprenderás, no voy a cobrar por darte mi opinión. —Unos segundos pensativa antes de tomar de nuevo la palabra—. Bueno, llámame cuando quieras. Aunque casi mejor, mándame primero un wasap para evitar explicaciones innecesarias —concluyó guiñando un ojo. Luego le dio el número de teléfono y se despidió con un beso en la mejilla.

Desde entonces no había vuelto a verla y le apetecía sobremanera. Sin embargo, con las horas empleadas en charlas por teléfono, tenía la impresión de haber estado conviviendo con ella este tiempo atrás.

Un giro del pensamiento le anuda las entrañas. De nuevo la amenaza recibida en el correo lo zarandea. Le cuesta asimilar que Inés pueda estar tras aquel misterioso y perverso mensaje. Aunque pensándolo bien, ¿por qué querría ella amenazarle?

Trabajaba como restauradora en la catedral de Málaga y en el museo Picasso. No tenía hijos y estaba casada. La relación con mi marido viaja por senderos paralelos cada vez más alejados uno del otro, le comentó en una ocasión. Trató de recordar algo más, pero no lo consiguió. Sin embargo, él le había contado media vida. ¡Qué poco sabía de ella! Aunque, ilógico pensar algo negativo de aquella adorable mujer. (Que te crees tú, Carlos. Como todo quisqui, también ella tiene su lado oscuro. Si no iba a resultar un personaje poco creíble). Detuvo el coche al lado de una acera y sacó el móvil del bolsillo.

Wasaps.

Inés restauradora.

«¿Puedo llamarte?».

Cruzó los dedos y esperó lleno de ansiedad. Ni siquiera había empleado un minuto para meditar si era el momento de verla de nuevo. Lo había decidido por la mañana, mientras realizaba el boceto de un proyecto. Aprovecharía la excusa de visitar la sala de la exposición y la invitaría a comer. Miró el teléfono impaciente. Ninguna respuesta. Quizás ella sintiera la misma necesidad. En estos meses se habían mandado cientos de mensajes y habían pasado muchas horas hablando por teléfono. No eludía ningún tema: religión, política, economía, arte, ciencia… siempre desde una perspectiva independiente, libre, objetiva. ¿Se podía ser así? Inés lo era. Sin embargo, había un preocupante resquicio en las conversaciones: evitaba hablar de ella y cuando surgía alguna pregunta personal, se deslizaba con sutileza hacia otro tema. Él, por el contrario, hablaba siempre de su entorno: Martina, Nerea, Alejandro, proyectos llevados a cabo, los que estaban en marcha y los futuros. A veces incluso le mandaba bocetos para recabar su opinión.

—Ya sé tanto de ti que podría escribir tu biografía —afirmó en una ocasión.

—No lo intentes, sería demasiado aburrida. Además, ¿quién iba a leerla?

—Yo.

—Ya la estás leyendo sin necesidad de escribirla. ¿Qué es para ti el sexo? —preguntó a continuación de forma compulsiva y se arrepintió medio segundo más tarde de haber abordado el tema.

—¿Me estás pidiendo que me acueste contigo? —la inmediata reacción en forma de nueva pregunta lo sorprendió.

Ya le gustaría a él, pero esa no era la cuestión que le había planteado.

Espacio silencioso.

Meditación de respuesta.

—El sexo para mí es el pan del amor. He tenido experiencias de sexo sin amor y siempre he acabado con mal sabor de boca, como cuando tomas una comida pesada: te sacias al principio, pero luego se repite durante el resto del día. Podría mantener una relación sin sexo, pero no sin amor —determinó sincera—. Dejó pasar unos segundos y preguntó: ¿Y para ti?

No lo tenía muy claro. Para él eran dos sentimientos diferentes. El sexo es algo que se crea del ombligo hacia abajo y el amor, del ombligo para arriba, aunque el mecanismo de ambos está bajo el pelo.

Risas, carcajadas.

¡Dios mío, cómo le gustaba aquella risa!

—Eres más simple que el mecanismo del asa de un cubo, Carlos.

Más risas.

—¿Amas a tu marido?

Silencio.

Silencio sepulcral.

—No lo sé —respondió al cabo de una eternidad—. Y tú, ¿amas a Martina?

Nunca se había arrepentido tanto de hacer una pregunta.

—Yo tampoco estoy seguro.

Más silencio.

—¿Me amas a mí? —volvió a preguntar él.

—Vamos a dejar la conversación, ¿vale? Me encuentro muy cansada. Un beso. Hasta mañana.

Bip, bip, bip...

Carlos se apoyó sobre el reposacabezas, cerró los ojos y suspiró. Podía poner en pie casi todas las conversaciones...

El sonido de la entrada de un mensaje en el móvil le devolvió a la realidad:

«Puedes llamar cuando quieras».

Se atusó el pelo y marcó enseguida.

—Es raro que me llames a estas horas, casi siempre lo haces cuando tu familia está en la cama. ¿Ocurre algo?

—Mañana voy a Granada, pasaré la tarde allí con mi hermana Lydia y Millán. Creo que te he hablado de ellos.

—Sí, me acuerdo. Tú hermana es maestra y él tiene un negocio de electricidad o algo así.

—Sí, eso. Pasado mañana llegaré a Málaga y me gustaría comer contigo.

Largo silencio roto al fin por un suspiro al otro lado del teléfono. Siguieron palabras susurradas para ella misma que no llegaron a descifrar los oídos de Carlos: «Bueno, alguna vez tendría que suceder, así que...».

—¿Qué? —preguntó Carlos—. No he entendido lo que has dicho.

—Me parece bien, aunque debo reconocer que me da un poco de miedo.

—¿Miedo?

—Sí. Durante el tiempo que hemos estado compartiendo por teléfono nuestros sueños, deseos y preocupaciones se ha creado una magia especial: sensaciones, complicidad, amistad y amor que han ido enriqueciendo nuestras vidas. Al menos la mía.

—La mía también.

—Me da miedo romper esa magia y que a partir de ahí empecemos a restar.

Un silencio largo se prolongó en el tiempo. Ninguno de los dos se atrevía a añadir nada, como si ambos estuvieran sopesando el reto.

—Tendremos que correr el riesgo, ¿no crees?

—Imagino que sí —concluyó Inés.

—Entonces, ¿dónde quedamos?

—Mejor quedar fuera de aquí. Málaga es un pueblo con semáforos.

—Está bien. Elige el sitio.

—¿Marbella?

—Perfecto. Si hace buen tiempo incluso podríamos navegar. Un antiguo compañero de la universidad tiene un barco atracado en Puerto Banús y nos lo podría dejar.

—Ummm. Eso suena bien, aunque no te aseguro una buena travesía conmigo de marinera a bordo.

Después de colgar, cierra los ojos y apoya la cabeza en el respaldo. La idea de verla otra vez le barniza el cerebro con una pátina rara: deseo, ansiedad, incertidumbre. Tal vez inseguridad por el amenazador mensaje recibido en el ordenador.

Suspiró abrió los ojos y sacó el móvil del bolsillo para indagar el número de teléfono de un hotel. Aunque la exposición era en Málaga, buscaría alojamiento en Marbella, como había sugerido Inés. En unos segundos Google puso ante él una ristra de buscadores de hoteles. Pulsó el primero, desplazó el dedo por la pantalla y escogió uno al azar. Nunca, a pesar de haber tenido varias ocasiones, había engañado a Martina. Pero ahora era distinto. Algo lo empujaba sin remisión hacia Inés, como si el universo entero hubiera urdido un plan para consolidar aquella relación.

Unos minutos más tarde el buscador de hoteles confirmó la reserva y volvió a sentir la culpabilidad royéndole las entrañas.

¿Estaba enamorado?

Arrancó el motor y condujo despacio, como si no quisiera volver a casa. La misma sensación que experimentó en Sevilla.

Se despidieron en la cafetería y la vio alejarse hasta que se perdió por las calles sevillanas. Luego regresó a la sala de exposiciones con el sabor de la conversación pululando por el cerebro: franca sonrisa, mirada directa, natural. Cuando llegó, Cristóbal y Luisa, los dueños de la galería, estaban cerrando las puertas y se empeñaron en tomar una copa para celebrar la venta de cuatro de las obras, pero a Carlos le apetecía estar solo y se dirigió caminando al hotel.

Se tumbó en la cama sin quitarse los zapatos, cogió el teléfono y le envió el primer mensaje:

«No consigo borrar de mis pupilas la sonrisa que has dibujado en ellas esta tarde».

«No has perdido el tiempo, ¿eh?» —respondió al cabo del rato.

«Es lo que tiene el tiempo, pasa por nuestro lado silencioso y cuando caemos en la cuenta ya es demasiado tarde. Así que, mejor aprovecharlo, ¿no?».

«Visto así...».

«¿Puedo llamarte?».

«Mejor no. Hay demasiada gente a mi alrededor».

Respiró hondo para volver al presente. Hacía mucho que no experimentaba aquella agradable sensación de ingravidez, de encontrarse flotando en medio de la nada.

—Inés, bonito nombre, musitó y aparcó el coche dentro del garaje. Luego caminó despacio por el jardín y se detuvo en seco antes de descorrer las puertas acristaladas del salón.

Una música conocida llegaba atenuada desde el interior.

Stand by me. La versión de Roger Ridley, Grandpa Elliott y varios músicos y cantantes del mundo penetró en sus oídos acelerando el ritmo del corazón. La ansiedad lo invade por completo tratando de entender por qué la música que forma parte de su intimidad con Inés suena en el salón. Empujó despacio una de las puertas correderas y observó inquieto la libreta de dibujo antes sobre la mesita del teléfono, ahora abierta en el sofá. La idea de que Martina conociera la relación empieza a obsesionarlo. Detuvo la mirada en el equipo de música encendido y en la carátula del CD situada al lado. En ese momento, la sugerente y sensual melodía del saxo en la mayor interpretada por Stefano Tomaselli se deslizaba con ritmo sincopado hacia una improvisada cascada de notas que discurrían con extrema delicadeza desde tonos agudos a los más graves.

No ver a Martina en el salón le alarma aún más. Avanzó tenso hasta la cocina. Tampoco la encontró. ¿Por qué siente aquella inquietud? Entre Inés y yo no hay nada. Varias excusas acudieron a su cabeza en busca de una explicación lógica para justificarse. Quizás estaría ya en el dormitorio a pesar de que el reloj situado junto al frigorífico solo marcaba las once. Preocupado, se dirigió al cuarto. El corazón se aceleró al verla sentada en la cama con la espalda apoyada en el cabecero, sumergida en la novela de Higgins Clark. Llevaba puesto un camisón negro de satén, observó sorprendido, a la vez que

Martina retiraba la vista de la lectura y la fijaba en él recolocando de manera sutil el tirante desfallecido en el brazo con el que sujetaba la novela.

—¿Te... te gusta mi música? —preguntó intentando recomponer su desordenada tranquilidad.

Martina cerró el libro sobre el dedo índice y lo miró por encima de las gafas.

Las miradas se encontraron en medio de un incómodo silencio.

Ella lo rompió:

—Es la que te gusta a ti, ¿no?

—Sí —respondió—. ¿Cómo...?

—Es la música que pones por las noches cuando te encierras en tu despacho. He encontrado el CD sobre la mesa y he pensado que hoy te gustaría escucharla conmigo.

Martina se quitó las gafas, dejó el libro sobre la mesilla y, tras echarse hacia atrás la melena en un gesto coqueto, se sentó al borde de la cama. No abrió la boca, pero su inquisitiva mirada fue bastante elocuente.

Carlos tragó saliva. ¿Insinuaba haber escuchado las conversaciones con Inés? Estaba convencido, Martina siempre dormía cuando él llamaba por teléfono, aunque la evidencia demostraba lo contrario. En cualquier caso, no entendía aquella puesta en escena.

Dio unos pasos hasta los pies de la cama y ella se levantó.

—¿A qué se debe ese interés por escucharla hoy?

La respuesta se demoró poco, apenas unos segundos, pero para Carlos fueron una eternidad.

—¿Y por qué no? ¿Acaso es un mal día? Así la recordarás cuando estés en Málaga —sugirió deslizando las palabras mientras se acercaba.

«Lo sabe», pensó escrutando cada gesto.

Martina lo cogió por la camisa para aproximarlo y lo besó con delicadeza. Suspiró, mientras se diluía la idea de que estuviera al tanto de las conversaciones con Inés. Al cabo de unos segundos, se separó y giró sobre sí misma. El borde del camisón ondeó y dejó por un momento al aire su desnudez.

—¿Te gusta?

—¿El camisón o tú?

—Pues…, no sé, escoge —jugueteó con las palabras.

Carlos la atrajo de la cintura, le besó el cuello al tiempo que introducía la mano por debajo del camisón.

—¡Ah, no, hoy no! —concluyó Martina tajante, empujándolo de los hombros para separarse. Un pensamiento: Ni hoy ni nunca más. Saborea el placer de haberlo dejado excitado y desconcertado.

¡Pérfida!

Carlos la escoltó con la mirada hasta la cama. Se tumbó de nuevo, cogió el libro y empezó a leer como si nada. Algo raro estaba ocurriendo. El sexo entre ellos se había convertido en rutinario y espaciado —ni siquiera recordaba la última vez que lo hicieron—, pero Martina no le había rechazado nunca de esa manera.

Cuando estaba a punto de salir de la habitación, oyó la voz de ella: «¿No vas a acostarte?».

Se giró despacio y, en tono sarcástico, preguntó: ¿Acaso has cambiado de idea?

—No, va a ser que no —sonrió, pérfida.

—Tú te lo pierdes. Voy a llamar a Lydia.

Estaba tan excitada que no le hubiera importado hacer el amor con una lechuza; sin embargo, necesitaba vengarse, no solo por el engaño sino por haber contribuido con su insensatez a la muerte de su padre. Se estiró y cerró los ojos mientras se desperezaba. Ahora Roger Ridley había comenzado otra canción, *Tears on my pillow*. Le gustaba la voz rota de aquel cantante callejero, desconocido para ella hasta que descubrió el CD sobre la mesa de Carlos y lo escuchó. Bostezó y giró sobre sí misma hasta colocarse boca abajo. Desde algún rincón lejano de la memoria le llegaron recuerdos ya casi olvidados. Carlos era un buen amante. En otros tiempos, después del sexo, permanecían hablando y riendo en la cama. A veces él se levantaba y preparaba algo de beber: brindis, besos, caricias…

—¡Uf!

De repente la música dejó de sonar. Tal vez habría apagado el equipo para llamar por teléfono. ¿Hablaría con ella también esta noche? Un gesto de inquina le invadió el rostro al plantearse esta pregunta retórica. Instantes después le llegó atenuada la conversación con Lydia.

Carlos se pirraba por su hermana. Martina no la soportaba.

Risas desde el salón.

«Entonces quedamos en eso, mañana duermo en vuestra casa...».

«Sí, sí, no te preocupes, se los daré de tu parte».

«Un beso, Lydia. Adiós».

Lo oyó dirigirse hacia el despacho y se acurrucó. La torturaba la idea del engaño con otra. ¿Cómo sería? ¿Más joven, más guapa? Solo lo había escuchado hablar y hablar por teléfono, reírse... Y no cabía duda de que Carlos se comportaba de un modo distinto. Necesitaba averiguar quién era y dónde se veían. Resignada, cerró los ojos y, antes de abandonarse al sueño, empezó a percibir de nuevo la voz rota de Ridley susurrando en la lejanía. Ahora se pondría a hablar con ella.

Pero después de lo vivido en el dormitorio, Carlos no se atrevió a llamar a Inés. Tomó asiento en el despacho, encendió el ordenador e introdujo el CD en la ranura. No, no debía llamarla. Martina estaría aún despierta en la cama y podría oír la conversación.

El mensaje amenazador volvió a rondarle, sin embargo, lo rechazó. «Un puñetero email no va a empañar mi viaje de mañana».

Abrió el correo de Inés pensando en lo poco que le gustaba mandar mensajes con el móvil. Lo odiaba. No entendía cómo la mayoría de las personas se pasaban el día escribiendo en aquella diminuta pantalla.

Estoy deseando que vuelen estas horas para estar contigo. Ya he reservado hotel en Marbella. Mañana dormiré en casa de mi hermana Lydia y pasado andaré por tierras malagueñas. Dime dónde quieres que nos veamos y la hora.

Un beso enorme.

Un aviso de mensaje en el móvil.

Inés era de las que todo lo hacía a través de la pantallita.

Mándame el nombre del hotel. A las once estaré en la cafetería.

Yo también estoy deseando verte.

En vez de un beso enorme, mil repartidos.

2

15 de abril

Una musiquita muy suave procedente de la mesilla de noche lo puso en contacto con la realidad. Notó la respiración sosegada de Martina y la suya propia mientras se dejaba invadir por los sonidos relajantes del móvil.

Rápido, abrió los ojos, se incorporó, alargó la mano y cogió el teléfono. Si no lo detenía, la melodía, todavía agradable, empezaría a aumentar el volumen hasta convertirse en un sonido estridente y molesto. Apoyado en el codo izquierdo observó la pantalla del teléfono con un ojo cerrado para acentuar la vista: las siete. Una hora intermedia entre el madrugón y la holgazanería, aunque para Martina cualquier movimiento antes de las diez suponía el mismo trauma que para un oso polar despertar en la Virunga. Trasladó la atención al cuerpo semidesnudo yacente a su lado. Se encontraba boca abajo con el brazo derecho sobre la almohada y la melena derramada por la cara. Respiraba plácida. En la penumbra de la habitación recorrió el atractivo cuerpo. En otro momento se habría llenado de deseos hacia la mujer dormida junto a él, sin embargo, el deterioro de la relación y el desencanto de los últimos meses lo habían llevado a sentir una total indiferencia. ¿Tendría algo que ver Inés? Apoyó la cabeza sobre el respaldo de la cama y volvió a cerrar los ojos. No imagina un día sin oír su voz sin leer sus mensajes, sin escuchar sus consejos y su risa. La relación había adquirido una dimensión difícil de explicar. Estaba repleta de lo que carecía su matrimonio: confianza, respeto, complicidad. No obstante, era una relación sin sexo. Quizá en el próximo encuentro. Aunque tal vez no ocurriera nada. Reaccionó a esta reflexión y se sentó al borde de la cama. Sí, mejor así. Mejor seguir sin sexo. Como Inés, tenía miedo de que se rompiera la magia entre los dos.

Se levanta. Cierra los ojos bajo la ducha. El agua templada le chorrea por el cuerpo. Ahora abre la fría despacio para arrastrar los últimos vestigios del sueño. De nuevo el recuerdo del email se cuela de rondón en su cerebro. Nota un pellizco en las tripas. Necesita averiguar quién está detrás de aquel maldito e inoportuno mensaje, así que investigaría la procedencia al volver de Málaga. Pero ¿cómo? Mejor contratar a un investigador privado que se haga cargo de las indagaciones. ¡Cuidado, Carlos! Esclarecer determinados temas podría sacar a la luz detalles muy comprometedores y llevarte a la cárcel.

Salió de la ducha sin enjabonarse y, tras secarse con la toalla, se puso la ropa del día anterior y colocó una bolsa de viaje sobre el taburete del vestidor. Tenía que deshacerse de aquellas ideas o iban a martirizarlo durante el viaje. Introdujo un par de camisas, un jersey azul y un pantalón chino de color hueso. Abrió un cajón y se sorprendió seleccionando la ropa interior.

No, no habría sexo. No tenía por qué. No necesariamente. No.

Contempla los bóxeres negros que sostiene en la mano. A Martina le gustan. «Son muy sexis». Los dobla y los introduce en la bolsa.

Antes de abandonar la habitación, explora unos segundos el cuerpo semidesnudo de Martina. Ni siquiera había cambiado de postura. Podría desfilar Rommel con los tanques del Afrika Korps por los pies de la cama y ella no se inmutaría. Realiza una profunda inspiración. «He soñado que hacíamos el amor esta mañana». Meses atrás había mantenido con Martina una conversación ahora rescatada de la memoria mientras se dirigía a la cocina para tomar un poco de café antes de marcharse. «Es que hemos hecho el amor», respondió él. «¿En serio?» Todavía podía recordar la mirada cínica y el comentario ofensivo: «Entonces estás perdiendo facultades porque apenas me he enterado».

—¡Alejandro! —Se sobresaltó al entrar en el salón—. ¡Pero bueno! ¿Te has caído de la cama?

Tumbado en el tresillo con la cabeza apoyada en un par de cojines y un vaso de colacao en la mano, su hijo contemplaba en la tele uno de esos documentales del espacio que tanto le gustaban. Camiseta de manga corta azul, pantalón corto blanco y calcetines del mismo color. A la altura de los pies reposaban unas zapatillas deportivas colocadas una junto a la otra.

—Hola —respuesta lacónica. Levanta el vaso sin dejar de mirar la pantalla.

—¿Vas o vienes?

Alejandro desplazó la vista con desgana y lo contempló desde el sofá.

—¿Te has dado cuenta de que no te has peinado? Vas con los pelos tiesos.

Carlos se atusó con los dedos el cabello hacia atrás.

—No has contestado a mi pregunta —insistió en un intento de intercambiar algo más que palabras sueltas con él. Aunque era cierto, un día de estos olvidaría hasta ponerse los pantalones: Inés, el email, el trabajo. Demasiados frentes abiertos.

—¿Tú crees que con estas pintas puedo llegar ahora de ningún sitio, papá? —hizo una mueca de desagrado y abrió los brazos antes de concluir—. Me acabo de levantar.

—Pues... no. No creo que vayas a la universidad con esa indumentaria.

—En Semana Santa no hay clases. Voy a correr un poco antes de marcharme a la biblioteca a estudiar. Luego no tendré tiempo. —La actitud de su padre le pareció desatinada. Creía que el único que madrugaba en casa era él.

Como si cruzaran impresiones, Carlos lo mira consciente de que a veces olvida los veinticuatro años de Alejandro. Casi sin darse cuenta lo había sobrepasado en altura y había cambiado el peinado aniñado por otro más atractivo en el que destacaba varios mechones castaños desfallecidos sobre la frente. Además, el parecido con su madre resultaba cada vez más evidente: ojos negros, nariz recta y facciones, sin duda, de los Larralde.

—Voy a la cocina a prepararme un poco de café. ¿Has desayunado?

—Este colacao. —Levantó el vaso de nuevo reforzando la respuesta.

—¿Si me acompañas te preparo unas tostadas?

—Te acompaño, pero no voy a comer nada porque en cuanto me pongo a correr, me dan arcadas.

Alejandro apagó el televisor con el mando, introdujo los pies en las deportivas y se las encajó con el dedo índice. Unos minutos más tarde, el aroma del café invadía la cocina mientras su padre esperaba que las últimas gotas salieran de la cafetera y llenaran la taza.

—¿Qué tal te lo has pasado este verano? Apenas si te he visto con... ¿Cómo se llamaba esa chica? —Sin apartar la vista del café, Carlos realizaba serios esfuerzos por conectar de manera natural con Alejandro. Él, sin embargo, sentado a la mesa, lo observaba con resignación.

—Mónica. Hemos roto.

—¿Pero, había algo entre vosotros? Creí que solo erais amigos. —Retiró la taza de la cafetera y se desplazó un poco para coger el bote de azúcar de la estantería.

Alejandro prolongó a propósito el silencio mirándolo sin pestañear.

—Llevábamos saliendo un año, papá. Un día te la presenté y lo hablamos, respondió en tono cansino.

Carlos se giró. Mirada a modo de disculpa y rastreo sin éxito en la memoria en busca de alguna conversación en la que Alejandro le hubiera hablado de su novia. Nada. Solo consigue recordar vagamente que le ha presentado a algunas chicas.

Se sirvió un par de cucharadas de azúcar y tomó asiento frente a él.

—¿No ibas a prepararte unas tostadas? —preguntó Alejandro al verle ausente.

—No. Digo sí, pero mejor desayuno en la cafetería. Tengo un poco de prisa. Voy para Málaga y quiero pasar antes por la oficina.

—Vas a exponer, ¿no?

—¿Y tú cómo lo sabes? No hablamos desde... —¡La exposición! Casi lo olvida. Quería regalarle a Inés el cuadro que analizaba con atención cuando se conocieron. Según ella, Carlos no dominaba la técnica del claroscuro y él había pasado horas estudiando y retocando el cuadro para sorprenderla.

—Ayer se lo oí comentar a mamá mientras hablaba con alguien por teléfono —respondió Alejandro aumentando el tono de voz y consiguiendo atraer su atención.

—¡Ah, sí! ¿A quién?

—No sé —Alejandro atipló la voz: «Mi pintor se me va a exponer a Málaga». Soltó una carcajada.

—No me gusta que remedes a tu madre, Álex.

—Era solo una broma. Es la primera vez que oigo a mamá hablar así. Y, por favor, no me llames Álex, que me parece muy cursi —matizó con la mirada fija y penetrante, acentuada por los rasgos vascos que a Carlos siempre le recordaban a su abuelo.

Alejandro dio varios sorbos pequeños de colacaco y permaneció observándolo en espera de un nuevo comentario que le confirmara lo alejado que estaba de allí.

—¿Quieres que te acerque a algún sitio en el coche?

Alejandro resopló resignado y respondió de forma sarcástica.

—¡Papá, estás en las nubes! Voy a hacer *footing*. Pero si quieres podemos dar una vuelta en el coche por el circuito.

—Perdona, tengo un montón de asuntos rondándome la cabeza.

Alejandro dejó caer un «como siempre» en tono de fastidio, se anudó las zapatillas y salió corriendo por el jardín hacia la calle.

—¡Ni siquiera te has despedido, Álex! Alejandro no lo había escuchado o no se había dado por aludido, aunque antes de abrir la cancela, le pareció que levantaba la mano a la altura del hombro.

Carlos subió rápido al despacho a recoger el cuadro. Con la sensación de ansiedad royéndole las entrañas, se dirigió al garaje para sacar el coche. Inevitable. El distanciamiento con Martina empezaba a afectar a la relación con sus hijos. Paradójico. Ahora que ya no pasaban tanto tiempo juntos, valoraba lo importante que era Alejandro para él. Cada vez estamos más alejados, se dijo comparando la relación con Nerea, cuyo carácter alocado e inmaduro le permitía acercarse a ella de una u otra forma. Sin embargo, con el chico no lograba conectar. A pesar de que estudiaba arquitectura, jamás le había pedido un consejo. Laconismo cuando intentaba sacar el tema de los estudios: «¿Cómo lo llevas?». «Bien». «¿Necesitas…?». «No». Ante el *stop* del final de la calle, Carlos continuaba recuperando fragmentos de conversaciones con Alejandro: «Sabes que puedo echarte una mano en…». Nunca aceptaba ayuda. No quería copiar su modo de trabajar porque prefería desarrollar un estilo propio, ser original y Carlos no podía reprocharle esta forma de pensar que él mismo lo había inculcado: «Un buen arquitecto debe ser creativo», le había repetido en muchas ocasiones. Sus propias palabras se erigen como un muro entre ellos y, aunque sabe que lleva razón, le duele que no cuente con él para nada. Ese empecinamiento en hacerlo todo por sí mismo era marca de la casa. ¡Genética de los puñeteros Larralde!

Aceleró despacio para incorporarse a la avenida principal de la urbanización en Encinar de los Reyes. El agua de los aspersores despertaba el césped dormido mientras una cuadrilla de jardineros podaba los setos de las aceras. Un poco más adelante vio media docena de barrenderos con monos naranjas recogiendo las hojas de acacias y liquidámbares que orillaban la avenida vistiéndola de verde y rojo. Abrió la ventanilla y el olor a césped recién cortado invadió el habitáculo. Al salir de la urbanización aceleró.

Como casi siempre a esas horas, el caudal automovilístico de la M-30 fluía lento. Al igual que las ideas, los vehículos se alineaban en interminables filas sin prisa por llegar a algún sitio. Martina, Alejandro, Inés… ¡Qué fácil le resultaría quedarse con lo mejor de cada uno y componer así una persona ideal!

Pero ¡qué estupidez, Carlos! Sorprendido por esas ridículas cavilaciones, compone una mueca que pretendía ser sonrisa recordando un sueño recurrente en la adolescencia: quería tener poderes sobrenaturales para transformar el mundo. Llegaría a clase de «mates» y corregiría al profe en la pizarra ante el asombro de Luisa, la chica de ojos azules y sonrisa angelical a quien jamás fue capaz ni siquiera de acercarse. En el partido de fútbol del recreo cogería el balón desde el medio campo, driblaría al delantero centro, regatearía a los defensas y pegaría un chute tan fuerte que rompería la red. Así los capitanes anhelarían tenerlo en su equipo y no le pondrían más de portero por ser un pésimo jugador.

Un cartel a lo lejos: Estación de Chamartín. Intermitente; carril derecho para salir de la M-30 en dirección Plaza de Castilla. Paseo de la Castellana abarrotado: pitidos, caras de enfado, algún grito. En fin, la rutina de cada mañana.

Admiró las torres KIO y cuando pasó bajo ellas volvió a mirarlas por el espejo retrovisor. Cuestión de contrapesos, valoró encogiéndose de hombros.

Unos cuantos semáforos más adelante abandonó la Castellana y divisó a los lejos el edificio donde tenía ubicado su estudio. Aunque no era tan espectacular como las KIO, lo había diseñado él y había recibido varios premios por su avanzada tecnología. Un cubo de cristal inteligente de noventa y seis metros de altura cuyas ventanas cambiaban de color dependiendo de la temperatura exterior y de la inclinación de los rayos solares para aprovechar al máximo el calor del sol. Una central termosolar en la parte superior proveía el ochenta por ciento de energía. Ralentiza la marcha y contempla orgulloso el inmueble mientras centra la mirada en la sexta planta. Allí estaría esperándole Nacho, su aparejador. Cambió el semblante. Por una u otra razón, siempre acababan discutiendo. Nacho significaba sinónimo de polémica. «¡Uf!».

Inteligente, determinado y muy ambicioso. Desde el caso Hospisa, Nacho Andrade no le inspiraba confianza. No obstante, por temor a que pudiera denunciarlo, había decidido mantener su responsabilidad, pero controlando con meticulosidad de relojero todas las decisiones que tomara. El contacto entre ellos era mínimo y, aun así, los encuentros acababan siempre en discusión.

El reproche de Martina, años atrás:

—No comprendo por qué tienes al frente del estudio a un individuo como ese. Yo no me fiaría de él. Según tú, es insoportable, discute tus órdenes y te saca de quicio.

Él:

—Bueno, no es para tanto. También me aporta algunas directrices para los proyectos y se encarga de las obras.

No quiso darle más información porque, además de hijo de Fermín Andrade, conserje del edificio y amigo de su padre desde la infancia, había sido el aparejador del catastrófico proyecto Hospisa y conocía el caso al dedillo por haber estado involucrado en la resolución del problema.

De forma mecánica apretó el mando y las puertas del garaje se desperezaron despacio. Conforme avanzaba entre las columnas del aparcamiento subterráneo, los tubos fluorescentes iban encendiéndose. El sistema de ventilación del garaje también era innovador: unos pequeños ventiladores atraían los humos hasta un tubo gigantesco que disminuía la sección a mitad de camino, donde una conducción colocada en este punto los sacaba del garaje sin apenas consumir energía gracias al efecto Venturi. Un poco más adelante se detuvo en el aparcamiento 6-00. La idea de que Nacho estuviera detrás del mensaje revoloteó unos segundos por su cabeza. ¿Cómo iba a conocer Nacho la relación con Inés?

En ese momento, un recuerdo: al día siguiente del incendio retiró la carpeta del proyecto y la documentación con las especificaciones y la ocultó hasta que el juzgado cerró el caso por falta de pruebas. Más tarde la guardó al fondo de la caja fuerte. En realidad, no tenía sentido preservar aquellos documentos incriminatorios. O quizá sí. Prueba irrefutable de su irresponsabilidad, los conservaba como un cilicio mortificante para ayudarle a expiar la pena.

No soy culpable de aquella desgracia. La frase plúmbea, cargante, repetida continuamente, no conseguía desvanecer la pesadilla del terrible incendio que acabó con la vida de varias personas. Ni un solo día sin recordar las imágenes difundidas hasta la saciedad en televisión, causándole un inmenso dolor. El incendio se originó porque alguien, sin consultárselo, había cambiado de lugar unos transformadores de corriente para alimentar la sala de rayos X. Se cubre la cara con ambas manos intentando justificar la cadena de negligencias que le mantiene amarrado a la tragedia. Ni Nacho, aparejador de la obra, ni el arquitecto del Ayuntamiento, ni él, como responsable último, detectaron el cambio de ubicación de los transformadores. Después de la catástrofe, estudió con detenimiento cada uno de los detalles del proyecto y encontró que, además, se habían modificado las especificaciones del cableado. Conocía muy bien al autor de esa negligencia.

Agarró el bolso de lona de un puñado, se apeó del vehículo cerrando de un portazo, como si pretendiera dejar enclaustrados en el interior los fantasmas de aquella pesadilla que lo perseguían cada día y lo acosaban cuando iba al estudio.

—¡Dios!

La intervención del padre de Martina, determinante. Gracias a su amistad con el concejal de Urbanismo, de inmediato se elaboró un nuevo proyecto cambiando las especificaciones que el juez consideró adecuadas. El edificio se demolió enseguida y el seguro acalló las voces de los afectados con una buena indemnización. Aunque ya no se podía hacer nada por quienes habían muerto.

Avanzó hacia el ascensor y esperó paciente después de apretar el botón de llamada mientras las sombras de aquel desgraciado acontecimiento aparecían otra vez envueltas en el mensaje de la noche pasada. Leve temblor en las manos. Necesitaba calmarse. El timbre anuncia la llegada. Las puertas se deslizan hacia los lados. Inspiración antes de entrar. «0-Vestíbulo». Vuelven a cerrarse las puertas. Cuando se abran de nuevo aparecerá Fermín, el conserje y padre de Nacho. Ojos claros y acuosos, bajo y regordete, cabellos grises peinados hacia atrás con esmero para intentar ocultar la calvicie. En el edificio todos lo consideran una bellísima persona. Aunque a su hijo no le hacía ninguna gracia verlo por el estudio, en momentos de trabajo acuciante en la oficina, lo llamaban para ayudar a fotocopiar los planos y montar carpetas con la documentación de los proyectos. Siempre dispuesto, Fermín aceptaba de buen grado. A Carlos le gustaba saludarlo antes de subir a la oficina. El calor humano desprendido por aquel hombre era inversamente proporcional a la soberbia transmitida por Nacho. El ascensor se detuvo y las puertas se ocultaron en los laterales, sin embargo, no lo encontró allí. Ni en el vestíbulo ni en el mostrador del conserje. Carlos giró sobre sí mismo en busca de algún vestigio de Fermín, pero nada del entorno lo conectó con él. Se encogió de hombros y regresó al ascensor. Estaría repartiendo la correspondencia por las oficinas del edificio, acción que realizaba con prontitud y diligencia cada mañana. Casi siempre vestía un traje azul salpicado con algunas motas de caspa sobre los hombros, camisa blanca, corbata granate y un bolígrafo con capuchón dorado en el bolsillo superior. Le pesaba no haber entablado unos minutos de conversación con él antes de subir a la oficina. «Buenos días, don Carlos». «Buenos días, Fermín. Lo veo cada día mejor» —mentía. Había adelgazado mucho y la depresión le había quitado las ganas de hablar y relacionarse—. ¿Cómo se encuentra?». «Ahí vamos, tirando. Ojalá y Dios me lleve pronto al lado de mi Engracia. Yo aquí ya no pinto nada sin ella». Engracia había sido operada de corazón a vida o muerte por el eminente doctor Andrés de Irazábal y, a pesar de haber salido bien de la intervención, dos meses más tarde murió de repente. Desde entonces había caído en una profunda depresión y aún no había levantado cabeza. «Muy bien, don Carlos». «Deja de llamarme don Carlos, ¿quieres?».

El ascensor frenó en la sexta planta. La vista en el suelo mientras caminaba por el iluminado pasillo hasta que una placa de metacrilato al fondo lo detuvo. «Estudio de arquitectura Duarte & Larralde».

Inspiró, aguantó la respiración como si fuera a sumergirse en la piscina y abrió la puerta con cuidado, dejándose envolver por la luz natural que empezaba a invadir el estudio, un espacio abierto de doscientos metros cuadrados con media docena de mesas de dibujo enfrentadas en el centro y otras tantas con ordenadores repartidas por los laterales, fotocopiadoras, estanterías llenas de rollos de papel muy bien colocados, planos, papeleras, taburetes giratorios, lámparas de brazo articulado ensambladas a las mesas de dibujo y otro sinfín de objetos. Al fondo, dos habitáculos acristalados: su despacho y el de Nacho Andrade.

A la entrada, en el escritorio colocado a modo de recibidor, Charo, «la secretaria para todo», como se autocalificaba, aporreaba con afán el teclado del ordenador con manos regordetas de uñas cortas, pero siempre pintadas de rojo sangre, gafas a mitad de la nariz, sujetas al cuello con un cordón que cada día cambiaba para combinar con la ropa y la vista pegada a la pantalla. Responsable, metódica, de escaso atractivo físico, pero rebosante de calidad humana, trabajaba en Larralde & Duarte desde siempre y había sabido ganarse la confianza y el respeto de Carlos.

—Un momento, enseguida le atiendo —indicó concentrada en el trabajo.

—No hace falta, conozco el camino, Charo —el tono sarcástico empleado por Carlos rompió el ensimismamiento de la secretaria.

—¡Carlos! Perdona, no…

—No te justifiques, mujer. Sabes que no tienes por qué hacerlo. —Sonrió dando un par de golpecitos sobre la tapa de la mesa y formuló la pregunta de rigor casi sin detenerse—. ¿Cómo está el panorama por aquí?

Charo resopla, resignada. Sus gestos, un medidor perfecto del ambiente que se respira en el estudio cada día.

Respuesta a modo de parte médico objetivo:

—Llegada puntual de don Ignacio, encierro en el despacho y música de guerra.

«¿Don Ignacio? ¿Qué se habrá creído este?», piensa Carlos.

—Nachito, no dejas de sorprenderme. —Carlos arquea las cejas resignado mientras levanta la palma de la mano para despedirse de Charo y avanza por el pasillo saludando a los delineantes y al resto del equipo, sorprendidos de verlo por allí. Cada uno trabajando en silencio y en las mesas solo el material que están utilizando. Las normas impuestas por Nacho se cumplían a rajatabla, comprobó. Demasiado estricto, pero, imponía orden en el estudio.

Inmerso en el trabajo, Nacho no había reparado en su llegada. A través de las cristaleras, Carlos lo observó en el despacho. Parecía sacado de un catálogo de muebles de oficina: cada detalle colocado con la minuciosidad de un belenista. Frente a la cristalera, estanterías negras repletas de archivadores, carpetas y planos contrastaban con el blanco inmaculado del resto de la oficina. A la derecha, un amplio escritorio también negro, ordenador y soporte con varios CD. Él, de pie en el lado opuesto, con los brazos separados y las manos apoyadas en el tablero de dibujo, estudiando con atención unos planos. Alto y delgado, musculatura fibrosa. Pantalón oscuro de corte perfecto, camisa blanca remangada a medio brazo y una corbata a rayas reflejada en la pared acristalada de enfrente. Impecable, como siempre. Justo lo opuesto a su indumentaria. Excepto cuando tenía que asistir a algún coctel o reunión importante, Carlos solía vestir un pantalón vaquero descolorido y alguna camiseta informal que tanto detestaba Martina.

El silencio del estudio quedaba matizado por la melodía escabullida desde el interior del habitáculo. *La cabalgata de las valquirias* de Wagner. Charo la había descrito a la perfección: música de guerra. Carlos enseguida la asoció con la famosa secuencia, recreada por Ford Coppola en *Apocalypse Now,* del bombardeo a un poblado vietnamita al ritmo de esta composición potente, demoledora, espectacular. Solo alguien retorcido podría trabajar escuchando ese tipo de música.

—Buenos días, Nacho —irrumpió en el despacho abriendo la puerta con determinación, aunque sobrecogido por las imponentes notas de la ópera, concentradas en un entorno extrañamente armónico.

Sorprendido por la inesperada visita, pero sin perder la compostura, Nacho respondió al saludo tendiéndole la mano con estudiada naturalidad mientras los metales y la percusión se añadían a la potente melodía de *La cabalgata*.

—¿Qué tal va todo? —a propósito, empleó un tono firme para afianzar ante Nacho el papel de jefe. Dejó el bolso de tela sobre la mesa, consciente de que distorsionaba el orden que Nacho imponía.

Y, sin dejarle responder, le preguntó dónde estaba su padre, extrañado de no haberlo visto en el *hall* del edificio.

—De vacaciones. Él siempre en Semana Santa pasa unos días en la casa del pueblo —justificó el aparejador como si hablara de un desconocido.

A Carlos le tranquiliza saber que Fermín dispone de unos días libres. En los últimos meses su estado de ánimo era muy vulnerable y temía que otra vez cayera en la profunda depresión de la que aún no se había recuperado.

Las enérgicas notas de la melodía repetían el *leitmotiv* de las valquirias primero en si menor para descender a fa mayor, cuando Nacho se acercó al escritorio a bajar el volumen. Luego, con un leve nerviosismo que Carlos percibió, recogió los planos de la mesa de dibujo y extendió otro asegurando que el proyecto pendiente estaba casi terminado.

—Ya puedes firmarlo, solo quedan algunas anotaciones para mandarlo al Ayuntamiento —concluyó.

La mirada de Carlos se posa unos instantes en el arquitecto técnico, pero enseguida se centra en ojear los planos del proyecto con minuciosidad. «¡Ay, Nacho! Te conozco lo suficiente. Tu predisposición a enseñarme el trabajo con tanta urgencia es sospechosa». Lo oye hurgar entre los planos de la estantería. Seguro que volverá con el rollo de otra parte del proyecto, lo colocará encima del que estaba sobre el tablero de dibujo y empezará a señalar con el dedo los puntos para desviar la atención.

—Voy a explicarte.

—Espera, espera, deja que compruebe estas riostras. —Le costaba concentrarse en los trazos del papel, pendiente de interpretar sus movimientos por la desconfianza que le producía.

De reojo, observó que se había colocado el rollo bajo el brazo y limpiaba nervioso las gafas con la punta de la corbata, gesto que utilizaba bien para ganar tiempo mientras buscaba respuestas a las preguntas, bien para ocultar el nerviosismo cuando detectaba algún fallo. No podía consentir más errores en ningún proyecto, debía revisar él mismo cada detalle. La sensación de que siempre intentaba engañarlo lo angustiaba. Se inclinó sobre el tablero, apretó las mandíbulas y empezó a seguir con la punta del dedo índice los trazos del papel mientras comprobaba los valores especificados en el membrete. Tragó saliva. ¡Qué ganas tenía de salir de allí, montarse en el coche y acelerar en busca de Inés! No le gustaba aquello, no. Quería terminar cuanto antes.

Con decisión, se enderezó y le pidió los planos de los forjados.

—Ya están hechas las modificaciones, Carlos. Me parece que deberías de ver estas.

—Los forjados, Nacho —con la cabeza ladeada disfrutó echando por tierra su arrogancia. Sin embargo, el aparejador le mantuvo unos instantes la mirada con descaro. Estudies lo que estudies, cuando quiera te busco la ruina, parecía transmitirle con la expresión firme del rostro marcado por unos profundos ojos azules, nariz recta y boca bien dibujada.

Al cabo, se giró en busca de los planos.

«Tiene carácter y es insolente. Nada que ver con Fermín», contrasta Carlos a la vez que lo observa rebuscando entre los rollos de la estantería. Detrás de ese aspecto de Adonis griego, que hacía suspirar a algunas afroditas del estudio, se escondía una personalidad tan compleja como la del compositor de la música que escuchaba. Llaman su atención los mocasines Lottusse negros siempre brillantes, en apariencia recién estrenados. Los compara de manera ingenua con los suyos, marrones, de piel vuelta. No recordaba la última vez que les pasó un cepillo. ¿Lo había hecho alguna vez?

Nacho volvió con un rollo, lo desplegó y colocó unas pinzas en cada lado para mantenerlo abierto.

—Estos son los planos de forjados —golpeó el tablero con la mano y se hizo a un lado para dejar sitio a su jefe. Carlos observó las marcas de sudor que habían dejado los dedos sobre la mesa de dibujo. Este detalle junto con la voz ronca confirmaba las sospechas de que algo había hecho mal. Se avecinaba una discusión que no le apetecía. Antes de enfrascarse en el estudio del proyecto, se percató de las tenues ojeras que se vislumbraban bajo las gafas. Alguien de la oficina le había comentado que estudiaba por las noches para sacar la carrera superior de arquitectura. Volvió la cabeza hacia el tablero y se concentró en repasar con cuidado las especificaciones. Entre aquellos trazos estaba escondida alguna impronta de Nacho.

Se giró, trasteó en la bolsa de tela que había dejado sobre la mesa y sacó la tableta para buscar el archivo «Proyecto piscina cubierta de Alcalá de Henares».

Nacho se acercó hasta casi rozarlo y señaló con el dedo unas vigas de carga asegurando que había aumentado la sección de los forjados para evitar acortar la luz del vano.

Sin embargo, Carlos no le prestaba atención, sus ojos iban de la tableta al plano comprobando los datos que le ofrecía la pantalla. Al cabo de unos minutos se enderezó.

—¿Por qué demonios tengo que estar siempre repitiendo lo mismo, Nacho? —el aparejador realizó un movimiento para retirarse un poco—. No es la primera vez que hablamos de esto. Quiero que los datos queden especificados al lado de cada elemento para que no haya margen de error.

—Pero si hay dos elementos iguales, no creo que tenga importancia. A fin de cuentas, la estructura —en este momento había arrugado el entrecejo para enfatizar los argumentos— está diseñada para soportar casi el doble de peso. Así que creo…

—¡Me da igual lo que creas! Es mi responsabilidad y mi proyecto. Cuando tú seas arquitecto haz lo que te dé la gana, pero mientras yo sea quien firme, se hace como yo diga. Mira —sacó un rotulador negro del bolso de tela y comenzó a realizar círculos en varias partes del dibujo—. Quiero que consten las secciones de los forjados en cada elemento, sean iguales o parecidos —empezó a enumerar con los dedos—: riostras, pilares, vanos de los pórticos…

—Pero...

—¡No quiero peros! —muy enfadado lo interrumpió sin permitirle explicar lo que pretendía y continuó ojeando los dibujos del forjado—. No quiero dejar nada al azar. Cualquier constructor desaprensivo, por ahorrarse unos euros, sería capaz de cambiar las especificaciones argumentando que no constaban en el proyecto.

Eso era casi imposible porque revisaba las obras él mismo, comprobaba una y otra vez la densidad del hormigón y, sobre todo, las secciones de los hierros de la estructura, que era donde los constructores trataban de aminorar los gastos del proyecto. Sin embargo, quería dejar bien claro quién era el jefe y evitar que se tergiversaran los términos debido a sus grandes ausencias.

—Enséñame los planos del cableado eléctrico.

La ansiedad se iba apoderando de Nacho, cuya respiración se aceleraba a la velocidad de quien sube corriendo las escaleras.

—Voy a pedir que lo impriman.

—Pero ¿no me has dicho que ya estaba para firmar?

Nacho se volvió con violencia. La irritación era tan visible como el anuncio de una valla publicitaria.

—Los planos de cableado, fontanería y desagüe están en el ordenador principal. Se crean de forma automática al introducir los datos del proyecto, para eso te has gastado una burrada de dinero en ese programa sueco. ¿Ya se te ha olvidado?

Llevaba razón. Dos meses atrás, había invertido un dineral en un programa para elaborar las secciones de cableado, tuberías y otros elementos de cualquier proyecto tras incorporar algunos datos referentes a volumetría, edificabilidad y plantas. De nuevo, el fantasma Hospisa revoloteaba sobre su cabeza produciéndole una fuerte punzada.

Las miradas se cruzaron.

Nacho apretaba los puños y jadeaba indeciso.

Carlos masticaba sus miedos e inseguridades. Se contuvo y tragó saliva antes de continuar. Los trabajadores al otro lado de las cristaleras estarían oyendo la discusión y no le interesaba menoscabar la autoridad del arquitecto técnico y jefe del estudio cuando él no estaba.

—El dinero que emplee en programas es cosa mía. —bajó un poco la voz y echó el cuerpo hacia delante—. Por favor, limítate a cumplir lo que te pido. Cuando asegures que un proyecto está para firmar, lo quiero listo y encuadernado. No me basta con que coloques ante mí solo los planos que a ti te interesen, quiero verlos todos: alzado, sección, fachada…

«No comprendo por qué tienes al frente del estudio a un individuo como ese. Yo no me fiaría de él». El recuerdo de las palabras de Martina acentuó la preocupación. «¿Por qué?». «Porque es insoportable, porque según tú cambia las especificaciones de los proyectos, discute tus órdenes y te saca de quicio».

Tomó aire y lo expulsó despacio.

—Se acabaron las discusiones, Nacho. Llámame cuando el proyecto esté listo para revisar y firmar. Pero no te duermas en los laureles, la semana próxima tiene que estar en el Ayuntamiento. Lo quiero todo conforme a la legalidad. Léete bien el PGOU, para que no haya discordancia con los técnicos de urbanismo.

Nacho no esquivó la mirada furibunda de Carlos.

—Nadie cumple el Plan General de Ordenación Urbana al pie de la letra.

—¡Me da igual, nosotros siempre actuamos conforme a la ley! —enseguida se arrepintió de la frase porque presintió la respuesta.

Los labios de Nacho se estiraron apenas un instante para componer una mueca que, aunque podría haberse confundido con una fugaz sonrisa, estaba llena de agresividad.

—No siempre —puntualizó y lo observó sin pestañear. La sonrisa se esfumó.

Un pellizco en las entrañas de Carlos.

La sangre se congela en las venas y nota un escalofrío por la columna vertebral. Pese a todo, le sostiene la mirada con descaro. Intento de Nacho por esbozar de nuevo la sonrisa, aunque la tensión del momento solo le permite componer un rictus desagradable. Alguna vez tenía que acabar con aquello, piensa Carlos. No iba a permitir estar en manos del aparejador toda la vida. Quizás la solución estaba en cerrar el gabinete. Vuelve la cara hacia los planos para evitar que Nacho le vea tragar saliva, coge la tableta y la mete en la bolsa de tela.

—Hoy salgo de viaje, cuando regrese quiero sobre mi mesa el proyecto encuadernado con las correspondientes copias, listo para firmar. —Salió del despacho sin mirarlo y cerró las cristaleras de un portazo.

Atraviesa el pasillo entre las mesas de dibujo con la vista puesta en el suelo. El silencio es sepulcral. Imagina al equipo trabajando sin atreverse a levantar la cabeza. Llevaba muchos años con ellos como para cerrar el estudio de arquitectura. ¡Pero qué demonios, ya buscarían otro trabajo!

Abandonó el gabinete con una fuerte punzada en las sienes. Ni siquiera se había despedido de Charo. Estaba convencido de haberla escuchado pronunciar «Adiós, jefe» al pasar frente a su mesa, igual que una voz de ultratumba procedente del más allá, de otra dimensión. Hizo intención de volver, pero el ascensor llegó y entró en el reluciente habitáculo. Sudaba. Apretó el botón del garaje y permaneció mirando el del vestíbulo. «Tendría que haberme despedido de Fermín». No, Fermín estaba de vacaciones en el pueblo. «Mejor». Cuando llegó al coche, lanzó la bolsa de tela al otro asiento y arrancó.

Carlos no lo vio, pero justo cuando pasaba con el coche frente a la entrada principal del edificio, Nacho salía y echaba a andar por la acera. Al llegar a la esquina se detuvo y encendió un cigarrillo. Tras expulsar la primera bocanada de humo sacó el móvil del bolsillo y marcó un número. Media docena de timbrazos más tarde, una voz barnizada aún por los vapores del sueño musitó un «sí» alargado, letal para el receptor.

—Hola, Martina.

—(…)

—¿Estás bien?

—No. ¿Quién eres? —balbució en un tono que parecía procedente del más allá.

—¿Cómo que quién soy? Nacho, ¿quién si no?

—¡Ah!, perdona. Aún estoy dormida y no veo la pantalla del teléfono. ¿Por qué me llamas a estas horas?

—¿Cómo que por qué te llamo a estas horas? —Nacho tomó aire y apretó la mandíbula entre impotente y furioso. No había quién la entendiera. Ella misma le había pedido que la llamara cuando Carlos apareciera por el estudio y ahora se molestaba. Pensó que estaba siendo utilizado, un objeto en manos de aquella mujer sin escrúpulos, pero, sin duda, el camino adecuado para quitar de en medio a Carlos.

—¡No me chilles, por favor, no me chilles! Ahora tendré jaqueca el resto del día. ¿Ya se ha marchado? —el cambio hacia el tono meloso, tan familiar para él, le ponía en guardia. Aunque se reconocía como un títere, cuyos hilos sabía ella manejar a la perfección, no le importaba seguirle los juegos de seducción si al final lograba sus propósitos.

—Sí, se acaba de marchar. No volverá en varios días. ¿Quieres que cenemos esta noche?

3

15 de abril

Con timidez, los primeros rayos de sol se colaban por la ventana de la cocina intentando despertarla del letargo en el que estaba sumida desde hacía tiempo. A la izquierda de la ventana, muebles de madera marrón se alineaban arriba y abajo. Enfrente, el frigorífico, una despensa y, junto a la puerta que daba acceso al salón, una mesa rodeada de cuatro taburetes configuraban un entorno ayer agradable, hoy envolvente en extremo.

Millán Pancorbo levantó el puño de la camisa para echarle un vistazo al reloj de pulsera y se removió inquieto en el asiento.

—Se me hace tarde, me voy —le dio un último sorbo al café, se limpió la boca con la servilleta y, tras incorporarse, le estampó un protocolario beso en la cabeza. ¿Por qué le seguía preparando el desayuno cada mañana? Buena pregunta. Tal vez con la ilusión perdida de compartir juntos aquellos momentos donde las palabras se habían transformado en prolongados silencios asumidos de manera estoica a lo largo de los años.

Bajito. Escaso pelo en la coronilla, lorzas en la cintura desbordadas por encima de la correa.

Lo ve alejarse con paso vivo hacia el salón, consciente de que entre ambos se ampliaba el abismo.

—Recuerda que hoy llega mi hermano Carlos, no lo olvides —advirtió ella—. Procura no volver tarde. Y métete la camisa por dentro del pantalón, que la llevas por fuera.

Millán de malos modos:

—¡Ni que tu hermano fuera Dios! —Se desabrocha el cinturón para recolocarse la camisa y cuando termina coge del suelo un maletín negro colocado al lado de una silla—. Llegaré cuando pueda, tengo un negocio que atender.

—No es Dios, es mi hermano y tu cuñado. Tu negocio, nuestro negocio, ha salido adelante gracias al trabajo que te ha buscado en muchas ocasiones. —Parecía no acordarse de las veces que les había ayudado cuando estaban en apuros y esto la indignaba.

Millán la miró malhumorado mientras abría el maletín sobre la mesa para guardar unos documentos y facturas. Llevaban casados catorce, quince años... Ni siquiera se acordaba. Los recuerdos de cuando se conocieron en un tren camino de Bilbao habían quedado rezagados, apeados en alguna estación de la memoria por la que ya no circulaban emociones. Entonces, le atrajo aquella chica de mirada acogedora, melena rubia y cuidada, ahora irreconocible en la mujer apática, aferrada gran parte del día a ese horrible pijama de ositos que se negaba a desechar. Cabello recogido en una trenza. Señales inconfundibles del derrumbe de su alma. Millán ni caso. Para qué interpretar aquellos detalles nimios.

No soportaba a Carlos y menos hablar bien de él, así que no podía reconocer que Lydia llevara razón. Les había sacado de apuros en varias ocasiones mediando con los constructores para que su empresa, «Electroshop S.A.», suministrara material eléctrico en los edificios que él proyectaba. Sin embargo, después de Hospisa, solo le dirigía la palabra cuando Lydia estaba delante. Tomó aire por la nariz y lo expulsó despacio por la boca frunciendo un poco los labios. Por fortuna, el caso quedó oculto y no salió a la luz el cambio en las especificaciones del cableado. Arrugó el ceño y tragó saliva. La empresa pasaba por un bache y aprovechó la oportunidad. Disminuir la sección del cableado de un hospital entero suponía quedar a cero en la balanza de pagos. ¿Quien iba a pensar que saldría ardiendo aquella maldita planta? Nadie le advirtió que allí iría un generador de quince mil voltios para alimentar el área de radiología. Por una decisión de última hora, se colocó el generador en la tercera planta del edificio en lugar de en el sótano, lo que desencadenó la tragedia.

—¿Te has enterado?

Millán la observa de nuevo. En una mano, la rebanada de pan tostado untada de abundante mermelada a la que le acababa de dar un mordisco; en la otra, la humeante taza de té. Sus ojos azules, de un azul intenso, lo taladran mientras mastica con cierta precipitación. Bebe un sorbo de té y desplaza la trenza hacia atrás con un calculado movimiento de cabeza. ¿Cuál sería la reacción si supiera lo ocurrido en el caso Hospisa? ¿Cuántos habían muerto?

—¿Me vas a contestar hoy o piensas dejarme así hasta mañana?

La pregunta lo devolvió al presente y reiteró un «sí» varias veces, sin ningún convencimiento, que contribuyó a aumentar la ira de Lydia y a reafirmar la idea de que no podía seguir al lado de aquel hombre.

—Sí, ¿qué? ¡Vamos, que no te has enterado de nada! ¡Como siempre!

—Tengo mil asuntos en la cabeza. Los problemas no se resuelven solos. ¿Qué decías?

—Nada, nada. Vete a resolver tus problemas. —Lydia le clavó la mirada un instante desde la cocina y volvió enseguida a la tostada. Mejor regresar a su caparazón y dejar que el mundo siguiera moviéndose sin ella. Estaba aprendiendo a estar sola y a canalizar el resentimiento en el universo paralelo donde se había instalado, rodeada de sus plantas.

—¡Maldita sea! —Cerró el maletín de golpe, se lo colocó bajo el brazo de muy malas maneras y, después de coger de un puñado la chaqueta azul colgada del perchero, salió de la casa que si esto que si lo otro; estoy hasta los cojones.

En el garaje le esperaba el Audi Q3 de color blanco recién comprado. Colocó la chaqueta y el maletín en los asientos traseros y dio unos pasos hasta un lugar del jardín desde donde se podía contemplar, entre el ramaje de las buganvillas, la ciudad de Granada. No entendía por qué Lydia se empeñaba en sacarle de quicio cada mañana soltándole alguna frase lapidaria. ¿Que te sientes sola aquí?, pues haz algo para relacionarte en vez de estar todo el día metida en la casa sin hacer nada. ¡Mueve el culo, que se te está poniendo muy gordo! ¡Qué demonios!, ¡que se vaya a la mierda! ¡Que siga con el pijama lleno de pelotillas sin ponerse el que le regalé la Navidad pasada! Está amargada y me quiere amargar a mí. Respiró hondo para tratar de serenarse. Volvió sobre sus pasos y, después de subirse al coche, lo arrancó, sacó las gafas de sol del lateral de la puerta y comprobó al trasluz la limpieza de los cristales. Se las ajustó con el dedo índice y se puso en marcha en dirección a la A-44. Edificios y casas del califato se dispersaban por la ladera, arropados por los blancos picos de Sierra Nevada, paisaje imperceptible para Millán, muy preocupado por la presencia de Carlos. Aprovechando el espacio entre dos vehículos, se incorporó a la autovía y se relajó un poco cuando alcanzó la velocidad de la circulación. En ese momento sonó el teléfono por los altavoces del coche y aceptó la llamada con el botón instalado en el volante.

—Buenos días, Millán. Soy Nacho.

Le dio un vuelco el corazón pensando que la llamada estaría relacionada con la visita de Carlos.

—¿Qué tal, Nacho?

—Regular. Carlos ha estado en la oficina esta mañana, pero no ha firmado el proyecto. Quiere que se lo presente cerrado y encuadernado.

Interrupción llena de ansiedad.

—¿Crees que sospecha algo de Intelectric? —pregunta Millán.

—No, para nada. Son cuestiones puntuales. Estupideces suyas. Detalles sin importancia y…

—Hoy duerme en mi casa y estoy un poco mosca.

—Lo sé. Sé que duerme ahí, en Granada.

Segundos de silencio. Millán de nuevo,

—¿Cómo sabes tú que duerme hoy en mi casa?

—Me lo ha dicho Martina.

Después de otro silencio prolongado:

—Pero… No entiendo nada. ¿Cómo que Martina te ha dicho…? ¿Martina y tú tenéis…? Con la cadencia de un mensaje transmitido en morse, las palabras le golpeaban el cerebro mientras las componía y descifraba a la vez que una leve sonrisa retorcida se imponía a su desconcierto pensando, quizás, en la oportunidad de utilizar esa información en beneficio propio.

—¡Para, para, Millán! —el tono adquirió un matiz cortante—. No te metas en camisas de once varas. Deja de especular con asuntos que no te interesan. Te he llamado porque aún no he recibido el tanto por ciento que acordamos tras la adjudicación de la última obra y no me gusta andar mendingando lo que es mío.

Millán se esforzó por engullir cada una de las preguntas que acudieron a su boca y respondió con otra distinta a la que le hubiera gustado.

—¿Te he fallado yo alguna vez?

—¡No me vengas con historias! Conozco muy bien a la gente como tú. Quiero lo que me corresponde antes de pasar el proyecto al Ayuntamiento para el visado.

Déspota y autoritario, Nacho en estado puro. Un profundo malestar en forma de ansiedad se apoderó de él consiguiendo que las tostadas y el café se agitaran en el estómago cual barquita en una noche de tormenta. «¡La gente como tú!». Aquel puñetero niñato lo exasperaba. ¿Quién demonios se había creído que era? Un arquitecto técnico asalariado de tres al cuarto con aires de grandeza. «¡La gente como tú!». ¿Acaso no estaban los dos en el mismo barco? El mequetrefe se creía mejor que él. Bisbiseó una sarta de maldiciones e insultos con los dientes apretados. El sabor agrio de la bilis regresó de nuevo a la garganta mientras los pensamientos iniciaban una vertiginosa carrera esbozando la primera llamada que recibió dos días después de que Carlos lo echara sin contemplaciones del despacho. «Hola Millán, soy Nacho Andrade. Siento lo ocurrido el otro día». Un espacio corto de silencio. «¿Quieres seguir trabajando para Duarte?». «Nada, nada, olvídate de Carlos, el que maneja los proyectos soy yo y me interesa tenerte en el equipo». En ese mismo momento, Millán se preguntó si lo tenía todo planeado, pero en el fondo le daba igual. Lo único que le importaba era seguir multiplicando los ingresos, a cualquier precio. «Imagino que esto tendrá un nombre, ¿no?», planteó Millán sin tapujos. Nacho fue directo al grano: «Sí, se llama tres por ciento».

Millán resopló y se agarró con fuerza al volante. El imbécil aquel lo tenía bien agarrado por los testículos.

—Está bien —aceptó—, no ando muy boyante de dinero, estoy pasando algunos problemillas en la empresa, pero en cuanto llegue a la oficina firmaré un cheque para sacar el dinero. Mañana mismo te lo llevarán por la tarde a tu casa, aunque deberías considerar el porcentaje. Ten en cuenta que luego tengo que soltarle la gallina al concejal de Urbanismo con otro sobre y…

—¡Millán! —la voz de Nacho retumbó firme por los altavoces del coche—. ¡El tres por ciento! El tres por ciento del importe bruto del proyecto. ¡Y lo quiero en *cash*, nada de cheques!

—Está bien, están bien, yo solo… —unos repetitivos bips indicaban que había colgado. Lanzó un improperio y golpeó el volante con el puño en un único acto.

***

El sol caía sobre el asfalto prometiendo otro agradable día de aquel abril madrileño. Cuando Carlos se sumergió en el tráfico de la Castellana, el peso de la discusión con el aparejador aún lo aplastaba. Cada vez sentía más aversión al gabinete y a lo relacionado con la arquitectura. «Vendería mi alma al diablo por apretar un botón que me hiciera desaparecer y me transportara lejos de todo y de todos. Tal vez me llevara conmigo a Inés. Un puñado de libros, música, un centenar de lienzos». Demasiados trastos ya. Lo ideal sería desaparecer sin más como en la película *Seis días y siete noches* de Harrison Ford y Anne Hache. Volvió la punzada en la cabeza. «¡Nosotros siempre actuamos conforme a la ley!». «No siempre». Las palabras de Nacho retumbaban en su cabeza.

¿Hasta dónde sabía el aparejador sobre el caso Hospisa? ¡Maldita sea, lo sabía todo! El padre de Martina había empleado buena parte de la fortuna en tapar el escándalo. Nacho había sido el hombre de confianza de Larralde actuando de intermediario con las partes afectadas, llevando dinero de aquí para allá y acallando las múltiples voces levantadas ante el desgraciado suceso. De pronto, la visión de un camión Scania que portaba un enorme contenedor de la Maersk le llevó a darse cuenta de que había abandonado Madrid y circulaba por la N-IV. ¿Nacho sabría que Millán estaba en el fondo del embrollo? Imposible, se dijo tajante.

Los kilómetros se deslizaban al compás de aquellas corrosivas ideas que necesitaba eliminar para evitar volverse loco, pero, cuando ya parecía olvidado, asomaba de nuevo el caso como la mala hierba, que sale en primavera, aunque la hayas arrancado de raíz el verano anterior. «No siempre». Dos palabras. Dardos emponzoñados con la hiel y el veneno adecuado para matar a un rinoceronte lanzados contra él. «No te pases, Carlos, decían, yo tengo la sartén por el mango». Y Para rematar la jugada, el email. ¿Quién estaría detrás del maldito email? ¿Lo habría mandado Nacho? ¡Pero qué dices! «Él no puede conocer mi relación con Inés. Y que Millán había cambiado las especificaciones, mucho menos. A no ser que lo hubiera relacionado con Electroshop, S.A. Pero no. Imposible».

Cuando ocurrió el incendio, nunca lo achacó a la empresa constructora. Él tenía que haber revisado el proyecto una vez terminado y no lo hizo, de lo contrario se hubiera percatado del cambio del generador de alto voltaje a la tercera planta. Después, el mejor bufete de abogados de Madrid, pagado por Iñaki Larralde, consiguió tergiversar y presentar ante el juez un proyecto distinto al original con los datos modificados y una serie de informes donde la responsabilidad de Carlos como arquitecto había quedado diluida. No obstante, él en persona realizó exhaustivas comprobaciones tras el accidente que le llevaron a constatar el cambio en las especificaciones eléctricas del proyecto perpetrado por Millán para lucrarse.

La cabeza iba a estallarle. Tanta negatividad empezaba a hacer mella en su cerebro. Como decía Nerea, tenía que cambiar el chip. Trató de pensar en Inés. Sensible y coherente, se había convertido en su tabla de salvación. ¡Cuánto deseaba estar con ella! Abrió la ventanilla para que el aire entrara en el habitáculo y lo aspiró hasta llenar los pulmones. «Inés, Inés, Inés». La mente se calmó un poco; sin embargo, en cuanto subió el cristal volvieron nuevas sensaciones negativas desde los rincones de la memoria. El perito de la aseguradora, un viejo conocido de Iñaki, certificó, como en otras ocasiones, después de una buena suma de dinero, que el incendio se había producido por un sobrecalentamiento fortuito del generador. Un periodista, sobornado también, publicó la noticia junto a un informe falseado por varios expertos, que consideraban el suceso un accidente imprevisto. Al final, no sabía cómo, en el Ayuntamiento y en el Colegio de Arquitectos, apareció un nuevo proyecto, distinto al original, donde figuraba el generador instalado en la tercera planta y no en el sótano donde debía estar colocado. Las partes llegaron a un acuerdo con la aseguradora y, tras pactar unas indemnizaciones considerables, el juez cerró el caso.

La imagen sonriente de Nacho apareció frente a él. Una sonrisa entre burlona y sarcástica, la sonrisa que pondría un león frente a un ñu acorralado.

—¡Joder!

¿Hasta cuándo iba a dura aquel martirio? Ya había pasado el tiempo suficiente para olvidarlo, ¿por qué continuaba en la trastienda de los pensamientos y aparecía cada dos por tres para martirizarlo? Aquella era otra de las razones, la principal, para no echar a Nacho a la calle. Por eso soportaba las impertinencias y la desfachatez. Por eso no quería ni aparecer por el estudio. Por eso ni Martina ni nadie entendían que lo mantuviera allí.

***

No sabía el tiempo transcurrido desde la llamada de Nacho. Martina miró el reloj digital de la mesilla de noche con el rabillo del ojo para comprobar la hora; sin embargo, solo consiguió vislumbrar un borrón de números verde manzana, danzando en la pantalla. ¿Por qué se empeñaba la gente en levantarse tan temprano? ¿A qué hora la había llamado? ¡De madrugada!

Se desperezó y, consciente de su desnudez, dejó caer los brazos deslizando las manos por el pecho y el vientre hasta recalar en el pubis. Suspiró y evocó momentos en los que hacía el amor con Carlos Caricias, besos, abrazos, un sueño enterrado en la memoria que no quería exhumar. Cerró los ojos con fuerza para apartar esa idea y apareció la imagen de su padre un momento antes de colocarle la tapa al ataúd donde descansaría para siempre. Le habían maquillado el rostro y daba la impresión de estar durmiendo una plácida siesta. Martina pidió que lo vistieran con un traje oscuro y la corbata celeste de seda de la firma francesa Hermès, regalo del último cumpleaños. «Me gusta Hermès porque es como yo, no cambia nunca. Ni siquiera la anchura de las corbatas».

—¡Tendría que estar vivo! Si no me hubiera casado con este imbécil, ahora estaría vivo.

Se había sentado al borde de la cama con la barbilla hundida en el pecho. Por supuesto, no iba a consentir que aquello quedara así. Carlos no sabía de lo que ella era capaz. Esta percepción de sí misma la reubicó en el presente, se puso en pie con decisión y abrió las puertas del pequeño balcón que asomaba al jardín. Inhaló el suave perfume a jazmín y a rosas de la primavera. Aspiró un par de veces más el aroma y se sintió más relajada. De manera inesperada, el ruido estrepitoso de un motor procedente del chalé colindante llamó su atención. Un jardinero empezaba a cortar el césped y pocos segundos después percibió el olor a hierba recién cortada, quizás real, quizás producto de la asociación de ideas. Sonrió unos instantes saboreando la fantasía de que el jardinero mirase hacia la ventana y la viera desnuda. Consciente del placer que le producía sentirse observada y deseada, se movió un poco hasta apoyar se de manera insinuante en el quicio, pero viendo que el jardinero no se percataba de su presencia, se dirigió al vestidor, frustrada. Del cajón de la ropa interior, eligió unas bragas azul turquesa y se las puso. Al girarse se vio reflejada en el espejo que ocupaba la pared del fondo. Se contempló primero de un lado y luego del otro. Los cuidados intensivos a los que sometía aquel cuerpo de cuarenta y cinco años estaban dando resultado.

Tomó del perchero una bata Lise Charmel de satén color hueso y se la colocó mientras pensaba en la cena pendiente con Nacho. La principal razón por la que estaba dispuesto a ayudarla era porque quería acostarse con ella. No estaba muy segura de poder resistir al envite. ¡Ya pensaría en el momento más idóneo para disfrutar de él! A fin de cuentas, Nacho era en sí mismo una tentación a la que sin duda sucumbiría, pero a su debido tiempo, pensó. Se trataba de una mera cuestión de estrategia y se creía capaz de dominar la situación en cada encuentro. De su juego de seducción dependía que el aparejador le entregara los documentos que necesitaba para hundir a Carlos. El ruido del cortacésped seguía impertérrito. Cerró la ventana y se dirigió descalza hacia la cocina.

***

Un cartel anunciando el paso de Despeñaperros llamó la atención de Carlos y al poco se encontraba sumido en el mundo enigmático, inquietante y misterioso del desfiladero. A ambos lados, enormes peñascos y riscos imposibles atrapaban la carretera, que parecía abrirse camino con dificultad serpenteando entre las rocas hasta lo más alto del puerto igual que los recuerdos zigzagueaban de nuevo hacia la discusión mantenida con el aparejador.

Mientras planeara el caso Hospisa sobre su cabeza, estaría sometido a los dictámenes de Nacho. Al principio era diligente, humilde y muy responsable en el trabajo, pero ahora el aparejador se comportaba como un buitre que realiza círculos en el aire antes de lanzarse a devorar a la presa. Ave carroñera con mala memoria. Parecía no recordar que, gracias a la amistad entre sus respectivos padres, había empezado a trabajar en el gabinete al finalizar la carrera. Amigos en el colegio, camaradas en la adolescencia y hermanos en los atardeceres de la vida, Fermín se sintió desolado cuando murió el padre de Carlos. Poco después, perdió a su mujer y cayó en la depresión. Despedir a Nacho supondría un duro golpe para Fermín. Además, esto despertaría la ira del aparejador y la situación podría escapársele de las manos. Sabía que Nacho era capaz de utilizar toda la información confidencial que controlaba para hundirlo sin remisión. No podía arriesgarse a perderlo todo. ¿Y cerrar el estudio? Sí, así se acabarían de un plumazo los problemas. Todos no. Aún quedaba pendiente el asunto del email. Tenía que resolver este tema cuanto antes. Lo mejor sería contratar a alguien que rastreara la procedencia del maldito email. El caso Hospisa lo había zarandeado, logrando que los cimientos que sustentaban su vida se tambalearan. Ya no le interesaban el prestigio, el dinero ni las hipócritas fiestas y cenas en donde los asistentes ocultaban sus miserias con carísimos trajes mientras mantenían conversaciones frívolas. Ahora necesitaba espacio, empezar a sentirse libre.

Las cavilaciones se fueron suavizando, igual que el paisaje. Y, casi sin darse cuenta, fue completando el camino que le acercaba a su hermana.

Lydia y Millán vivían en un chalé con porche y jardín abigarrado de arbustos y plantas que daban a la parcela aspecto de selva tropical. El follaje era tan tupido que la vivienda pasaba desapercibida para los viandantes. Sin embargo, a Carlos le resultaba una referencia inequívoca divisar a lo lejos aquellos entramados de buganvillas y enredaderas con más de dos metros de altura rebosantes de verdor.

En ese mismo momento, en el salón de la casa, Lydia se agachaba a recoger un papel rosa tirado bajo la mesa del comedor. Se trataba de un albarán. «Este va dejando los papeles por ahí. Luego, cuando no los encuentra se cabrea», se dijo de manera despectiva en el instante en el que oyó el chirriar de los frenos de un coche en la calle. ¡Carlos! Colocó el recibo rosa junto a las botellas del mini bar y se precipitó corriendo hacia la cancela.

Con paso acelerado y una sonrisa, Carlos la vio acercarse al coche. Vestía un pantalón vaquero corto deshilachado, una camiseta blanca con el lema «He donado mi cuerpo a un taxidermista» en grandes letras negras sobre el pecho y unas chancletas de goma. A pesar de la indumentaria juvenil y desenfadada, le pareció avejentada, mucho más que la última vez. ¿Cuándo había sido? Y ahora que se fijaba bien, esa sonrisa... No le dio tiempo a concluir la reflexión, pues en cuanto puso los pies en el suelo, se le echó al cuello abrazándolo tan fuerte que apenas lo dejaba respirar. Luego le dio un prolongado beso en la mejilla.

—Estás guapo —repetía mientras deshacía el abrazo y le agarraba las manos contemplándolo de arriba abajo—. Me siento muy orgullosa de ti. Deberías venir más a menudo para que yo pudiera presumir de mi hermanito del alma entre las cotillas de mis vecinas.

Entre tanto, a Carlos, como casi siempre que estaban juntos, se le impregnaba el alma de decenas de recuerdos a los que no renunciaría jamás. Cuatro años mayor, fue su ángel protector durante la niñez, el espejo en el que se miraba cada día. Compañera de juegos, profesora, amiga... «Yo he estudiado magisterio, pero tú eres mucho más inteligente y deberías estudiar arquitectura o ingeniería». Le gustaba recordar aquellos consejos. Siempre le pareció muy hermosa. Melena del color de las espigas secas, cepillada con esmero, ojos azules heredados de su madre y una sonrisa blanca, llamativa como un anuncio de dentífrico. Él, sin embargo, había heredado los rasgos de su padre: pelo castaño claro, ojos marrones y pómulos hundidos. En lo único que la superaba era en altura.

Carlos acercó las manos de Lydia a los labios y las besó. El eco melancólico de los recuerdos dejó de resonar cuando observó aquellas manos, en otros tiempos finas y cuidadas casi con devoción, de uñas pintadas con la escrupulosidad de un Vermeer, hoy comidas hasta la raíz. El rostro ya estaba pagando también el peaje al paso de los años, pues, aunque los ojos seguían manteniendo el azul intenso, habían perdido el brillo y la viveza de antaño. Algunas canas despuntaban en la raíz del pelo y unas pronunciadas ojeras le daban aspecto de cansancio y vejez prematura. Carlos mintió al asegurarle que la había encontrado muy bien. «Muy guapa».

—Se me ha hecho larga la espera. Me tenías preocupada.

Carlos echó un vistazo. Había macetas por todas partes: en las ventanas colgadas de las rejas, en las paredes, en el suelo y hasta en los alcorques de los árboles. Son mi vía de escape, aseguraba ella. Yo las cuido y ellas me lo agradecen alegrándome la vida con su colorido.

Un poco antes de llegar al porche, se giró y se detuvo frente a él percibiendo disgustada el gesto de preocupación en el rostro. Carlos le aseguró que no le ocurría nada, solo estaba cansado por el largo viaje desde Madrid.

—A mí no me engañas, Carlitos —advirtió—. Sé muy bien cuándo estás cansado y cuándo preocupado —dejó transcurrir unos segundos y cambió de tema—. ¿Cómo están los niños?

«Muy bien» fue la sucinta respuesta y Lydia volvió a la carga preguntándole por Martina. Aquel interés no tenía ningún sentido —pensó Carlos—. Martina y ella no se soportaban desde hacía tiempo. Tal vez, Lydia, ante su hermetismo, estaba utilizando los recursos a su alcance.

—Hermanita, Martina está bien, los niños, como tú los llamas, están de lujo y tu hermano solo necesita un sillón donde sentarse, algo de beber y una charleta con su hermana mayor.

Notó una vibración en el bolsillo del pantalón acompañada del sonido que anunciaba la entrada de un mensaje. Antes de sacar el teléfono se demoró unos instantes, como si intuyera lo que iba a encontrar.

Correo.

Yahoo.

puntoyraya@campingresort.net.

Lo abrió con dedos temblorosos.

Tu vida y la de los tuyos es más importante que toda esa mierda en la que andas metido, Carlos. No merece la pena.

—¡Joder!

4

15 de abril

—Así que no te ocurre nada, ¿eh? ¡Cansado del viaje! ¡Ya sabía yo que te pasaba algo! A mí no puedes engañarme.

Lydia soltaba la retahíla cual madre que regaña al niño por haber traído malas notas del colegio mientras Carlos entraba en el salón ensimismado en la pantalla del móvil, tomaba asiento en uno de los sillones y estudiaba el mensaje como si estuviera tratando de descifrar el *Manuscrito Voynich.* Al cabo del rato levantó la vista. Lydia lo contemplaba de pie a su lado con gesto adusto. Otra vez los recuerdos llamaron a las puertas de la memoria y fueron invadiéndolo poco a poco hasta dibujarle la imagen nítida de su hermana: delgada, flexible, cabello muy rubio y más corto. «¡Mira cómo te has puesto! Ahora mamá me regañará a mí». Hay que fastidiarse, Carlos, con lo que tienes encima y tú recordando batallitas de la infancia. Advirtió que Lydia se agachaba delante y le acariciaba las rodillas. Así, tan de cerca, la mirada extraviada y el rostro ajado le impresionaron. No tenía buen aspecto y encima se preocupaba por él cuando, a todas luces, ella también necesitaba ayuda. «Puedes intentar desviar la atención de tu problema preguntándome a mí, pero no me equivoco», pensaba Carlos. Los ojos se encontraron en mitad de los dos. Los de ella reflejaban ternura, los de él preocupación. Lydia esbozó una sonrisa vaga y arqueó las cejas alentándolo a hablar. Carlos realizó un movimiento negativo con la cabeza, un acto reflejo involuntario que rectificó enseguida.

—No me pasa nada —aseguró al fin sin ninguna credibilidad en el tono de sus palabras.

Nuevo silencio y nuevas miradas. Lydia se puso de pie, se tumbó en el sofá frente a él y empezó a restregarse los pies descalzos uno contra otro. Sabía que acabaría contándole sus preocupaciones, así que lo observó con atención incitándole a continuar.

Se removió en el asiento.

—En serio, Lydia, no me pasa nada —aseguró. Sin embargo, un instante después dio un giro a su actitud y decidió hablar mientras ella permanecía expectante.

—Alguien me está mandando unos mensajes absurdos al correo.

—¿Eso te preocupa? —lo interrumpió.

—Un poco, sí.

—Hay algo más, ¿verdad?

Dudó en contarle toda la verdad. Hablarle de Inés de Hospisa, de las discusiones con el imbécil del aparejador. Las palabras comenzaron a resonar en su cerebro como un eco envolvente. Me apetece mucho dejar el trabajo de arquitectura, Lydia. Apartarme, dedicarme a la pintura, a vivir en algún sitio tranquilo con Inés. ¿Quién es Inés?, pregunta obvia. Una extraordinaria mujer de la que creo que me estoy enamorando. Mantengo con ella una relación rara, por teléfono, desde hace un tiempo. Nada que ver con Martina. Es el lado opuesto, la otra cara de la moneda; el yin y el yang del taoísmo.

Carlos observó un momento a Lydia. Lo contemplaba con ojos tiernos, casi transparentes. A pesar de tener hilvanado el discurso, aquella mirada acuosa lo disuadió de su propósito, sobre todo porque hablarle de Hospisa supondría detallar los trapicheos de Millán con el cableado y eso la haría sufrir bastante, así que recogió las palabras y continuó con una repuesta esquiva.

—Estoy un poco cansado, solo eso —concluyó tajante.

Se dejó arrastrar por el aspecto de Lydia, quien tumbada en el sofá parecía agotada a esas horas del día. «Seguro que el golfo de Millán tiene que ver con su estado de ánimo. ¡Valiente sinvergüenza desagradecido!».

Lydia entornó los párpados. El azul de los ojos se volvió un poco acerado. No te creo, decían. Luego esbozó un apunte de sonrisa para asegurarle que, pese a todo, estaba con él.

—Voy a prepararte algo de beber. —Con decisión se levantó del sofá, convencida de que una copa ayudaría—. ¿Fuerte o suave?

—Lo dejo a tu elección.

No pasaba desapercibido para Carlos el esfuerzo que realizaba para hacerle sentir bien como tampoco los cambios en el salón desde la última vez que la visitó. Había movido de lugar el mueble acristalado donde guardaba una valiosa colección de miniaturas de Swarovski y la mesita redonda con tapa de mármol rosado que exhibía la colección de fotos familiares enmarcadas en plata. Lo demás en su sitio e igual de pulcro y limpio que de costumbre. En un lado el salón comedor con una mesa antigua de madera de caoba rodeada por ocho sillas, sobre la que pendía amenazadora una enorme lámpara de Murano con lágrimas de cristal y en el otro, donde él se encontraba, un tresillo de piel color hueso, una alfombra persa de Tabriz frente a la chimenea y un minibar con barra repleto de botellas. Como Lydia, los objetos, en aquel salón, rezumaban un aire extemporáneo, de otro tiempo. *Vintage,* diría Nerea. Desde que se había resignado a la idea de no tener hijos y de no dar clase por un problema en la espalda, vivía enclaustrada y consumía los días en el frondoso jardín, cambiando muebles de sitio o pasando la bayeta en una frustrante actitud propia de quien no puede modificar las verdaderas causas de su sufrimiento. En un nuevo recorrido visual por el salón, sus ojos se toparon con un par de marinas suyas decorando una de las paredes, quizás lo único alegre de la estancia.

—Martini y ginebra, ¿vale?

Carlos le dio el beneplácito con un leve movimiento de cabeza y estudió su breve mirada. Una fugaz sonrisa antes de continuar poniendo las bebidas le oscureció el rostro. Ella era muy consciente de su estancamiento en el tiempo.

—Aquí tienes, como a ti te gusta: dos dedos de Martini y unas gotas de ginebra, pero no me hagas ir a la cocina a por el limón.

—No importa —aseguró con un gesto de la mano y dio un sorbo.

Movió el líquido con el dedo índice mientras Lydia volvía a tumbarse en el tresillo.

Ambos mantuvieron un elocuente silencio.

—En serio, Carlos, si no quieres hablar no hables, pero tu cara no es solo de cansancio.

No había forma de engañarla. Giró la cabeza y se encontró con su imagen distorsionada reflejada en el vidrio de la puerta del salón.

No vio nada anormal, pero tal vez Lydia disponía de otros parámetros comparativos que él desconocía.

—Tú tampoco parece que vengas de los Sanfermines —saltó en un intento de zafarse de la presión.

Sus ojos volvieron a tropezar en medio de la nada.

—Yo también estoy cansada —respondió sin sarcasmo.

Nuevo silencio reflexivo sobre las respuestas, hasta que Lydia lo rompió.

—¿Qué tal Martina y tú? —formuló con naturalidad la pregunta para evitar congelar la conversación. Esperaba un «muy bien» o algo parecido, sin embargo, Carlos la sorprendió con otra respuesta.

—No sé. —La mirada se perdió un momento entre las figuritas de Daniel Swarovski mientras se transportaba de forma inconsciente dos años atrás, cuando Martina le pidió por su aniversario una joya del diseñador.

Le hizo un gran favor al recordarle la fecha del aniversario y evitó perder el tiempo pensando en el regalo. Igual que en otras ocasiones, Charo se encargó de comprar algo adecuado. Esta vez la secretaria eligió el brazalete «Hiperbola», nada barato. Martina, encantada. Entonces, estaba convencido de que una buena joya era una excelente carta de presentación en el círculo de intereses donde se movía. Dejar patente el potencial económico era una prioridad porque abría la puerta a futuros proyectos para el estudio y ampliaba el ámbito de influencia. Durante años había vivido a un ritmo vertiginoso, centrado en el trabajo y preocupado en exclusiva por obtener prestigio y dinero hasta que Hospisa dio la vuelta a su realidad. Cómo no se había dado cuenta antes de lo superficial que era.

—Ya no estoy seguro de nada —continuó con marcadas notas de decepción en el tono de la voz—. Ni siquiera de mí mismo. Empiezo a dudar de lo que es real y lo que solo está en mi cabeza.

—La línea que separa la ficción de la realidad es muy fina, Carlos —apuntó Lydia con la copa olvidada en la mano.

Él se llevó la suya a los labios y los humedeció en el Martini. ¿Swarovski había sido un aprendiz de cristalero bohemio o austriaco?

—¿Qué dicen esos mensajes? —continuó ella al comprobar la ausencia de su hermano.

—Amenazas ridículas, pero preocupantes —respondió sin dejar de observar las figuritas. Ahora la firma Swarovski, además de figuritas de cristal tallado, diseñaba alta costura, joyería, accesorios ópticos y hasta una bola de discoteca para una gira de Madonna, valorada en más de dos millones de dólares.

—¡Carlos!

El grito lo devolvió a la realidad del salón. Vio la imagen borrosa de Lydia tumbada en el sofá, como si acabara de despertar de un coma. Necesito contarle algo, aunque no todo, reflexionó antes de decidirse a hablar.

—Está bien. Tengo una relación con una mujer. Alguien lo ha descubierto e intenta chantajearme para que la deje.

Ahora veía con nitidez a Lydia. El gesto congelado, la mirada fija, sin pestañear, y la copa detenida a pocos centímetros de la boca. Sigue, por favor, sigue, cuéntamelo, le conminaba desde el silencio.

—Se llama Inés. La conocí en una exposición en Sevilla y llevamos un tiempo hablando cada día por teléfono. Aún no hay nada entre nosotros, pero estoy seguro de que ocurrirá.

—¿Sabe algo de esto Marti…?

—No —atajó—. Solo lo sabemos tú y yo. Al menos yo no lo he comentado con nadie.

—Pues está claro que alguien más lo sabe. ¿Está casada?

—Sí.

—Blanco y en botella. ¡El marido!

—No creo que el marido esté al tanto de esto. Y mucho menos de lo otro.

Se le había escapado, pero ya no había vuelta atrás. Buscó los ojos de su hermana. Lydia tenía el ceño fruncido y daba pequeños sorbos al Martini.

—¿Qué es «lo otro»?

Carlos esperaba la pregunta. Llevaba una eternidad hilando y deshilando respuestas coherentes. Cualquier cosa menos hablar de algo que pudiera relacionar a Millán con Hospisa.

—Una vez cometí un error en una edificación y ahora quien sea me lo está recordando con los emails.

—Algo grave, supongo.

La frase quedó colgada en el aire unos instantes hasta que Carlos movió la cabeza en sentido afirmativo. La sonrisa que ella conocía desde siempre se dibujó leve en los labios, pero sin ninguna muestra de alegría.

—Vaya —suspiró Lydia, quien, tras un pequeño sorbo, dejó la copa en el suelo y se limpió las comisuras de los labios con el índice y el pulgar—. ¿La chica esa sabe algo del fallo cometido en…?

Le incitaba a hablar del proyecto, había dejado a propósito la pregunta sin terminar. Sin embargo, él no entró al trapo.

—Nadie, excepto tú y yo, sabe nada. —Nueva mentira para no extenderse en interminables explicaciones.

—Yo tampoco sé nada, excepto que ocurrió —se apresuró ella.

La observó con detenimiento mientras apuraba la copa de martini y Lydia comprendió enseguida el significado de aquella mirada. «Me estás pidiendo demasiado, hermana, deja de hacer preguntas».

—Está claro que no solo tú y yo lo sabemos. —Volvió a restregarse los pies uno contra otro—. Tiene que haber otra explicación. ¿No puedes averiguar de dónde proceden los emails?

—Estoy en ello. Pero, por favor, dejemos esto. Me agobia. Háblame de ti. Te veo un poco decaída.

Lydia se incorporó rápido, se recolocó la melena detrás de la oreja y, después de coger la copa del suelo, apuró de un trago lo que quedaba. Vamos a tomar otra, había dicho sin responder la pregunta. Carlos la vio alejarse hacia el minibar con una copa en cada mano y el paso vivo. La observó mientras preparaba los martinis. De vez en cuando. De vez en cuando, lo miraba desde la trinchera de la barra del minibar y esbozaba una sonrisa triste. «Tranquilízate, hermanito, estoy tratando de averiguar qué contarte que tú ya no sepas para no preocuparte demasiado».

—Voy a por una rodaja de limón a la cocina.

En efecto, conocía muchos detalles de su vida, pero ignoraba cómo le habían afectado. La martirizaba la idea de estar incapacitada para trabajar y, sobre todo, no tener hijos. Millán había desechado la posibilidad de una adopción. «Vete a saber lo que nos meten en casa. ¿Ir a China? Ni hablar. A nosotros no se nos ha perdido nada allí».

Oyó unos golpes en la cocina. Está cortando el limón sobre la tabla, pensó. En realidad, pretendía dilatar el momento de regresar al salón. Ahora le pesaba haberle preguntado. A nadie le gusta que la obliguen a hablar de sus problemas. Si lo haces, corres el riesgo de que te devuelvan la pregunta. En ese momento regresó con las copas sobre una bandeja y le puso una de ellas en la mano.

—Aquí tienes, con limón. Para que no vayas diciendo por ahí que tu hermana no te cuida. —Con la melena recogida en una coleta que bailaba al compás de la cabeza, había vuelto al salón dicharachera, alegre, incluso un puntito divertida, como si en la cocina hubiese resuelto los problemas—. Deberíamos empezar a cocinar —propuso, y se tumbó de nuevo en el sofá—. Voy a prepararte unas patatas con choco para chuparse los dedos. ¿Me vas a ayudar?

Así que era eso. No quería hablar de ella. Los dientes aparecían y desaparecían en forma de pequeños destellos mientras le explicaba con detalle la receta de aquel maravilloso guiso. Al cabo de un rato se percató de la inmovilidad de su hermano y calló. Carlos la contemplaba casi sin pestañear. «No me interesa la receta, me interesas tú, háblame de ti». A ella se le ensombreció el rostro un momento, como si adivinara los pensamientos de Carlos, y bajó la vista a la copa que sostenía entre las manos. Al cabo levantó la cabeza, le sostuvo la mirada un rato y esperó aún unos segundos mientras decidía por dónde empezar.

—Yo también estoy bastante harta, Carlos. Esta mañana incluso me he planteado dejar a Millán —lanzó de golpe y se incorporó dando un brinco.

Las miradas achicaron la distancia entre ambos. La de ella solicitaba una respuesta urgente de apoyo o crítica a su planteamiento. «Vamos, dime algo». La de él, reflejaba cierto desasosiego.

Carlos aún reflexionó un poco más antes de tomar la palabra. ¡No entiendo cómo no se lo ha planteado mucho antes!

—Las decisiones son tuyas, Lydia. Sean las que sean, me vas a tener siempre a tu lado, eso ya lo sabes. Millán nunca me ha causado ni frío ni calor. Lo he colado en algunos de mis proyectos transgrediendo mis, mis… —vaciló un instante en busca de las palabras adecuadas— propias normas morales, pero ahora ya ni siquiera trabaja conmigo. Si ves que no te aporta nada, déjalo. —Se sorprendió a sí mismo ejerciendo de consejero de su hermana mayor.

Ella lo contemplaba absorta. Ceño fruncido, semblante desolado de quien pide una limosna por caridad.

—Sea cual sea la decisión que tomes —continuó—, hazlo ya. Sé que no es fácil dar el paso, pero es mejor no arrinconar estos asuntos en la cabeza porque acaban pudriéndose.

Dejó de mirarlo. Perdida en la inmensidad de sus problemas, ahora se movía incómoda en el asiento lanzándole miradas cortas de la copa a él y viceversa, arrepintiéndose, quizás, de haberle contado nada. Bastantes conflictos traía ya encima como para añadirle otro.

—Pensaba que Millán seguía suministrándote material eléctrico. —Voz un poco distorsionada para tratar de desviar la conversación.

—Nunca me ha proporcionado ningún material, Lydia. De hecho, cuando hay un macroproyecto, de un edificio o una urbanización, los distintos proveedores, electricistas, carpinteros, fontaneros, compiten por la adjudicación de la obra. Lo que he hecho, cuando los negocios no le iban bien a Millán, ha sido colarlo por la puerta de atrás en alguno de esos proyectos. ¿Entiendes?

Lydia afirmó con la cabeza mientras el rencor hacia Millán aumentaba. Creía que Carlos le había ayudado contratándolo sin más y ahora se enteraba de que se había arriesgado utilizando sus influencias para favorecerle. «Y, encima, él detesta a mi hermano. ¡Será hijo de puta!». Los segundos se deslizaron silenciosos hasta que ella, en un intento de apartar a Millán del espacio mental, formuló otra pregunta inocente, sin imaginar la trascendencia y las consecuencias que acarrearía la respuesta:

—¿En qué trabajas ahora?

Carlos bebió un pequeño sorbo de Martini y arrugó el entrecejo. El limón aportaba un punto ácido de sabor agradable a la bebida, aunque se había pasado un poco con la ginebra.

—Tenemos varios proyectos en cartera. Está en marcha la obra del polideportivo municipal de Majadahonda y estamos concluyendo el diseño de una piscina cubierta para el Ayuntamiento de Alcalá de Henares.

—Bueno, dejemos a un lado el trabajo, ¿me vas a hablar de esa chica? —propuso intrigada.

Carlos le brindó una sonrisa rebosante de ironía y asentía con la cabeza. Trago de Martini. Mucho estaba tardando en indagar sobre el tema. En realidad, le venía bien cambiar de nuevo la conversación. Lydia no quería hablar de sí misma y él necesitaba vaciar en alguien aquellos sentimientos acumulados en el corazón durante meses.

Media hora más tarde seguía hablando de Inés. Las conversaciones por teléfono, la música y las lecturas que compartían, las discusiones sobre pintura y literatura, política y religión.

Habían pasado del salón a la cocina y, ante la decisión de Carlos de marcharse por la tarde, en lugar del guiso de habas con choco, acordaron unas patatas fritas, huevos y lo que pillaran por la cocina: un poquito de aquí, otro de allá.

—Total, hermanito, que estás enamorado de ella hasta las trancas.

Meditó un momento la afirmación de su hermana. Se encontraba muy bien con ella —aseguró—. Es una vía de escape que me permite desconectar de la estúpida realidad que me rodea. Es alguien que ha llegado a mi vida, un regalo que…

—¿Ha llegado para quedarse? —Lydia formuló la pregunta con un ojo cerrado y el otro atento a las patatas que se freían en la sartén, al modo que lo haría con un cigarro en la comisura de los labios. La voz empezaba a ser estropajosa después de la segunda copa de vino blanco y los vermús del salón, sin embargo, él entendió muy bien el sentido.

La respuesta, rotunda, clara. Nunca se había sentido tan bien con una persona. A Inés —continuó—, no la quitan de mi lado ni rascándola con una espátula y agua caliente. Si ella quiere, claro. Luego se afanó de nuevo cortando la lechuga para la ensalada.

Él no se percató, pero un esbozo de sonrisa iluminó el rostro de su hermana, a pesar de estar contraído por el humo de la sartén.

Después de la comida, un par de cafés y varios intentos para que se quedara a dormir. Nada. Poco después, Lydia despedía a Carlos en la puerta de casa, fundida con él en un abrazo y susurrándole al oído que necesitaba verlo más a menudo.

—Eres lo más importante de mi vida, hermanito —añadió—. Ayer me prometiste quedarte —se enfadó arqueando la cintura.

—No, no te prometí nada de eso.

—No te habrás molestado porque Millán no haya podido comer con nosotros, ¿verdad?

—No, mujer.

Lydia lo había llamado y, ante la falta de respuesta, se inventó una excusa. Había tenido que viajar a Jaén y no regresaría hasta la noche. ¿Seguro que no tenías nada pendiente que hablar con él?, preguntó intentando disimular el disgusto.

—Que no —respondió Carlos alargando la «o»—. Ya te he dicho que entre Millán y yo no hay nada, ningún tipo de negocio. Él tiene trabajo de sobra, al menos eso creo. —Dejó transcurrir unos segundos—. ¿Estáis bien de dinero?

—Sí, sí, sí —se apresuró asintiendo con la cabeza y le habló del coche nuevo que acababan de comprar.

—Bueno, Lydia, me voy. Hoy la conversación ha girado en torno a mis problemas, porque no estabas por la labor de hablar de los tuyos, pero lo dejamos pendiente, ¿vale? Tengo ganas de que me cuentes algo sobre el gañán de tu marido.

—No lo insultes, no es mala persona. El problema soy yo, no él.

Carlos arruga el entrecejo y realiza una mueca torciendo el labio. No sabes lo que puede dar de sí el pavisoso gordo que está a tu lado, hermanita. El día que decida contártelo vas a alucinar.

—Mándame un mensaje cuando llegues, ¿vale? —Trataba de componer una sonrisa estirando los labios, pero entre las cejas mantenía un par de líneas verticales. Los ojos también reflejaban una profunda tristeza.

—En cuanto llegue, lo haré.

Vio alejarse el coche y esperó en medio de la calle hasta que se perdió tras la esquina. Cerró la cancela, pesarosa; lágrimas a punto de desbordarle los ojos y el corazón encogido por la marcha de Carlos. Antes de entrar en la casa echó un vistazo al jardín. El atardecer agonizaba ya entre las ramas altas de las buganvillas. «Mañana recogeré las hojas secas y podaré un poco los geranios». Este pensamiento la llevó al interior de la casa y cerró con tanto ímpetu que el portazo retumbó en las paredes como el eco de un trueno tras el relámpago. Bajo el peso demoledor de la soledad, dio unos pasos hasta el mostrador y contempló las copas vacías sobre la mesa, huérfanas.

Suspiró. No de cansancio ni de hastío, sino de ánimo para seguir adelante. No había otra solución. Eso o morir. Lo segundo no le apetecía. Tomó el mando de la tele y la conectó. El sonido le hace compañía. Cuando se agachaba para coger las dos copas y la botella, las impactantes imágenes de la televisión la sorprendieron.

Un pavoroso incendio arrasa la catedral de París. Todo apunta a que el incendio se ha producido debido a unos trabajos...

«Al parecer hoy todo converge para alegrarme la tarde. ¡Madre mía, cuando se entere Carlos!». Resignada, se dirigió al minibar para guardar la botella de vermú y se percató del albarán que había dejado entre las otras. Con mirada indiferente, desplegó el papel y recorrió el listado de materiales escrito a bolígrafo con la letra de Millán:

Dos rollos de cable de 0,2

Un rollo de 0,4

Dos cajas de electrotérmicos

Diez conmutadores...

Debajo del pedido, rúbrica y el apellido escrito con letra mayúscula, impronta que dejaba en cualquier documento firmado para autentificarlo aún más: «PANCORBO».

Respiración interrumpida.

Ojos clavados en el encabezado del albarán.

Trémula la mano que sostenía el papel.

Polideportivo Municipal de Majadahonda.

Obra del proyecto de arquitectura Duarte & Larralde.

Fecha de la factura, 13 de abril, dos días atrás.

5

16 de abril

Un extraño ruido sibilante y jirones de una conversación apagada le hicieron abrir los ojos. La mirada, aún turbia, tropezó con el techo de la habitación en penumbra y se restregó los párpados hasta que fue consciente de la realidad. Decorada de manera minimalista, percibió el contraste entre el color crema de la pared de la que pendían un par de pinturas abstractas y las cortinas en tono tierra que aún no dejaban traspasar los incipientes rayos de sol. El extraño ruido procedía del pasillo, donde alguien hablaba mientras pasaba el aspirador. Le pareció oír algo relativo al incendio de Notre Dame. «¡Madre mía, Notre Dame ardiendo!». Se incorporó apoyándose sobre el codo para mirar la hora en el móvil que latía sobre la mesilla de noche. 9:30. De nuevo se dejó caer sobre el colchón y entrelazó los dedos bajo la nuca. Los ojos volvieron a encontrarse con la blancura del techo mientras prestaba atención al rumor apagado del tráfico en el exterior. «Espero por su bien que me tenga preparado el proyecto cuando vuelva», aunque en el fondo poco podía hacer. La relación con Nacho pintaba cada vez peor y quedaban algunos asuntos turbios como para echarlo a la calle sin más. No obstante, el principal escollo era su padre. No soportaba la idea de hacer sufrir más a aquel pobre anciano bastante deteriorado ya por la muerte de su mujer.

De repente, una pequeña punzada se acomodó en las sienes. El caso Hospisa había sido archivado en los juzgados y el prestigio como arquitecto, después de remontar aquel bache, estaba ya subsanado. Hubo un tiempo de sequía. Ningún proyecto de consideración hasta que aquel periodista sobornado por Iñaki Larralde publicó un artículo, con informe incluido, asegurando que los hechos habían sido fortuitos. Los proyectos empezaban a fluir de nuevo por el gabinete.

—¡A la mierda el prestigio! —profiere malhumorado incorporándose para apoyar la espalda contra el cabecero de la cama. Frente a él, la pantalla negra del televisor apagado le devuelve su propia imagen. La punzada en el cerebro aumenta de intensidad. ¡Y los malditos emails! Se gira sobre la mesilla de noche, coge el móvil con manos nerviosas y comprueba el correo.

—¡Inés!

Exaltado al ver que hay un mensaje de ella:

A las once me paso por el hotel. Un beso.

Respira tranquilo. Desde que le mandó el mensaje con la ubicación del hotel donde se hospedaría, no había tenido noticias de ella. Se estiró de nuevo sobre la cama y sus pensamientos navegaron a la deriva. «¿Ha llegado para quedarse? Martina, Nerea, Alejandro, Lydia». Lydia no había emitido ninguna opinión al respecto. ¿O sí? No lo recuerda. «Estás enamorado hasta las trancas», había asegurado. Arrugó el entrecejo preguntándose si de verdad estaba enamorado o era otra crisis de la edad.

—Cada vez que alguien saca los pies del plato, se lo achacan a alguna crisis relacionada con la edad —reflexionó en voz alta mientras se colocaba de lado, mirando a la ventana.

Un rayo de luz sesgado empezaba a colarse entre las cortinas y se proyectaba en forma de rectángulo sobre la pared lateral, dejando intuir otro espléndido día marbellí. «La crisis de los treinta, la de los cuarenta, la de los… No, no, no». Aquello no era la crisis de los cuarenta ni de ninguna edad. Ella, en realidad, no había llegado para quedarse porque siempre había estado allí, aunque él había sido incapaz de verla. Hasta el momento los sueños y deseos se proyectaban en el futuro y de pronto, con Inés se habían convertido en presente. Ahora necesitaba reinventarse para disfrutar de las emociones que la obsesión por destacar en el mundo de la arquitectura le había impedido ni siquiera intuir. Se desperezó abriendo los brazos en cruz. «Uno debería hacer lo que le diera la gana sin necesidad de justificar nada».

Un leve sonido advierte la entrada de un mensaje.

Con rapidez se gira y coge el móvil.

puntoyraya@campingresort.net.

Sigues empeñado en continuar y estás cometiendo el error de tu vida. Por tu bien deberías marcharte de ahí.

—¡Maldita sea! ¡Hijo de puta, hija de puta! —Se incorporó de un salto y levantó la mano para lanzar el teléfono contra la pared, pero se contuvo en el último instante.

Fulminó el móvil con la mirada mientras lo apretaba como si lo quisiera destripar. La respiración se había acelerado y notaba la presión de la sangre bombeándole en las sienes. Borró el mensaje golpeando la pantalla con el dedo índice y vio la hora reflejada.

—¡Mierda! —protestó al comprobar que ya eran las diez y media y salió como un rayo hacia la ducha.

El agua caliente le recorrió el cuerpo durante un buen rato y apoyó la cabeza sobre los azulejos. «Necesito tranquilizarme». No le gustaba nada la reacción que había tenido con el teléfono. Realizó una inspiración profunda para intentar relajarse. Luego movió la alcachofa para dirigir el chorro hacia la nuca y abrió despacio el agua fría. Apretó los dientes y se encogió un poco de hombros para soportarla. De repente, detuvo la mano que abría el grifo. Separó la cabeza de la pared. Una fugaz y absurda idea le puso tenso como la cuerda de un arco. «*Deberías marcharte de ahí*». ¿Sabe dónde estoy? Salió de la ducha sin cerrar el grifo y, sin secarse, se dirigió como un autómata hasta la mesilla para coger el teléfono. Ceño fruncido, parpadeo incesante, mandíbulas apretadas. ¿Dispondría el móvil de algún dispositivo de rastreo, un localizador? Respiró hondo y levantó la cabeza. De nuevo, su reflejo en la pantalla del televisor, esta vez desnudo, empapado. ¡Dramático! «Tienes que acabar con esto. Deja de presuponer teorías conspiratorias y ridículas». Eres un papanatas, habría dicho Lydia. Activó el teléfono para comprobar la hora: ¡las diez cincuenta! «Y encima vas a llegar tarde, imbécil». De súbito se acuerda de que ha olvidado avisar a Lydia de su llegada a Marbella. ¿Estaría preocupada por él?

Adoraba a su hermana. La tarde anterior la había dejado despidiéndose en mitad de la calle mientras la veía alejarse por el espejo retrovisor. Le pareció muy triste, desolada. Divorciarse de Millán, buena idea; mejor sola que mal acompañada. Aquel mezquino indeseable que le había cambiado las especificaciones del cableado para lucrarse, después de haberle ayudado en un momento difícil, no merecía estar al lado de Lydia. En cuanto regresara, buscaría un momento para charla con ella. La invitaré a cenar y seguro que recordaría nuestras travesuras en casa de la abuela Isabel: «¿Te acuerdas cuando nos escondíamos en la cocina para chupar el bote de leche condensada?». «Apenas te costó aprender a montar en bici. En una tarde te soltaste. ¡Si es que tengo un hermano muy inteligente!». ¿Por qué esta vez no había sacado el tema de la infancia de ambos? Parecía muy afligida. Cierto que Lydia tenía un carácter taciturno y melancólico, pero ahora se mostraba bastante dispersa.

Perdido de manera inconsciente en esos pensamientos, se encontró inmerso en una oscuridad casi absoluta. Antes de salir, le había mandado un mensaje anunciándole la decisión de adelantar la llegada a Málaga, pero no obtuvo respuesta. Las copas tomadas antes y durante el almuerzo y el cansancio acumulado por el largo viaje empezaron a producir cotas alarmantes de sueño. Por suerte, al rato de descrestar el puerto de las Pedrizas, vislumbró la ciudad de Málaga transformada en un mantel oscuro lleno de diminutas bombillas. Abrió la ventanilla y dejó que el aire fresco de la noche le refrescara el rostro. En poco más de media hora estaría en Marbella.

Las reflexiones empezaron a fluctuar entre Lydia, Martina e Inés. Algo le ocurría a su hermana. Aquel gesto tan apagado denotaba que en absoluto era feliz. ¿Lo era él? «Bueno, tengo días. Desde luego en estos momentos, sí». Cuchicheo del subconsciente. ¡Maldita crisis de los cuarenta! Y si es eso, ¡¿qué?!

Un poco de música.

Conectó la radio.

El incendio de Notre Dame parece difícil de sofocar. Los bomberos temen…

—¡No puede ser! ¡Notre Dame ardiendo! Imágenes de la catedral parisina sobrevolaron el habitáculo del coche: el pináculo, los rosetones, las vidrieras, la nave central.

La policía ha acordonado la zona y está desalojando a los numerosos turistas que se encontraban dentro de la catedral.

—Pero, ¿cómo va a arder Notre Dame?

De acuerdo con las primeras informaciones, el incendio puede estar ligado a...

Apagó la radió de un manotazo.

—No, ahora no —protesta contra él mismo ante el temor de entrar en el bucle negativo.

Un cartel anunciando el desvío a Marbella le ayudó a apartar la atención de la triste noticia.

En pocos minutos, un mundo distinto al oscuro de la autopista. Amalgama de luces de neón impregnaba la noche de colores chillones mezclados con anuncios parpadeantes, señales de tráfico y toldos llamativos. Palmeras y melias bailaban al son de la suave brisa nocturna, acunando el sinfín de cafeterías y terrazas que orillaban las calles atestadas de gente.

Las indicaciones del navegador lo llevaron hasta el hotel. Cuando el recepcionista le entregó con una sonrisa la llave de la habitación en forma de tarjeta de crédito, la bolsa de viaje, el cuadro y él se arrastraron hasta los ascensores. Unos minutos más tarde se desnudaba y caía sobre la cama desfallecido. Sin embargo, aún flotó un buen rato entre los brazos del cansancio, las tensiones acumuladas durante la jornada y el bullicio de la calle. Marbella despertaba de noche mientras él trataba de dormir.

De pronto, un profundo escalofrío le recorrió el cuerpo y lo reubicó en el presente, desnudo, aún mojado, tiritando. Volvió al cuarto de baño y se secó rápido con la toalla.

—¡Voy a llegar tarde, joder! —susurraba esta letanía a la vez que intentaba colocarse los pantalones dando saltitos por la habitación. Un minuto después escupió un improperio al equivocarse con los botones de la camisa y continuó jurando en hebreo mientras trataba de calzarse los zapatos. «¡Pero qué demonios te pasa! Ni siquiera en tu primera cita de adolescente te habías puesto tan nervioso». Dudó si coger el cuadro del armario donde lo había guardado. «¡Ridículo presentarte en la cafetería con él bajo el brazo!».

Las paredes acristaladas del ascensor le devolvieron el rostro de un hombre ojeroso, cansado y sin peinar. ¡Ay, Carlos, ay, Carlos...! Con la cara a pocos centímetros del cristal, utilizó los dedos abiertos a modo de peine improvisado. Segunda vez en dos días sucesivos. Abandonó el habitáculo, anduvo hasta la recepción tratando aún de peinarse con los dedos y se detuvo unos metros antes de acceder a la cafetería.

Paseo con la vista entre las personas del bar.

«¡Allí está!».

Sentada al fondo con un libro en la mano y una humeante taza de porcelana blanca sobre la mesa, parecía leer. Sin embargo, cada poco desviaba la atención hacia el ventanal de la izquierda. Carlos se demora unos segundos antes de entrar. Deleite al contemplarla. Pelo cortado a lo *garçon*, flequillo esparcido sobre la frente y piel dorada por el sol del verano. Sensación de vacío en el estómago. ¡Hermosa! Realiza una notable inspiración y entra despacio en la cafetería, como si no quisiera distraerla de la lectura. Un paso, dos, ¿cuánto tiempo tardaría en darse cuenta de su presencia? Apenas un metro antes de llegar a la mesa, levantó la vista y esbozó una amplia sonrisa. Luego, cuando Carlos llegó a su altura, se incorporó a medias para saludarlo con un par de tímidos besos en las mejillas mientras él se disculpaba por el retraso. Intenso escalofrío al sentarse frente a ella. Mirada verde aceituna, chispeante, media sonrisa, gesto coqueto para recolocar la mecha distraída sobre el ojo derecho. Vestía una camisa blanca que realzaba el moreno de la piel, sin embargo, la atención de Carlos se perpetuó en el colgante ovalado de nácar con la espiral y en la profundidad del escote con la absurda sensación de despeñarse por el abismo de aquel insondable desfiladero.

—¿Desea tomar algo?

Ahora la sensación era de estupidez.

—¿Tomar? Ah, sí —asintió mirando a la camarera sin verla—. Esto… un café y unas tostadas con mantequilla, por favor. ¿Te apetece otro? —le preguntó a Inés.

Un «vale» afirmativo aderezado por una amplia sonrisa no dejó indiferente a Carlos, fascinado por su espontaneidad.

Una vez solos, Inés se preocupó por su aspecto y él se escabulló. Había pasado una mala noche. «Una batería de preguntas sobre mi estado anímico es lo menos deseable en este momento. Acabaría por poner sobre la mesa mis sentimientos hacia ti».

—¿Has vuelto a discutir con él? —Echó hacia atrás el cuerpo y colocó ambas manos separadas en el filo de la mesa. En efecto, la discusión mantenida el día anterior con el aparejador, uno de los motivos principales de su estado de ánimo. Otro, la noticia del incendio de Notre Dame.

—Yo también estoy impactada.

La llegada de la camarera interrumpió la charla. Carlos la observó. Rubia, mejillas planas y ojos azules que le recordaron a los de Lydia. Despues de dejar el desayuno sobre la mesa, se quedaron de nuevo a solas.

El silencio se acomoda entre ellos. Carlos prepara las tostadas, tenso, e Inés lo observa, relajada.

—¿Qué lees? —preguntó antes del primer mordisco a la rebanada de pan. El objetivo, desviar la atención para no caer en un juego de preguntas y respuestas sobre él. A la mirada inteligente de Inés le acompaña una sonrisa mientras se cruzaba con la suya.

Hablaremos de otro tema, vale, le transmitió en silencio. Después de un sorbo al café:

Aldous Huxley. *Esas hojas caídas* ¿Has leído a Huxley?

—No —aseguró él moviendo la cabeza, aunque rectificó enseguida—. Ese es el de *Un mundo feliz*, ¿no?

Sonido nasal a modo de afirmación.

—Entonces, sí lo he leído, aunque hace ya bastante tiempo.

Inés cogió el volumen, lo abrió sobre la mano izquierda y pasó unas cuantas páginas deslizando el dedo índice derecho por las hojas, casi con devoción. Lo había encontrado en un mercadillo, explicó, y, aunque no tenía fecha de edición, debía de ser antiguo. Me resultó curioso, continuó, porque, aunque el libro se publicó con este título, luego apareció con otros dos más: *Esas hojas estériles* y *Arte, amor y todo lo demás*.

Carlos se llevaba la taza a los labios y la contemplaba entre el humo azulón mientras Inés explicaba la textura del papel y el color granate oscuro de las cubiertas. Y él se dejaba atrapar por la piel aterciopelada del rostro, el cuello largo, infinito, sensual, con una diminuta margarita tatuada cerca del hombro, orejas pequeñas adornadas con unos aros de plata y un brillo especial en la mirada. De vez en cuando, realizaba un calculado movimiento de cabeza para recolocar el flequillo, empeñado en obstaculizarle la visión. Carlos dejó la taza sobre el plato después de dar un sorbo al café y cruzó los brazos sobre la mesa. El recelo oscuro de la sospecha ocupó de repente el pensamiento. ¿Tendría ella algo que ver con los emails?

—Mira, huele —estiró el brazo con el libro abierto—. Me encanta el olor de los libros antiguos. No sé, a veces tengo la sensación de que ese olor guarda la esencia, el alma, de aquellos que lo han leído.

Carlos le cogió las manos por debajo y se acercó el libro a la nariz, sintiéndose embargado, no por el olor del libro, sino por la sensación del tacto con su piel.

—Tiene un olor especial, ¿verdad?

—Huele distinto, sí —respondió él—. Has comprado muchos libros antiguos, ¿no?

Por la forma de hablar de ellos, parecía que tuviera una buena colección. Algún día le gustaría bucear con ella en una librería de viejo.

Miradas entrelazadas en medio de la nada. Manos tocándose a la sombra del libro. ¡Preciosa! Cuando movía los labios, al hablar, los dientes blancos resaltaban sobre el moreno de la piel. Los rayos solares resbalaban por la parte izquierda del rostro y dejaban la derecha en penumbra, semejando una máscara veneciana de carnaval. De repente, la visión se oscureció con el mismo efecto de un eclipse de sol. El fulgor de su presencia, su olor y la suavidad de su piel quedaron ensombrecidos por la incertidumbre de si ella estaba detrás de los emails anónimos. Tragó saliva y retiró de pronto las manos al darse cuenta de que se habían quedado inertes, abiertas y huérfanas en mitad de la mesa.

—¿Te ocurre algo, Carlos?

Podría haber contestado: sí, estoy preocupado por unos malditos emails enviados a nuestro correo y dudo si eres tú quien los manda. A lo mejor tienes dos caras, una iluminada y la otra en la sombra.

—Bueno, no suelo tener citas así y estoy un poco nervioso, respondió al fin.

Tras una amplia sonrisa, Inés dejó el libro sobre la mesa y cogió una de sus manos entre las suyas. Luego giró un momento la cabeza hacia la ventana. El lado oscuro de la cara se iluminó por completo.

—¿Por qué no terminas de desayunar y nos vamos a dar un paseo? —propuso cuando el claroscuro volvió a imponerse en su rostro—. Nos vendrá bien a los dos, yo tampoco me encuentro muy cómoda, aunque reconozco que mucho mejor de lo que esperaba.

Con la premura de una vedete cambiándose la ropa para la siguiente aparición en escena, se limpió la boca con una servilleta de papel, se levantó y pagó la cuenta. El acristalado vestíbulo del hotel les devolvió la imagen reflejada de los dos cuando se dirigían hacia la salida. Inés lucía unos vaqueros desgastados y unas zapatillas planas sin más aditamentos que las suelas de cuero y unas correas para sujetarlas al tobillo. Caminaba delante, decidida, apretando una bandolera de tela oscura contra el costado. Las dos líneas paralelas entre las cejas de Carlos señalaban preocupación.

La ansiedad no se vio aliviada cuando abandonaron el hotel y salieron a la calle.

6

16 de abril

En casa de Lydia Duarte y Millán Pancorbo.

Repetida la escena de cada mañana, aunque esta vez el rostro de ella dibujaba los estragos de una noche de insomnio. Millán dio un mordisco a la tostada y la observó de soslayo. La «rubia» parecía preocupada. No le habría gustado que dejara plantado a su «hermanito» el día anterior. ¡Bah! La tendría de morros un tiempo. ¡¿Y qué!? Ya se le pasaría. Se encoge de hombros en un gesto involuntario y toma un sorbo de café.

A la una ya había terminado el trabajo en la oficina y podía haber llegado para la comida, pero prefirió tapear por el centro y regresar luego a echarse una buena siesta en el sofá del despacho. ¿Comer con el hermanísimo? ¡Ni muerto! Fuera las miradas reprobatorias por el asunto Hospisa: «Eres un corrupto, Millán, cambiaste las especificaciones del cableado». «¿Y qué? Aquí no se libra nadie de la quema. Y si no que se lo pregunten a tu suegro, a ver de dónde ha sacado la fortuna. O a los políticos con los que trato a diario».

Aquí recuerdo sarcástico de la conversación mantenida el día anterior con un alcalde: «¡Hombre Millán, ¿qué te trae por aquí? Pasa, pasa. Juani, que no nos molesten. Oye, muchas gracias por el regalito». «Nada, alcalde, eso no es más que un pequeño reconocimiento por la labor que estás realizando en favor de esta ciudad». «Muchas gracias Millán, siéntate. Dime, ¿en qué puedo ayudarte?». «Bueno, me he enterado de que en Urbanismo vais a poner en marcha un nuevo proyecto de alumbrado público». En fin, sobrevivir entre la basura supone dejar atrás los escrúpulos, pensamiento afianzando su postura. Y mejor martillo que clavo.

Le dirigió una fugaz mirada a Lydia, que reactivó por un instante algún recóndito lugar de la conciencia. Permanecía con la atención puesta en la taza de té. Aquella mañana no llevaba hecha la trenza y la melena, despeinada, le caía a ambos lados del rostro dándole aspecto de loca. También acentuaba las huellas del sufrimiento. Sentimiento de culpabilidad, el mínimo. Ese que pasa por el cerebro y un momento después se esfuma. Por la noche se entretuvo hasta altas horas en La Flor de la Canela, un bar de alterne de la zona. Rencor hacia los Duarte. ¡Maldita sea! Odiaba sentarse a la mesa con ellos dos para contemplar a Carlos babeando con la «rubia» mientras hablaban de su maravillosa infancia. «¿Te acuerdas de la tita Carmen?». «Sí, papá nos llevaba al campo, a casa de Celedonio y nos subíamos a los árboles». «¿Te acuerdas de la abuela?». Y mil bobadas más. No lo soportaba. Su mundo interior se ensombreció. Él no había tenido padre ni infancia ni nada. ¡Ni maldita la falta que le hacía!

Con la boca llena de pan después de dos mordiscos seguidos a la rebanada, apoyó los codos sobre la mesa y trató de ocultar la desazón levantando la taza de café a la altura de la nariz. No le apetecía revolver en aquellos sórdidos y ya apagados instantes de su vida, pero ¡uf!, inevitable. Madre soltera, padre desaparecido del pueblo ante el embarazo, desplazamiento a un barrio humilde de la ciudad, hombres que entran y salen de la casa, horas y horas delante de la tele con la única compañía de los dibujos animados. El único recuerdo coloreado en una infancia oscura y fría, muy fría… Julián Esquimel, el último de los hombres que estuvo con su madre, lo puso al frente de un negocio de electricidad. Tras falsear varios balances, supuestamente negativos para la empresa, consiguió que se la traspasara y acabó siendo suya cuando Julián y su madre murieron en un accidente de tráfico unos años antes de conocer a Lydia. Ella nunca supo nada de aquellos episodios emborronados de su vida.

El móvil de Pancorbo vibró a la altura del muslo y la sintonía de *La pantera rosa* empezó a deslizarse con sutilidad entre el silencio que imperaba entre los dos. Dejó la taza de café sobre la mesa, lo sacó del bolsillo y después de mirar la pantalla se lo llevó al oído con gesto de preocupación.

—¿Quién es?

Absurda pregunta. ¿Pero si lo has visto en la pantalla, para qué preguntas? ¡Ay, Pancorbo, Pancorbo!

Se levantó de la silla. Enseguida percibió la ira de Nacho a través del teléfono. Varios noes seguidos; varios síes inquietos.

—A ver, no te enfades —respondió en tono de pleitesía—. El dinero no te lo he mandado a Duarte. No me parece prudente. Ayer te lo envié con un mensajero a tu casa, pero no estabas.

Lydia se puso tensa, como el cabo de un ancla garreando. ¿Duarte? Millán también fue consciente de la palabra que acababa de pronunciar y tras mirarla con el rabillo del ojo, bajó el tono y se perdió en el interior de la casa. Ella dejó de masticar. Toda su atención en las palabras apagadas de su marido desde el otro extremo del salón. ¿Duarte? Un escalofrío le recorre el cuerpo de la cabeza a los pies. Traga saliva. El corazón desbocado. Manos presas de un considerable temblor. ¡Dios mío! Niega repetidas veces con la cabeza mordiéndose el labio inferior. Ahora ya no le quedaban dudas:

¡Carlos la engañaba! Millán seguía trabajando para él.

Cuando el día anterior encontró el albarán, no daba crédito a lo que veía. Con él en la mano, dio unos pasos lentos e imprecisos hacia el salón y se dejó caer en el sillón donde había estado sentado Carlos.

Releyó el encabezado:

Polideportivo Municipal de Majadahonda.

Obra del proyecto del estudio de arquitectura Duarte & Larralde.

«Polideportivo Municipal de Majadahonda», repitió en tono de plegaria y leyó otra vez el segundo renglón sin cambiar de tono. ¿Por qué Carlos le había asegurado que Millán ya no trabajaba para él? Era evidente que sí. La angustia le oprimió la garganta mientras el mundo se desmoronaba a su alrededor. «Carlos». Musitó el nombre de su hermano, se puso en pie. La idea de que la engañara horadaba las sienes con la persistencia de un martillo percutor. Se dirigió al mueble bar y se sirvió dos dedos de wiski en un vaso, ancho, de cristal. Contempló durante unos segundos la factura que había dejado sobre el mostrador y suspiró. Luego levantó el recipiente para mirar el líquido al trasluz y lo bebió de un trago. Las imágenes pasaban rozándole una y otra vez con la insistencia del arco tocando las cuerdas de un violín.

Llevaba mucho tiempo sin que Millán le explicara algo relativo a la empresa. Bueno, ni a la empresa ni a nada. De vez en cuando llegaba con un puñado de papeles y la hacía firmar. «Esto es para Hacienda. La puta Hacienda se queda con todo lo que ganamos». «No pierdas el tiempo leyéndolo». «No lo vas a entender. ¡No lo entiendo ni yo! Anda, firma que tengo prisa». Sensación de ser tratada como una tonta.

Fue a servirse otro wiski en el vaso, pero tras pensarlo una décima de segundo decide echar el trago de la botella. Visión emborronada por lágrimas que empezaban a brotarle. Carlos también la tomaba por tonta. O quizás por loca. Estas ideas desmadejadas se mezclaban sin orden al modo de hebras de distintos ovillos en el costurero de su cerebro. Guardó el albarán en la vitrina dentro de un cubilete de dados y se dirigió al salón con la botella en la mano.

Más tarde, a pesar de acostarse borracha como una cuba, no puede conciliar el sueño. Lo oye llegar. El reloj digital de la mesilla de noche marca las tres y media. ¿De dónde vendrá? ¿Qué importa eso? Las locas no tenemos derecho a explicaciones.

Vio a Millán regresar del salón guardándose el teléfono en el bolsillo y salió con el maletín bajo el brazo después de un «me voy» aséptico. Ni siquiera le había dado el beso de despedida. Y, además, llevaba la camisa por fuera del pantalón.

Nada más meter la llave y antes de poner en marcha el motor, Millán encendió la radio.

—¡Notre Dame ardiendo! ¡Valiente preocupación! Como no tengo yo cosas en la cabeza. Ya hay bastantes iglesias en el mundo. Total, una menos.

Giró la llave y arrancó el coche.

Lydia lo oyó marcharse y le dio otro bocado a la rebanada de pan, un sorbo de té, un vistazo cargado de reproche al móvil. Carlos no le había mandado aún el mensaje que le prometió. ¿Estaría en Marbella o sería otra de sus trolas?

***

Como había supuesto al percibir el rayo de luz destilado entre las cortinas de la habitación del hotel, el día marbellí lucía resplandeciente. Inés se cogió de su brazo con naturalidad mientras paseaban en silencio. Las calles, sembradas de tiendas, bares y restaurantes comenzaban ya a ser asaltadas por los primeros turistas. Muchos de ellos, estacionados en las terrazas de veladores blancos y toldos multicolores, se ocultaban tras las gafas de sol y disfrutaban del café matinal.

Al girar en una esquina, se toparon con un mercadillo. Inés propuso dar una vuelta y él aceptó encogiéndose de hombros. Orden caótico: aceras plagadas de vendedores de CD, gafas de sol, bolsos, collares; retratistas callejeros, quienes por unos euros realizan en cinco minutos una caricatura bastante aceptable, pintores que exponen cuadros colgados de las ventanas, tenderetes con ropa al viento. Un sij barbudo con turbante negro pasa por su lado empujando el carrito de un bebé, cubriéndose del sol con paraguas de color negro y empuñadura grande de madera.

—Me podría pasar la vida recorriendo mercadillos —aseguró Inés levantando un poco la voz por encima de la de los vendedores. Carlos la miró sonriente. «No entiendo cómo la gente puede ponerse estas antiestéticas prendas. Son cutres, extemporáneas, ridículas. ¡Ay!, sácame de aquí antes de que pillemos algo raro, Carlos». Lo había dicho Martina en ese mismo mercadillo dos años atrás, ¿o eran tres? ¡No había hablado con ella desde que salió de Madrid! Volvió a encogerse de hombros en un acto de rechazo al pensamiento. «Total, no creo que se ponga a llorar si no la llamo. Hoy debe estar con su hermana en el abogado ese, ¿o era ayer?». Cuando salía con la hermana, no tenía hora de llegada. «Hemos estado de compras toda la mañana. Luego hemos comido en Maxi y por la tarde, café con las amigas en Richmon's». «El café ha durado, ¿eh? Son las once de la noche». «Ya sabes, se pone una a hablar, hablar, hablar». Tampoco le había mandado el mensaje a Lydia, como le prometió. ¡Vaya desastre, tío!

Inés se había detenido frente a un puesto regentado por una chica alta y muy delgada, morena y de ojos negros, con los brazos tatuados y varios *piercings* distribuidos entre los labios, las cejas y la nariz. Una tabla sobre cajas de cartón oficiaba de expositor de sombreros de tela, *pashminas* y fulares.

—¿Te gusta? —pregunta aderezada con una pizca de coquetería mientras agarra por los extremos el fular colocado ahora alrededor del cuello.

Él respondió con un gesto flemático embebido aún en sus cavilaciones, aunque, una décima de segundo después, reparó en su actitud y rectificó enseguida.

No está mal, pero déjame ver. Ummm. A ver qué tal este.

Se probó un par de fulares más antes de decantarse por el primero y Carlos, solícito, pagó a la chica del tenderete. Inés musitó «gracias» esbozando una sonrisa y le dio un beso en la mejilla demorado unos instantes.

—¡Mira! —gritó entusiasmada unos pasos más adelante a la vez que lo arrastraba de la mano hacia otro tenderete de ropa donde se interesó por algunas camisas de algodón sin decidirse a comprar ninguna.

Alfombras, colchas y juegos de cama, frutas, verduras y frutos secos, puestos de bebidas, churrerías y dos chicas africanas elaborando trencitas por el módico precio de cinco euros decoraban las aceras en un ambiente pintoresco de olores, sonidos y colores. Cuando alcanzaron el extremo opuesto de la calle, todavía lo llevaba de la mano. Carlos se detuvo indeciso y ella se enfrentó a su mirada.

Sus ojos brillan de una manera especial. Gesto inesperado. Le suelta la mano, se quita el fular y se lo echa por el cuello. Lo atrae, lo besa. Una sola sombra proyectada sobre la pared; otra agita los miedos de Carlos unos instantes, el tiempo justo para desecharlos y centrarse en aquellos labios cálidos y en el juego que su lengua practica con la de Inés. La estrecha contra él de la cintura. Inés abandona el pañuelo para echarle los brazos al cuello y Carlos busca ávido el de ella. Se oye un gemido, un «Carlos» apagado, casi líquido. Después de una eternidad o de una milésima de segundo, se separan con la respiración entrecortada. Inés baja un momento la mirada y a continuación la levanta para centrar en los ojos de él.

Él realizó una mueca y la indujo a caminar llevándola de la cintura. Unos pasos más adelante, un recodo entre jazmines y adelfas se ofreció para acogerlos. Volvieron a detenerse. Esta vez fue él quien la besó con desbordante pasión. Una campanada sonó lejana, solitaria, como si el último superviviente de una masacre la hubiera hecho tañer pidiendo auxilio a quien pudiera escucharla.

—¡Dios, cómo deseaba hacer esto! —musitó mirándola a los ojos, sin el menor asomo de duda. A su boca acudió un «te quiero», pero no se atrevió a pronunciarlo. Algo oscuro volvió a cruzarse en el camino para, ahora sí, llenarlo de recelos. ¿No era todo demasiado hermoso, perfecto, rápido quizás? El email, el maldito email. Mejor dejar que el tiempo diga la última palabra. No te precipites, Carlos: *Let it flow, let it flow.*

Ella se arrellanó en su pecho y lo abrazó por la cintura.

—Me siento muy bien a tu lado, Carlos —susurró y levantó la cabeza—. No solo me siento bien, sino que me sientas bien, muy bien.

Se separó de él con una luminosa y amplia sonrisa.

—Deseaba verte de nuevo, Carlos —dejó caer al cabo de unos segundos—. Estos meses has ido llenando los huecos de mis soledades —un momento para pensar, cambio de tono—. No, no sé si me estoy precipitando. —Sonrió para suavizar el impacto de la duda.

Tendría que ser muy buena actriz para interpretar estos sentimientos. Le coge la cara entre las manos. Un beso blando en los labios quiere disipar cualquier temor, sin embargo, Inés rehúye sus ojos cuando aparta la cara y enciende otra vez la chispa de la incertidumbre; nuevo rechazo del cerebro a lo que el corazón le dicta.

—Vamos —voz apagada, serena, un poco sofocada quizás.

Entrelazados por la cintura volvieron a sumergirse en el río multicolor de las calles marbellíes hasta que desembocaron en el paseo marítimo. Después del último beso no habían abierto la boca, tal vez paladeándolo aún o meditando las consecuencias, los sentimientos de culpabilidad.

—¿Quieres que comamos aquí? —preguntó Carlos señalando con la barbilla un chiringuito acristalado, ubicado al borde del paseo. Después de un «vale» con cierto tono musical, ella se adelantó decidida llevándolo de la mano, quizás en un intento de dejar atrás las sospechas.

El lugar, agradable, sencillo. Terraza a orillas del mar, mesas de plástico cubiertas con mantel blanco de papel, turistas extranjeros aquí y allá. Inés echó un rápido vistazo y se decidió por una situada en un rincón, cerca de la arena. «Voy a hacer un pis. Ni se te ocurra moverte, vuelvo enseguida». Esgrimió el dedo índice, sonriente antes de perderse por uno de los laterales.

Quedó huérfano frente al mar. El constante vaivén de las olas batiendo la arena llenaba de espuma la orilla y, tras recogerla, la devolvía al interior. Apoyó la barbilla sobre los puños cerrados y los codos sobre la mesa. ¿Era aquello una locura? ¿Y qué más daba? Casi pudo oír la respuesta: ¿Acaso la vida en sí misma no lo era? ¿No era una locura trabajar con Nacho desconfiando de él o convivir con Martina sin amarla? Saboreó los besos y se llevó la mano a los labios en un acto reflejo. Giró la cabeza para observar el entorno y se topó con la imagen de Inés proyectada en una de las cristaleras. Se movía y gesticulaba mientras hablaba por teléfono. Parecía enfadada. De nuevo le asaltó la desconfianza. ¿A quién llamaba? ¿Y a ti qué te importa? ¡Valiente idiota! Anda, Carlos, sigue mirando al mar. Ya te vale...

—Espero no haber tardado mucho. —Lo sorprendió—. Había cola. Ya sabes, las chicas no podemos hacerlo varias a la vez como vosotros.

¡Ay, Inés, se te ve el plumero! Cuándo yo digo que todos tenemos luces y sombras.

Sonrió mientras se sentaba y recolocaba el flequillo tras la oreja.

Miradas entrelazadas. La de él, llena de incertidumbre, «no estabas guardando cola, estabas hablando por teléfono». La de ella, acentuada con una sonrisa abierta.

Carlos aún la estudió unos instantes intentando encontrar algún resquicio del engaño, hasta notar un desagradable escalofrío fugaz diluido cuando Inés le cogió la mano apoyada sobre la mesa. Resultaba evidente. Ella marcaba las pautas de la conversación y él se dejaba llevar.

Tiempo de la comida disuelto mientras hablaban de todo un poco, eso sí, siempre relacionado con Carlos, el estudio, Martina y los niños, la pintura. Ahora él explicaba el último trabajo realizado en los cuadros para enfatizar las sombras cuando volvió a interrumpirlos el camarero.

—¿Postre? —interrumpió el camarero.

No, postre no. Mejor dos cafés. El de ella, descafeinado, el de él, corto de café.

—El efecto del claroscuro —completó Inés la frase cuando volvieron a estar solos—. Veo que eres un chico muy aplicado —concluyó guiñándole un ojo.

Carlos le comentó que había traído uno de los cuadros, el lienzo analizado por ella en la exposición de Sevilla. «Para que valores los cambios que he hecho».

—¿No te estarás choteando de mí? —Sonrisa y mirada escrutadora.

—Hablo en serio, lo tengo en el hotel.

—No deberías de confiar tanto en mi criterio, al fin y al cabo, solo soy una restauradora que…

—Que tiene muy buen criterio —la interrumpió.

Inés echó el cuerpo hacia atrás sin soltarle la mano y lo observó tratando de averiguar el grado de seriedad. No estaba bromeando. «¿Qué cuadro es?». Se entusiasmó. «Ese cuadro me gustaba, sí». «Lo habría comprado, sin duda». «No sé si era el mejor de la exposición, pero sí mi preferido».

El circunspecto camarero llegó con los cafés y Carlos le pidió la cuenta al tiempo que sacaba la cartera del bolsillo trasero.

«¿Me dejas que te invite?», ella. «Ni hablar, hoy pago yo», él. «¿No serás de esos que creen que…?», otra vez ella. «Sí, afirmó sonriente y rectificó enseguida. Estoy de broma, mujer, el próximo día pagas tú. Porque habrá más días, ¿no?». Ahora él, claro.

A pesar de la propina, el camarero permaneció inexpresivo junto a la mesa recogiendo los platos mientras ellos salían del chiringuito de la mano en dirección al hotel.

Unas calles más abajo caminaron entre los viandantes despacio, cogidos de la cintura, como si no existiera nadie más sobre la tierra. Respiraciones agitadas. Carlos movió la mano de abajo arriba y los dedos apenas rozaron uno de sus pechos. La mano no volvió a bajar, se quedó allí, indecisa, temerosa de ser rechazada. Sin embargo, Inés levantó un poco el brazo aceptándola, suspiró y se pegó más a él. El rincón de las adelfas y los jazmines volvió a ofrecerse acogedor. Esta vez la pasión inundaba cualquier resquicio entre los dos. Se abrazaron, con fuerza, casi con brutalidad, y sellaron sus bocas con un apasionado beso. Inés notó la pronta erección de Carlos y él, el calor del sexo de ella. Al cabo de una eternidad vertiginosa los cuerpos se separaron jadeantes, trémulos. Las miradas chispeantes, enredadas en medio de la nada. Carlos susurró un «¿vamos?» retórico, aunque ella emitió varios «síes» apenas audibles tratando de tragar saliva. Ahora caminaban más deprisa, de la mano, driblando a turistas y lugareños. Al llegar a la entrada del hotel, su reflejo otra vez en las cristaleras del *hall*. La imagen de Inés hablando por teléfono pasó fugaz ante él y el entusiasmo se vio sacudido de nuevo por la sombra de la incertidumbre. ¿A quién había llamado en el chiringuito? ¿Por qué mintió justificándose por la demora en el baño? La verdad, por ahora, solo la sabe ella, Carlos. «¡Uf!». Empujó las dudas con un esfuerzo sobrehumano. No, no era justo tratarla así.

Cuando entraron en el ascensor, Inés le echó los brazos al cuello y volvieron a besarse, sin embargo, la pasión de Carlos había bajado bastante en intensidad. Ella lo notó y él maldijo la hora en la que los pensamientos negativos insistían sin lograr hacerlos desaparecer. Con manos trémulas consiguió por fin introducir la tarjeta en la cerradura electrónica y cuando la puerta se abrió, le cedió el paso.

Recién arreglada por el personal del hotel, la habitación desprendía un suave olor a lavanda y estaba en penumbra, con la única luz filtrada entre los pesados cortinones de la ventana. Inés se adelantó hasta el centro del aposento, echó un vistazo y bordeó la cama. Carlos se detuvo en el lado opuesto y contempló su figura recortada por el contraluz. Le resultó muy atractiva. Enseguida desvió la atención al cuello, donde resaltaba el símbolo celta de la espiral. Cuando comenzaba a sentirse incómodo ante la situación, Inés empezó a desnudarse mirándolo con fijeza a los ojos. Primero se desabrochó la camisa; botón a botón y la arrojó al suelo. El sujetador, blanco, acunaba dos pechos redondos, turgentes, deseosos de libertad. Bajó la cremallera de los pantalones vaqueros, los dejó caer hasta que quedaron arrugados en los tobillos y sacó los pies. Los ojos de Carlos se llenaron del cuerpo situado al otro lado de la cama. Ella la bordeó con parsimonia mientras él, preocupado, la veía acercarse. Algo en su interior no iba bien. ¿No has podido tener un mejor momento para esto? ¿No había otro personaje en la historia para hacerle pasar por esta humillación?

Inés le rodeó el cuello con los brazos. La mirada, fija, refulgía en la penumbra con la sutileza de un faro en un mar nocturno. Labios sedientos, respiración agitada. Acercó la boca entreabierta y lo besó. Carlos le acarició la espalda y los glúteos por debajo de la ropa interior. Piel trémula suave al tacto, deseosa de caricias. Se apartó un poco y, aún con los brazos rodeándole la cintura, fue desabrochándole la camisa sin dejar de mirarlo. Carlos entró en pánico. ¡Maldita sea! La ansiedad empezó a subirle por la garganta hasta casi ahogarlo. Sudaba. Notó que se mareaba cuando ella le desabrochó el cinturón y le bajó los pantalones. «Acércate». La palabra resonó lejana, procedente de otra dimensión, y se sintió arrastrado hacia la cama como un ciego guiado por su lazarillo. Sobrevino un silencio devastador. Inés se tumbó a su lado, le dio un suave beso en los labios y se llevó las manos a la espalda para desabrocharse el sujetador. Él se giró para enfrentarse a ella. Piernas entrecruzadas, sexos rozándose ansiosos de pasión, bocas sedientas buscándose en la penumbra, la suavidad de unos pechos aplastándose contra él. En un rápido movimiento lleno de desesperación se colocó boca arriba y puso la mirada en ninguna parte. Un «no puedo» desesperado, dirigido al techo blanco de la habitación se desbordó de sus labios.

El cuerpo, aún jadeante de Inés, se incorporó sobre un codo.

«No te preocupes».

«No sé lo que...».

«Shhh». Le calló sellándole los labios con los suyos.

Otro paciente silencio. Ella, bocarriba, trataba de calmar el bombeo acelerado del corazón y él seguía contemplando el techo incrédulo ante la estúpida situación. Al cabo notó que ella volvía a incorporarse sobre el codo. Con suavidad le pasó la mano por el pecho y le dio un beso en el hombro.

—Me gustas, Carlos —susurró en el tono confesional de quien cuenta un secreto muy bien guardado. Ahora había apoyado la barbilla en el pecho y mantenía la mirada en él—. Parece una estupidez —continuó—, y puede que lo sea, pero estos meses de llamadas telefónicas, de mensajes y correos, me han servido para descubrir una parte de mí misma que desconocía. Me he enamorado un par de veces en mi vida, la última de mi marido, o al menos eso creía yo, pero después de conocerte, mi corazón late a un ritmo distinto. Lo sé, sé lo que estás pensando: es una idiotez que alguien pueda enamorarse por teléfono, pero mi vida, mi percepción de la realidad, ha dado un giro de ciento ochenta grados.

Él se volvió hacia ella y le aseguró que no lo era. No es una estupidez.

—Yo siento lo mismo que tú. Mi vida también ha cambiado desde que te conozco.

Unas palabras más. Nuevas confidencias. Los dos cuerpos entrelazados por las piernas, cosidos por un abrazo infinito, ojos cerrados, caricias, bocas golosas selladas por interminables besos.

Media hora más tarde, Carlos, aún jadeante, se incorporó sobre los codos y atisbó de soslayo el cuerpo desnudo a su lado. La imagen de Martina se posó una décima de segundo en alguna ramita del cerebro, pero enseguida retomó el vuelo hacia algún lugar desconocido.

Inés preguntó la hora sin abrir los ojos, como si intuyera la mirada. Eran las seis y media, respondió él después de consultar el reloj de pulsera. «A las ocho debo marcharme».

7

16 de abril

Con una toalla alrededor del cuerpo y el pelo recogido en un moño, Martina Larralde salió del cuarto de baño y le echó un vistazo al reloj digital de la mesilla. Las 19:45. Había quedado con el aparejador a las ocho, pero hacerlo esperar un poco no era mala idea. En algún sitio había leído que las hembras de ciertos animales retrasan el encuentro con el macho en un acto de seducción. «Si a los animales les funciona, ¿por qué no va a funcionarme a mí?». Anduvo unos pasos hacia el vestidor tarareando *Fly me to the moon* y se detuvo frente a la cajonera donde guardaba la ropa interior. «Esta no, esta tampoco. Mejor un tanga. Vale. Y este sujetador negro a juego». La toalla cayó al suelo arrugada cuando introdujo los brazos entre los tirantes para abrochárselo a la espalda. Luego se subió el tanga y se enfundó las piernas en unas medias Victoria's Secret. «¿Por qué les gustará a los hombres tanto la ropa interior negra?». Se había planteado la pregunta contemplándose en el espejo del fondo mientras se recolocaba los pechos dentro de las cazoletas. Se puso de puntillas y giró a un lado y a otro para comprobar el efecto de las prendas oscuras sobre la piel blanca. Glúteos firmes tras cientos de sentadillas en el gimnasio, piernas largas, caderas rubricadas por la cinta negra del tanga y pechos voluptuosos que se estremecían un poco en cada movimiento. De puntillas se dirigió al perchero. *Fly me to the moon, nananá, nanananá.*

No sabía muy bien hasta dónde iba a llegar con Nacho, pero mejor estar preparada. Frente al espejo se probó por encima unos cuantos vestidos y se decidió por uno negro de tirantes, regalo de Cecilia en su último cumpleaños, dejando el resto con descuido sobre el puf de piel blanca situado en el centro del vestidor. «Este servirá». *Fly me to the moon, nananana.* Tenía que seducirlo aquella noche para que le entregara los documentos con los que incriminar a Carlos. Dejó de cantar y entrecerró los ojos. «Te vas a enterar de lo que es capaz una Larralde, Carlitos. *Nananana, nananana*». Desde hacía unos meses el joven aparejador estaba intentando conquistarla. A pesar de que cualquier mujer se hubiera echado en sus brazos, a ella no terminaba de convencerle. Pedante, inmaduro, ególatra. Martina cerró los párpados, realizó una profunda inspiración y lo trajo a la memoria. Aunque, por otro lado, poseía una pícara sonrisa y una mirada sensual que desnudaba.

Navidad del 2017. Como cada año por esas fechas, Carlos había invitado a los miembros del equipo a comer y después a tomar una copa en un pub, cerca del estudio. «Me da igual que no quieras venir, a mí tampoco me apetece y tengo que hacerlo». «Sí, pero tú tienes que ir porque es tu trabajo». «Y tú tendrías que acompañarme porque eres el cincuenta por ciento de la empresa». «Está bien, pero solo iré a tomar una copa después de la comida, no soporto los almuerzos con esos ridículos, absurdos y descerebrados pelotilleros». «No insultes a mi equipo. ¿Vas a venir o no?».

No le había quedado más remedio. Era la primera vez que había aceptado tras proponérselo cada año, aunque ahora se estaba arrepintiendo. Llevaba más de una hora sentada en un rincón del pub al lado de Charo, la secretaria de Duarte, soportando su soporífera charla. «¡Madre mía, qué pesadez de mujer! Tengo que conseguir marcharme de aquí como sea». Giró la cabeza para buscar a Carlos y se encontró con la intensa mirada de Nacho. Estaba de espaldas al bar, acodado sobre la barra y un vaso en la mano que levantó con descaro en un brindis al aire. ¿Cómo no había reparado en él cuando entró en el pub y saludó a los miembros del equipo? Ella sonrió, inclinó un poco la cabeza para responder al saludo y volvió a la conversación de Charo prestándole aún menos atención que antes. Empezó a buscar cualquier pretexto para desviar la mirada hacia la barra evitando ser descarada. «Bebo un poco del vaso, recoloco el cabello tras la oreja, busco algo inexistente en el bolso, cambio de postura. ¿Quién es?». De repente, lo vio acercarse con el vaso en la mano. Se giró un poco más hacia Charo. Le subió el calor desde la entrepierna hasta la garganta.

«Hola, soy Nacho Andrade, ¿te acuerdas de mí?». Así que era el aparejador. No lo recordaba así. La última vez que lo vio se lo presentó Carlos. «Aquí tienes la última adquisición de Duarte: él es Nacho, el hijo de…». Ni siquiera le prestó atención. El hijo del conserje. Un pipiolo recién salido de la universidad que aprovecha la relación de su padre con un arquitecto para encontrar trabajo. Una vez, recordó, incluso había sugerido a Carlos que lo echara de la oficina por insolente. Sin embargo, aquella noche del pub le pareció distinto. Además, le sorprendió que Charo se dirigiera a él con respeto y cierta distancia, lo que no hacía con su marido. En la penumbra del lugar le pareció guapo, elegante, con un arrollador dominio de la situación. Se inclinó, le dio un beso dilatado unos instantes en la mejilla y se sentó a junto a ella sin pedirle permiso. Luego, con la locuacidad de un vendedor de coches usados, tomó las riendas de la conversación, sin apenas dejar espacio para otras intervenciones. Le gustó su aire fresco y dicharachero, un poco descarado. Sin embargo, minutos más tarde empezó a parecerle cansino, prepotente y bastante engreído. Charo pidió disculpas y se levantó en dirección a la barra dejándola en manos del depredador hasta que Carlos llegó para llevarla a casa.

Ya no volvió a verle más hasta que meses después, coincidieron por casualidad en el estreno de una película. Ella iba con su hermana y él, acompañado de una chica rubia y alta que lo miraba con sonrisa lela y ojos arrobados. Presentaciones: «Mi hermana, Cecilia. Lorena, una amiga». Sonrisas, besos. «Os invito a una copa después de la película». «No sé». Su hermana le apretó el antebrazo. «Bueno», dudó. Está bien, está bien, nos veremos aquí cuando termine». Una vez solas, sentadas en las butacas, recriminó a Cecilia: «¿A qué viene ese pellizco, Ceci?, ¡me has hecho daño!». «Pero, ¿quién es ese Nacho?, está como un tren. Lo tenías muy calladito, ¿eh?». «No digas bobadas, anda».

Después de la proyección tomaron varias copas en una cafetería cercana. La situación llegó a alcanzar momentos embarazosos para la rubia acompañante, quien, para disimular la turbación y desconsuelo por las atenciones que Nacho le dedicaba a Martina se removía en el asiento echando rápidas miradas mientras se llevaba una y otra vez la copa a la boca. Nacho, sentado frente a Martina, permanecía ensimismado. De cuando en cuando, los ojos se escapaban fugaces hacia el trozo de pierna que la falda un poco corta, con la ayuda del puf, bastante bajo, dejaba al aire. Al principio se sintió incómoda ante la situación de desamparo de la chica y la suya propia, pero al cabo se despreocupó y empezó a deleitarse con el influjo que su cuerpo ejercía sobre el apuesto aparejador mientras él se esforzaba en contarle anécdotas de un viaje a Tailandia el pasado verano. Risas, miradas fugaces, cambios de postura. «Se está volviendo cada vez más descarado al mirarme las piernas ¿Hasta dónde alcanzarán sus miradas?». Con disimulo giró la cabeza. La rubia, después de intentar intervenir un par de veces y en vista de que su acompañante la ignoraba por completo, en un acto de dignidad, les había dado la espalda y mantenía una conversación animada con Cecilia. En las dos horas siguientes Martina se vio envuelta por una especie de morbidez sugerente que la llevaba a intercambiar insinuantes miradas con Nacho, movimientos provocadores de piernas y la agradable sensación de sentirse desnuda frente a los ojos del joven aparejador, hasta que Cecilia la alertó de la hora. «Madre mía, Carlos me mata».

Enseguida se pusieron de pie. Nacho fue hasta el mostrador a pagar. «Encantada de haberte conocido», musitó Martina a la acompañante de Nacho. Por respuesta, mirada envenenada y sonrisa de labios estirados, más esbozados para cortar gañotes que para agradar. Besos de despedida. «¿Me puedes dar tu teléfono?». ¡¿Se había atrevido a pedirle el teléfono?! «¿Para qué quieres mi teléfono?». «Para mandarte un wasap cuando haya una buena peli, algún concierto, respondió un instante después. «No sé», se encogió de hombros. «Está bien, pero solo para eso, ¿vale?». Lo cumplió a medias. Empezó a mandarle fechas y horas de eventos culturales. «Hoy concierto de Pablo López en Las Ventas, ¿te apuntas?». «Exposición de arte azteca en...». «Hoy voy a ir al centro con Lorena para tomar unas copas con unos amigos, ¿quieres venir?». «Me gustaría volver a verte». Martina siempre respondía con un icono sonriente porque, a pesar de reconocer que el chico estaba, como diría Cecilia, para comérselo y no dejar miga, no era su tipo. Demasiado joven, demasiado atractivo, demasiado prepotente.

No volvieron a coincidir hasta el funeral por la muerte de su padre. Se acercó con aplomo, la cogió por los hombros y le susurró mirándola a los ojos: «Lo siento, Martina. Adoraba a tu padre y sé que el esfuerzo realizado para sacar adelante el gabinete Duarte lo ha llevado a la tumba». Se quedó sin respiración. ¿Cómo? ¿Qué era aquello? ¿Qué había querido decir?

Dos días más tarde se citó con él en la misma cafetería donde habían tomado las copas después del cine. Esta vez se enfundó unos pantalones capri de Dolce y Gabbana, color granate oscuro, una blusa blanca básica de Mango y unas sandalias de medio tacón. Necesitaba que la atención del interlocutor estuviera centrada en lo que iba a preguntarle y no en lo que pudiera sugerirle su cuerpo.

—Necesito esos documentos, Nacho. —Martina al grano, como siempre—. Es un favor enorme el que te pido, lo sé, pero los necesito.

El aparejador le dio un pequeño y lento sorbo al daiquiri mantenido en los labios mientras le dedicaba una sonriente mirada por encima de la copa. A mí no me importaría hacerte otros favores, insinuó con los ojos y esbozó una de sus pícaras sonrisas.

Martina lo entendió y liberó el aire de los pulmones.

Silencio.

—Por favor, Nacho.

Él torció la boca con un gesto, dejó la copa sobre la mesa y la miró, esta vez con seriedad.

No era ninguna broma lo que le pedía, explicó circunspecto. Era complicado y peligroso. Se jugaba el puesto de trabajo y tal vez algo más.

—Aunque yo no tuve nada que ver con aquello —añadió el aparejador—, colaboré con tu padre. Si se levanta el pastel, será difícil calcular las consecuencias. Me falta solo un año para terminar mi carrera de arquitectura y no puedo poner en juego… —Dejó la frase a medias arrepentido de sacar su lado pusilánime.

Largo silencio.

Martina otra vez,

—Sé que no es ninguna broma. Yo no bromeo. —Esta vez fue ella quien se llevó la copa de Martini a la boca y se detuvo mirándolo mientras humedecía, de manera provocativa, los labios—. «Si me hubiera puesto la falda corta, ahora habría cruzado las piernas», pensó—. Los favores, con favores se pagan. —Tono de voz modulado, cadencia convertida en un sensual hilo musical.

Al joven aparejador se le solidificó la sonrisa un instante, tragó saliva y le dedicó una fugaz mirada al daiquiri postergado en la mesa.

«Cuando las mujeres aceleran, los hombres pisan el freno».

—No vas a perder tu puesto de trabajo —prosiguió—, al contrario. Estarás al frente del estudio de arquitectura y en cuanto termines la carrera, diseñarás los proyectos. Duarte se abrió con el dinero de mi padre y no se va a cerrar.

Le había pedido los documentos porque momentos antes, Nacho acababa de contarle lo referente al caso Hospisa.

—Tu padre invirtió muchísimo esfuerzo y una fortuna para que el caso no saliera a la luz, Martina —aseveró—. Tras el accidente del hospital, trabajamos día y noche realizando un nuevo proyecto en el que los generadores causantes del incendio aparecieran en la tercera planta y no en el sótano donde deberían haber estado. Sobornamos al concejal de Urbanismo y al arquitecto municipal con una buena cantidad de dinero para cambiar el proyecto ya registrado en el Ayuntamiento —siguió explicando con detalle—. Gracias a un compañero de la universidad que trabajaba en el Colegio de Arquitectos, se cambió también la copia registrada allí.

—Tu padre te adoraba —remató—. Bajo ningún concepto hubiera aceptado que su hija y su marido se vieran envueltos en un asunto sucio y acabaran en la cárcel.

Martina se estremeció. «¿En la cárcel?»

Aclaración, por favor.

—Al ser el cincuenta por ciento de la empresa suyo, lo que atañe a Duarte, para bien o para mal, repercute en ti —sentenció con seriedad estudiada, consciente de poder sacar partido a sus palabras.

Dejó transcurrir un espacio de silencio y continuó:

—Yo ayudé a tu padre en lo que pude. Fui su corsario, su confidente. —Un recuerdo repentino se cruzó y detuvo la enumeración. Él también había cobrado un buen pellizco de Iñaki Larralde por el trabajo realizado. Y no solo eso, también negociaba las cantidades que entregaban a los corruptos y se llevaba un diez por ciento de corretaje.

Ambos se contemplaron unos instantes. La mirada de Martina brillaba saturada de lágrimas indecisas, la de Nacho se hallaba perdida en aquellas negras elucubraciones.

—¿Y Carlos no hizo nada?

—Tu marido andaba en otros menesteres —la interrumpió—. Creo que ni siquiera llegó a enterarse del esfuerzo realizado por tu padre. Se limitó a guardar en la caja fuerte las copias del proyecto original cuando se las entregué. Ni siquiera me dio las gracias.

Martina volvió a reiterarle la necesidad de poseer aquellos documentos.

—No sé si podré hacerlo.

—Por favor, Nacho —Echó el cuerpo hacia delante y le puso una mano sobre la rodilla.

El aparejador se estiró un poco y permaneció mirándola unos instantes.

—Si esos documentos salen a la luz, te verás implicada y me veré yo —dijo al fin.

Martina meditó la respuesta.

—No si soy yo quien los lleva a la policía para denunciar el caso. Tú no tienes por qué aparecer ya que no hay pruebas de tu relación con todo esto.

Nacho volvió a recorrerla con la mirada. Aquella mujer madura le gustaba mucho, muchísimo y, la idea de convertirse en el jefe del estudio de Arquitectura Duarte, aún más. Tal vez pudiera conseguir ambas cosas.

—No sé por qué diablos conserva los documentos del proyecto primitivo, pero siguen en la caja fuerte. Cada vez que la abre y estoy presente, localizo al fondo la carpeta roja de plástico donde yo los guardé.

—¿Tú tienes acceso a esa caja fuerte?

—Yo no, pero sé de alguien que conoce las claves.

Al cabo, Martina le echó un vistazo al reloj de pulsera y arrugó el entrecejo en un gesto de preocupación. Se puso en pie, decidida. Tenía que marcharse. Ya se le había hecho tarde.

—Quédate un poco más, por favor.

No podía. Pero le prometía que repetirían la cita.

—Me caes muy bien, Nacho. —Le acarició el rostro y él le apretó la mano con el hombro.

La acompañó hasta el parking donde había dejado el vehículo y cuando ella accionó el mando a distancia del coche, él se adelantó para abrirle la puerta. Antes de entrar se giró, le puso las manos sobre los hombros y lo miró un instante.

—Por favor, Nacho, necesito tu ayuda. Necesito esos documentos.

—Aún no me has dicho para qué los necesitas.

Martina llenó de aire los pulmones, apretó las mandíbulas y achicó los ojos hasta convertirlos en dos líneas oscuras.

—Voy a poner a Carlos Duarte en el lugar que le corresponde —escupió aquellas palabras mientras observaba sin ver los pilares de hormigón del aparcamiento.

Luego volvió la atención a Nacho y le dio dos besos en las mejillas, muy cerca de la comisura de los labios. Él la retuvo unos segundos de la cintura y acercó la cara con intención de besarla en la boca. «Despacio, Nacho, despacio. Por favor, necesito no precipitarme en esto. Te aseguro que no te arrepentirás». Le acarició de nuevo la cara, entró en el coche y cerró la puerta. Tras arrancar el motor, bajó el cristal de la ventanilla.

—Me gustaría que me avisaras cada vez que aparezca por la oficina. Mándame un wasap o llámame si tienes alguna novedad sobre lo que hemos hablado. ¿Lo harás?

Un aprobador movimiento de cabeza le aseguró que sí. Aún continuaba moviéndola cuando abandonó el aparcamiento.

Después de este repaso mental, se introdujo la prenda por la cabeza y la bajó hasta colocarla en su sitio. Cerró la cremallera lateral y se empinó otra vez sobre las punteras. «Me la vas a pagar todas juntas, Carlos Duarte». «*Na, na, na, na. Fly me...*». El vestido, por encima de las rodillas, dejaba al aire un buen trozo de sus largas piernas, el suficiente para que cualquier hombre deseara ver el resto. Dio unos pasos hasta el fondo del vestidor y se situó frente al zapatero. «Unos negros de tacón medio. Ummm. A ver. ¡Estos!». Calculó que Nacho la sobrepasaba en altura más o menos una cuarta, así que mejor no calzarse demasiado tacón. Volvió a contemplarse en el espejo. Tras soltarse la melena y atusársela con las manos para imprimirle un aire desenfadado, se giró dejando en el espejo una aprobadora sonrisa antes de salir del vestidor.

Era la primera vez que Nacho la invitaba a cenar y, aunque no le había asegurado tener aún los documentos del caso Hospisa, no podía negarse para que no percibiera su exclusivo interés por aquellos papeles. «Martina, para conseguir algo de un hombre lo primero es hacerle creer que nos interesa por encima de todo. Una vez logrado ese objetivo, solo tenemos que abrir la mano y esperar a que se depositen sobre ella nuestros deseos. Cuando quieras algo de un hombre, busca el niño que hay dentro de él, decía Nietzsche», recordó estas palabras de Cecilia mientras se arreglaba. Quince minutos más tarde, después de acicalarse a conciencia en el cuarto de baño, cogió un pequeño bolso negro, guardó la cartera, el móvil, un pintalabios y un paquete de pañuelos de papel y salió de la habitación con él bajo el brazo. *Na, na, na, na, na, naná, naná.*

—¿No vas a salir esta noche? —pregunta dirigida a Nerea.

Sentada en el suelo con la espalda apoyada sobre uno de los butacones del salón, la chica da cuenta de un enorme bol lleno de palomitas sin apartar la vista del televisor.

Saldría más tarde, responde después de echarle un rápido vistazo. Perpleja, le pregunta dónde iba ella tan arreglada. «Pues parece que en vez de ir a cenar con la tía Cecilia, vas de marcha». «No llegaré tarde, mamá, te lo prometo». Alarga la «e» de la última palabra para mostrar cansancio por la repetida sugerencia. Luego perfila una sonrisa y le desea buenas noches. «Pásalo bien con la tía; no liguéis mucho».

Martina Larralde se acomodó en el Mini, giró la llave de contacto y recapacitó un instante con la vista puesta en los nudillos de las manos al volante. La imagen de Carlos se filtró en la memoria y le produjo una desagradable punzada en el estómago. Tomó aire. ¿Culpabilidad? ¡Bah! Vaya usted a saber qué cama andará calentando ahora mi querido pintor. Un puntito de celos le cortó las cavilaciones hasta que la imagen de su padre borró cualquier duda sobre sus planes.

Con decisión metió primera y salió del garaje avanzando despacio por la calle. No tenía que haberse casado nunca con él. «¿Mi marido?, arquitecto, sí». «Os presento a mi marido, es arquitecto». «Claro, en el estudio de arquitectura de Carlos puedes…». ¿Eso había sido todo? La pregunta tuvo dos respuestas: una afirmativa, sincera, interna y muy diáfana que no llegó a perforar los estratos superficiales del pensamiento porque se lo impidió la segunda llenándola de justificaciones y excusas: «Era muy guapo. Al principio me gustaba, pero luego la relación se fue deteriorando. Dedicaba demasiado tiempo al trabajo y a viajar. Y para colmo, ahora, con esa estúpida afición por la pintura, se dedica a organizar exposiciones y reuniones con los cuatro iluminados como él. Bueno, al menos me ha dado dos hijos, Nerea y Alejan…». ¡Alejandro! No le veía desde hacía dos días. ¿Dónde se habría metido? Aunque era mayor, todavía le gustaba controlar sus movimientos. Tendría que haberle preguntado a Nerea, ella seguro que conocería el paradero de su hermano. Volvió la punzada en el estómago. Esta vez sí era de culpa por aquella sensación de abandono. ¿Cómo no había echado de menos a su hijo?

—¡La culpa la tiene el maldito imbécil de Carlos! —El grito sonó trágico en el solitario habitáculo del coche, incluso revestido de cierto tinte dramático.

En cuanto desapareciera de su vida, podría dedicarles más tiempo a sus hijos, pero primero necesitaba deshacerse de él. Las luces de los faros avanzaron quebrando la oscuridad hasta el cruce.

—Ya queda poco. —Aceleró a tope y conectó la radio.

Los bomberos no aconsejan verter agua desde helicópteros, debido a que la estructura de la catedral de Notre Dame…

«Vaya, uno de los lugares donde estuvimos de viaje de novios».

¡Ay, Martina! En estos momentos tú quemarías medio París con tal de borrar aquello.

***

Carlos la vio salir de la habitación con el cuadro bajo el brazo, oyó el cierre de la puerta y se dejó caer boca arriba en la cama. Ni siquiera había permitido que la acompañara. «Me apetece caminar sola hasta donde tengo el coche, Carlos. Quiero saborear lo ocurrido esta tarde. Para mí es importante, ¿vale?». Después le dio un suave beso en los labios y consultó la hora en el móvil: «08:10, ¡madre mía!».

Con los dedos cruzados tras la nuca, permanece absorto en el techo repasando el encuentro. Esboza una sonrisa. Solo al relajarse desaparece por completo el nerviosismo y consigue por fin hacer el amor con ella. ¿Una vez? ¡Madre mía, si hasta repitieron! «No te preocupes», había restado Inés importancia tras el primer fracaso. ¿Qué no me preocupe? —arruga el entrecejo.

Era la primera vez que le ocurría algo así y no recordaba nada tan ridículo, espantoso y apocalíptico como aquello. Cierra los ojos un instante y, cuando se topan de nuevo con el techo, vuelve a perfilar otra sonrisa. Por fortuna, el asunto se había resuelto bien, muy bien.

Puso un momento la atención en el devenir de la calle. Gritos en inglés. Enfado: *¡Son of a bitch!*

Recupera momentos vividos con Inés. Después de hacer el amor, sacó el lienzo del armario y lo colocó delante de la pantalla del televisor. «¿Te gusta?». La vio sentarse en la cama, abrazarse a las piernas y apoyar el mentón sobre las rodillas. Sobrevino un silencio lánguido mientras observaba la pintura con atención. De vez en cuando arrugaba los ojos y movía la cabeza de un lado a otro. «El cuadro ha mejorado mucho, Carlos. Me encanta. Con estas sombras del primer plano ha ganado profundidad. Y esos tierras, magentas y azules lo han calentado, ahora tiene una textura distinta. Sí, me gusta, me gusta mucho. Ya puedes subirle el precio porque este es un cuadro diferente al que estaba colgado en la exposición de Sevilla». Carlos se situó entre el cuadro y ella. «No puedo venderlo porque ya tiene dueño. Mejor dicho, dueña». «No puedo». «Sí puedes. Es más, debes». Gesto de asombro con la boca entreabierta. El cerebro trata de encontrar algún resquicio por donde escaparse de aquella situación. «Quiero que lo tengas tú. No es un regalo, es un depósito. Gracias a él nos conocimos, así que cuélgalo en algún sitio de tu entorno y piensa que el cuadro es de los dos. Como comprenderás, no voy a vender lo que supuso el comienzo de nuestra relación». Ella asintió comprensiva, se incorporó y le dio un largo abrazo. Carlos ocultó al techo la mirada para bucear entre jirones de recuerdos: sonrisa encantadora y frescura de gestos, conversación amena y agradable y su forma apasionada de hacer el amor.

Un presentimiento negativo interfiere en la memoria. ¿A quién habría estado llamando cuando fue al servicio? «Espero no haberte hecho esperar mucho, había cola». En la puerta del baño solo estaba ella llamando por teléfono. ¿Por qué le habría mentido? Se remueve inquieto. Otra imagen le rondó por la cabeza: los emails amenazadores. Trata de imaginarse a Inés detrás de aquellos mensajes. «No puede ser», se conforta. «¿Y si fuera Martina? No creo, ella es más de wasaps». No recordaba haberla visto sentada al ordenador nunca, pero el móvil lo manejaba muy bien. Podría haberlos mandado desde ahí. «No es el estilo de la Larralde». ¡No la ha llamado desde que llegó! Tampoco ella.

En realidad, a quien debía llamar era a Lydia, como le había prometido. Su hermana sí le preocupaba. Cada vez más. La llamaría más tarde. Sospechaba que algo importante le ocurría. Bronca con Pancorbo, seguro. ¿Relacionada con su visita? Tal vez. Aunque no lo manifestó, a Lydia le disgustó bastante que Millán no apareciera en todo el día. «Maldito hijo de puta, ojalá lo deje pronto». El dibujo de la imagen de Lydia lo llenó de ternura. Trenza dorada cuyas puntas acaricia una y otra vez mientras habla, ojos vivarachos e inquietos que parecen no perder detalle de cuanto acontece en su entorno, eterna y triste sonrisa, movimientos laterales de la cabeza cuando algo no le gusta. Como signo absolutorio, cierra los párpados y los deja caídos unos instantes. Después sonríe. Ademanes bellos que reflejan de manera fiel el alma acogedora y delicada del interior.

Vació el aire de los pulmones con un resoplido y marcó el número de Martina.

Nada. Al cabo del rato, contestador.

Volvió a marcar. Una llamada, dos, tres. Antes de la cuarta colgó. «A saber por dónde anda la señora Larralde». Consultó el reloj y se encogió de hombros. Viendo una película con su hermana o en el club con las amigas. El móvil vibró mientras emitía *El Danubio azul.* Miró la pantalla con la certeza de que Martina le devolvía las llamadas, pero se sorprendió al ver el nombre de Inés.

—¡Vaya, no esperaba tu llamada! ¿Ya estás en casa?

—Desde hace unos minutos.

—Me alegra que hayas llamado, Inés —aseguró con una sonrisa—. Aún estoy en la cama saboreando nuestro…

—Estoy muy preocupada, Carlos —la interrupción lo dejó con la palabra congelada en los labios—. He recibido un email extraño. Alguien más sabe que tú y yo hemos estado juntos hoy.

La sonrisa se desvaneció de inmediato y se convirtió en una bola atravesada en la garganta con intención de ahogarlo. Tragó saliva como pudo.

—¿Cómo que alguien sabe?

Al llegar a casa había abierto el ordenador. Extraño mensaje en la bandeja de entrada del correo que solo tú conoces, explicó.

Ansiedad compartida.

—Nuestra dirección de correo no la conoce nadie de mi entorno, Carlos. Tiene que ser del tuyo. ¿Has hablado con alguien de lo nuestro? Tu hermana Lydia, quizás.

Había hablado con Lydia de su relación, pero, por supuesto, ella desconocía esa dirección de correo.

Se eternizó un infinito silencio.

Estuvo a punto de comentarle que él también estaba recibiendo esos emails. No obstante, siguiendo una rara intuición, se lo ocultó. Ella lo había notado preocupado, tenso, tan tenso que incluso no consiguió una erección la primera vez que hicieron el amor. ¿Y si había decidido incluirse como receptora de los mensajes para alejar cualquier sospecha sobre ella? «No te precipites, le dijo una voz desde lo más profundo de su intranquilidad, no la conoces de nada».

—¿Qué dirección tiene el mensaje? —preguntó tratando de conservar la calma.

—Puntoyraya@campingresort.net —respondió un poco más relajada.

Estuvo a punto de proferir un «¡Maldita sea!» dictado por el cerebro.

—¿Me lo puedes reenviar? —le pidió en tono cortante.

—Claro.

Unos segundos más tarde, el teléfono vibró anunciándole la llegada del mensaje.

Carlos Duarte no te interesa, déjalo o atente a las consecuencias.

Esta vez no se pudo contener y escupió el improperio con saña.

Ella preguntó si ocurría algo y Carlos respondió un «no» seco, nada tranquilizador. Luego especuló sobre la posibilidad de un troyano. «Uno de esos programas instalado por un *hacker* para controlar lo que haces. Quién sabe si alguien nos ha colado uno de esos en nuestros ordenadores».

—¡¿En nuestros ordenadores?! —se exaltó un poco—. Querrás decir en el mío. ¿O tú también has recibido este mensaje?

«Sí, no; sí, no; sí, no».

—No, no, no —se precipitó a responder tras unas décimas de segundo de duda—. Pero si tú tienes instalado un programa espía, lo más seguro es que también lo tenga yo.

No le gustaba la idea de mentirle. Sobre todo, cuando acababan de consolidar una relación tan especial, pero ¿qué podía hacer? Al fin y al cabo, solo ella conocía la dirección del correo. Y aunque hubiera hablado a alguien de su historia de amor, no era probable que también le hubiera dado el correo electrónico.

—¿Y ahora qué? —preguntó Inés.

Carlos dudó un momento y luego propuso abrir un nuevo correo en otra dirección.

—Si en verdad tenemos, quiero decir, tienes un troyano, el *hacker* seguirá mandando los correos a la nueva dirección. Si no, habrá que pensar en alguien de nuestro entorno.

Al poco el problema del email amenazador había quedado relegado al olvido y ellos se dedicaban a repasar el maravilloso día del encuentro. Volvió a agradecerle el regalo del cuadro. Lo había estado pensando y su estudio, el lugar donde se recluía para hablar con él, era el sitio perfecto para ponerlo. Tras este comentario se disculpó porque debía colgar. Aún tengo unos cuantos asuntos que resolver. Mañana debo recuperar el maravilloso tiempo que he pasado contigo. Me espera una dura jornada de trabajo, aseguró ella.

Tras despedirse, de nuevo con los dedos entrelazados detrás de la cabeza, Carlos restableció el monólogo silencioso con el techo, hilando sensaciones e imágenes proyectadas sobre la pantalla blanca ante sus ojos. Martina, Nacho, Lydia, Millán, Pancorbo, Inés.

«No me gusta engañarla, pensó dirigiéndose al mudo compañero». Todo quello era muy raro. Nadie conocía esa dirección de correo. Y el ordenador estaba bajo una clave difícil de descifrar, así que debía ser ella o alguien de su entorno. El reservado compañero no le respondió, sin embargo, su blancura permitió que una serie de imágenes de su cuerpo desnudo se fueran abriendo paso entre el barullo mental. Boca entreabierta, respiración agitada, carnes trémulas, ojos cerrados tratando, quizás, de retener en el interior cada una de aquellas sensaciones que lo embargaban cuando los dedos la recorrían despacio, como si la piel fuera papel mojado y temiera romperla. «¡Uf!». Abandonó la visión de su silente interlocutor y se puso de pie de un salto.

—Las nueve, voy a cenar algo antes de morir de hambre.

8

17 de abril

La cocina estaba desierta.

Millán Pancorbo echó un vistazo tratando de averiguar si Lydia había preparado el desayuno, pero nada de lo que vio le llevó a pensar que había estado allí. Voceó su nombre por el pasillo un par de veces y captó una débil respuesta proveniente del cuarto de baño situado al fondo.

—¿Se puede saber qué haces ahí? ¿Te ocurre algo? —preguntó acercando el oído a la puerta cerrada.

Respondió que no. Había pasado una mala noche y se encontraba indispuesta.

—¿Indispuesta? —Millán desanduvo el camino por el pasillo de regreso a la cocina balanceando el peso del cuerpo de un lado a otro—. Si es que cuando llegáis a cierta edad… ¡A ver si le dices a tu psiquiatra que te cambie las pastillas para que me dejes dormir por las noches!

Pancorbo no la vio, pero su mujer, sentada sobre la tapa de la taza del váter, le había lanzado un silencioso reproche lleno de desprecio.

Lydia aguantó agazapada en el asfixiante refugio hasta que oyó un «me voy» seguido de un portazo. Entonces se puso en pie con desgana, apoyó las manos en el lavabo y se contempló asustada en el espejo. El rostro, pálido, semejante al de un reo subiendo al cadalso en la *Plaza de la Concordia* para ser guillotinado; los ojos hundidos al fondo de dos manchas cárdenas, y el cabello revuelto, estropajoso, con apariencia de rasta mal cuidada. Aprisa se echó agua en la cara utilizando el cuenco de las manos y se secó con la toalla. Su alma llevaba dos días librando una dura lucha. Desde que descubrió la factura relacionada con el estudio de arquitectura de Carlos, apenas pegaba ojo por las noches. ¿Por qué le ocultaba la relación laboral con su marido? ¿Por qué todo el mundo la apartaba del camino? ¿Acaso apestaba?

Desde hacía mucho tiempo la relación con Millán había caído en un pozo demasiado profundo como para asomar de nuevo la cabeza por el brocal. Antes era raro el día que no salían juntos a cenar, a pasear o al cine. Incluso a veces a bailar. Suspiró al evocar con nostalgia aquellos tiempos lejanos. Ahora, Millán trabajaba de lunes a sábado, sin descanso. Regresaba tarde a casa oliendo a alcohol y la mayoría de las veces iba directo a la cama. «He cenado con unos empresarios. Vengo de Toledo de revisar unas obras». Muchas noches ni siquiera le oía llegar.

Volvió a echarse agua en la cara y dejó las gotas resbalar por el rostro mientras se contemplaba de nuevo ante el espejo con los hombros caídos. No reconocer la imagen deteriorada que este le devolvía la deprimía aún más. Por un instante la mirada se reflejó en sus propios ojos hasta que fue consciente de ella misma. El agua no había conseguido mejorar su aspecto. ¡Si al menos hubiera tenido hijos! Nunca se atrevió a hacerse las pruebas de fertilidad por no contrariar a Millán. «Esas chorradas no sirven para nada. ¿Fecundación in vitro? ¿De verdad crees que voy a llevar mi semen en un bote para que te lo injerten a ti? ¡Venga ya! ¿Y si luego salen dos o tres? ¿Y si se equivocan de tarro y te injertan el de otro? Más niños, más gastos. Así estamos bien».

Inspiró para tratar de bajar la angustia acumulada en la garganta, se secó la cara y abandonó el cuarto de baño arrastrando los pies por el pasillo hasta la cocina. Sobre la mesa, una taza de café y un envoltorio de papel transparente rodeados de migas de magdalena. Cogió la taza, la dejó dentro del fregadero y arrugó el envoltorio con la mano. Antes de salir al jardín, lo arrojó en el cubo de la basura.

Los rayos del sol empezaban ya a pintar de oro las ramas más altas de las buganvillas y el jazmín de la entrada, sin embargo, aún hacía frío. Enorme sensación de soledad. Abandono. Se abraza a sí misma, deambula con la atención en el crujir de algunas hojas bajo los pies. «Mi jardín me está pidiendo que lo cuide, él también está abandonado». Se acerca a las macetas y empieza a tronchar con los dedos las flores marchitas de los geranios. Algunos rosales también necesitan atención. Se gira y avanza hasta un pequeño cobertizo donde guarda las herramientas de jardinería para hacerse con guantes y tijeras de podar, pero antes de abrir la portezuela, se detiene en seco. «Tengo que averiguar qué se traen entre manos mi hermano y Millán».

Toma una buena bocanada de aire y regresa decidida hacia la casa.

***

Carlos Duarte se desperezó en la cama estirando los brazos en cruz, saludó mentalmente al techo de la habitación con unos buenos días sonriente y unas décimas de segundo después calificaba de necia su actitud. Echó un vistazo en torno y escuchó atento. Entre las cortinas irrumpían rayos de luz deslavazados y en la calle, silencio casi absoluto, solo turbado por el lejano rumor del tráfico de la autovía que circunda la ciudad.

Marbella duerme por la mañana.

Coge el teléfono de la mesilla y busca alguna noticia sobre el incendio de Notre Dame. *«Los bomberos dan por extinguido el incendio de la catedral»*.

—Vaya, menos mal.

No quiso seguir leyendo. Apagó el teléfono y, al poner otra vez la atención en el techo, arribaron nuevas reproducciones coloreadas del encuentro con Inés. ¡Cómo me gusta esa mujer! La sonrisa, la mirada verde aceituna directa a los ojos, su naturalidad, su charla acompañada de gestos.

De pronto, un torbellino de imágenes teñidas de tonos distintos, sombríos, eclipsaron la paz y dispersando cualquier vestigio de alegría. El bienestar se esfumó por completo. Maldijo el momento en que se sentó frente al ordenador y abrió el correo. ¿Por qué tanta preocupación? Inés no podía estar detrás del email amenazador. Era irracional pensar que ella iba a mandarle un correo pidiéndole que la dejara. Bastaría con no llamarle más y no contestar a sus mensajes.

Pero, si Inés no lo había mandado, ¿quién lo había hecho? Acudió a los lugares más recónditos de la inteligencia en busca de respuestas que no encontró. ¿Por qué de repente se había vuelto tan precavido, desconfiado más bien, con aquella encantadora mujer? No, no solo con Inés.

Desde que se vio envuelto en el caso Hospisa, no confiaba en nadie. El incendio causado como consecuencia del cambio del generador costó la vida a varias personas. Él y nadie más era el responsable del desastre. Como arquitecto, debía haber comprobado *in situ* esos detalles antes de firmar el final de la obra. La ansiedad afloró en forma de nudo en la garganta. Pasó muchas noches en vela por miedo a cerrar los ojos porque los recuerdos enseguida lo encerraban en el zulo oscuro de la conciencia.

Tomó aire y lo dejó escapar despacio. Todo se complicaba ahora que empezaba a apartarse de los trabajos de arquitectura, el lujo y la gente superficial. Ahora que había encontrado en la pintura un resorte para evadirse y, además, le había llevado a Inés.

Inés.

No había sido consciente del vacío en su existencia hasta que aquella inusual relación comenzó a llenar los espacios, más que espacios, abismos donde antes tenía instalada su vida.

¡Y ahora aparecían los emails!

¿Estarían relacionados con Hospisa o sería la desconocida restauradora quien estaba detrás de todo? Pero ¿para qué? En realidad, no sabía casi nada de ella. «He recibido un email extraño. Alguien más sabe que tú y yo hemos estado juntos hoy». Recuperar las palabras le llevó a pensar que podía ser una magnífica estrategia para desviar la atención en caso de estar implicada en este asunto. Si esa era la pretensión, se equivocaba. Por eso había improvisado la idea de un *hacker*. Una trampa para ver la reacción. ¿Para qué querría un *hacker* que dejaran de verse? Habían abierto un nuevo correo en otro servidor, aunque él mantenía el antiguo. En el caso, nada probable, de que Inés estuviera detrás de los emails, empezaría a recibir las amenazas en el nuevo. Las dudas, se desvirtuaban cada vez más hasta producirle una angustiosa sensación de ahogo. «¡Eres idiota, Carlos! Tiene que aislar este negativismo enfermizo que no te lleva a ningún sitio».

Se incorporó de un brinco y retiró con brío las cortinas. La habitación se inundó de luz y él se dirigió a la ducha. Después, se vistió y salió arrastrando la maleta. Mientras esperaba el ascensor, comprobó la hora. Pasaría a echar un rápido vistazo al salón de exposiciones antes de volver a Madrid, aunque visitar la galería solo había sido la excusa para encontrarse con ella. Resopló cansado. Buscaría a alguien que investigara la procedencia de los emails para saber quién estaba detrás de las amenazas. Tal vez un detective privado. «¡Dios, qué pocas ganas tengo de volver!», pensó y recorrió con la mirada el pasillo enmoquetado de rojo granate. No estaba muy seguro del rumbo que tomaría la relación con Inés, pero la habitación 442 quedaría para siempre en la memoria.

***

Martina Larralde emergió del sueño como si acabara de sacar la cabeza del agua después de una zambullida en la piscina. Se estiró aspirando aire por la nariz mientras vislumbraba con el rabillo del ojo los dígitos del reloj situado sobre la mesilla —11:10— y lo exhaló con suavidad. En algún lugar de la casa, algo se estrelló contra el suelo con gran estrépito y contuvo un momento la respiración. La asistenta acababa de romper un plato. «Espero que no sea de los de Santa Clara. La rusa va a acabar con toda la vajilla. ¿O era polaca?».

Prestó atención a otro sonido, más suave, más monótono, proveniente del exterior. ¿Un cortacésped? Sería el jardinero de la vecina. Sonrió y contempló su cuerpo cubierto solo por el pequeño tanga de la noche anterior. Tomó otra bocanada de aire y se incorporó hasta sentarse con la espalda apoyada en el cabecero mientras iba organizando el trauma del despertar. No era fácil dejar los dominios de Morfeo. Un amigo de Cecilia, psicólogo, aseguraba que podía ser traumático pasar del sueño a la vigilia de manera abrupta. «Hay que tomarse tiempo». Por eso, los que se despiertan a golpe de despertador están locos de remate».

Mientras elucubraba sumergida en el mundo de lo absurdo, sus ojos recorrían displicentes la habitación. La noche anterior había llegado demasiado cansada para colocar la ropa en su sitio y se encontraba esparcida aquí y allá. El vestido negro arrugado en el suelo junto a los zapatos cerca de la entrada, las medias hechas una bola sobre la mesilla de noche y el sujetador, el sujetador, colgado de la esquina del cuadro situado sobre el cabecero de la cama. ¿Cómo había llegado hasta allí? Cerró los párpados para volver la vista atrás.

Apareció media hora tarde a la cita con Nacho. «No puedes imaginarte cómo está el tráfico». Él se puso en pie con el ceño arrugado y miró la hora en señal de protesta, se sentó después de darle un beso y adoptó una postura defensiva cruzando los brazos. Sobrevino un silencio lánguido que se fue tensando conforme pasaban los segundos. «Otro imberbe, infantil y mediocre, que diría Cecilia; como mi pintor. ¿Por dónde andará?». La llegada del camarero fue providencial para romper el hielo. Pidió ensalada templada de lechuga, gulas y langostinos y ventrecha de pez espada en salsa verde. Él, lo mismo.

—En cuanto al vino, podríamos tomar...

—Un rueda verdejo —se adelantó ella imponiendo su criterio para impresionarle.

Una vez se marchó el camarero, disculpa para diluir la tensión en el ambiente.

—Siento haber llegado tarde. —Tono de voz modulado, labios fruncidos y cabeza ladeada al tiempo que parpadea repetidas veces. Nacho sonríe la pantomima y ella le acompaña en la sonrisa con la certeza de haber conseguido su propósito.

—No soporto esperar —señaló con aire eficiente mientras se colocaba la servilleta sobre las piernas.

«Lo dicho, otro imbécil prepotente», sonrió imitándolo con la servilleta. Luego se interesó por el trabajo del gabinete para desencallar el diálogo o evitar que continuara por las lindes del reproche.

Iba muy bien. Tenían más trabajo del que podían atender. Una pena que Carlos casi no se interesara por el estudio. Al menos necesitaríamos un aparejador más, un delineante y otra chica para la oficina, prosiguió. Pero, sobre todo, tendríamos que comprar una impresora 3D de la firma Stratasys. La Stratasys Design resolvería muchos de los problemas de diseño, reduciendo bastante el trabajo, por tanto, los costes de los proyectos.

¿Qué le importaba a ella la «Stratasys» esa o como se llamara la impresora? Lo contemplaba sin prestar demasiada atención al discurso apasionado. Era guapo y atractivo, rostro bien perfilado, mirada penetrante resaltada por los ojos negros. El pelo, también negro, más corto en los laterales, peinado con cera de manera informal, le confería un aire moderno y sofisticado. Parecía sacado de un anuncio de perfume caro, muy caro. Controlaba a la perfección gestos y miradas. La naturalidad en él brillaba por su ausencia. Sin duda tenía un estudiado gusto exquisito. Vestía camisa blanca de seda natural, pantalón azul marino y chaqueta color cámel que se había abrochado al levantarse para besarla y vuelto a desabrochar cuando se sentó. Ademanes prepotentes, de persona que domina la situación. Sin embargo, a Martina no le cautivaba la puesta en escena porque tras ella vislumbraba ese aire aldeano que en ocasiones también acompañaba a Carlos.

—Imagino que estás al corriente del incendio de Notre Dame. —Él.

—Sí, pero me trae malos recuerdos, mejor hablamos de otro tema. —Ella.

En ese momento llegó el camarero con la botella de vino y Nacho no respondió. Ambos permanecieron en silencio mientras la descorchaba y escanciaba un poco en la copa de él para la cata de rigor, sin embargo, al verla sonreír, le pidió al camarero que le sirviera a ella primero. Quien había pedido el vino y la entendida era Martina.

Con gesto altivo, casi impertinente, el camarero levantó la barbilla, se desplazó hacia el otro lado de la mesa y vertió un poco en la copa de Martina. Antes de que ella diese el visto bueno, dejó la botella sobre la mesa y se marchó.

Nacho empezó a desplegar todas sus tácticas seductivas. Halagos, frases anfibológicas, miradas sugerentes. Incluso llegó a cogerle la mano en un momento en que Martina la había dejado reposando sobre la mesa. Ella no la retiró enseguida, observó la acción imperturbable y trasladó la mirada a los ojos del aparejador, sonriente. Entonces la deslizó con sutileza por el mantel sin apartar la vista de él y sin abandonar el gesto. Notó cómo su compañero de mesa se estremecía y soltaba el aire que había retenido en los pulmones.

«Cuando la mujer acelera, el hombre frena. Ya lo tengo en el bote. Ahora es el momento», pensó y se limpió la comisura de los labios con la servilleta.

—No quiero estropear esta maravillosa velada, Nacho. —Movió el cuerpo hacia delante—. Estoy bastante deprimida. Ya no soporto más a Carlos. Necesito deshacerme de él. Necesito ese primer proyecto de Hospisa, el auténtico, el que me va a permitir llevarlo a los tribunales y encerrarlo unos cuantos años en la cárcel para que pague lo que hizo a mi padre. —Tomó un sorbo de vino mientras observaba el efecto de sus palabras.

Nacho se había echado hacia atrás y la examinaba con atención.

—Quiero que tú te quedes al frente de Duarte & Larralde. —Otro silencio, esta vez calculado. Él volvió a la posición primitiva, apoyó los antebrazos sobre el filo de la mesa y cruzó los dedos bajo la barbilla—. El estudio de arquitectura —continuó Martina—, necesita a alguien que lo dirija y quién mejor que tú que ya lo estás haciendo.

Las miradas de ambos quedaron anudadas en el espacio entre ellos hasta que Martina desvió la suya simulando un pequeño matiz de azoramiento. Nacho tomó la copa y dio un sorbo. Luego aseguró que todo estaba bajo control y que pronto tendría la carpeta con el proyecto original.

—Me has dicho que guarda esa carpeta en la caja fuerte. ¿Tienes la combinación? ¿Cómo vas a sacarla?

—Relájate. Sé quién tiene esa combinación y nos la va a proporcionar.

—¿Quién?

Aún tardó un poco en contestar. Se llevó a la boca un trozo de ventrecha con el tenedor, la masticó despacio y, tras limpiarse con la servilleta, aseguró que su padre se la entregaría.

—¿Tu padre? ¿Tu padre conoce la combinación de la caja fuerte? Pero si ni siquiera me la ha dado a mí. ¡Esto es el colmo! —La ira emergió en su mirada que no se apartaba de los ojos de Nacho. Tragó saliva y al instante cambió el gesto. No debía dejar traslucir la rabia ni el odio que sentía por el ridículo vejestorio del conserje o lo estropearía todo—. Bueno, en realidad no sé por qué me extraño. —Se recolocó un mechón díscolo y forzó una sonrisa—. Él adora a tu padre.

Creo que tu padre y el suyo estuvieron juntos en la guerra o en la mili o algo así, ¿no?

—En la guerra no. Pero se conocen desde la infancia y han estado juntos toda la vida. Carlos tiene plena confianza en él. Aunque, por otro lado, en esa caja fuerte no hay nada de gran valor. Solo bocetos para proyectos de futuros edificios, actas notariales, creo que un sobre con algo de dinero, cierres de ejercicios y la carpeta del proyecto original de Hospisa, de color rojo.

—¿Crees que tu padre te dará las claves?

—Las claves no, pero le he convencido para que me entregue los documentos de la carpeta roja.

«Es un trabajo mío, papá. El diseño de un hospital que llevo preparando desde hace más de un año para presentarlo en el proyecto fin de carrera. Sin él nunca seré arquitecto. Se lo entregué a Carlos para que lo revisara y lo ha dejado allí sin prestarle atención. Tú sabes lo liado que está siempre y no quiero presionarlo. Solo quiero que lo saques un fin de semana, lo fotocopiemos para poder seguir trabajando en él y en media hora lo devolvemos otra vez a la caja. Yo seguiré diseñando el proyecto y él que lo revise cuando pueda». Fermín aceptó a regañadientes después de hacerle jurar y perjurar que devolvería la carpeta a la caja fuerte. «Realizaremos las fotocopias en la misma oficina y en un rato, solucionado».

—Lo has planeado muy bien. —Martina se irguió con una sonrisa y detuvo la mirada en él. La curiosidad había quedado satisfecha tras la explicación. Ya no le cabían dudas. Nacho era el hombre que necesitaba para llevar a cabo sus propósitos. «Nunca pensé que el hijo de un portero diera para tanto».

—Lo estoy haciendo por ti —sentenció él y pinchó el pescado para cortarlo con el cuchillo.

Se estiró otro largo silencio mientras realizaba el corte. Esta vez fue ella quien alargó el brazo y le cogió la mano antes de que se llevara el tenedor a la boca.

—Gracias, Nacho.

Fue como un pensamiento en voz alta, como un secreto susurrado al oído.

Martina había ladeado la cabeza y lo miraba con ojos arrobados.

Él dejó el tenedor apoyado en el filo del plato y con la mano derecha apuró la copa de vino de un trago.

—Te necesito a mi lado, Nacho. —El tono, aunque vivo y escueto, había adquirido matices de normalidad.

Martina tomó la botella y volvió a llenarle la copa. También escanció un poco en la suya y bebió un pequeño sorbo sin dejar de mirarlo.

No quisieron postre. Por supuesto, Nacho no dejó que ella pagara y, tras dejar una honrosa propina, salieron a la calle. «Al menos me dejarás que te invite a una copa», propuso Martina. Él aceptó de buen grado y caminaron calle abajo. Nacho le pasó la mano por la cintura con naturalidad y ella aceptó de buen grado.

El pub Fumi's parecía un buen sitio. «Música en vivo», rezaba junto a la puerta de entrada. El lugar olía bien y era agradable. Luces atenuadas, una pequeña pista de baile en el centro y a la derecha, un largo mostrador acristalado regido por un par de camareros ataviados con chalecos a rajas rojas y negras, camisa blanca y palomita. Al fondo, una mujer rubia de mediana edad sacaba con maestría, de las cuerdas de un arpa, las notas de *El pájaro chogüi*. Una chica morena de sonrisa agradable, delgada, alta y con el pelo recogido en una coleta se había dirigido hacia ellos en cuanto traspasaron el cortinón granate que separaba el local de la entrada. «Dos, ¿verdad?». Pregunta retórica. Echó a andar delante de ellos y se detuvo en una mesita situada frente a una rinconera, en uno de los laterales. «¿Les parece bien?». Tampoco esperó respuesta. Prendió con un mechero de plástico una vela colocada dentro de una copa roja que ocupaba el centro de la mesa y aguardó a que tomaran asiento. Dos wiskis. El de Martina con un poco de agua, el de Nacho solo. Sentados uno junto al otro. Silencio. Embelesados en la concertista hasta que volvió la chica con las copas.

«Por nosotros», brindó él levantando el vaso. Martina respondió un «bueno» casi imperceptible y se encogió de hombros.

Después de echar un trago, Nacho se aproximó un poco y Martina se giró hacia él colocando las rodillas como ariete entre ambos.

—¿Cuándo crees que podremos tener esos documentos? —Había empleado el plural a propósito. Transmitirle la idea de trabajar en equipo lo alentaría para acelerar el proceso—. Cuanto antes, mejor.

Nacho sacudió un poco la cabeza para desviar la atención hacia la pregunta formulada por Martina.

—Mi padre está en el pueblo de vacaciones. —Se aclaró la garganta—. En cuanto regrese, los tendremos.

Ella se dio cuenta del desatino y, rápido, dejó el vaso sobre la mesa. «Estás yendo demasiado deprisa». No podía cometer el error de que Nacho sospechara de la estratagema urdida para conseguir la carpeta del proyecto. Si intuía que lo estaba utilizando, echaría a volar. Y el aparejador no era, ni mucho menos, un tonto manipulable. Lo miró con fijeza y le cogió la mano libre entre las suyas.

—Creo que vamos a formar un buen equipo, Nacho. Me siento bien a tu lado, me das seguridad.

El aparejador dejó la copa sobre la mesa y la miró, impertérrito. Luego trasladó con descaro la atención a las piernas de Martina cuyo vestido se había deslizado bastante. Durante una décima de segundo se sintió incómoda y estuvo a punto de soltarle la mano para recolocarse el vestido, sin embargo, aguantó el envite y empezó a notar cierto placer ante la situación. El mismo que sintió cuando le miró las piernas por primera vez a la salida del cine tras el estreno de *Nunca es tarde*, una comedia de Al Pacino sobre un antiguo roquero.

«Tengo que ir a por todas», pensó.

—Me gustas, Martina.

—Nacho…

Sin dejarla continuar, echó el cuerpo hacia delante y le dio un beso en la boca. Primero suave, luego con pasión. Ya hacía tiempo que alguien no la besaba así. Martina cerró los ojos y se sumergió sin control en aquel pozo de infinitos. Los labios y la lengua, el cuello y los hombros, el lóbulo de la oreja y los párpados. Notó una mano deslizarse entre los muslos hacia el lugar donde se guardan los secretos inconfesables y cerró las piernas. La mano se detuvo en mitad del recorrido. Sin embargo, continuó acariciándolos. Un calor agradable empezó a subirle desde el estómago a la garganta. Se estremeció. Empezó a jadear, a sentir los latidos del corazón desbocado. Cuando las caricias de los muslos pretendieron continuar el recorrido hacia el lugar vetado, dio un brinco y se separó de él.

—¡Por Dios, Nacho!

Ambos trataban de introducir aire en los pulmones como un corredor de fondo al llegar a la meta.

—¿Qué pasa? —Los ojos le brillaban en la penumbra animados por el ardor de la pasión.

—Estamos en un bar, ¡por Dios!

Después de recolocarse el vestido, cogió la copa, dio un pequeño trago y recorrió el local con la vista. La camarera charlaba distendida con sus compañeros de la barra y las parejas de las mesas permanecían atentas a la música o conversando entre ellos. Nadie había reparado en las carantoñas.

—No creo que se vayan a escandalizar por ver a una pareja besándose —repuso él tras percatarse del desasosiego.

—Te recuerdo que estoy casada, Nacho. —Dio otro trago—. No me gusta hacer estas exhibiciones en público. Entiéndeme, no estoy acostumbrada. Tú, tú también me… me gustas. —Le costó trabajo decirlo, pero era necesario.

Martina se estiró en la cama. Algo se había removido en el interior con los recuerdos de la pasada noche. Cerró los ojos. Cuando la acompañó al aparcamiento, la besó de nuevo contra el coche. «Te deseo». «Nacho…». De nuevo los labios se deslizaron por el tobogán del cuello, la lengua hurgó en la oreja, los hombros. Sin ningún reparo, le levantó el vestido y le acarició los glúteos. «Nacho, Nacho». Tuvo que realizar un esfuerzo enorme para apartarlo. «Por favor, no. Hoy no». Cara de circunstancia y preguntas sin palabras. «No me encuentro bien». Gesto contrariado. «Yo también te deseo, Nacho, pero dame tiempo, por favor».

Antes de abandonar el aparcamiento, miró por el espejo retrovisor y aún seguía de pie con las piernas abiertas y los brazos caídos a los lados del cuerpo.

—Luego lo llamaré —musitó y volvió a sumirse en aquellas agradables imágenes.

9

17 de abril

Lydia entró como un ciclón en la casa y cogió el albarán depositado dentro del cubilete de los dados. Tras desplegar el papel y echarle un vistazo, lo guardó en el bolsillo superior del pijama y se dirigió, decidida, a la habitación donde Millán tenía instalado su despacho. Antes de entrar. Bajo el quicio. Recuerdos. «Ni se te ocurra limpiarme la mesa que luego no encuentro ni un solo papel». «Mejor para mí, a partir de ahora te encargas tú de limpiar tu escritorio». Después de la discusión, se prometió a sí misma no atravesar aquella puerta jamás, sin embargo, al poco fue claudicando. Primero para coger un bolígrafo, otro día un folio en blanco para anotar la lista de la compra y acabó pasando la fregona y limpiando el polvo de la mesa y las estanterías, como siempre. Eso sí, tratando de no cambiar nada de sitio para no irritarlo. Justificación. «Es superior a mis fuerzas. No puedo ver tanta suciedad acumulada. ¿Se puede trabajar en una pocilga así?». Desde la puerta observó la habitación. Extraña. Había estado entrando y saliendo de allí y era la primera vez que reparaba en el contenido. Al frente, de espaldas a la ventana, se encontraba un sillón negro giratorio y la mesa con la pantalla del ordenador, varias carpetas, un tarro lleno de lápices y bolígrafos y una agenda de fichas rotatorias. A la derecha, un armario metálico con puertas blindadas de color crema cuya llave, sabía ella, colgaba de un pequeño cáncamo bajo la mesa. Sobre la pared, huérfano, un escudo del Real Madrid con una dedicatoria de Florentino Pérez.

Sin pensarlo dos veces, se agachó bajo el escritorio, cogió las llaves y abrió el armario de seguridad. Archivadores A/Z plastificados de distintos colores, una pequeña caja metálica con cerradura, portarrollos de cartón. Leyó por encima los epígrafes de los archivadores: Caja, Contratos, Hospisa, Facturas, P.G.O.U., Electroshop S.A., Intelectric.

—Un momento. —Sacó el albarán del bolsillo y leyó el encabezado—. Intelectric. ¿Intelectric? Pero ¿esto qué es? Nuestra empresa se llama Electroshop, ¿de dónde ha salido esta?

Nerviosa, cogió los archivadores de Electroshop e Intelectric y los colocó sobre la mesa. En el primero, nombres de varias empresas: Arnesa S. L., Corvisan S, L., Reversa y el último, Duarte & Larralde con expedientes cerrados, entre ellos el de Hospisa. Abrió el de Intelectric y empezó a ojear con ansiedad los papeles. ¡Solo documentos y facturas recientes relacionados con Duarte & Larralde! Latidos del corazón desbocados martilleándole las sienes de manera angustiosa.

Boca seca.

Respiración cada vez más acelerada.

Visión que empieza a ser borrosa.

En un intento de encontrar respuestas lógicas, volvió a repasarlo todo. Nada, ninguna otra empresa. Petrificada, se dejó caer en el sillón con la vista perdida en el interior del armario. Trataba en vano de desenterrar de la memoria alguna conversación, algún indicio, por nimio que fuera, relacionado con la nueva empresa. Una mezcla desordenada de ideas y momentos vividos empezó a enmarañarle el cerebro.

Necesitaba relajarse.

Respiró de manera profunda un par de veces por la nariz. No entendía qué ocurría a su alrededor. ¿Millán había creado una empresa solo para suministrar a Duarte? ¿Qué sentido tenía aquello? ¿Por qué nadie le había hablado de la nueva empresa? Ni siquiera su hermano. «Millán nunca me ha causado ni frío ni calor. Ahora ya ni siquiera trabaja conmigo». Se enderezó y volvió a repasar las fechas de las facturas. Aquellos documentos decían lo contrario. La última era de hacía dos días. Carlos le mentía. ¿La estaría tomando también por loca?

Un estremecimiento la recorrió por completo.

Durante años había estado firmando a Millán documentos sin saber qué eran. «Firma aquí. Esto es para Hacienda». «¿Puedo leerlo?».

«No lo vas a entender. ¡No lo entiendo ni yo! Anda, firma que tengo prisa».

Las lágrimas le enturbiaron la visión.

Se limpió con la manga del pijama y llevó la mirada de regreso al armario.

Se puso en pie.

Después de probar un par de llaves, abrió la pequeña caja metálica. En el interior, billetes de cien euros y unos sobres con apariencias de estar vacíos. Al sacarlos, algo se enganchó con uno de los picos y cayó al suelo y empezó a girar. Observó desde lo alto un anillo rodando por el piso hasta que, al chocar contra la pared de enfrente, dio varias vueltas sobre sí mismo y se detuvo. Se acuclilló para cogerlo. Era la alianza de Millán.

«¿Y tu alianza?». Por respuesta un «no sé» falto de toda credibilidad y un movimiento de hombros. Segundos más tarde trató de aclararlo: «Creo que la he dejado en el lavabo de una estación de servicio cuando fui a Valladolid el otro día. Ya me compraré otra». Nueva mentira. ¿Cuántas más?

Se dispuso a recoger un par de documentos esparcidos por la habitación y reparó en un sobre color ocre colocado al fondo de la última balda del armario metálico. Lo examinó por ambas caras No tenía dirección. La solapa despegada. Introdujo los dedos pulgar e índice y extrajo un montón de fotos. Las piernas no la sostuvieron y tuvo que sentarse en el suelo para evitar desplomarse cuando vio la primera de ellas:

Rubia exuberante, cabellos ensortijados, ojos claros, labios carnosos. Selfi con la cara pegada a la de Millán.

Con la respiración contenida, el corazón palpitándole con fuerza y las manos trémulas, continuó pasando fotos.

La rubia sentada a una mesa junto a Millán, ambos sonrientes.

La rubia en biquini, tendida en una hamaca de piscina con un sombrero de paja terciado sobre la cabeza.

La rubia tumbada sobre una cama con ropa interior negra en pose provocativa…

No pudo seguir. La ansiedad empezó a alcanzar una magnitud difícil de soportar. Dejó caer las fotos. Como un robot, se dirigió hacia el cuarto de baño y, tras abrir la ducha, se metió sin desnudarse bajo el chorro de agua fría. Imágenes del pasado corrían en tropel por la cabeza. Musitó varias veces el nombre Carlos con el tono propio de una letanía al tiempo que notaba el agua helada chorreándole por la cara y el cuerpo. En realidad, no le importaba tanto descubrir la doble vida de Millán, que ya sospechaba, sino las mentiras de su hermano y la alineación al lado de su abominable marido. Comenzó a llorar sin consuelo, dejó resbalar el cuerpo por los azulejos de la ducha y se sentó en el suelo.

«¿A qué estarían jugando? ¿Qué se traerían entre manos? No te rindas, Lydia, no te rindas. Ya te has arrastrado bastante».

Se promete a sí misma no sucumbir a la desesperación.

«No, no voy a sucumbir. Si Carlos se ha puesto al lado de Pancorbo, tengo que averiguar por qué».

***

Madrid se sumía ya en el letargo del crepúsculo. Carlos dejó la M-30 en dirección a Encinar de los Reyes y poco después entraba en la urbanización. Parejas de ancianos pasean bajo la arboleda, grupos de chicas y chicos en los bancos y el parque infantil del fondo repleto de niños bulliciosos lanzándose por los toboganes mientras las niñeras departían ajenas al barullo. Demasiado jaleo en la calle para un lugar donde los residentes permanecen todo el año agazapados tras los setos verdes de las viviendas como si tuvieran miedo a que sus vecinos los reconocieran. Echó un vistazo al termómetro del salpicadero: veintidós grados. Luego abrió la ventanilla. El aire, cálido y agradable, venía cargado de olores. ¿Resina?, ¿jazmín?, ¿madreselva? Esto justificaba el jaleo. Tal vez el vecindario había decidido aprovechar el buen tiempo para salir a la calle. A lo lejos divisó su chalé y se preparó para accionar la puerta del garaje. Otra vez aquí, se dijo y tragó saliva. ¡Malditos emails!

Los recuerdos retrocedieron rápidamente. Después de dejar el hotel había visitado la sala de exposiciones del Centro Cultural. Amplia y luminosa, con espacio suficiente para colocar todas las obras con holgura. El conserje, bajito y regordete, tenía un rostro voluminoso y blando. «Lo siento, pero yo, sin una autorización del concejal no puedo abrir la sala». «Venga, hombre si solo va a ser un momento. Ya le he enseñado mi carné de identidad y ha podido comprobar que mi nombre coincide con el del cartel anunciador de la próxima exposición. Ande, tómese una cerveza a mi salud». Veinte euros colocados en el bolsillo superior de la chaqueta fueron la llave que abrió puertas y encendió luces.

Abandonó la sala pensando en la falta de probidad del empleado público. Si los de arriba son corruptos, los de abajo aprenden rápido. En concreto, él tampoco era un ejemplo de honradez, se reprochó. ¡Cuántas veces había colado a Millán Pancorbo por la puerta de atrás en un proyecto para ayudar a Lydia! ¡Y las veces que había hecho la vista gorda cuando, en la constructora de Iñaki Larralde, los técnicos bajaban la calidad del hormigón para abaratar los costes de las obras! Iñaki no había sido mala persona, sin embargo, nunca dejó de ser un empresario al que le gustaba el dinero y él, un simple arquitecto empleado suyo.

En ese momento algo estalló en el interior de la cabeza. «Hospisa. ¡Maldita sea! ¿Hasta cuándo me va a perseguir esta mierda?» Se detuvo con la vista perdida en medio del trajín de la calle. «Me gustaría alejarme de todo y de todos. Marcharme a un lugar desconocido, un país extranjero donde nadie me reconozca. Aquí hay demasiada basura, aunque, tal vez por eso, la mía ni siquiera huela. ¿Habrá algún sitio libre de polvo y paja?». El sonido de un mensaje del móvil le sacó de las elucubraciones:

No sé si ayer le echaste algo al café que nos tomamos, pero solo hace unas horas que nos despedimos y ya empiezo a echarte de menos. Creo que me estoy enamorando de ti, Carlos.

Un beso enorme.

Inés.

El mensaje llegó a modo de ungüento milagroso para tratar de calmarlo. Lo leyó un par de veces más.

Antes de contestar, meditó un buen rato la respuesta.

Tal vez la pócima la preparaste tú para enamorarme a mí y cayeron unas gotas en tu taza. ¿Serás una bruja? Tendré que andarme con cuidado con lo que tome a partir de ahora.

Un beso.

Carlos.

«Creo que me estoy enamorando de ti». Barnizado por aquellas palabras, su ansiedad remitía, aunque algunos vestigios de la desazón seguían girando en el estómago. También él notaba germinar un nuevo sentimiento, sin embargo, esas sensaciones envaraban sus razonamientos cautivos por las vendas de la lógica, al igual que el cuerpo de una momia egipcia.

¡Malditos emails! —repitió y accionó el botón de apertura de la puerta del garaje.

El Mini de Martina no estaba. Prestó atención. Silencio. No se oía ni la televisión ni sonidos de marcianos atacando alguna galaxia lejana. Quizás tampoco estarían ni Alejandro ni Nerea. El eco de la puerta del coche al cerrarla y el chirriar lento y desagradable del portón abatiéndose lo acompañaron mientras caminaba hacia el interior de la casa. Se detuvo en mitad de salón. La vivienda estaba silenciosa como un cementerio de madrugada.

—¡Hola!

—¿Martina?

«Al parecer, no hay nadie para darme la bienvenida. Ni el perro». ¡Pero si tú no tienes perro, Carlos! Anda que…

—Bueno, más vale solo que mal acompañado. «Buey solo bien se lame», decía mi abuela.

Pese al dicho, subió a la parte superior de la vivienda y recorrió las habitaciones con el ridículo presentimiento de encontrarse a alguien tendido en el suelo desmayado o muerto y justificar así el silencio en el que se encontraba sumida la casa. No era la primera vez que la insensata idea pasaba por su mente. «Desvarías, Carlos, desvarías». En el despacho, un puñado de sobres cerrados sobre la mesa. Luz, agua, teléfono, propaganda. «¿Por qué demonios no se encargará ella de estos detalles?». Conectó el ordenador con gesto agriado. «Al menos podría escoger los sobres y tirar los que no sirven a la basura». Abrió el correo del ordenador. Más propaganda. *c.uribarri@estudioarquitectura.net.* «A ver qué me cuenta el imberbe este». «El proyecto de la Piscina Cubierta está finalizado con TUS últimas puntualizaciones». «¡Maldito Cabrón! ¿Por qué había escrito el adjetivo posesivo en mayúscula? ¿Qué insinuaba? Tenía la habilidad de sacarlo de quicio». Cerró el correo y lo pensó unas décimas de segundo, antes de abrir el de Inés. Bueno, el de Inés y el del personaje infiltrado. Aguantó la respiración y clicó dos veces.

Allí estaban los dos.

puntoyraya@campingresort.net

impresionismo@gmail.com

Estudio detenido. Ambos, escritos por la mañana, con media hora de diferencia, mientras él conducía hacia Madrid.

Abrió primero el de Inés.

Imagino que vas de regreso a casa y no quiero molestarte con mensajes que te distraigan. Pero sí me apetece escribirte algo. No sé, quizás es una forma de mantenerme en contacto contigo.

Dentro de un rato voy a pasar por el museo Picasso. Me han pedido que ponga en valor un grabado atribuido a nuestro pintor, pero por las fotos que me han mandado tengo la impresión de que no pertenece a Pablo. (Ya te contaré). Por la tarde ¡Uf! Un millón de trabajos pendientes, pero no me apetece hacer nada. Es como si me hubieran dado un ladrillazo en la cabeza. Como aquellos antiguos discos de vinilo rayados. ¿Te acuerdas? Siempre volvían al mismo sitio. Pues así estoy yo, rayada. Mis pensamientos giran siempre en torno al día de ayer. Debo confesar que no me sentía tan bien desde... Ni me acuerdo. Si es que alguna vez he tenido esta sensación.

Mándame un mensaje cuando llegues, porfa.

Te quiero.

Lo leyó un par de veces más en busca de algún resquicio, alguna señal encubierta entre el amor que pretendían transmitir sus palabras. Nada. «Eres un majadero. El amor de Inés tiene que quedar por encima de toda sospecha».

Miró el segundo email.

Tragó saliva, acercó la flecha del ratón a la dirección y clicó encima un par de veces.

¿Tan importante es ella como para que pongas en juego tu vida y la de los tuyos? ¿No sería más lógico apartarte de esa mujer? Muy pronto te arrepentirás de lo que estás haciendo. Hablo muy en serio, Carlos Duarte.

Se separó un poco del ordenador y cruzó los brazos sin perder de vista la pantalla. El primero estaba escrito en un tono amoroso, cálido. El segundo, amenazador, taxativo, incluso peligroso si se tomaba al pie de la letra. Cuando menos, inquietante. Nada que ver uno con otro. No podían ser de la misma persona. No, Inés no podía ser la autora del segundo mensaje. Entonces, ¿quién estaba detrás de las amenazas? No había hablado con nadie de su relación y mucho menos de aquel correo. Lo abrió al poco de conocerla y nadie, excepto ella, sabía la dirección. Volvió a leer los mensajes con detenimiento y luego desplazó el ratón para repasar los anteriores. Los primeros eran apenas unas advertencias y consejos para que se apartara de ella, sin embargo, el último, tenía el peso de una amenaza en toda regla.

Se levantó, bordeó la mesa y se situó frente a los ventanales. El sol, ya bajo la línea del horizonte, había dejado una reivindicativa franja anaranjada iluminando aún las fachadas de algunas de las casas enclavadas en el monte. Otras, sin embargo, las arropadas por las inexorables sombras, empezaban a dorar las ventanas con las luces del interior.

Con las manos en los riñones y los codos separados, se desperezó arqueando el cuerpo hacia atrás. Estaba cansado. Y harto. «Una casita como aquellas en mitad del monte, de un monte lejano, desconocido. No es posible que Inés esté detrás de esto, no. Me niego a admitirlo. Pero ¿quién si no?». Imaginarla llamando por teléfono en el chiringuito sembró nuevos brotes de duda en el cerebro. «Espero no haberte hecho esperar mucho, había cola». ¿Cola? Reflejada en las cristaleras del chiringuito, la vio solitaria moviéndose y gesticulando enfadada mientras hablaba por teléfono. Allí no había nadie más. ¿Por qué lo había engañado? Aquel recuerdo empezó a borrar de su ánimo algunos de los surcos positivos que le unían a la restauradora.

En ese preciso instante sonó el móvil y se precipitó a cogerlo pensando que era ella, sin embargo… Decepción.

A modo de saludo, directa como siempre, Martina,

—¿Qué tal por Málaga?

Unos segundos antes de responder tratando de no sucumbir al barullo mental.

—Bien, bien. ¿Y tú, cómo llevas mi ausencia? Imagino que me echarás mucho de menos. —Imposible evitar el tono sarcástico.

Martina, sin ambages:

—Pues la verdad, no mucho. He estado cambiando algunos muebles de sitio con la criada. Y ahora voy a arreglarme un poco para ir a cenar con Cecilia.

Nuevo barullo mental.

Nudo en la garganta.

Palabras amotinadas negándose a salir.

De forma instantánea, estableció una relación incoherente entre la mentira de Martina y el email. ¿Le estaba engañando todo el mundo? ¿Por qué aseguraba encontrarse en casa cuando allí no había nadie?

Martina intervino de nuevo para preguntarle por la fecha del regreso.

—No sé, respondió él, aún tengo unas cosillas pendientes por aquí. Hay unos terrenos de un cliente y quiero comprobar la edificabilidad. No te preocupes.

—No, si no me preocupo —lo interrumpió—, era solo por saberlo. Sin prisas, tómate tu tiempo.

Silencio.

Martina preguntó si se encontraba bien. La respuesta, un sí perdido en los recovecos de la garganta.

Nuevo silencio.

—¿Y Nerea y Alejandro?

—Nerea anda por su cuarto y tu hijo, con el ordenador en el salón.

Cuando colgó jadeaba. Mantenía la respiración de quien acaba de correr los mil quinientos metros valla. ¿Qué estaba ocurriendo? ¿Confabulaban para engañarlo? Tremenda sensación de soledad, de abandono. Se levantó del sillón para dirigirse al dormitorio y cayó desplomado en la cama. ¿Qué necesidad tenía Martina de aquella patraña tan chusca? Nunca había reparado en ninguna mentira suya, aunque también es verdad que nunca se lo había planteado. ¿Le habría mentido alguna vez? «¡Y qué más me da! ¿Acaso me importa Martina? Sí me importa ¡Joder!, sí me importa». Su actitud siempre había sido la de una niña superficial, mojigata y rica, interesada solo en mostrarle al esperpéntico mundo que la rodeaba la divinidad de sus actos. Sin embargo, ahora estaba maquinando algo. Cerró los ojos. ¿Había otra Martina detrás de la que él conocía? La pregunta quedó flotando un buen rato en el aire de la habitación. «¿No estás llevando demasiado lejos todo esto, Carlos Duarte? Está empezando a afectarte el maldito email ese. De eso nada. Si Martina miente asegurando estar en casa con Alejandro y Nerea, imagínate de lo que sería capaz si...». Se puso tenso. Martina y la informática no se llevan muy bien, pero, y si alguien... ¿Cecilia? ¿Estarían ambas confabulando? ¿Serían ellas las autoras de los emails? Cecilia. Sí, Cecilia. Cecilia tuvo un novio informático. ¡Madre mía!

—Necesito esos documentos, ya, Nacho. —Cambió las piernas de posición para atraer los ojos de Nacho.

Prefería pantalones para el día a día, pero hoy había elegido una falda corta azul petróleo y una camisa granate. Sabía el efecto que causaban sus piernas en el aparejador.

Nacho adelantó el cuerpo y le cogió la mano apoyada sobre la rodilla.

—Los tendrás.

Un leve roce con la piel de los muslos la hizo estremecer. No recordaba la última vez que había hecho el amor con Carlos. Ni con Carlos ni con nadie. Durante los años de casada no le había sido fiel, aunque ocasiones no le habían faltado. «Pues qué quieres que te diga, chica, si como aseguran somos polvo y en polvo nos vamos a convertir, vamos a echar algunos fuera antes para quitarnos peso. Eso de la fidelidad son zarandajas que no cumple ni el que la inventó», había bromeado Cecilia cuando le confesó que Julio, el hijo de un banquero amigo de su padre, le estaba tirando los tejos.

—Mi padre está en el pueblo de vacaciones —continuó Nacho acariciándole la mano—, en cuanto regrese te los entregaré. Yo estoy igual de interesado que tú en sacar este tema adelante. Me gustas mucho, Martina, mucho.

Transcurrió un silencioso espacio de tiempo. La acarició con la mirada y ella volvió a estremecerse.

Nacho la había citado en el pub Fumi's para tomar una copa a la salida del trabajo y, a pesar de estar celebrando el cumpleaños de su hermana con Alejandro y Nerea, aceptó. No podía negarse para no dejar traslucir que el interés por él solo se debía a los documentos del caso Hospisa. «Tengo que marcharme un momento, Cecilia. El aparejador del estudio va a entregarme unos documentos para Carlos». Intercambiaron miradas cómplices y Cecilia añadió una sonrisa apenas dibujada en los labios que no percibieron sus sobrinos. «No te preocupes, hermanita, en cuanto terminemos la tarta, nos vamos de marcha los tres. Esta noche podrían dormir conmigo». En cuanto Martina salió de casa de Cecilia, llamó a Carlos. ¡Sería cabrón! ni siquiera se había acordado del cumpleaños de su hermana y ella no estaba dispuesta a recordárselo. «Nerea anda por su habitación y tu hijo con el ordenador en el salón». «No quieres mentiras, pues las vas a tener todas, ¡mal nacido!».

Aún era pronto cuando entraron en el pub y se dirigieron hacia la mesa del fondo donde se habían sentado la vez anterior. La rubia del arpa no estaba. En su lugar, una música *chill out,* que casi invitaba a la meditación, llenaba el ambiente.

—Dos wiskis —pidió Nacho al camarero—, uno con un poco de agua y el otro solo.

En cuanto este se marchó en busca de las bebidas, se había echado sobre ella acercando la boca para besarla. Primero con delicadeza y luego, con pasión. Se dejó llevar, pero cuando notó la mano deslizarse entre los muslos, se tensó como las cuerdas de un violín. «Nacho...», musitó con los ojos cerrados y puso un poco de resistencia. Él se apartó y la atravesó con una mirada llena de lujuria. Estaba sofocado. Ambos lo estaban. La llegada del camarero con las bebidas relajó un poco la situación. Nacho cogió el vaso, dio un largo trago y volvió a dejarlo sobre la mesa. Ella lo imitó, sin embargo, en vez de colocarlo de nuevo en su sitio, lo retuvo entre las manos, sobre el regazo. Una débil barrera para mantenerlo un poco alejado.

—Me gustas una barbaridad.

La frase en tono cálido, se arrulló en los oídos de Martina. Se llevó el vaso a la boca y dio un par de sorbos seguidos sin dejar de mirarlo. A ella también le gustaba Elegante, joven, guapo —La mano de Nacho volvió a acariciarle la rodilla—. Atrevido. Apuró el contenido del vaso. Los altavoces esparcían por el aire las notas del piano de Richard Clayderman, *Amor se escribe con A.*

«Vamos a bailar».

La propuesta sonó a orden. Lo miró un instante y cedió sin rechistar. En la pequeña pista de baile la rodeó con el brazo por la cintura y empezó a moverse con gracia y estilo. «Vale para todo. Hasta sabe bailar». No recordaba haber bailado nunca con Carlos. Una cómica punzada de celos vino a posarse en el estómago. «¿Acaso no crees que sé que estás con esa pelandusca con la que hablas cada noche mientras escuchas el *Stand by me?*». Un par de lágrimas rabiosas, estúpidas, asomaron a sus ojos y permanecieron indecisas en los párpados. «Me la vas a pagar, Carlitos, me vas a pagar esta humillación y lo que le has hecho a mi padre». Se pegó más a él disfrutando de la dureza de su sexo y del poder de seducción que ejercía sobre él. Nacho le acarició la espalda y al poco se separó. Los ojos se encontraron, acariciados por los acordes del piano de Clayderman. Ella se acercó y lo besó mientras una idea maquiavélica tomaba cuerpo.

—¿Qué pasa? —preguntó Nacho al comprobar que Martina había dejado de bailar y lo miraba sin pestañear.

—Quiero hacer el amor contigo.

Nacho tragó saliva. En aquel momento no esperaba una reacción así. Después de balbucir un sí repetido un par de veces, le propuso ir a su casa.

—No, lo haremos en la mía. Hoy mi casa está sola, demasiado sola. Quien debería estar allí anda revolcándose con una putilla en Málaga.

Minutos más tarde, conducía el Mini a toda velocidad por la M-30 seguida de cerca del BMW de Nacho.

10

17 de abril

Una maraña mental le corroía el cerebro.

El cansancio empezaba a hacer mella y notó cómo iba adormilándose poco a poco. El viaje, la tensión por el email y las mentiras de Martina e Inés le aplastaban como una losa de hormigón. «Déjate llevar por el sueño, mañana podremos de pie este galimatías». Sin embargo, de repente, algo estalló en el interior y abrió los ojos. Tenía que marcharse. Se levantó despacio y tras alisar la cama con las manos para borrar las huellas de su presencia, salió del dormitorio y corrió escalera abajo. En el salón todo seguía igual: la mecedora de Martina y el libro de Mary Higgins Clark en el suelo, la libreta de notas sobre la mesita junto a la foto del viaje a París. Ni un movimiento, ni un ruido. Solo los muebles, testigos mudos de su desconcierto, reinaban entre el silencio que seguía dominando la casa. Ideas contrapuestas le imposibilitaban dilucidar qué hacer. En un acto instintivo, dio media vuelta y corrió hacia el garaje. Nadie debía estar al tanto de su estancia allí. Así jugaría con ventaja. Sin embargo, cuando cruzaba el jardín, se detuvo de nuevo. ¿Por qué huía? Mejor dicho, ¿de quién?, ¿de qué? Buscó una respuesta para justificarse a sí mismo: «No huyo, me alejo, tomo distancia. Necesito perspectiva». Una punzada de dolor le atravesó las sienes de lado a lado.

—¡Maldita sea!

Se pregunta si no se está tomando las cosas de forma desmedida. «No lo sé», concluye caminando decidido en busca del coche.

Desde Hospisa, no solo su vida había dado un giro de ciento ochenta grados, su interior también había convulsionado. ¿O al revés? Tal vez lo primero era consecuencia de lo segundo. Miedos, pesadillas, angustias.

Arrancó el coche y, tras dejar la urbanización, salió a la M-30 sin rumbo fijo, absorto en el haz de luz proyectado por los faros en el asfalto. Poco después circulaba por la A-1. Respiró más tranquilo. El habitáculo cerrado del vehículo le permitió entregarse, más relajado, a los razonamientos. Martina mentía. Inés también. ¿Quién de las dos estaría mandando los emails? Miró por el espejo retrovisor. La ciudad se alejaba. No, no era la ciudad quien se alejaba, era él. Pero no solo de la ciudad. Entre Martina y él, un abismo cada vez más profundo. Ella ya lo había percibido. Reuniones y comidas en sitios distinguidos, desconocidos envueltos en dinero, tráfico de influencias, vida superficial. Ya no lo soportaba. Un repentino hormigueo le recorrió la columna vertebral. ¿Estaría Martina al corriente de las conversaciones con Inés? Otra preocupación irrumpió en sus miedos. ¿Estaría jugando con él? Recordó la escena en el dormitorio antes de marcharse a Málaga. «¿Te gusta? ¿El camisón o tú? No sé, escoge». Cuando trató de besarle el cuello y atraerla hacia él, ella lo rechazó: «¡Ah, no, hoy no!». Carlos se removió incómodo en el asiento del vehículo. Quizás Martina, por venganza, enviaba aquellos mensajes. Pero no la imaginaba haciéndolo sola. ¿Cecilia? Sintió ganas de vomitar. La idea de que Cecilia estuviera involucrada tomaba cada vez más cuerpo en su cabeza. Las hermanas se querían y se odiaban con la misma intensidad. Podían estar por la mañana pegándose gritos y por la tarde salir de compras como si nada. Cecilia nunca vio con buenos ojos el casamiento con Martina. El trasfondo, su propio fracaso en el plano amoroso. Tres relaciones estables y una colección de amantes de fin de semana conformaban el balance de su vida afectiva. «Aguantar a un hombre de por vida, ¡qué horror!». «¿Para qué quiero hijos? ¡Ya tengo sobrinos!».

Además, Carlos y ella guardaban un secreto inconfesable, letal para su cuñada. Quizás por eso cuando estaba junto a él mantenía una distancia prudente. Ni demasiado lejos para que no se la escuchara, ni demasiado cerca para que reverberaran las palabras. Después del viaje de novios, Iñaki Larralde los invitó, junto con Cecilia a cenar en la sala de fiestas Opium. El padre no escatimó en gastos para celebrar el regreso Colas de langostas con mantequilla derretida, ostras, salmón rosado y pulpo, regado todo con un Trío Chardonnay y dos botellas de champán Moët & Chandon. Después pasaron a la sala de baile y una botella de wiski Cardhu Single Malt 12 años se convirtió en faro y guía de los cuatro. El grupo Siempre Así amenizaba el local repleto de personas. Carlos salió a la pista arrastrado de la mano de su cuñada y Martina les siguió entre risas tirando de su padre. Cecilia vestía un palabra de honor, vaporoso, de color verde pistacho que se transparentaba, para deleite de Carlos, cuando las luces diseminadas por la sala incidían en él. Consciente, giraba sobre sí misma una y otra vez escrutándolo, provocativa, en cada vuelta. Él evitaba el contacto visual directo dibujando una sonrisa boba mientras justificaba la actitud de su cuñada por el alcohol. «Solo pretende agradarme». La teoría se desmoronó cuando Cecilia se acercó a él y cruzó las manos por detrás del cuello. Carlos, exacerbado, miró nervioso alrededor. Martina e Iñaki se habían quedado al otro lado de la pista. «¿Qué pretende?» Obligado, le colocó las manos en la cintura tratando de ejercer la presión suficiente para mantenerla distante y empezaron a bailar agarrados. Pero ella acercó el cuerpo y pegó la cara a la suya. ¿Qué estaba pasando? La razón se negaba a entender la evidencia. Nunca había reparado en su cuñada como objeto de deseo ni había advertido en ella ninguna actitud en ese sentido. El grado de incomodidad ascendió de manera evidente al notar sus caricias en la nuca. Llevaba el pelo recogido en un moño y ahora, a pocos centímetros de sus labios, se mostraba insinuante la suave curva del cuello. Con gran esfuerzo se separó.

—Mejor será que regresemos con ellos. —La mirada se demoró un momento contemplándola mientras Cecilia se encogía de hombros con un ademán de indiferencia.

Bien entrada la madrugada, salieron de la discoteca con las neuronas de los cuatro flotando en alcohol. Iñaki arrastraba las palabras como si fueran sacos de cemento y Martina también estaba bastante afectada. Un puntito por debajo del nivel etílico del resto, Carlos y Cecilia. Ante la imposibilidad de conducir, decidieron dejar los coches y coger un taxi hasta la casa de Iñaki. Cecilia sugirió que se quedaran a dormir allí y a Carlos le pareció buena idea. Martina acompañó a Iñaki al dormitorio y un rato después, viendo que no regresaba, Cecilia se acercó a la habitación. «Tu mujer se ha desplomado en la cama al lado de mi padre».

—Mejor no moverla, está como una cuba.

—¿Tomamos la última copa, cuñado?

No fue una pregunta. Cuando Carlos se sentó en el sofá, ya volvía con un vaso en cada mano. Cecilia se sentó a su lado y humedeció los labios con la bebida sin dejar de mirarlo. La mirada hablaba con una elocuencia inquietante, sin embargo, Carlos le sostuvo el encaro. Segundos más tarde ella dejaba el vaso sobre la mesa y se ponía de pie. Sus ojos brillaban llenos de lujuria y alcohol. De repente se subió el vestido hasta casi la cintura y se sentó a horcajadas sobre las piernas de Carlos. ¿Qué haces?, intentó recriminar, pero Cecilia le selló la boca con un beso prolongado hasta que Carlos apartó la cara.

—¡Estás loca! Si aparece tu hermana...

Nuevo beso.

Se retiró un momento, jadeante, y, cuando iba a sacarse el vestido por la cabeza, Carlos le detuvo las manos.

—No puede ser, Cecilia, no puede ser. Esto es una locura que no debemos permitir.

Ambos se contemplaron, excitados. Él tragó saliva y ella esbozó una sonrisa triste mientras lo observaba con atención.

—De acuerdo —susurró.

No, no lo estaba. Se levantó y apretó los dientes. La dignidad de una Larralde, impresa en los genes y rubricada en colegios y clubes exclusivos para la alta burguesía vasca, había sido mancillada. Con los puños cerrados, en la actitud de niña consentida a quien niegan un capricho, dio media vuelta y se perdió en los pasillos camino de la habitación.

A la mañana siguiente y durante el resto del día, Cecilia se comportó como si nada hubiera ocurrido y nunca volvieron a hablar del tema. Sin embargo, en más de una ocasión, él había percibido miradas de rencor para recordarle que en su interior aún ardía algún rescoldo avieso de aquella noche.

Una señal en la carretera le llamó la atención y lo devolvió al presente. Alcalá de Henares.

De inmediato, se transportó al estudio. Debía firmar el proyecto de la piscina cubierta. ¡Nacho! Otra vez Nacho. Por unos segundos pensó de nuevo, si habría alguna relación entre el ínclito y los emails. Realizó un rápido cálculo de probabilidades y una voz en *off* desde el interior negó tal posibilidad.

Área de servicio 1000 metros.

Debía descansar para aclarar las ideas. Tanta inmundicia le enmarañaba el cerebro y lo confundía aún más. Cincuenta metros para el desvío. Reduce de manera drástica la velocidad y abandona de un volantazo la autopista. A pesar de la buena iluminación y señalización del área de servicio, el cansancio y las elucubraciones le impiden reaccionar a tiempo. Por fortuna, también hay hotel. Perfecto. Repostar, comer algo rápido, descansar.

Mañana será otro día.

Cerró la puerta del coche y echó a andar hacia la entrada del hotel abrumado por los frágiles razonamientos. ¿Habría algún complot contra él? Nacho, Martina, Inés. ¿Le estarían tomando el pelo con una de esas cámaras ocultas? «Pero ¿qué dices, hombre?», se reprocha ante aquellas irracionales conjeturas.

Ya en la habitación, frente al espejo del cuarto de baño entiende la desconfianza de la chica de recepción. Despeinado, desaliñado y con ojeras de haber salido de una borrachera. «¡Si me viera Nerea con esta cara! ¿Dónde andarían Nerea y Álex? ¡A saber! Luego, más tarde, los llamaré».

Las vibraciones y el sonido del teléfono móvil le llevan la mano al bolsillo del pantalón.

«Inés restauradora».

«No, ahora no. ¡Mierda!».

El teléfono insistía mientras él contemplaba el nombre en la pantalla, indeciso.

«Necesito pensar, estar solo. No quiero hablar con nadie, no. Para ya, para ya. ¡Maldito teléfono!»

Por fin, el sonido cesó. Sin embargo, la respiración agitada puso un acento de desesperación al silencio mientras contemplaba el Samsung Galaxy en espera de algo más. Tal vez deberían prepararlo para emitir unas palabras de apoyo cuando el dueño se encontrara deprimido. O una luz parpadeante a modo de gesto de… «¡Maldita sea! ¿Estás hablando con el teléfono?».

Lo tiró sobre la cama y empezó a desnudarse. Inés no tenía culpa de su estado de ánimo. Estoy llevando este asunto demasiado lejos. Alcanzó el teléfono de nuevo, tecleó un rápido mensaje: «Ahora estoy ocupado, luego te llamaré». Enviar. Se arrepintió enseguida. Tendría que haber escrito algo más cálido, más… Y sobre todo no mentirle. «¡Uf!».

Minutos después, se tumbó boca arriba sobre la cama. El agua templada de la ducha le había relajado un poco. Se sentía mejor. Cerró los párpados. No tenía sentido dejarse llevar por razonamientos ilógicos. El cerebro está preparado para razonamientos y cálculos matemáticos, no para juegos de conjeturas irracionales. Al abrir los ojos, la mirada se topó con el techo de la habitación. Otra vez el techo, interlocutor silencioso. ¿Era el mismo? ¿Pero qué dices? Los recuerdos marbellíes comenzaron a atropellarse: paseo de la mano por un mercadillo, besos a la sombra de jazmines y adelfas, la penumbra de la habitación del hotel cobijando a dos cuerpos desnudos que gimen, se agitan y giran entrelazados sobre las sábanas. La imagen de Inés reflejada en una de las cristaleras del chiringuito mientras hablaba por teléfono. «Había cola en los servicios…». Le fue imposible seguir conectado a la realidad. Poco a poco un sueño profundo lo envolvió concediendo así una tregua a las preocupaciones.

18 de abril

Carlos se incorporó de un salto y se sentó al filo de la cama. Cualquier vestigio nocturno se había esfumado para descubrir los inicios de un día que apuntaba despejado. Enseguida trató de poner en orden aquel bullir silencioso de ideas. Objetivo número uno, averiguar la procedencia de los emails. No debería resultar difícil. Cogió la libreta y el bolígrafo de la mesilla de noche, gentileza del hotel, y empezó a tomar notas: «Procedencia». «Emails». Subrayó varias veces ambas palabras mientras intentaba encontrar un hilo de donde empezar a tirar. Segundos después enarcó las cejas satisfecho. «¡Charo! ¡Claro, Charo! Si Charo no es capaz de encontrar a alguien que averigüe dónde se encuentra *campingresort*, no lo encuentra nadie».

Rápido cogió el teléfono y marcó su número particular.

Simuló ella asombrarse por la llamada a su móvil personal empleando un característico tono anfibológico incompatible con el ánimo de Carlos. «Soy una tumba, jefe. No te preocupes, nadie se va a enterar. ¡Ummmm! ¡Qué ilusión! ¡Un secreto entre tú y yo!». Al percibir la seriedad de él, se replegó por un momento. «Vale, vale, me lo tomo en serio. Llamaré a un antiguo *noviete*. ¿Dices que esa dirección es de un camping? Dame media hora».

Después de colgar, Carlos abrió el navegador del móvil: «Agencias de detectives en Madrid».

Varias opciones:

*CCP Agencia de detectives.

*Asociación de agentes...

*Agencia Larry.

*Detective privado S. Holmes. Seriedad y confidencialidad.

Este último muy serio no parecía: «Sherlock Holmes». ¿A quién se le ocurre poner ese nombre a una agencia de detectives! Sonaba a chiste. Continuó ojeando la lista, sin embargo, se había quedado atrapado en el nombre de Holmes. «Sherlock Holmes». Sonrió. ¿Tendrá a un doctor Watson con él? Volvió por curiosidad al anuncio. «Seriedad y confidencialidad». Memorizó el número de teléfono y lo marcó.

Tono de voz propio de cuando acabas de discutir con alguien.

—Le atiende Maricarmen, ¡dígame!

—Buenas tardes, querría hablar con el señor. —Meditó un momento antes de continuar—. Con el señor Holmes, Sherlo...

Interrupción en el mismo tono de enfado.

—¿Se refiere a Sabino?

—Bueno, no sé cómo se llama el detective. En el anuncio pone...

Oootra interrupción (que se fastidie el que esté al otro lado del teléfono).

—S. Holmes. Sí, un acrónimo de Sabino Holgado Mesa. Mi jefe es así de sim-pá-ti-co.

Carlos permaneció estupefacto unos segundos. Así que era eso, un juego de palabras. Perfiló una sonrisa de satisfacción. ¡Ingenioso el tipo! Agrupando así los apellidos conseguía llamar la atención de quien buscara una agencia de detectives. «Sherlock Holmes» ¡Vaya tela! Estaba a punto de echarse a reír cuando la voz de la tal Maricarmen entró otra vez en liza:

Ni está, ni se le espera. Ya estaba a punto de irme a mi casa. Ni ayer ni hoy ha asomado la cabeza por aquí. Ese es su estilo cuando tiene que pagarme. Siempre hace lo mismo. Y la verdad, estoy un poco harta. ¡Hasta el moño me tiene! En fin, deme su número de teléfono y cuando aparezca, le llamará.

Lo pensó un instante. ¡Vaya tela el carácter de la secretaria! Buscaría otra agencia.

—No se preocupe, me pondré en contacto con él mañana.

—Como quiera, pero…

La chica detuvo un momento la réplica y Carlos estaba a punto de colgar cuando ella retomó la palabra:

—Vamos a tener suerte los dos. Acaba de llegar. Le paso la llamada al despacho.

Notas a piano. *Para Elisa*. Beethoven discurre unos instantes por las ondas del teléfono. No estaba muy seguro de haber escogido la mejor de las opciones, aunque tampoco sabía cómo eran las otras.

—Buenas tardes, soy Sabino Holgado, ¿con quién hablo?

Percibió la entonación imperativa en el timbre áspero de la voz y un importante matiz de seguridad en la ejecución de la frase.

Después de presentarse y del protocolario «usted dirá», Carlos se mostró inseguro. Nunca había contratado a un detective privado y no sabía por donde empezar. Por supuesto, debía ir al grano, le aconsejó Sabino Holgado. Cuantos menos rodeos, mejor.

A Carlos le resultó pedante, prepotente. Tragó saliva. Molesto por el trato, volvió a plantearse colgar el teléfono y dejarlo con la palabra en la boca, sin embargo, la intuición y la curiosidad lo incitaron a seguir.

Bien, no se andaría con rodeos, elevó un poco el tono de voz. «No sé si esa es su forma de hablar o es que no ha dormido bien esta noche, pero me parece desacertada para comenzar una buena relación profesional», respondió decidido.

Transcurrieron un par de segundos llenos de silencio seguidos de un resoplido.

—Mire, señor Duarte —Momento de reflexión hasta hilar una excusa. Que le disculpara, tenía razón. Había dormido poco y mal, no obstante, le aseguraba realizar un buen trabajo. Era el mejor en lo suyo.

Confirmado: prepotente y encima engreído. Lo imaginó bajo de estatura, cabello alborotado, el puro en la boca y los párpados entrecerrados por el humo.

¡Colombo!

Le gustaba. Aquel policía de la serie televisiva siempre resolvía los casos.

—Muy bien, señor Holgado, confiaré en usted —afirmó por fin.

—No se arrepentirá. Y, por favor, llámeme Sabino, pero no se le ocurra llamarme Sabi, me recordaría a una novia que arrambló con todo lo que tenía cuando me dejó tirado como una colilla.

Colombo empezaba a cambiar de actitud. Hasta pretendía ser gracioso. ¿Llevaría gabardina?

Aclarado el malentendido y un poco más relajado por el cambio de actitud del detective, desgranó los motivos de la llamada mientras al otro lado del teléfono se perpetuaba un silencio sepulcral. Empezó a hablar de la mentira de Martina, ¡como si ese fuera el principal de sus problemas!, y enseguida enlazó los emails anónimos y continuó, en actitud de quien está ante el confesor, con las desavenencias entre él y Nacho, las depresiones de Lydia, Millán Pancorbo, Alejandro, Nerea, Cecilia. Al final, le habló de Inés.

Media hora más tarde separó el teléfono de la oreja y lo miró extrañado, igual que si fuera un objeto raro que acabaran de colocarle en la mano. ¿Le había contado su vida a…?

—¿Sigue ahí? —La pregunta de Sabino interrumpió los pensamientos.

—Sí, sí, aquí estoy.

El detective dejó transcurrir unos segundos antes de continuar.

Hay algo más, ¿verdad?

La pregunta afirmativa lo mantuvo expectante.

Se oyó un carraspeo involuntario del arquitecto.

—No comprendo. ¿A qué se refiere?

—Hay algo que no me ha contado.

—Sigo sin entenderlo.

—Mire, según un artículo publicado en elconfidencial.com, el cincuenta por ciento de los arquitectos técnicos están en paro o trabajando en algo no relacionado con su titulación. No entiendo muy bien por qué demonios mantiene usted al frente del estudio de arquitectura a ese tal Nacho causante de tantos problemas y dolores de cabeza. Algo no me cuadra. A no ser, claro está, que haya alguna razón especial para no despedirlo, ¿no?

La pregunta vagó en el aire como una burbuja de jabón.

Carlos volvió a retirarse el teléfono de la oreja. «Colombo es listo», reflexionó mientras contemplaba el auricular de nuevo y se cuestionaba si había sido buena idea llamarlo. ¿Estarían los detectives sujetos al secreto profesional como los abogados? Ni siquiera le había visto la cara al individuo aquel que había puesto el reclamo del famoso detective creado por Arthur Conan Doyle para atraer a los clientes y ya conocía mucho más de su vida que la gran mayoría de quienes lo rodeaban.

Volvían a atropellarse las conjeturas. «Inteligente el tipo», le repitió un interlocutor invisible.

—Sí, hay algo más y debe saberlo. Ya puestos, mejor tener todas las cartas en las manos. —Dejó pasar unos segundos.

Esperaba del detective unas palabras de ánimo a seguir hablando, si bien solo oyó silencio. Quince minutos más tarde le había detallado la historia de Hospisa con el recato y el sigilo de un confidente policial. Al finalizar esperó un interrogatorio o tal vez algún tipo de censura, un reproche. Sin embargo, Sabino Holgado emitió un prolongado «Ummm» y luego un «Vaya, vaya, vaya» y por último un «Muy bien, eso es todo, imagino».

—Bueno, creo que sí.

Antes de colgar, le pidió una dirección de correo y tranquilidad. «Dentro de poco tendrá noticias mías, Carlos. ¡Ah!, le paso de nuevo con mi secretaria. Ella le dará el número de una cuenta corriente donde debe ingresar un adelanto por mis servicios».

Se echó en la cama con las manos tras la nuca. La cantidad le había parecido excesiva, sin embargo, a la secretaria se le había endulzado el tono de voz. Quizás, el ingreso supondría el cobro de su salario. También le había gustado la familiaridad en el trato a pesar de haber puesto todas las miserias en manos de un desconocido. Inspiró con profundidad. Ya no había solución, así que mejor relajarse. Además, al echar fuera la mayoría de las preocupaciones, la conversación había servido de terapia. De repente, se acordó de Lydia y, tras coger el teléfono, marcó. No respondía. Llamaré más tarde —dijo— y volvió a cerrar los ojos. Instantes después repiqueteó el timbre del móvil e intuyó que Lydia le devolvía la llamada. Sin cerciorarse, pronunció un «Hola, hermana» acompañado de una sonrisa y esperó respuesta.

—Vaya, jefe. No sabía yo que había alcanzado ya el honor de convertirme en tu hermana.

Abrió los ojos de golpe. ¡Charo! La había olvidado por completo.

—Charo, perdona, estoy esperando la llamada de Lydia.

—Si quieres te llamo más tarde.

—No, no, no. Está bien. Dime, ¿has averiguado algo?

—Todo. Ya te dije que este noviete sabía mucho de *internete*. Lástima que no me tocara a mí las teclas como al ordenador.

Carlos esbozó una sonrisa. Charo es de esas personas con chispa, capaz de pintarte la vida de color, incluso cuando la tienes emborronada por completo.

20 de abril

Alejo Mendoza se acercó despacio, echó un vistazo por los alrededores y observó el cadáver colgado de una viga del techo. ¿Por qué los muertos se parecerían tanto? Aunque los ahorcados ostentaban un aire especial, incluso poseían una pizca de glamur: el color azulón, la lengua asomando un poco por la boca. Además del parecido, los muertos tenían algo más en común: la soledad. Por mucha gente que haya a nuestro alrededor, uno siempre se muere solo. Nadie va a morir por ti ni te va a acompañar en el último viaje. Pero, además, los suicidas rechazan cualquier compañía, por tanto, la soledad se multiplica por dos. ¡Patético!

El cuerpo colgado de la cuerda giró un poco, primero hacia un lado y luego hacia el otro, sin motivo aparente excepto el de una pequeña ráfaga de aire proveniente de la puerta de la calle.

—Buenos días, Alejo.

Mendoza no necesitó apartar la vista del cadáver para cerciorarse. Tras aquella voz cavernosa, de fumador empedernido, se escondía el inspector jefe Agustín de la Serna. No obstante, se giró con cierto aire de sorpresa.

—¡Buenos días, jefe!

De la Serna dio unos pasos hasta colocarse a su lado.

—Otro más, ¿no? Este mes llevamos dos. Esperemos que se detenga la racha. Dicen que el suicidio es contagioso.

—Eso dicen, jefe. Aunque también podrían hacer como los japoneses: montar un parque temático para quien quiera suicidarse; al menos los tendríamos a todos reunidos y nos evitarían ir dando bandazos de aquí para allá.

El inspector De la Serna lo miró con gesto interrogativo.

—El bosque ese, el Aokigahara. —Mendoza respondió a la pregunta muda de su jefe sin mirarle, acompañando la frase con un movimiento circular del dedo índice.

—¡Ah, sí! —aceptó el inspector jefe sin tener ni idea de qué estaba hablando.

11

18 de abril

Carlos Duarte llegó a la recepción para entregar la llave. La chica del mostrador no era la misma. Él, tampoco. Después de pagar con la tarjeta se dirigió con paso flemático hacia la cafetería y tomó asiento junto a unos ventanales. Al otro lado de los cristales se extendía un jardín mal cuidado con varios rosales sin podar, un par de naranjos enfermos y al fondo, un frondoso laurel. Mezclado entre ellos, localizó una bicicleta rosa tirada en la tierra, un carrillo de manos lleno de ramas secas y hojarasca y, a los pies del laurel, un balón de fútbol de color granate. Una voz profunda, ininteligible, le hizo girar la cabeza. Junto a él, un hombre bajito y rechoncho, con chapetas, ojos febriles y señales inequívocas en el rostro de haberse quedado dormido que, tras echarse agua en la cara y vestirse con precipitación, ha salido corriendo de casa para no llegar tarde al trabajo.

—Café con leche en taza grande. Muy caliente, por favor, y a ser posible, sin espuma. También unas tostadas.

Cuando el camarero estaba a punto de marcharse, añadió al pedido un zumo de naranja natural. Por respuesta, una mirada con el ceño fruncido. A ver si te aclaras, recriminaba aquella mirada torva. Lo vio alejarse refunfuñando y aprovechó para echar un vistazo a la cafetería. Suelo brillante donde se refleja difuminado el mobiliario, mesas y sillas de color madera clara, aún vacías, repartidas por el amplio espacio y, junto a la barra, varias banquetas metálicas, huérfanas también. Detrás del mostrador, botellas alineadas con la perfección de un estante de supermercado y, al lado de la cafetera, una vitrina con bollería recién horneada. Sonrió. Ayer por la tarde su cerebro caminaba por un jardín infecto de negatividad y esta mañana había despertado rodeado de positivismo. No estaba seguro de si había sido el sueño reparador después del largo viaje desde Andalucía, la ducha recién levantado o el haber descargado los problemas en los oídos de Colombo la noche anterior. Se sentía bien, sí. Realizó una profunda inspiración. ¿Cómo sería el tal Sabino? S. Holmes. Sherlock Holmes. Sabino Holgado Mesa. ¡Vaya imaginación! Cualquiera diría que soy el protagonista de una novela. Notó la vibración del móvil en el bolsillo del pantalón y se precipitó a cogerlo. Un mensaje de Inés. ¡Maldita sea! Había prometido llamarla.

Buenos días, Carlos. Estoy un poco preocupada. Anoche me quedé hasta tarde esperando tu llamada. Supongo que estarías ocupado y no me pudiste, pero, al menos, mándame un mensaje para saber que te encuentras bien.

Un beso.

Inés.

¡Madre mía! Rápido tecleó una excusa adobada con la presencia de Martina, Álex y Nerea, pero después de releerla un par de veces, la borró y escribió algo más parecido a la verdad: «Querida Inés, ayer llegué medio muerto de cansancio y realicé unas gestiones. Me tumbé en la cama con intención de llamarte, pero me quedé dormido. Me acabo de despertar. ¿Podemos hablar ahora? Te quiero. Carlos». Enviar. Permaneció embelesado en el teléfono.

En ese momento llegó el camarero y empezó a colocar el servicio sobre la mesa. Parecía más relajado. Tras las «gracias» musitadas por Carlos, subrayadas por media sonrisa, oyó un lejano «de nada» con más tintes de gruñido que de aceptación.

Mientras mordisqueaba la rebanada sacó el móvil y buscó las noticias.

Magnates franceses se han comprometido a donar más de seiscientos treinta millones de euros que cuesta la restauración de Notre Dame.

«Vaya, se han dado prisa. ¿Por qué no actuarán con la misma celeridad ante el hambre?». Guardó el móvil en el bolsillo y sacó la libretilla del hotel donde había apuntado los datos facilitados por el *noviete* de Charo.

En la primera nota constaba la web del camping en San Pedro de Alcántara.

Campingresort.net

Según Charo, su exnovio, a pesar de haberlo intentado, no había conseguido mandar un mensaje a *puntoyraya@campingresot.net.* La mayoría de los piratas informáticos utilizan cortafuegos para ocultar el origen de los ataques. Sin embargo, cuando lo remitió a la web del camping, campingresort@campingresort.net, no tuvo ningún problema.

Segunda nota:

«Alguien está utilizando esa web para lanzar los correos. Quizás un trabajador del camping que conoce los códigos fuentes de la web o un *hacker.* Sería necesario comprobar *in situ* los mensajes remitidos en la fecha y hora en la que se envió el de «puntoyraya» para descubrir el autor».

Claro, bastaría con cotejar los emails enviados el día en que recibió el último, con el personal actual del camping. Quizás entre ellos apareciera el autor o, al menos, una pista. Volvió a releer la nota: San Pedro de Alcántara. Una pedanía de Marbella. «¡Vaya! Y pensar que he estado allí al lado». El sonido de un mensaje le distrae. «Ahora estoy ocupada. Si te parece, hablamos a la tarde. Un beso». Apenas ha terminado de leerlo, entra otro. «Yo también te quiero». Observa la frase un largo rato tratando de adivinar el grado de sinceridad de aquellas palabras sin poder remediar verse envuelto por la terrible sensación de la duda. Evidente, quien manda los correos busca algo. Por tanto, ¿cómo va a enviarlos ella para que yo la deje?

«Idiota».

Con desaparecer sin dejar rastro, bastaría. Pero el mundo está repleto de situaciones ilógicas. «Basta con entrever mi propia realidad». Bebe un buen sorbo de café y da un mordisco a la rebanada de pan, a estas alturas con la consistencia de suela de zapato. Nueva lectura del mensaje del móvil. *Yo también te quiero.* Algo se remueve en el estómago. Tengo que descartarla, por absurdo y porque yo también la amo. Tal vez debería llamar a Sabino Colombo para informarle de los descubrimientos del *noviete* de Charo. Lo piensa un momento. «No, mejor no. Que Sherlock Holmes haga su trabajo, para eso le he soltado un buen pellizco. Pero yo voy a seguir con mis pesquisas. Al final acabaré convirtiéndome en el Watson de mi querido Holmes. Veré la forma de acercarme al camping de donde proceden los emails, aunque para ello tenga que regresar a Andalucía. ¡Genial!». Le gustaba la idea de encontrarse de nuevo con Inés y no le apetecía nada volver a ver a Martina ni al imbécil de Nacho.

Tal vez resultara mucho más fácil. Terminó el café y apuró el resto de zumo de naranja. Hizo un gesto al camarero solicitando la cuenta y consiguió sacarle una sonrisa cuando le permitió quedarse con la vuelta.

El tiempo había cambiado. La mañana, agradable, aunque un poco fresca debido al viento del norte. El sol aparecía con timidez entre las nubes. Carlos camina hacia el coche observando, con los ojos entrecerrados, el movimiento de las copas de los árboles. En el aparcamiento dos barrenderos adecentan la zona.

***

Martina arrastró los pies bostezando hasta la cocina. ¿Un café? ¡Claro! Imposible resucitar sin un buen chute de cafeína. Con la taza en la mano salió al jardín. ¿El día?, espléndido. Aunque lo estropea un poco el airecillo de la sierra. En fin, ¡nada es perfecto! Tomó asiento en una hamaca junto a una mesita pegada al seto para minimizar los efectos del viento y abrió la bata para captar el bronce solar en las piernas. Acerca el café a los labios, sopla un poco el líquido caliente y da un sorbo con deleite sin dejar de contemplar el jardín por encima del borde de la taza.

Los recuerdos de la noche anterior fluctúan mientras intercala alegatos en favor de la infidelidad. «Vas a pagarme tus engaños y mentiras, Carlos Duarte. ¿Acaso crees que no sé que andas en Málaga con esa pelandusca del *Stand by me?* Noche tras noche, con las tripas retorcidas escuchando el eco de tus risas, tus conversaciones apagadas, los silencios. Luego en la cama te deslizas entre las sábanas con cuidado para no despertarme». Dejó la taza sobre la mesa, arrugó el gesto y apretó las mandíbulas.

Comentario en voz baja, envenenado, lleno de inquina:

—¡Vas a pagar caro, no solo la muerte de mi padre, sino el engaño con esa zorra! ¡A una Larralde no la engaña nadie!¡Te arrepentirás, lo juro!

Cerró los ojos, esbozó una sonrisa y se acarició el interior de los muslos. El Nachito no había estado mal. Un semental desbocado con ganas de terminar cuanto antes la faena y empezar de nuevo creyendo así demostrar su valía.

Nueva sentencia:

—Tiempo al tiempo. —Esta vez al comentario lo acompaña una sonrisa escueta, ¿ladina?

Cuestión de aprendizaje, como casi todo en la vida. Y ella se consideraba una buena domadora. Aunque era la primera vez, la experiencia de montar un potro joven le había gustado.

Dejaron el bar y la siguió en el coche hasta su casa. Nada más cerrar la puerta la besó con pasión. Disfrutó un momento de aquel arrebato y lo arrastró de la mano hasta el dormitorio mientras él movía la cabeza inspeccionando cada rincón, intentando comprobar si había alguien más en la vivienda. «Estamos solos, no te preocupes». Ya en la habitación, la besó de nuevo aplastándola contra la pared. Jadeaba y trataba de levantarle el vestido allí mismo, pero Martina consiguió pararlo deshaciéndose del abrazo y lo obligó a sentarse en la cama. «Sin prisas, Nacho». Por la ventana, la luz deslavazada de las farolas de la calle matizan la habitación. Martina se movió por la penumbra del aposento oyendo la respiración agitada de su acompañante. Un poco de ambiente no viene mal. Encendió la luz tenue de la lamparita colocada sobre la mesilla de noche y la cubrió con un pañuelo rojo sacado del cajón. Después, se retiró un poco y empezó a desnudarse despacio, de manera insinuante frente a él. «Pareces una profesional, había asegurado Carlos. Ni Kim Basinger lo haría mejor». Con el índice y el pulgar de ambas manos dejó resbalar los tirantes del vestido por los hombros desnudos y, tras un par de contoneos del cuerpo, la prenda cayó arrugada a los pies.

Pasos medidos hasta el sillón descalzador.

Medias recorriendo lentas el camino de vuelta.

Nacho se puso de pie, se quitó la chaqueta arrojándola lejos y avanzó respirado fuerte por la nariz. Al llegar a su altura, la invitó a levantarse asiéndola de los hombros, la besó, la empujó contra la pared y la poseyó allí, de pie mientras ella trataba de quitarle la camisa. Ni en los mejores tiempos de Carlos había sentido algo tan impetuoso. Luego la arrastró a la cama y volvió a poseerla.

Cuando terminó permaneció boca arriba con los ojos cerrados y Martina lo contempló esbozando un apunte de sonrisa. El pipiolo estaba nervioso. Al hijo del conserje le debía resultar muy excitante acostarse con la mujer del jefe. Recorrido visual desde la cabeza a los pies. Cuerpo de adonis griego. Hombros redondos y brazos fuertes, marcados pectorales y vientre plano, piernas largas y bien formadas. Regresó a su rostro. Le gustaba el perfil anguloso de facciones rectas y mirada oscura, profunda, acompañada casi siempre de una estudiada sonrisa blanca. Vagó por su cerebro la idea pérfida de contarle a su hermana lo sucedido. En su lugar, Cecilia habría presumido de su gesta, seguro. Volvió la cara al techo y cerró los ojos también. Ya había consumado el mayor placer: la venganza. Allí, en la propia cama, noche loca con uno de sus empleados, el más problemático de todos. ¿Había mayor humillación que aquella? Sí, pensó. «¡La cárcel, Carlos Duarte! Prepara a tu pollita para que te acerque bocadillos cuando estés entre rejas». Percibió un movimiento de Nacho y ella mantuvo los ojos cerrados. Beso suave en el vientre cerca del pubis. Después otro y otros. El potro empezaba a tomárselo con calma. Eso le gustaba más. Sin duda, aprendía rápido y quería complacerla. Esta vez había sido todo más pausado y la cama, el único escenario. Cuando terminaron, se quedó dormida de nuevo hasta que un fuerte dolor de cabeza la sustrajo del profundo sueño.

Segundos de desconcierto. Alarga el brazo para palpar el otro lado de la cama. ¡Vacío! Se había marchado sin despedirse. Mejor, así evitaría enfrentarse a su mirada. De pronto la mano topó con un papel. Lo cogió y lo leyó a duras penas, guiñando un ojo.

Eres una mujer extraordinaria.

Familia de Machado no era, pero bueno… —Se desperezó—. Ni falta que hacía. El «contrato» no especificaba nada sobre escribir o recitar versos. Le bastaba con conseguir los papeles para incriminar a Carlos. Y si encima se llevaba, como diría Cecilia, «unas alegrías *pal* cuerpo», pues mejor.

Con la taza en las manos, cerró los ojos y dejó que el sol le embadurnara el rostro. Ni un ápice de arrepentimiento.

***

De nuevo en la autovía de regreso a Madrid. Aunque no le apetecía volver a casa, necesitaba mandarle al detective privado unas fotografías de la familia. «Cualquiera me vale. Cuanta más información de las personas de su entorno, mejor». Hizo memoria. Disponía de fotos de Martina, los niños, Lydia y Pancorbo el día de su boda. Incluso de Nacho. Charo podía escancar una de la ficha de personal y enviársela por correo electrónico. La foto de Inés, no. Sonrió. Aunque la podría dibujar de memoria. «Un día separado de ella y parece un siglo. ¡Uf! Necesito controlarme, controlar las emociones hasta que el detective me diga algo respecto a los emails». La mentira de Martina pasó fugaz. «¡Y qué más da!, se dijo. ¿Acaso me van a importar ahora los engaños de Martina? Debería visitar al tal Holmes. ¡Claro!, con la excusa de las fotos podría ponerle cara al ínclito Sabino Holgado».

A la altura de Barajas, desvío hacia Encinar de los Reyes. Unos minutos más tarde accionaba el mando a distancia de la puerta e introducía el coche en el garaje.

La presencia de Martina en el jardín, tumbada en una hamaca junto al seto, tan temprano, lo desconcertó.

—Pero, ¿qué haces tú aquí? —Se incorporó mientras deslizaba con el dedo índice las gafas de sol por la nariz hasta dejar al descubierto una expresión cargada de sorpresa.

Carlos se detuvo fingiendo encontrarse en un lugar extraño.

—Perdón señora, ¿me he confundido de sitio? Pensé que esta era mi casa.

—Eres un buen actor, Carlos. Deberías haber estudiado arte dramático en vez de arquitectura.

—¿Perdón?

—Sí, los buenos actores son capaces de infundir la gracia que ellos no tienen a los personajes que representan.

—Mejor no hablemos de representaciones, ¿vale? —la interrumpió.

Intercambio de miradas retadoras. Por fin, Martina se coloca de nuevo las gafas, gira la cabeza y coge la taza de café.

Para Carlos, aquella actitud evasiva pregonaba cierto grado de culpabilidad. Rápidamente, las imágenes fueron enseñoreándose de una sensación desagradable hasta que el espectro de los celos dejó caer su manto sobre él. Nunca lo había percibido con tanta intensidad. Enseguida fue consciente de su propia sin razón y se relajó un poco.

—Has…, has llegado muy pronto —señaló ella después de llevarse la taza a los labios con las dos manos y beber un poco—. ¿A qué hora has salido de Málaga? —Sin mirarlo a la cara, ojos puestos en los rosales del otro lado del jardín, un nuevo sorbo antes de continuar—. Sin duda has tenido que salir de madrugada.

Ella le había mentido el día anterior asegurándole que estaba en casa, pero él venía de dársela con queso. No, no debía envenenar el encuentro con Martina. De todas formas, ya hacía bastante tiempo que ambos habían salido de la vida del otro. ¡A saber qué estaría haciendo el día anterior! Buscó abrigo en una fugitiva imagen de Inés.

—Salí ayer por la tarde de Málaga —contestó al fin—, pero me encontraba muy cansado y he dormido en un hotel, cerca de Manzanares.

Miradas huidizas.

Sonrisas evasivas.

Gestos y ademanes con la fisionomía incómoda de la mentira.

Carlos dio unos pasos hasta colocarse cerca de los pies de la hamaca. Martina con la taza entre las dos manos, muy cerca de los labios, y la vista en el otro lado del jardín.

¿Habría otro hombre en su vida? ¿Y por qué no? Aquellas preguntas se adhirieren a las elucubraciones como ventosas a un cristal. En el aspecto físico, Martina es una mujer espectacular. ¡Un amante! Nunca se lo había planteado. Sí, un amante. Tal vez ella y su amante habían planeado el envío de los emails. «¡Pero qué demonio!, se reprocha, ¡Me estoy volviendo loco!». En ese instante la melodía del móvil lo hace reaccionar.

En la pantalla del teléfono, Lydia.

Sin embargo, ese no es el momento más apropiado para responder. Aprieta el botón de colgar pensando en llamarla un poco más tarde y pregunta por Nerea y Alejandro. La respuesta le corta la respiración. Estaban celebrando el cumpleaños de Cecilia.

—Ayer fue su...

—Sí, su cumpleaños, como todos los años en este día —dejó la taza en el césped ante de añadir con la vista fija en él, retadora—. Lo celebramos en su casa. Álex y Nerea han querido quedarse a dormir con su tía.

¡Claro, ayer estuvo con Cecilia toda la tarde! Eso justifica el... Un momento. Entonces, ¿qué sentido tenía la mentira? Algo no cuadraba.

—Podrías haberme avisado —le recriminó—. Para felicitarla al menos.

—Tu secretaria se llama Charo, no Martina —aclaró ella con sarcasmo y se tumbó en la hamaca. Ojos cerrados—. Creo que una persona normal debería acordarse de esos detalles —añadió un instante después intensificando al máximo la acidez de las palabras, sin abrir los ojos.

—¿Me estás llamando anormal? —preguntó con un apunte de irritación, provocando que Martina fijara en él una punzante mirada.

La acritud matizada por el cinismo intenta provocar a Carlos.

—Anormal, no. Mejor inmaduro. Que no deja de ser una anormalidad a tu edad.

Pero él conoce a la perfección la estrategia.

Traga saliva. «No, no entres al trapo, Carlos, no entres al trapo. Hiere más una sonrisa que una puñalada, aseguraba tu abuela».

—No está nada mal el calificativo de inmaduro. Sí, me gusta esa a-nor-ma-li-dad. —Se detuvo recalcando cada sílaba—. Cada uno tenemos las nuestras y a mí, la de inmaduro, me gusta. En serio. Inmaduro, infantil, verde. Sinónimo de vida. Sin embargo, lo maduro es aburrido, está caduco, a punto de pudrirse.

Martina volvió a sentarse de un brinco en la hamaca.

—Eres odioso, Carlos Duarte. Tú y tu filosofía barata. Me tienes hasta... —El intento de alterarlo se había vuelto contra ella.

—Cuidado, Larralde, estás a esto —juntó el índice y el pulgar— de perder los modales refinados propios de tu linaje.

Martina se puso de pie.

Puños apretados.

—¡No voy a consentir que te rías de mí, al menos en mi cara, Carlos! —Esgrimió el dedo índice frente al rostro—. ¡Ya me vale con que lo hagas a mis espaldas!

Carlos echó el cuerpo un poco hacia atrás. Nunca la había visto tan violenta. ¿A sus espaldas? ¿Sabía algo de la relación con Inés? ¡Imposible!

Respuesta en el mismo tono punzante que había comenzado.

—Has empezado tú, querida. Me has tachado de anormal, una forma solapada de llamarme imbécil.

—¡Y lo eres, lo eres! —La arruga en el entrecejo evidenciaba la imposibilidad de cualquier acto de reconciliación.

Carlos se encogió de hombros y ella se dirigió al interior dando grandes zancadas. La siguió a distancia. «Ándate con cuidado, Carlos, una Larralde cabreada es como un enjambre apaleado». La vio subir los peldaños de la escalera de dos en dos y él se encaminó al mueble bar. Portazo desde el dormitorio. «Mejor no apretar más las clavijas de la guitarra por si salta alguna cuerda». Preparó un vermú con unas gotas de ginebra. Un generoso trago para templar la desazón antes de encerrarse en el despacho no le vendría mal.

Necesitaba salir de nuevo de allí. Cada vez le agotaba más encontrarse encerrado entre aquellas agobiantes paredes. Sobre todo, después de haber afianzado la relación con Inés. «Ojalá descubramos entre el Sherlock Holmes y yo que ella no envía los mensajes». «¡Qué sentido tendría mandar esos emails! Necesito bajar de nuevo al sur y comprobarlo por mí mismo. Alguna forma habrá de entrar en la base de datos de ese camping para constatar si han salido de allí. Bueno, antes enviaría las fotos al detective y pasaría por el estudio para firmar de una vez el proyecto de la piscina cubierta». Tragó saliva. «¡Maldita la gracia de enfrentarme otra vez al *gilidoors* de Nacho!».

Mientras tanto, en la planta superior, Martina permanecía en el dormitorio más preocupada que enfadada. Ni se te ocurra entrar en la habitación, Carlos Duarte, advertía el portazo dado a conciencia. Estaba irritada por la actitud chulesca de Carlos, pero sobre todo por el giro evidente que había experimentado en poco tiempo. No estaba acostumbrada a esas respuestas y comentarios cínicos. ¿Le habría hecho cambiar la zorra del *Stand by me?*

En el jardín, mientras discutían, una sombra revestida de pánico le nubló la razón. ¿Habría alguna huella del paso de Nacho por el dormitorio? En otro momento habría disfrutado discutiendo, pero en este caso le urgía quitarse de en medio para buscar algún indicio de la presencia de su amante en la habitación. Y lo había. La almohada estaba hundida en dos sitios distintos, señal inequívoca de un segundo yaciente. Olió las sábanas. Sin rastro. Seguramente su perfume había eclipsado el de él. ¡Uf! Golpeó la almohada con ambas manos para distribuir bien el plumón, estiró las sábanas y colocó la colcha. Un vistazo por los rincones le aseguró la ausencia de vestigios de Nacho por el dormitorio.

12

18 de abril

Millán Pancorbo no había vuelto a casa desde el día anterior. Lydia comprobó por enésima vez las llamadas del móvil. Nada. Intento fallido de relativizar el hecho. El descubrimiento de las fotos y el dinero le anudaban y retorcían las entrañas. En la cocina se tragó un orfidal con un vaso de agua. Ni esa potente pastilla conseguía ya quitarle la ansiedad que le atenazaba la garganta. Caminó hasta el cuarto de baño y se contempló en el espejo. Un brote de terror la sacudió al verse reflejada en el cristal.

«¡Otra vez no!». Empezó a llorar.

Se vistió de ácidas imágenes de sí misma al recordar su última depresión.

Pozo sin fondo, negro, profundo, donde sumergía cada mañana.

Semanas sin salir de casa.

Apenas se lavaba ni se vestía.

Arrinconada en algún lugar solitario, en pijama, donde nadie la molestara.

Una arcada la obligó a girarse y vomitar en la taza del váter. Conocía muy bien aquellos síntomas. «¡Dios mío, otra vez no!» Sesiones con el psiquiatra, media docena de pastillas diarias para mantenerla hecha un zombi. Y los lapidarios sarcasmos de Millán: «Eso es la menopausia. Si es que a las tías, en cuanto os pasan unos años por encima...». Al regresar a la imagen del espejo, algo la sacudió por dentro. No podía caer otra vez en la ciénaga oscura de la depresión. «No, me niego a ello». ¿Llamar a Carlos otra vez? «¡No!». Esta mañana había intentado hablar con él y le había colgado. No lo entendía. ¿Por qué su hermano actuaba así con ella? Un recuerdo llamó a las puertas de la memoria y al abrirlas, apareció una sonrisa en sus labios. Es mayo, un luminoso día de mayo. Lo lleva de la mano por un sendero. Sus padres, detrás, ríen y charlan animados, con una nevera llena de comida y refrescos para pasar el día en el campo. Árboles. Viejos olivos de troncos retorcidos cargados de aceitunas, bordeados de altos eucaliptos. Un poco más lejos, un pinar esparce olores y agujas secas al viento. Carlitos viste chándal azul, calza deportivas blancas y sobre la cabeza una gorra con visera. ¡No para de hablar! Ella responde a todas las preguntas con la paciencia de un octogenario: «Esto es un pino». «Es más grande porque ha crecido más que el otro». «No, las piedras no crecen».

—Carlos, Carlos —musitó para sí.

Su padre, a la lumbre de una candela asando salchichas. Al lado, su madre cuidándolos como si fueran de porcelana. Le dedica una mirada cariñosa. «Anda, llévatelo por ahí, pero no os alejéis mucho. Ten cuidado de tu hermano, Lydia».

Su madre. ¡Cuánto la echaba de menos! Nunca había podido rellenar el vacío de su muerte. Con el paso de los años, el dolor de la ausencia se transformó en un manto protector tejido de recuerdos guardados en el fondo del alma. Besos, el tacto de sus caricias y hasta el tono de su voz. Le encantaba escucharla.

Cuando nació discutieron al ponerle nombre. Sus padres, también maestros, adoraban el mundo clásico griego, por eso barajaron varios nombres mitológicos. Al final eligieron «Lydia», como la antigua región griega, pero cambiaron la primera «i» por «y» para diferenciarla del sinónimo de toreo.

Profunda inspiración por la nariz. Las imágenes reminiscentes le habían perfilado una sonrisa en los labios y empezaba a encontrarse mejor. ¿El orfidal? Tal vez un poco de cada. No pudo evitar enfrentarse de nuevo al recuerdo de su hermano. Él había sido el detonante del deteriorado estado de ánimo y, estaba convencida, la actitud de Millán no le habría afectado tanto de no haber descubierto la complicidad con Carlos. ¿Por qué ese cambio tan radical? Trató de recordar algún hecho, palabra o comentario ofensivo, sin embargo, no halló nada injurioso. Hablaría con él para pedirle explicaciones. Volvió a recopilar datos del espejo y la imagen la recolocó en el presente con un retrato sombrío de sí misma. Nuevo apunte de ansiedad en la garganta. El psiquiatra le había aconsejado caminar, salir de casa cuando se encontrara bajo los efectos de alguna crisis angustiosa. Decidida, dirigió los pasos hacia el dormitorio. Chándal, deportivas, pelo recogido en una cola de caballo y a la calle atrincherada tras unas amplias gafas de sol. Un paseo por el pueblo le iría bien.

El día lucía gris, pero la temperatura era agradable. Con las manos en los bolsillos de la sudadera y la mirada puesta en la nada, echó a andar por las solitarias calles de la urbanización. La calzada parecía estrecharse a su paso, como si los altos setos de los vecinos se movieran para impedirle pasar. Continuó andando y controlando la respiración hasta desembocar, al cabo del rato, en la plaza del Ayuntamiento.

Un niño y una niña de entre cinco y diez años daban patadas a un bote de plástico en el centro de la plaza. Ambos muy morenos. La chica con trenzas y un poco más alta regateaba al chico. Parecían hermanos. ¿Por qué no estaban en el colegio? Los ojos buscaron una explicación y la halló en los tenderetes de flores y otros artículos instalados bajo los soportales que orillaban la plaza los miércoles. Serían hijos de alguna de las mujeres que atendían los puestos. ¡Qué difícil escolarizar a estos niños! Ella los acogería de buen grado. «Mientras ustedes están deambulando yo los cuidaré y les enseñaré. Les daré clases gratis». Se acercó despacio a una mesa repleta de flores. Manojos de rosas, y claveles, ramilletes de margaritas y gerberas de llamativos colores, diversos ramos preparados envueltos en celofán. La vendedora, morena, bajita, de vivaces ojillos redondos y sonrisa forzada, ladeó la cabeza de forma amable y le preguntó si podía ayudar a la señorita.

Cómpreme algo, decía aquel gesto. Lydia se dejó embargar por la dulzura, amabilidad y afecto de la vendedora.

—Una docena. Ocho rojos y cuatro blancos, por favor. —Señaló los mazos de claveles estirando el brazo.

Pagó siete euros y se marchó con el ramo acunado en el brazo derecho. Al final de los puestos había una terraza donde en otro tiempo se sentaba con Millán a tomar una copa en primavera. El lugar estaba solitario. Paseó la mirada de izquierda a derecha para escoger el sitio donde sentarse y apareció corriendo el camarero. «Buenas tardes, señorita Lydia». Aquella voz la sorprendió. Se trataba de Julio, un alumno suyo de Primaria y que ahora debía tener entre dieciocho y diecinueve años. Trató de recordar. Muy buena persona. Larguirucho y pálido, cabello engominado formando una cresta y mirada triste de quien pide una limosna por caridad.

—Va a llover —sentenció Julio mirando los nubarrones, y Lydia abanicó el aire con la mano mostrando indiferencia.

—No te preocupes, me apetece estar fuera. Si llueve me meto en la cafetería. —El chico utilizó un paño blanco para limpiar uno de los sillones de plástico y desapareció con el encargo de un descafeinado de máquina con leche.

Lydia se adujó en el asiento, cerró los ojos y levantó la cabeza. En ese momento se coló un rayo de sol entre las nubes dorando la mitad de la plaza y revistiendo su rostro de un calor agradable. «Voy a sobreponerme a esto, no puedo caer en otra depresión». Sonoro suspiro. Continuó con los ojos cerrados hasta que los ruidos generados por el camarero al colocar el servicio sobre la mesa la hicieron reaccionar. En ese momento fue consciente del ramo de claveles, acunado entre los brazos, tal que fuera un bebé, y lo dejó sobre la silla contigua. A pesar de los esfuerzos por poner a un lado los pensamientos destructivos, volvían una y otra vez. Dio el primer sorbo después de diluir el azúcar. ¿Por qué se sentía tan desgraciada? Había asumido el desastre de la relación con Millán hacía tiempo. Ni su actitud ni su forma de actuar le sorprendían. Entonces, ¿cuál es el problema? Una cuestión son las sospechas y otra una realidad convertida en rubia exuberante entre los brazos. Ahora era cuando más necesitaba a su hermano. Necesitaba hablar con él. «Pero, ¡si ni siquiera me coge el teléfono!».

Desde que pasó por su casa no había vuelto a llamarla. ¿Había un complot entre él y Millán para hundirla? Tomó un par de sorbos de café pausados por un soplo. Visitaría de nuevo al psiquiatra para evitar entrar en aquel pozo del que tanto le había costado salir. «Nunca me he sentido tan bien con una persona a mi lado, Lydia». Sintió una envidia terrible hacia Carlos. ¿Por qué todos encontraban un camino para escapar de sus laberintos menos ella? Separarse de Millán era una opción. «Cuando una puerta se cierra, se abre un universo entero». ¿Dónde había leído eso? Un trueno desgarró el ambiente. Excepto los niños, impertérritos dándole patadas a la botella, el resto de la gente se había refugiado en los soportales. Algunos vendedores empezaban a tapar con plásticos transparentes los puestos. Cuando se llevaba la taza a la boca, vio a una anciana surgir de entre los tenderetes y dirigirse con paso acelerado hacia los niños gritando palabras incomprensibles. Unos segundos más tarde los arrastraba cogidos de la mano y se diluía de nuevo entre los puestos. Echó un vistazo. Estaba sola bajo el cielo gris que cernía lluvia y ante la mirada curiosa de Julio apoyado en la columna de uno de los arcos. Sorbo de café. Generosos goterones empezaron a caer de repente. Primero espaciados y, en unos segundos, con la intensidad de las cataratas del Iguazú. Se levantó con tranquilidad y se dirigió hacia los soportales con el ramo de claveles en la mano, caído a lo largo del cuerpo.

Pagó la cuenta a pesar de la insistencia del chico por invitar a su antigua maestra. Luego dio un paseo por los soportales parándose de vez en cuando en algún puesto sin prestar especial atención a nada y al cabo de media hora decidió regresar. El paseo y la pastilla habían surtido efecto porque se sentía mejor. La lluvia acabó calándola a ella y a los claveles, Empezó a sentir frío y aceleró el paso. Una buena ducha caliente le vendría bien. Al torcer la esquina para enfilar su calle, se detuvo en seco. Había un vehículo estacionado a la puerta de su casa.

—¡Millán! —Se sorprendió de haber pronunciado la palabra con cierto entusiasmo. Tiró los claveles en una papelera y echó de nuevo a andar. Aún no había dado ni media docenas de pasos cuando advirtió que alguien salía de la casa, se montaba en el coche y lo ponía en marcha.

La intensa lluvia emborronaba el entorno y la obligaba a entrecerrar los ojos. ¿Millán? Sí, sí. Estaba segura. El *crossover* y la barriga periforme de Pancorbo lo corroboraban.

Desde la acera, las dos luces traseras del vehículo se disolvieron en la lluvia. Cuando las perdió de vista, apuró el paso y entró en la casa. Su inconfundible perfume permanecía flotando en el ambiente. ¿Qué hacía Millán allí? No aparecía desde el día anterior y volvía ahora que ella no estaba. Rastreó el olor hasta el despacho. El armario estaba abierto de par en par y corría un río de papeles blancos por el suelo.

Nuevas náuseas.

Carrera hasta el baño con la mano en la boca para detener el vómito.

En el váter echó una mezcla de bilis y el poco café que había tomado en el pueblo. Otra vez enfrentada a ella misma ante la realidad del espejo. Los ojos azules, otrora vivos y brillantes, se habían apagado hasta impregnarle la mirada de tristeza. Los cabellos, empapados, caían lacios a ambos lados de la cara como las hojas amarillentas de una planta derrotada ante las inclemencias del invierno. Respiraba con dificultad. Notó un mareo y se dejó caer en la taza del váter. Luego ocultó la cara entre las manos y lloró con amargura antes de reaccionar. «No, no voy a hundirme de nuevo. ¡Me niego!». Se desnudó, se metió bajo la ducha y unos minutos más tarde salió del cuarto de baño envuelta en el albornoz. ¿Qué habría estado buscando?

Echó un vistazo desde la entrada. Sin duda había cogido algo y había salido de manera precipitada: carpetas abiertas sobre la mesa, el ordenador encendido y decenas de documentos esparcidos por el piso. Se agachó para recoger los papeles y centró la vista en el armario. El sobre con las fotos y la pequeña caja con el dinero habían desaparecido. En ese momento reparó en…

Los pensamientos enmudecieron. Gateó hasta el armario y contempló, atónita, un hueco detrás de los archivadores A-Z. Con la misma precaución con la que hubiera separado las vendas de un leproso, sacó un par de ellos y los dejó en el suelo.

¿Qué había allí? Una puerta corredera y, embutido en la pared, un hueco con carpetas, sobres y documentos. Abrió unas cuantas cartas, la mayoría, extractos de bancos y ¿notificaciones del juzgado? Una de ellas:

Doña Beatriz Montesolo Arjona, procuradora de los Tribunales…

…y habiendo dictado sentencia…

Más abajo:

Se llevará a cabo el embargo de la casa sita en Albolote, calle Guzmán el Bueno 35, así como las empresas denominadas Electroshop e Intelectric.

Otro salto nervioso de lectura.

Así mismo, las cuentas del banco quedan congeladas hasta la consecución del juicio.

El mundo a su alrededor empezó a dar vueltas. Intentó tragar una saliva inexistente y abrió otras cartas.

Citaciones de comparecencias en el juzgado.

Una carta del banco. ¿Números rojos?

Otra, otra, una más. Los saldos, mermados como nunca. Retiradas de importantes de efectivos en los últimos meses.

Esta vez ni siquiera se molestó en salir corriendo para vomitar en el baño, aunque la falta de alimento en el estómago la llevó a dar unas cuantas arcadas con un considerable escozor y sabor amargo en la garganta. Se arrastró hasta la puerta y, apoyándose en el quicio, consiguió ponerse de pie. ¿Iban a embargarle la casa? ¿Números rojos? ¡Acababa de comprar un coche nuevo, muy caro! «Estamos bien de dinero. Los negocios van viento en popa. ¿Te compro otro a ti?». No necesitaba ningún coche nuevo. Su Ford Ka del año la polca hacía el avío. Llegó al salón dando tumbos y se dejó caer en uno de los sillones del tresillo. Le urgía hablar con Carlos. Su hermano no podía fallarle.

***

Un rato después del encontronazo con Martina, Carlos abandonaba la casa, acelerando a la salida del garaje y abría la ventanilla, deseoso del aire de la calle. En el ordenador había encontrado fotos de la familia y había imprimido las solicitadas por el detective: Martina, Álex, Nerea. Incluso una donde posaban Lydia, Pancorbo y Cecilia en el pasado cumpleaños de Nerea. «No me gusta mandar fotos por internet. Si no le importa, se las entregaré en persona», le había propuesto. Su verdadero objetivo, ponerle cara al singular detective.

También había llamado a Charo. «Saca una foto de la ficha de Nacho del archivo de personal de mi escritorio. Por favor, amplíala, escanéala y luego imprímela a color. En unos minutos pasaré por la oficina a recogerla».

Charo le informó con precisión policial del giro en la actitud de don Ignacio. El saludo, un «buenos días, Charito». ¡Increíble, jefe!

Además, había cambiado esa música clásica tan triste por *La donna è mobile* y ahora los estaba «deleitando» con *La traviata.*

Un cambio de actitud no era malo. Mejor que mejor. Aunque debiera habérselo planteado, Carlos no pensó en el motivo de tal cambio, solo en la posibilidad de evitar problemas. No le apetecía nada discutir con él. Deseaba ver los planos de la piscina cubierta con las modificaciones ya realizadas, firmar el proyecto y llevar las fotos al detective. Luego regresaría a Andalucía para averiguar si los emails habían salido del ordenador del camping. ¿Seguro? Arrugó las cejas y esbozó una sonrisa. Encontrarse de nuevo con Inés era su prioridad. Le proporcionaba tranquilidad. Jamás había imaginado algo así. Alguna vez se había sentido atraído por una mujer e, incluso, en algún momento, creyó estar enamorado de Martina, sin embargo, después de conocer a Inés, supo que no había amado antes. ¿Se estaba precipitando? Golpeó con fuerza el volante. Siempre las dudas, las malditas dudas. ¿Por qué no dejarse llevar por el río de la vida? «Que te empuje hasta donde quiera». ¿Acaso somos responsables de nuestros sentimientos? ¿Cuantas oportunidades se habrán perdido en el mundo por no escuchar los dictados del corazón? Pensó en Martina. Le pareció insulsa, desnaturalizada. A las once de la mañana tirada en la tumbona del jardín tomando el sol. La noche anterior habría pasado la velada con Cecilia viendo películas en la televisión, bebiendo wiski, comiendo chocolate y cogería el coche de madrugada para dormir en casa. «Yo si no duermo en mi cama, no estoy a gusto». Cero expectativas más allá de ella misma. Entonces, ¿por qué le había mentido asegurando que se encontraba en casa cuando estaba, según ella, con Cecilia? La figura del cubo de cristal de noventa y seis metros de altura lo atrapó. Robusto y brillante, parecía poderoso y barnizado. Ralentizó la marcha para recrearse en la contemplación del inmueble hasta girar para hundirse en el garaje.

—Buenos días, jefe. —La sonrisa y la voz susurrante de Charo dieron la bienvenida a Carlos—. Aquí tienes. He metido las fotos en este sobre. He imprimido dos.

—Gracias, Charo. Te debo una. Por cierto, hoy estás muy guapa.

—No me debes nada, jefe. Por ti asaltaría el Banco de España con un cuchillo de cocina. Y más si me ves guapa, entonces me vengo arriba y…

—¡Charo! —exclamó intentando pararla y aparentar seriedad.

Era complicado, siempre conseguía ponerle una sonrisa. Para Carlos, su secretaria, perfecta simbiosis de eficiencia, confidencialidad y sentido del humor, era esencial. Un libro abierto en todo. Bueno, en todo menos en el tema de la edad. En contraposición a lo que decía el carné de identidad, aseguraba no tener más de cuarenta y cinco años. Con un peculiar sentido de la estética, enfrentaba el paso del tiempo aplicándose una considerable dosis diaria de maquillaje y esmerándose en arreglos para ir a la oficina, donde pasaba gran parte del día.

Abrió la solapa superior del sobre, sacó un poco las fotos, justo hasta la nariz, y volvió a introducirlas. Genial el trabajo. Le dio un beso en la cara usurpando el espacio por encima de la mesa. «Déjalas aquí, las recogeré cuando salga».

Charo realizó un guiño cómplice y guardó el sobre en un cajón.

—Lleva toda la mañana cantando. —Apuntó con la barbilla el despacho de Nacho—. Es la cuarta vez que escucho esa canción. La verdad, está un poco pesadito.

La voz de Pavarotti cantando el aria de Verdi *La donna è mobile* llegaba desde el fondo del estudio.

—No está mal escuchar esa clase de música mientras se trabaja, Charo.

—No, si escuchar a Pavarotti no molesta, lo malo es cuando don Ignacio lo acompaña —remató con una alta dosis de socarronería.

—¡Eres tremenda!

Echó a andar hacia el fondo del estudio bajo las miradas sonrientes y los saludos del equipo y se detuvo frente a las puertas del despacho. Pavarotti exprimía la potente voz dando las últimas notas a *La donna è mobile*: *e di pensierrrr*. Cuando el divo italiano terminó, abrió la puerta con decisión. Nacho, sentado tras la mesa, entregado a algún cálculo, dio un salto al verlo aparecer. El semblante se le decoloró hasta parecer el de un tísico.

—Bueno, verás, yo…

—¿Pero se puede saber qué demonios te pasa?

No precisó de mucha imaginación para darse cuenta de que algo raro ocurría.

Nacho tragó saliva un par de veces. Al verlo aparecer así, de repente, temió que se hubiera enterado del encuentro con Martina la noche anterior.

Ambos permanecieron observándose.

De nuevo la pregunta,

—¿Me vas a responder o no?

El rostro del arquitecto técnico empezó a recobrar el color al percatarse de que la súbita llegada del jefe era por otras razones.

Excusa aludiendo sorpresa por la aparición repentina,

—Muy bien —afirmó Carlos—, vamos a ver las correcciones finales del proyecto. Tengo prisa.

Nacho se apresuró a sacar una carpeta encuadernada con el título de «Proyecto piscina cubierta de Alcalá de Henares» y la colocó sobre la mesa de dibujo.

—Ya están dibujadas las...

—No quiero dibujos —lo interrumpió—, quiero esto. —Golpeó varias veces con el nudillo sobre los planos—. Esto es lo que quiero. Los datos que corregí la vez anterior.

Nacho frunció el ceño y abrió el dosier de calidades y especificaciones.

—Aquí los tienes, —Lo imitó dando varios golpes con los nudillos sobre los papeles.

Frialdad glacial en los ojos de Carlos. Extinción inmediata del ímpetu del aparejador. «No se te olvide, quien manda aquí soy yo, Nachito», transmitía aquel gesto.

Antes de volver al proyecto, lo observó un momento. Nacho desviaba rápido la vista. Parecía avergonzado. ¿Ya no se mostraba tan descarado? Casi siempre se mantenía impertérrito durante un buen rato y Carlos acababa por ceder. Hoy tenía las ojeras muy marcadas, señal inequívoca de una noche en vela. Habría estado estudiando para terminar la carrera. Ojalá la acabara pronto. Sería capaz hasta de montarle su propio estudio de arquitectura con tal de quitárselo de en medio.

Las modificaciones eran las propuestas por él. Todo parecía en orden. Entonces, ¿por qué se comportaba así? ¿Dónde estaba la trampa? Ocultaba algo, estaba convencido. Volvió a estudiar los detalles con atención, incluso realizando cálculos con un lápiz en los márgenes del proyecto. Había ejecutado los cambios con minuciosidad. Algo no le cuadraba.

—Te noto muy raro hoy, Nacho. ¿Ocurre algo?

—Bue... bueno es simplemente, simplemente. No sé —concluyó con una frase sin sentido al no encontrar la respuesta adecuada.

Comenzó a firmar con cierta reticencia las páginas del proyecto y se enderezó cuando llegó a la última. Le pareció muy bien el trabajo. Lo llevaría en persona al Ayuntamiento para hablar con el arquitecto municipal por si había decidido alguna modificación de última hora. Quería acabar con los trámites cuanto antes. «En cuanto llegue la aceptación, házmelo saber. Quiero supervisar yo mismo este proyecto». La sonrisa con tintes de cinismo esbozada por Nacho molestó a Duarte. Sin decir nada, arrojó el lápiz sobre la mesa, colocó las carpetas con el proyecto bajo el brazo y salió del despacho. ¡Detestaba su habilidad para sacarlo de quicio! Avanzó por el pasillo como una exhalación y se detuvo unos segundos con Charo.

—Voy a necesitarte. —La señaló con el dedo índice—. ¿Puedo llamarte a tu teléfono particular?

—Solo si prometes invitarme a cenar. —Abanicó un momento el aire con las pestañas.

—¡Charooo...!, que no está el horno para bollos.

—¿Lo tienes?

—¿Qué?

—Mi móvil particular.

—No.

—Aysss, entonces, ¿cómo vas a llamarme? Te haré una llamada perdida en cuanto salgas por la puerta.

—Vale. —Le dio un rápido beso en la mejilla, recogió el sobre con las fotos de Nacho y se dirigió hacia la puerta de salida.

—¿Y la cena?

—Prometido.

13

18 de abril

—Se acaba de marchar.

—No me gusta que me llames cuando estoy en casa, Nacho. Carlos podría estar aquí.

—Te he dicho que acaba de marcharse —la interrumpió. El tono firme, rayando el enfado, arrastrando aún los rescoldos de la discusión con el jefe.

¿Pero qué se habrá creído el imbécil este para hablarme de esa manera? Tranquila, Martina, tranquila, no lo estropees.

Inspira, espira. Otra vez: inspira y espira. Mejor.

Carraspeo para aclarar la garganta.

—Perdona, llevas razón. Hoy estoy un poco alterada.

—Espero no ser yo el causante de esa alteración.

—No, no. No eres tú. Antes de marcharse para la oficina hemos tenido una bronca. ¡Ya no lo soporto! —Había pronunciado la última frase llena de animadversión, aunque con el tono más bajo, como lo hubiera hecho para sí misma.

Pausa larga.

—Me gustaría verte otra vez, Martina —dejó deslizar las palabras, suaves, acariciadoras.

Otro silencio.

¿Tenía ella ganas de volver a verlo? La experiencia había sido interesante, pero solo había sido eso, una experiencia, sin pena ni gloria.

Venga, otra mentira. Total, qué mas daba.

—A mí también me gustaría verte de nuevo. —En marcha todos los engranajes del cerebro—. Pero mientras Carlos esté por aquí será difícil. Tengo ganas de que desaparezca de mi vida para hacer lo que me plazca, Nacho. Ojalá ya estuviera en la cárcel, así dispondríamos de todo el tiempo para nosotros. —Tomó aire y continuó por otros derroteros—. (A ver si no metes la pata, Martina). ¿Ha vuelto ya tu padre de las vacaciones o sigue en el pueblo? ¿Cuándo va a darte los documentos? Mi abogado los está esperando.

—No te impacientes, Martina. No lo veo desde hace días.

Era muy probable que siguiera en el pueblo. Le había llamado un par de veces por teléfono y no había contestado. Normal. Cuando está allí suele tenerlo apagado.

—Luego le pediré a Charo, la secretaria, que indague cuándo finalizan las vacaciones —continuó—. En cuanto esté por aquí, ponemos en marcha el plan. El fin de semana próximo podría ser un buen momento. Yo también tengo ganas de ver desaparecer a Carlos de mi vista.

Nacho colgó, se reclinó en el asiento y empezó a mover el sillón de un lado a otro, pensativo. Había ocultado a Martina la verdad. Antes de que su padre se marchara de vacaciones, ya había tenido una conversación con él.

Necesito esa carpeta, papá / Por nada del mundo voy a traicionar a don Carlos / Papá, esa carpeta contiene un proyecto mío, me da que quiere apropiarse de él / ¿Tú estás loco? No veo yo a don Carlos robándote papeles. No insistas, no voy a robarla de la caja fuerte.

Nacho había previsto la respuesta.

«No, no. No te digo que la robes. Para nada. ¿Cómo vamos a robarle a Carlos? No, no, no. —Movimiento del dedo índice para enfatizar la negación—. Pero sí puedes fotocopiarlo. Solo quiero tener una copia de mi proyecto conmigo, ¿entiendes? Ceño fruncido, labios estirados en una sonrisa y la cabeza adelantada completaban la puesta en escena. A Fermín Andrade le resultaba muy familiar aquel gesto desvalido de su hijo, el mismo utilizado desde pequeño cuando trataba de conseguir algo. Si persistía en el «no», se tiraba al suelo y empezaba a patalear hasta convencerlo. ¿Y no sería mejor pedírselo a él? Si esos documentos son tuyos, no creo que tenga inconveniente». «Papá —interrumpió—, ¿por qué no confías en mí?».

El gesto de ojos abiertos de par en par, pupilas dilatadas y mirada fija no inspiraba a Fermín demasiada confianza. Algo tramaba

Nacho. «Bueno, lo intentaré cuando vuelva», aseguró en un tono de no asegurar nada en absoluto. Por este motivo, Nacho le había ocultado a Martina la conversación. Él también conocía muy bien a su padre. Todo estaba en el aire. Fermín solo sacaría de la caja los documentos y los fotocopiaría si estaba convencido de no perjudicar a Carlos.

Subió los pies encima de la mesa y entrelazó los dedos tras la nuca. Le gustaba Martina. Y no quería perderla. Cerró los ojos, tomó aire por la nariz hasta llenar los pulmones y lo fue expulsando despacio mientras en el cerebro latía la imagen desnuda de aquella mujer. La deseaba como no había deseado a ninguna otra. Martina era distinta: exuberante, sensual, voluptuosa, mundana, con esa pizca de arrogancia, singularidad y distinción, cercana a la mujer de sus anhelos. Quedó prendado de ella en una fiesta, al poco de ingresar en Duarte. Vestido crema por encima de las rodillas, seductor, ajustado para rubricar las caderas. El escote dejaba escapar una pequeña luz. Un sendero recto, prometedor, indicativo del comienzo de sus pechos, justo para acaparar, aunque solo fuera por una décima de segundo, la mirada de cualquier interlocutor. «Te presento a Martina, mi mujer». Piel bronceada, labios apenas resaltados con un color rosa suave y ojos grandes que parecían ocultar los secretos del universo. «Encantado, soy Nacho Duarte». Ella apenas le dedicó media sonrisa y la atención de un aséptico «hola». Sin embargo, cuando regresó de la fiesta estuvo toda la noche paseando su imagen por la almohada. Luego volvió a encontrarse con ella en un pub después de una comida de empresa y, por último, el destino los llevó a coincidir a la entrada del cine. Esa noche se atrevió a pedirle el teléfono. Se lo dio. Nacho abrió los ojos y paseó la mirada por las paredes del despacho. Haría lo imposible para mantenerla a su lado. No solo por la gran atracción que sentía por ella, sino por el deseo de ponerse algún día al frente del estudio. Sintió un conato de repugnancia hacia sí mismo, pero enseguida se encogió de hombros. «Este es uno de esos instantes en los que uno debe optar por convertirse en un villano despreciable y triunfar o dejar que la pusilanimidad se apodere de ti para acabar limpiando el *hall* y los ascensores del edificio como tu padre». Hizo añicos la segunda de las opciones y dejó los trozos perdidos en sus pensamientos igual que lo harían en la corriente convulsa de un río. Volvió a coger aire por la nariz y retomó la imagen de Martina. Un presentimiento, casi una certeza. Lo estaba utilizando para conseguir el proyecto de Hospisa y deshacerse del marido. «No me importa, conseguiré retenerla a mi lado. Solo depende de ti, Nacho». Vuelve a cerrar los ojos en busca de un cabo para atarla a él. Conquistarla. Sí, conquistarla, pero, ¿cómo? Con otras mujeres no le habría resultado difícil poner en funcionamiento sus dotes seductoras y atractivo personal, pero con Martina esas estratagemas no funcionaban muy bien. Casi siempre parecía estar por encima, controlándolo todo. El chantaje sería una buena opción. Cualquier estrategia con tal de llevar a cabo su plan.

***

Carlos se sentó en el coche con la cabeza apoyada en el respaldo y la mirada perdida en el parabrisas. Le costaba respirar. Aquel antro solo le producía desasosiego. ¿Merecía la pena? Prestigio, dinero, bienestar. ¿Bienestar? Ya había probado aquellos deseados manjares y al final, todo acababa en decepción: decepción por no poder alcanzar otro escalón más. Más prestigio, mayor fortuna. Más, más, más. La palabra rebotó contra las paredes del cerebro como una pelota de goma. Un sabio griego dijo una vez: «No se puede ser sabio si no se es bueno y no se puede ser bueno si no se es feliz». Eso era lo esencial, la felicidad. El sabio la relacionaba con la sabiduría. Cerró la puerta y arrancó el coche. Al salir vio alejarse por el espejo retrovisor el edificio de cristales tintados. ¡Hermoso!

Bajó Gran Vía, pasó Plaza de España y aparcó en un parking de Princesa. El despacho del detective estaba ubicado en Ferraz, pero prefirió caminar que dar vueltas buscando un lugar donde aparcar en la calle.

Como casi siempre, la zona de Argüelles, ambientada.

Dribló peatones, personal de reparto y veladores. Los ojos, enfocados en lugares conocidos, frecuentados en la época de estudiante. Aquel bar de allí, el pub del otro lado. «¡Madre mía! De aquel restaurante nos marchamos una vez sin pagar». Libre, así se sentía. Sin embargo, ahora… «Decidido, en cuanto resuelva el problema de los emails, voy a plantearme un cambio drástico en mi vida».

¿Proponerle a Martina la separación?

«¡Ufff!».

Petrificado en el tiempo. El inmueble, un edificio antiguo de seis plantas sin balcones, con fachada de color granate deslucido y puerta oscura de gruesos cuarterones, tan antigua como la propiedad. Sin embargo, disponía de un moderno portero automático. Junto al número cuatro destacaba un pequeño letrero escrito a bolígrafo negro: *Detective*.

Pulsó el botón después de tomar aire y expulsarlo.

Segundos más tarde se oyó una voz.

—¿Sí? —El tono hosco de Maricarmen, inconfundible.

¿Seguiría enfadada con su jefe?

—Soy Carlos.

Antes de terminar la frase, un grrr continuado lo interrumpió y no cesó hasta que empujó el pesado portalón.

El interior, en penumbra, olía a orines. Echó un vistazo a un lado y luego al otro. El interruptor se encontraba, por supuesto, en el «otro». Lo pulsó. Un clic y cuenta atrás en forma de tac, tac, tac invitaba a la premura. El sonido cadencioso del temporizador lo trasladó en un pispás a la infancia, cuando toda la familia visitaba a la tía Anita en Madrid. Un bloque antiguo, similar a este, donde la vida de los vecinos se escapaba por los patios de luces. Era como vivir todos juntos. La luz indecisa del techo iluminó apenas el lugar. A la derecha, alineados en dos filas, los contadores de la compañía eléctrica, a la izquierda los buzones de correo, algunos desvencijados o llenos de correspondencia acumulada durante meses. Las paredes decoradas con rodales negros de humedad y las vigas de maderas del techo tapizadas de antiguas telarañas abandonadas. Se detuvo un momento. No parecía aquel el lugar de ningún afamado detective. Aunque dudó si salir corriendo de allí, al final, decidió subir. «Total, ya que estamos, conozcamos los territorios de Sherlock Holmes». Buscó vestigios de algún ascensor. Los peldaños crujirían, pensó desplazándose de nuevo a la infancia, cuando jugaba con Lydia a recrear escenas de miedo en el bloque de la tía. Los mugrientos escalones de madera se retorcían hacia arriba como un sacacorchos. Empezó a subir despacio por el lóbrego hueco agradeciendo que Sherlock Holmes no hubiera ubicado la oficina en la última planta. Pensamiento de ánimo: solo cuatro pisos. No obstante, y a pesar de los alentadores pensamientos, cuando consiguió alcanzar el cuarto descansillo, agarró la baranda para recuperar el resuello. Una docena de resoplidos más tarde, tocó el timbre.

La puerta se abre. Por saludo, la mirada seria de unos ojillos negros que lo contemplan desde abajo resaltando el ceño de su propietaria.

—Usted debe ser Maricarmen, supongo.

Sin respuesta. La aludida levanta la cabeza en un gesto que invita a presentarse.

—Perdón, soy Carlos Duarte. El señor Sabi…

—¡Ah, sí!, el arquitecto. —Sin dejarlo terminar, se aparta a un lado para cederle el paso—. Adelante, adelante.

Nariz roma y barbilla prominente. Las comisuras de los labios caídas y la frente arrugada revelan posibles atribulaciones del ánimo. Carlos dio unos pasos y, cuando oyó cerrarse la puerta a su espalda, se detuvo. El interior del piso también olía a humedad y a barniz caducado. Maricarmen lo adelantó y echó a andar sobre unos zapatos negros de tacón cuadrados por un largo corredor de suelo de madera crujiente. Sin saber por qué, la había imaginado así. Bajita, regordeta y pelo recogido en un moño alto con brotes cenicientos a la altura de la nuca. ¿El resto del atuendo? Falda gris y camisa blanca. No, no lo había sorprendido la tal Maricarmen.

El pasillo desembocó en un espacio más amplio presidido por una mesa metálica de color gris y tapa de cristal. El escritorio, huérfano de documentos indicativos de trabajos recientes, pasados o futuros y, como único elemento decorativo, un calendario atrasado dos meses con la imagen de una Virgen Dolorosa. Sherlock Holmes parecía llevar tiempo sin solucionar un caso, si alguna vez había resuelto alguno.

Maricarmen desaparece por una puerta y él se queda solo contemplando la imagen de la Dolorosa. Situación patética.

«¿Por qué no sales corriendo de aquí y buscas a otro detective?».

«¡Ufff!».

¡Ufff!, ¿qué?

«Pues que ya le he contado a este demasiados detalles de mi vida».

Se encogió de hombros. «Total, no pasa nada por perder un poco de tiempo con la visita. ¡Y el adelanto de mil quinientos euros! ¡Uf!». (Otra vez ¡uf!). Aunque, ¿quién sabe? Los grandes detectives han sido así: Colombo, Koyak, el propio Sherlock Holmes era estrafalario, pintoresco, original.

—Así que usted es Carlos Duarte.

Ni siquiera se había percatado de su presencia. Advirtió una mano extendiéndose hacia él y respondió al saludo por instinto.

—Sí, sí, soy yo.

—Encantado. Soy Sabino Holgado.

Tal vez, para encajar con el entorno, habría sido más adecuado presentarse como Sherlock Holmes.

Maricarmen se apoltronó detrás del desangelado escritorio y ellos pasaron al despacho.

—Siéntese, por favor —indicó Sabino alargando el brazo para señalar un sillón colocado al otro lado de la mesa mientras él tomaba asiento en el suyo.

Un poco más alto que la secretaria, pero no mucho más, el detective debía frisar los sesenta. Barrigudo, pelirrojo, hoyuelo en la barbilla y mejillas rosadas, llenas, con aspecto de globo de feria. Vestía un traje barato color rosa palo nada convencional, camisa blanca y corbata azul. El nudo parcialmente escondido bajo el cuello de la camisa cuyo filo tendía ya al color mostaza.

Nada que ver con el de la secretaria. El despacho del detective gozaba de paredes empapeladas simulando madera, bastante alejado, por cierto, del estilo decorativo de los últimos veinte años. Un cuadro del rey y la bandera de España, desfallecida a lo largo de un mástil de acero inoxidable, presidían la habitación. El mobiliario, escueto: mesa de ébano entre los sillones donde ahora estaban sentados, un par de metopas colgadas de la pared con dedicatoria ilegible desde su perspectiva y un cuadro acristalado con apariencia de distinción policial.

—¿Le gusta mi despacho? —preguntó sonriente.

A Carlos le pilló con la cabeza girada tratando de interpretar la distinción.

—Pues, la verdad, no sería el que yo pondría para mí. —La sonrisa del detective se fue apagando hasta morir—.Pero no cabe duda —trató de resolver Carlos—, tiene personalidad. Austero, equilibrado y va en concordancia con su ocupante.

Los labios de Sabino volvieron a estirarse en un rictus similar a una sonrisa. No tenía por qué justificar su opinión, él era ya demasiado viejo como para andarse con zarandajas.

—Bien, vayamos al grano —soltó en tono autoritario, rayando la mala educación—. ¿Ha traído las fotos que le solicité?

No te equivocaste, Carlos, cuando lo calificaste de pedante y engreído la primera vez que habló contigo por teléfono.

El arquitecto alargó el sobre sin responder y Sabino sacó el contenido y lo esparció sobre la mesa pasando la mano por encima con la destreza de un crupier repartiendo cartas. Estudió con atención las fotografías.

—Su mujer es muy guapa —señaló.

—Gracias, pero ¿cómo sabe cuál es mi mujer?

—Pura deducción. Los más jóvenes son sus hijos: Alejandro y Nerea. Ambos, aunque tienen rasgos suyos, se parecen mucho a ella. Esta otra debe ser la hermana de Martina. Cecilia, creo recordar, por el parecido entre ambas. Solo quedan tres. No hay duda, la rubia es Lydia, su hermana porque tiene la misma sonrisa de usted. Y este más gordito, por la edad, el marido, Millán. Esta fotocopia es distinta a las otras. Como parece sacada de algún fichero de su oficina, por lo que deduzco, el sujeto debe de ser su amado arquitecto técnico, Nacho.

Carlos puso un gesto semejante al niño que aprieta por primera vez el interruptor de la luz. También por primera vez empezaba a gustarle el detective. Mientras hablaba, le mostraba las fotografías de cada uno extrayendo conclusiones insospechadas. No, él nunca hubiera llegado a ellas.

Sabino despuntó una mueca de satisfacción al comprobar la expresión de su interlocutor.

—No ha venido a traerme las fotos porque no se fíe de mandarlas por internet, señor Duarte. —Se removió en el asiento al tiempo que se recolocaba la americana tirando de las solapas—. Y lo entiendo. A nadie le gusta poner en manos de un desconocido sus asuntos, pero debo aclararle algo. Esta no es mi forma de trabajar. No quiero tenerlo a cada momento al teléfono preguntándome cómo va la investigación. En cuanto obtenga algunos resultados, usted será el primero en saberlo. —Con la mano abierta, se alisó el pelo rojizo, encanecido ya a la altura de las orejas y lo escrutó con aquellos ojillos azules en busca de alguna respuesta, pero al comprobar la actitud impertérrita de Carlos, empezó a buscar algo en el bolsillo interior de la chaqueta—. Por aquí debo de tener la nota que escribí mientras hablábamos el otro día. A ver. —Continuó palpándose los bolsillos laterales hasta sacar un folio doblado del pantalón y lo desplegó sobre la mesa—. Sí, este es. —Nuevo registro por los bolsillos—. ¡Será posible que nunca encuentre las gafas!

—¿Serán esas? —Carlos señaló el bolsillo superior de la americana.

—¿Qué?

—Las gafas, asoman por ese bolsillo.

—¡Ah, sí! Son estas, son estas. —Estrechas, de concha, color marrón—. Gracias. Cada vez estoy más torpe. Además, es el sitio donde siempre las guardo y en el último que busco.

Tras colocárselas, bisbiseó unos segundos ojeando las fotografías y la nota hasta acabar y lo miró por encima de las gafas señalando la falta de dos personas: Inés y ese abogado que les llevaba los papeles del padre a Martina y a su hermana Cecilia. Esas iban a ser un poco más difíciles de conseguir, respondió Carlos, pero intentaría localizar fotos de ambos.

—Bien, voy a tomar nota de la dirección. —Nuevo registro. Nuevo paseo palpando inquieto y de manera reiterada, los bolsillos. Primero los interiores y luego el superior y los laterales—. ¿Dónde diablos está? —Abrió uno de los cajones, levantó un puñado de documentos e inventarió de un vistazo los objetos sin encontrar el bolígrafo.

Carlos seguía con curiosidad y preocupación los movimientos del personaje. Empezaba a dudar otra vez. A pesar de los aciertos con las fotografías, no estaba seguro de haber atinado al poner en sus manos la información sobre el caso Hospisa y el adelanto de la nada trivial suma de dinero. ¿En qué estaría pensando? Evocó su estado de ánimo después de descubrir la mentira de Martina y la soledad del motel. «¡Uf!». Sacó un portaminas pequeño del bolsillo de la camisa, apretó el botón superior un par de veces para extraer la punta y se lo puso delante. El arquitecto justificó su gesto tras la interrogante mirada del investigador.

—Desde hace tiempo lo llevo conmigo para esbozar cualquier proyecto que se me ocurra.

—Me paso la vida perdiendo objetos. ¿Cómo dijo que se llamaba el abogado ese?

No se lo había dicho, pero se llamaba Julián Hinojosa y tenía el despacho en la calle de Silva. No le sería difícil localizarlo.

—La desaparición de los bolígrafos me intriga. Julián Hinojosa, ¿eh? No se preocupe, lo localizaré.

A Carlos se le escapó una sonrisa. «Tal vez Maricarmen pretendía cobrar en bolígrafos lo que no le pagaba en dinero».

—¿Dónde puedo encontrar a Inés?

—A Inés —repitió mientras pensaba que no era justo ponerla en manos del ínclito detective—. Vive en Málaga, pero no conozco la dirección. Trataré de averiguarla en cuanto pueda.

El investigador, ahora recostado en el sillón, se había quitado las gafas y lo observaba mordisqueando una de las patillas.

—No quiere implicarla demasiado en esto, ¿eh? Está usted coladito por ella.

Carlos cruzó primero las piernas, luego los brazos. Holgado adolecía de la delicadeza, tacto y educación mínimos exigibles hacia un cliente recién llegado a la oficina; sin embargo, tras el color rosa palo del traje, tan alejado del buen gusto, había una persona inteligente, intuitiva, incluso capaz de interpretar sus sentimientos. ¿Tanto se le notaba? Empezaba a sentir algo parecido a la animadversión por aquellos ojillos azules que lo contemplaban con tintes de sarcasmo.

—Eso pertenece a mi intimidad. —Rotundo.

La severidad y el tono de la frase impuso silencio entre los dos.

El detective lo contemplaba con curiosidad. Cabeza ladeada hacia la mano que mantenía la patilla de las gafas en la boca y párpados convertidos en dos líneas oscuras iluminadas por un puntito brillante en el centro. «Desde que me has contado tu vida, tu intimidad se ha ido a la mierda». Holgado toma aire, se coloca las gafas y se yergue para reinstalarse de nuevo en la conversación.

—Anoche estuve investigando en internet sobre Hospisa. —Pausado, flemático incluso—. Demasiadas incógnitas por aclarar y demasiadas prisas para resolver un caso complicado de los que llevan meses de investigación. —Se detuvo un momento para observar la reacción de su cliente, aunque Carlos permanecía como una estatua de mármol—. También lo he hecho sobre la familia Larralde y sobre usted, señor Duarte.

—Se acostaría tarde, ¿no?

—A las cinco de la mañana —aseguró.

Al final, Holmes va a resultar hasta responsable, pensó Carlos con ironía.

—Habrá comprobado que no he tenido la culpa de.

—Si me va a hablar de la implicación en el caso del hospital, no me interesa de momento —señaló adelantando el brazo con la mano abierta al frente—. Pero es muy curioso. Tengo el pálpito de que el círculo que lo rodea —realizó en el aire una imaginaria circunferencia— es bastante imperfecto. Me suscita gran curiosidad saber dónde y cómo encajan cada uno de los elementos de ese círculo.

Carlos tragó saliva. De pronto se sintió desnudo delante de aquel desconocido, al igual que lo hiciera delante del psicólogo.

—¿Ha averiguado algo sobre la procedencia de los emails? —El cambio estaba lleno de sentido.

—Ya no me ha dado más de sí la noche, señor Duarte. —Seguía manteniendo el tono sarcástico—. Me da que ese es el menor de sus problemas. Huele a bobada de alguien cercano a Inés. El marido, algún…

—¿De dónde saca esa concusión? —interrumpió.

—¿Tiene con usted alguno de los mensajes?

—Claro —afirmó con rotundidad Carlos y se levantó un poco para introducir la mano en el bolsillo del pantalón.

Justo en ese instante el móvil emitía una vibración seguida de las notas del *Danubio azul*. Contempló la pantalla. Lydia otra vez. Cortó. Al salir la llamaría. Debería haberlo hecho ya, pero con tantas historias por medio se le había olvidado.

—Si quiere puede contestar, no tengo problema en ese sentido —aseguró el detective privado.

—No se preocupe, era mi hermana, luego la llamaré. Mantengo una buena relación con ella.

—¿Tiene más hermanos?

—No. Lydia es mi única hermana. Es como mi segunda madre.

Mientras buscaba en el correo el último de los emails, habló un poco de Lydia y esbozó un retrato sesgado de Pancorbo. Luego le entregó el móvil.

El detective volvió a explorar cada uno de los bolsillos de la chaqueta.

—Si busca las gafas, las tiene puestas —aclaró el arquitecto señalándolas con el dedo índice.

Gesto agriado de Sabino. ¡Vaya tela! Abanicó el aire con la mano y se sumergió en la lectura.

Holgado leía con detenimiento el mensaje del móvil y Carlos pensaba en la distracción del detective. Como contraposición, la artimaña utilizada para averiguar la procedencia de la llamada. Era listo, a pesar del congénito despiste.

—¿Hay más? —preguntó mirándolo por encima de las gafas.

—Sí. —Al coger el teléfono de las manos de Sabino, se fijó en ellas: dedos fuertes, uñas mal recortadas y piel arrugada por el paso de los años. Un aviso de batería baja apareció en la pantalla. Hizo caso omiso a la advertencia y se lo devolvió con el primero de los emails recibido.

Al poco, el detective dejaba el móvil sobre la mesa y lo empujaba hacia su dueño con la punta de los dedos.

—A ver. —Echó el cuerpo hacia atrás, engreído, apoyó el codo derecho en el brazo del sillón y el pómulo sostenido por los dedos índice y mayor—. Si alguien hubiera querido hacerle la puñeta en el tema de Hospisa, ya habría puesto una denuncia, ¿no cree? —Se enderezó colocando esta vez ambos codos sobre la mesa y la barbilla sobre los puños—. Quien envía los emails solo pretende que deje a Inés. Como le he dicho antes, alguien del entorno.

—Pero que yo sepa, nadie conoce nuestra relación.

—Usted lo ha dicho —interrumpió—, que usted sepa.

Carlos Duarte dejó pasar unos segundos.

—Conozco la procedencia de los emails —espetó y permaneció expectante.

Sabino se estiró y volvió a recolocarse la americana cogiéndola de las solapas.

—¿Cómo lo ha conseguido? —había algo de irritación en el tono y en el gesto.

Los ojos de Carlos recorrieron un momento parte de la estancia. Tal vez había sido un error el comentario.

—Mi secretaria —aclaró cuando las miradas volvieron a encontrarse.

—¿Su secretaria? —La indignación, *in crescendo.*

Carlos Duarte se removió en el asiento. No, no había sido una buena idea hablar de ello.

—Mi secretaria, sí. Tiene un noviete hacker o algo así y ha descubierto que *Campingresort* es la web de un camping de San Pedro de Alcántara en la Costa de Sol. Quiero volver allí y averiguar si en ese camping trabaja alguien relacionado con Inés.

Sabino Holgado le dirigió una mirada cargada de hostilidad, se levantó del asiento, dio una vuelta por el despacho pellizcándose el labio inferior y volvió a sentarse.

—Mire. —Lo señaló con el dedo índice del brazo derecho cuyo codo apoyaba sobre la mesa—. Usted es dueño de sus actos y no seré yo quien le diga lo que debe hacer, pero —dejó transcurrir unos instantes—, usted me paga para realizar esta investigación y no me gusta que se inmiscuya en ella. Puede estropearla. —Otro intervalo, esta vez más largo—. Me suena a excusa para volver a ver a Inés —resolvió en tono reflexivo—. Entiendo que necesita descartarla como autora de los mensajes y casi puedo asegurarle que ella no tiene nada que ver en esto. Me avala el sentido común. ¿Para qué demonios iba a mandarle ella mensajes pidiendo que se marchara de su lado? En fin, actúe como quiera, pero manténgame informado, por favor. Le recuerdo que usted me paga para realizar estas averiguaciones.

—Bueno, usted ha dicho que los emails amenazantes quizás sean el menor de mis problemas —respondió Carlos Duarte, quien ahora respiraba un poco más tranquilo.

Volvió Sabino a reclinarse en el sillón para coger perspectiva y teatralizó otros segundos de silencio.

—Tiempo al tiempo. —Se había quitado las gafas y lo señalaba con ellas asegurando, en tono profético, que sería tal cual—. Mi experiencia no me engaña. Ya lo verá.

—Si usted lo dice…

—¿Ha recibido algún mensaje más?

—De momento, no.

Otro tiempo muerto. Miradas sostenidas. Sonrisa neutra del detective, incómoda para el arquitecto.

—¿Confía en su secretaria?

—Sin ninguna duda.

—¿Hasta qué punto?

—Ya le he dicho, sin una sola duda.

—Deme su número de teléfono, tal vez la necesitemos. Adviértale que me facilite los datos que le pida, por favor.

Lo meditó Carlos unos segundos.

—No la moleste demasiado. No quiero ver a Charo involucrada en estas historias, aunque en cierto modo le gusta estar metida en todos los charcos —sonrió mientras buscaba su número en la agenda del teléfono.

Sabino lo anotó en un papel y le entregó una tarjeta de visita. Allí se encontraban todas sus coordenadas por si quería ponerse en contacto con él. Se puso de pie señalando el final de la entrevista. Carlos lo imitó. Al encaminarse hacia la puerta, se detuvo un momento para leer el cuadro acristalado.

¡Una condecoración!

Cruz al Mérito Policial concedida a Don Sabino Holgado Mesa.

—¿Ha sido usted policía?

—Sí —respondió lacónico.

Carlos zarpó del despacho y bajó con cuidado por el hueco en penumbra de la escalera mientras despertaba nuevos gruñidos a los somnolientos escalones. Sabino lo había acompañado hasta la puerta, había pulsado el botón de la luz del rellano y se había entretenido unos instantes despidiéndose con un apretón de manos. «En breve tendrá noticias mías». Le llamaría más pronto que tarde. No debería preocuparse, pero sí tener cuidado con las investigaciones personales para no meter la pata.

Tac, tac, tac. El temporizador de las luces de la escalera seguía impasible la cuenta atrás acompañando a Carlos en el descenso. ¿Cuántos pisos bajaría antes de que se apagaran? Uno y medio. Entre el tercero y el segundo se extinguieron. El tac, tac, tac del temporizador también se esfumó. Echó mano al bolsillo para sacar el móvil. Pulsó una tecla. La tenue iluminación le permitió continuar agarrado a la baranda hasta que, en el último tramo de escalera, la luz del teléfono también desfalleció, pero la claridad filtrada entre las rendijas del viejo portalón le permitió alcanzar la salida.

***

Lydia observó el teléfono por enésima vez. ¿Por qué su hermano le había cortado de nuevo la llamada?

En tono monacal, cartujo:

—Carlos, te necesito, por favor, no me abandones tú también.

Suspiro y paseo hasta el mueble bar.

Botella del wiski en mano, vuelta al sofá.

Trago largo.

Tumbada boca arriba, mirada perdida en el techo.

Léeme un cuento, Lydia. Trae un libro en una mano y una pequeña linterna en la otra. Ambos se ovillan bajo las sábanas e iluminan las ilustraciones. Ella lee modulando la voz: Caminaba por el bosque encantado. ¿Sabes, Lydia?, cuando me lees debajo de las sábanas me parece que estoy dentro del cuento. A ella también le gustaba imaginarse parte de la historia, como un personaje más.

«¿Dónde estás, Carlos? Te necesito, hermano, te necesito. ¿Por qué no me respondes?» Volvió a marcar el número. *El móvil al que llama está apagado o fuera de cobertura en este momento.* ¿Había desconectado el móvil? ¿Por qué no quería hablar con ella? ¿Qué se traía entre manos con Millán? ¿Estaría al tanto del desahucio que se avecinaba?

El timbre de la entrada detuvo la botella antes de llegar a los labios.

Unos segundos de espera, atenta, la botella suspendida a pocos centímetros de la boca, al modo de quien cree que el ring solo ha existido en su imaginación.

Suena el timbre otra vez.

No, no ha sido tu imaginación.

Más timbrazos. Esta vez tres: insistentes, seguidos, premurosos.

Dio un largo trago, se limpió con el dorso de la mano y, tras dejar la botella sobre la mesa, abrió la puerta. Al otro lado del jardín, dos hombres trajeados levantaban la cabeza escudriñándola por encima de la cancela. Se acercó temerosa, agarrándose el cuello del pijama con la mano derecha.

—¿Don Millán Pancorbo?

Lydia afirma con la cabeza.

—Somos de la policía judicial. Inspector Vázquez. Mi compañero es el inspector Pelayo. —Mostró un carné que no verificó, absorta en los movimientos de cabeza del tal Pelayo confirmando la exposición de su compañero—. ¿Es usted Lydia Duarte?

Afirmó imitando al policía en el movimiento de la cabeza.

El inspector Vázquez le hizo firmar un documento antes de entregarle el sobre. Una citación judicial, la última. Su marido no había aparecido en los requerimientos anteriores. El desahucio de la casa se llevará a cabo el día uno de noviembre a las doce de la mañana.

Los vio alejarse calle abajo mientras permanecía con la mano izquierda sujetándose el cuello del pijama y la derecha sosteniendo el sobre del juzgado como lo haría un pordiosero pidiendo limosna. Al cabo del rato encajó la cancela y caminó despacio por el sendero del jardín hasta la casa. El golpe seco de la puerta al cerrarse persistió unos instantes entre los muebles del salón. Luego, silencio. Unos pasos más hasta la botella de wiski. Dio un trago y giró sobre sí misma, despacio. El tresillo color hueso, la alfombra de Tabriz frente a la chimenea, la mesa de caoba, la lámpara de Murano —suspiró—, la apreciada colección de figuritas de Swarovski empezaba a transformarse en una realidad distorsionada. Los ojos se toparon con la mesita de mármol donde exhibía la colección de fotos familiares. Avanzó hasta allí y se arrodilló. Otro trago, otro suspiro. Lágrimas desbordadas de los párpados deslizándose por las mejillas. ¿Su preferida? Dejó la botella en el suelo y la tomó entre las manos. La acarició con los dedos. Carlos el día de la comunión con un traje azul de marinero, confeccionado por su madre. Ella a su lado, luciendo un vestido blanco, le cogía de la mano. La foto se la habían hecho un momento antes de entrar en la iglesia. Recordaba aquel día como si fuera ayer.

Lydia. ¿Qué? Ayer cuando me confesé no le dije todos los pecados al cura. ¿No? No. A ver, ¿Cuál te quedó? La semana pasada me bebí más de medio bote de leche condensada en casa de la abuela. Eso no es pecado, eso es una travesura. Entonces, puedo seguir chupando del bote de leche. No, no, no; eso no se hace, te puede sentar mal. Además, a la abuela no le gusta. Vale, entonces no lo haré más. Así me gusta.

Se puso en pie con la foto en una mano y la botella en la otra. «El día uno de noviembre se llevará a cabo el desahucio». No se explicaba por qué nadie se lo había dicho antes. Otro trago. En realidad, Millán Pancorbo nunca había contado con ella para nada. Ni Millán ni nadie. Solo confiaba en Carlos y también le había fallado. «Carlos. ¡Dios mío, Carlos! ¿Por qué?» Tan solo unas horas antes habían estado juntos. Él se había mostrado cariñoso, cercano, como siempre. Incluso se había sincerado con ella hablándole de su nueva vida, de su amor por Inés. Buscó el teléfono y lo halló sobre el mostrador del mueble bar. Dejó la botella y lo cogió. ¿Un mensaje? ¿Una llamada perdida? ¡Nada! Volvió a marcar el número de Carlos. *El teléfono al que llama está…* Otra mirada a la casa. Le costaba pensar que alguien pudiera llegar y robarle su vida, sus recuerdos. De repente, una idea revoloteó en la cabeza. «¡La casa del pueblo! La casa de sus padres. La casa donde ella y Carlos se habían criado. Cogería lo imprescindible. Quizás algunos recuerdos y se refugiaría allí». ¿Recuerdos? Otro vistazo en derredor. Las figuritas de cristal, las dos marinas de Carlos, las fotos de familia. No necesitaba más. Con el sueldo de maestra podía vivir en cualquier sitio, no necesitaba nada más para subsistir.

Alentada por la idea dio otro sorbo de la botella. Miró el teléfono móvil e hizo otro intento de llamar a Carlos: *El teléfono al que llama está…* Antes de que terminara el contestador automático, cortó la llamada, lo apagó apretando la tecla con inquina y lanzó el móvil contra el sofá.

—¡A la mierda todo! —Le sonó bien. No obstante, frunció el ceño y se dirigió hacia el dormitorio.

Nueva vida, sola. Sin Carlos, sin Millán, sin nadie. Total, siempre había estado así.

Una hora más tarde había llenado los asientos traseros del Ford K con unas cuantas cajas y un par de maletas y ponía proa a Seseña.

«Empezar de nuevo, empezar de nuevo, empezar de nuevo».

El mantra sonaba bien, sin embargo, la idea del aislamiento la aplastaba del mismo modo que lo haría un fumador con la colilla del cigarro en el cenicero. Bueno, en realidad llevaba mucho tiempo ya bañándose en las playas de la soledad. Dio un suspiro. ¿Mucho tiempo? ¡Toda la vida! Primero murió su madre y se quedó sola con Carlos mientras su padre, camionero, pasaba semanas fuera. Por el día cuidaba a su hermano y se hacía cargo de la casa, y por las noches estudiaba magisterio. El final de la carrera coincidió con el comienzo de la de su hermano.

«¿Qué quieres estudiar? Arquitectura. ¿Arquitectura? Sí».

Había terminado bachiller con sobresaliente de media. Eso daba opción a matrículas gratuitas. Nunca se lo dijo, pero la beca era insuficiente para mantenerse en Madrid y ella hizo un tremendo esfuerzo para pagar lo que faltaba. Por las mañanas iba a la escuela del pueblo, por las tardes daba clases particulares a media docena de niños y los fines de semanas que Carlos no venía a visitarla, ayudaba a una señora mayor. A pesar de estar tan ocupada, cuando se quedaba sola en casa, tenía la sensación de que las paredes se movían con la intención de aplastarla. Se alegró de que su padre cayera enfermo. Al menos encontraba a alguien cuando llegaba de trabajar, pero unos meses más tarde falleció y su vida volvió a poblarse con los fantasmas de aquel aislamiento existencial. Por suerte apareció alguien con quien compartirla y creyó que allí, en aquel tren, camino de Santiago de Compostela, terminaría la eterna penitencia de orfandad que arrastraba. Pero no, no cambió la suerte. La soledad solo cambió de lugar.

La casa de sus padres, la casa de su infancia. Un tropel de recuerdos acudieron a la memoria. Unos alegres, otros tristes, la mayoría con Carlos.

«¿Jugamos al veo, veo, Lydia? Tengo que estudiar. Anda, porfa. Está bien pero solo un poco, ¿vale? Vale. Me duele la tripa y la cabeza, Lydia. Eso no es nada, mañana se te pasará y podrás volver al cole. ¿Me voy a morir? ¡Anda ya, no digas tonterías! Seguro que vas a dar un estirón».

El comportamiento de Carlos en los días pasados eclipsó los recuerdos. Incomprensible el desprecio. No atendía a las llamadas, le colgaba. Necesitaba saber qué se traía entre manos con Millán. Seguro que algo sucio. ¿Por qué su marido no le había advertido sobre el desahucio? Cuando vino a visitarla camino de Málaga, le pareció muy feliz. Estaba enamorado de aquella mujer: Inés. Sí, así se llamaba, Inés. Ojalá se separara de Martina. Nunca le había gustado. Era tan superficial, tan frívola. Consideraba a Carlos uno de sus trofeos, un títere de feria exhibido entre las amistades para su regocijo. Arquitecto, sí. Sí, sí, mi marido es arquitecto. Tonta, engreída, niña pija, con la creencia de que el mundo empezaba y terminaba en su ombligo. Miró por el espejo retrovisor. La ciudad se alejaba. Abrió la ventanilla y tomó una bocanada de aire fresco. Ni Millán ni Carlos ni nadie. Sola. Puso la radio y buscó una emisora de música. *Resistiré.* ¿Casualidad? Empezó a reír a carcajadas y luego a desgañitarse tratando de seguir los acordes del Dúo Dinámico.

—Claro que voy a resistir —se dijo y aceleró.

(Esperemos que no te pare la Guardia Civil y te hagan soplar, Lydia).

14

18 de abril

Carlos en el coche.

Puso el motor en marcha, sacó el cargador y lo conectó al móvil. Llamada perdida y mensaje. La llamada, de Lydia. Remarcó el número. *El teléfono al que llama está...* Volvería a intentarlo más tarde. El mensaje, de Inés:

Me preocupas Carlos. Te noto ausente, lejano. Tengo la sensación de que nuestro encuentro, como por otro lado temía, nos ha alejado. Por favor, dime la verdad, aunque me duela.

La frase de Sabino resonó en los oídos, acariciante: «Casi puedo asegurarle que Inés no tiene nada que ver en esto».

—No tiene nada que ver en esto, ella no tiene nada que ver en esto —se repitió—. ¿Por qué tengo que mantener esta idea insensata?

No hay nada por lo que debas preocuparte. Cada vez te tengo más presente y necesito acogerte de nuevo entre mis brazos. El encuentro del otro día ha sembrado mi alma de sueños y en todos apareces tú. En unos días estaré de nuevo contigo.

Profundo respiro.

Enviar.

Luego salió del parking, se incorporó al tráfico de la Castellana en busca de la M-30 para dirigirse a Alcalá de Henares. Evitaba mandar los proyectos por correo. Mejor entregarlos en mano para repasar con el arquitecto municipal los cambios que considerara oportuno. De no hacerlo así, el proyecto podía pasarse meses dando vueltas con correcciones fáciles de solucionar sobre la marcha.

Un semáforo en rojo.

Sonido de un nuevo mensaje:

Me tranquilizas, Carlos. Yo también estoy deseando tenerte de nuevo entre mis brazos.

Un beso.

Después de revisar con detenimiento el proyecto de la piscina cubierta, Carlos había comido con el arquitecto municipal en Alcalá de Henares y regresaba a Madrid inmerso en el adormecido tráfico de A-2. El sol, cercano ya a los edificios más altos, aún reivindicaba el poderío veraniego elevando el mercurio del termómetro hasta los veintinueve grados. La visita había resultado fructífera: su compañero informaría el proyecto de manera positiva y se aprobaría la obra a principio de mes, cuando se reuniera el Pleno del Ayuntamiento. Ya no tendría que volver más a Alcalá de Henares hasta que estuviera preparada la cimentación para comprobar el forjado antes de verter el hormigón. Repaso mental del trabajo pendiente en el estudio. Edificio de Móstoles, urbanización de cuarenta viviendas en Cercedilla cuyos planos ya estaban bastante avanzados, la piscina. Frunció el ceño y titubeó un poco antes de escabullirse de las preocupaciones. «Todo puede salir adelante sin mí». El tráfico se detuvo y aprovechó para desviar la mirada. El sol refulgía sobre el techo de los vehículos creando un ambiente de infinita calma. Los pensamientos mutaron hacia el sur. Inés. Cogió el teléfono.

¿Podemos hablar?

Enviar.

Segundos más tarde recibió él la llamada.

Ambos coincidieron. Necesitaban verse de nuevo, estar juntos, comer mirándose a los ojos, pasear, abrazarse, besarse igual que la última vez, ocultos, en aquel recodo marbellí entre jazmines y adelfas.

Se despidieron. Promesa de avisarla antes de partir hacia Málaga. Necesitaba tiempo para arreglar algunos asuntos y poder estar con él. Perfecto, así podría llegar a Málaga de incógnito para acercarse al camping de San Pedro de Alcántara. Estaba convencido, Inés no tenía nada que ver con los emails amenazantes. Aun así, antes de encontrarse con ella, aunque solo fuera por el morbo de la investigación, intentaría localizar alguna pista sobre el autor de los mismos.

«Me debes un paseo en barco, no lo olvides».

Las últimas palabras de la conversación resonaron un buen rato en sus oídos antes de percibir la incómoda, y cada vez más frecuente, sensación de regresar a casa.

¡Otra vez Martina!

«¡Uf!».

¿Dormir fuera?

Sin duda, una opción, pero estaba demasiado cansado para buscar un hotel y, además, tendría que inventar una excusa. Tampoco quería que Álex y Nerea se consideraran huérfanos de padre. Aunque, por otro lado, abrigaba la corazonada de ser traslúcido en casa.

Hola, Nerea / Hola, papá / Así recibes a tu padre después de una semana / Una semana de qué / He estado una semana fuera, en Barcelona / ¡¿Ah, sí?! Pues ni me he enterado, papá. Si es que el *insti,* tu mujer empeñada en lo importante que será para mi futuro el aprendizaje de piano, los deberes, la academia de inglés y los novios que no me dejan en paz. Anda, dame un beso. ¿Me has traído algo? ¿Dónde dices que has estado?

Desvío hacia Encinar de los Reyes. Enfiló la ajardinada calle donde estaba ubicado el chalé e imaginó la posible y casi segura escena: Martina tirada en una de las hamacas absorbiendo los últimos rayos de sol de la tarde mientras ojeaba las imágenes de alguna revista; Álex en el salón tumbado en el sofá y, tal vez, si se encontraba en casa, Nerea, sumergida en el móvil mandando wasaps. Accionó el mando a distancia y las puertas del garaje bostezaron obedientes. El coche de Martina, el vespino de Nerea, la bici de Álex. Todo en orden.

Se bajó del vehículo, y, tras una profunda inspiración, se dirigió con paso lento hacia el jardín. A lo lejos divisó a Martina agazapada tras las gafas de sol, esta vez sentada en la hamaca. Frente a ella, Nerea y un chico, sentados también al borde de la hamaca de al lado. Martina debió advertirles de su llegada porque ambos se giraron. Nerea se levantó y lo saludó al tiempo que agitaba la mano mientras Carlos se acercaba escrutando al chico, ahora de pie junto a su hija. El acompañante se había girado un poco y lo observaba a él con curiosidad. Al desviar la atención hacia Martina, se sorprendió de verla sonreír. Lo más seguro es que estuviera fingiendo delante de Nerea y el invitado. Antes de llegar, su hija se adelantó y le dio un beso.

Enseguida le presentó a Andrés, quien sobrepasaba unos centímetros a Nerea. Delgado, rubio, unos ojos azules convertidos en dos líneas oscuras cuando sonreía y una dentadura anacarada encarcelada tras los alambres de un corrector dental. Con cierto desdén, dejó discurrir Carlos la mirada por la indumentaria del chico. ¡Lo que le faltaba! Al modo de Nerea, vaqueros raídos. Además, camiseta blanca cuyas mangas habían sido amputadas a la altura de los hombros por unas tijeras mal afiladas y deportivas sin cordones. Sin embargo, le sorprendió la educación y la forma de saludarle: apretón de manos firme, sin titubeos y un «encantado de conocerle» mirándole a los ojos, de los que aprenden los directivos en los cursillos sobre liderazgo.

Nerea completaba un pequeño currículum de su amigo, Carlos notaba algo removérsele en el interior. De repente, visualizó a su hija como a una mujer. Nunca había reparado en ello con tanta intensidad como al verla junto aquel chico. ¿Estaban saliendo juntos? ¿Era su novio? No, ahora no se decía así. Martina podía haberle comentado algo. Lo sabía, seguro. Las mujeres siempre comentan entre ellas. Los pensamientos se agolpaban. Mejor retirarse.

—Bueno, voy a subir un momento al despacho, tengo algunas cosillas por hacer. Te dejo con las chicas, Andrés. Espero que te traten bien.

El amigo de Nerea volvió a mostrar los barrotes de la dentadura y su hija lo crucificó con la mirada. Nerea llevaba razón al censurarlo con aquel gesto lleno de reproche. Tendría que haber ejercido de anfitrión con Andrés en vez de salir corriendo de allí. ¡Qué mal padre!, pero no soporto estar al lado de tu madre. No, no era esa la razón. ¿Qué le pasaba? ¿Huía de su propia realidad?

—¡Uf!

Entró en la casa. El televisor estaba encendido y su hijo tumbado en el sofá. Al menos alguien de la familia se encontraba en el lugar previsto.

—¡Hola, Álex! —saludó desde la puerta del salón.

Mano levantada en forma de respuesta.

—Lo dicho, en esta casa soy transparente —emitió de manera casi imperceptible.

Empezó a subir la escalera arrastrando el peso de un extraño sentimiento de culpa mientras se prometía bajar al jardín en unos minutos. El tiempo para simular que he estado haciendo algo en el despacho, concluyó. No quiero que Nerea me odie. Otra Larralde enfrente no, ¡por Dios! Se dejó caer en el sillón del despacho y lo volvió hacia los ventanales. El sol pintaba el horizonte con pinceladas de rojos, naranjas y amarillos en una explosión de colores reivindicativos del final del día. Nerea necesitaba su atención. Pronto se marcharía de intercambio y quería aprovechar el tiempo para estar con ella. No, no iba a defraudarla.

Al girar el sillón para situarse de frente a la mesa, reparó en un pequeño paquete sin remitente, del tamaño de un libro de bolsillo envuelto en papel marrón, colocado junto a la pantalla del ordenador. Lo cogió. Por el peso no parecía un libro.

D. Carlos Duarte Gómez.

Urbanización los Príncipes, parcela 32-E.

28109 Madrid.

Lo examina por delante y por detrás.

Sin remitente.

¿Un regalo? Aborrecía regalos de los constructores o empresas del ramo. Que sí, que sí, que era como agradecimiento, pero a él no le convencían. Una modificación, un pequeño cálculo en el gabinete de arquitectura, el estudio de un terreno. Siempre tenía la sensación de que pretendían pagarle en negro un trabajo realizado por él de forma altruista. Un regalo supone un compromiso para aceptar futuras peticiones.

Empieza a abrir el paquete con desgana, calculando el contenido: un estuche con una pluma de calidad. Un reloj de pulsera. Una corbata de seda, un…

Una caja corriente, de cartón color ceniza.

Tensión en el rostro.

La abre.

Absorto, contempla el interior del embalaje. Ahora la tensión, convertida en una ráfaga de ansiedad, le deja la boca tan seca como la arena del desierto. Se pone en pie muy despacio sin perder de vista los objetos de la caja.

¡Quién demonios ha traído esto!

20 de abril

—Mendoza, ¿cómo dice que se llama el parque ese donde van los japoneses a suicidarse?

—Aokigahara, jefe, Aokigahara —sonrió por lo bajini Mendoza observando con el rabillo del ojo cómo su superior tomaba notas de la información que le había dado simulando que estaban relacionadas con el caso que se traían entre manos:

—¿Algún indicio que haga suponer un asesinato?

—No, señor. Está más claro que el agua. Se subió en aquella banqueta, se puso la cuerda al cuello y echó el cuerpo hacia delante.

—Cualquiera diría que estaba usted aquí viendo cómo ocurrió.

—Por desgracia, ya son muchos.

—Por eso debería saber que no todo es lo que parece. No es la primera vez que estrangulan a alguien y luego lo cuelgan para simular que se ha ahorcado él. La autopsia tendrá la última palabra

—Cierto, pero mi olfato me dice que este tiene el marchamo de suicidio.

—Vamos a echar un vistazo no sea que esté usted algo resfriado. Haga que saquen unas fotos mientras esperamos al juez para el levantamiento del cadáver.

Mendoza echó a andar para cumplir la orden pensando que su jefe llevaba razón, pero había que ser muy tonto para intentar pasar un estrangulamiento por un suicidio. Hasta un ayudante de forense, si es que lo había, podría darse cuenta de las diferencias entre una muerte y otra.

15

18 de abril

Vuelve a contemplar una vez más los objetos del estuche de cartón sin atreverse a tocarlos. Coge el teléfono. Dedos temblorosos. Marca un número y espera.

Hastiada y con un punto de irreverencia, la voz aletargada de Maricarmen se oye por el auricular,

—Maricarmen, dígame.

—Por favor, Maricarmen, soy Carlos Duarte, páseme con el señor Sabino, es muy urgente.

—¿Urgente? Urgente es el cobro de mi sueldo, ¡eso sí que es urgente! —Esperó un par de segundos—. Está bien, le paso.

Los acordes del *Para Elisa* de Beethoven se extienden eternos por el auricular hasta que interviene una voz al otro lado:

—Buenas tardes, Carlos. Me ha...

—¡Acabo de recibir un paquete! —Lleno de ansiedad.

Transcurren unos segundos de silencio.

—Espero que no sea una bomba —conato de broma con rápida rectificación—. Quiero decir, ojalá no sea nada grave, aunque por su nerviosismo parece que sí.

Sin dejarlo terminar, más angustiado aún, empieza a enumerar:

—Una caja con una foto de mi hija Nerea, un mechón de cabello, la fotocopia de un recorte de periódico donde se ve un hospital ardiendo y una nota.

Otro silencio, esta vez más largo.

De repente, la voz de Sabino Holgado interviene más grave, circunspecta y calma.

—¿Qué dice la nota?

—Déjala o habrá consecuencias —responde Duarte leyendo la respuesta para cerciorarse de que no se equivocaba.

—¿Tiene escáner en casa?

—Sí.

—Pues escanéelo todo, incluido el mechón de cabello, y envíemelo ahora mismo a mi correo: sherlockholmes@hotmail.com. No cuelgue, estaré esperando.

Minutos más tarde, el detective recibía el email y, tras otra larga pausa para estudiar al detalle la foto, quiso saber si había informado a la familia del paquete recibido.

Esa fue la primera intención, bajar con la caja en la mano para preguntar quién la había traído y cómo había llegado hasta a su despacho. Sin embargo, al borde ya de la escalera, regresó al despacho. No. Por un lado, no debía alarmar a Nerea ni condicionarla, por otro, tendría que dar muchas explicaciones sobre la nota que lo acompañaba y no quería otra escena de Martina delante de ella y su amigo.

—Parece hecha en una discoteca, un pub o algo así. —La reflexión de Sabino volvió a sonar ponderada en el tono mientras observaba con atención el correo enviado por Carlos. Alguien le había sacado una foto, posiblemente con el móvil, a Nerea, rodeaba de un grupo de chicos y chicas. ¿La barra de un bar?

—Creo que es el pub donde suele ir con los amigos.

—No es difícil cortar un mechón de cabello entre ese barullo de gente, bastaría una tijera pequeña y un poco de habilidad. —El detective parecía inmerso en reflexiones, con la actitud propia de quien habla para sí mismo—. Ummm. Yo no me preocuparía demasiado. El autor de los emails solo pretende dar una vuelta más de tuerca. De todas formas, vamos a tomar algunas precauciones. En primer lugar, cambie la dirección del correo electrónico. Tanto usted como Inés. De ese modo, si el susodicho ha metido un troyano en el correo, tardará en volver a seguirles el rastro, quizás el tiempo suficiente para que lo descubramos. Empiecen a dar pistas falsas en casa, en la oficina o en cualquier otro sitio, sobre todo si van a verse. Tanto por correo como por teléfono, nunca digan que van a encontrarse y mucho menos dónde. Escojan un lugar único. Frente al hotel Meliá de Marbella, por poner un ejemplo. Y ahora varias palabras claves:

alcalde, amigo de la infancia, el médico, etc. De forma que cada vez que mencionen una de esas palabras, seguidas de una hora, signifique que se verán allí. «El miércoles tengo que ir al médico a las once y media». Significa que a esa hora estará frente al hotel Meliá esperándola o viceversa. ¿Entiende?

Lo entendía muy bien, respondió Duarte al tiempo que se amonestaba a sí mismo por haber dudado de su Sherlock Holmes.

—Estupendo. Ahora trate de averiguar quién ha llevado el paquete y vuelva a llamarme.

Tras colgar, apoyó la cabeza en el respaldo y cerró los ojos. Si continuaban las amenazas, debía replantearse la situación. Jamás se arriesgaría a poner en juego la vida de Nerea.

—¡Maldita sea! —imprecó entre dientes y abrió los ojos—. Malditos emails y maldito el hijo de puta que los está mandando.

Jadeaba.

Intenta tranquilizarte, Carlos. Inspirar, espirar, inspirar. Así, despacio, profundamente.

—El día que Holmes averigüe quién es, lo voy a...

Ahora que parecía haber encontrado un camino junto a la persona adecuada. Estaba dispuesto a dejarlo todo, empezar una nueva vida con ella, pero si a cambio tenía que arriesgar un solo cabello de Nerea...

Tomó una nueva bocanada de aire, la mantuvo unos segundos en los pulmones y la expulsó despacio. Luego cogió el mechón de cabello y se lo llevó a la nariz. No cabía duda, era el perfume a hierba fresca de Nerea. Rápido guardó el contenido del paquete en el cajón de la mesa y salió del despacho llevando la caja en la mano. Antes de bajar las escaleras, se detuvo en el cuarto de baño para refrescarse la cara. El espejo le devolvió un rostro desencajado y blanquecino. Con la toalla se restregó la cara hasta que aparecieron los colores.

—Mejor —se animó y salió.

Álex, en su mundo, absorto en la televisión.

—¿Sabes cómo ha llegado esto a la mesa de mi despacho? —preguntó situándose frente a él.

El chico observó la caja un par de segundos, displicente, negó con la cabeza adelantando el labio inferior y continuó con la atención puesta en la pantalla.

Aún permaneció unos instantes con el brazo adelantado observando a su hijo convencido de que, a pesar de haber mirado lo que le mostraba, no lo había visto. Inmerso por completo en el televisor, su presencia incomodaba.

—¿Estás seguro de que…?

—No, papá, no sé cómo ha llegado eso a tu mesa —lo interrumpió sin dejar de mirar la tele. El tono y la actitud propias de quien deja zanjada una conversación.

Dio media vuelta aplastado por la frustración. Lo dicho, incluso para Álex, era transparente.

La escena en el jardín también seguía igual. Martina sentada al filo de la hamaca, riéndose a carcajadas, y Nerea y Andrés frente a ella.

—Hola, otra vez. —Los tres lo contemplaron con curiosidad y los vestigios de las risas aún dibujados en el rostro—. ¿Me puedes decir quién ha traído esta caja? —la pregunta, seca, dirigida a Martina.

—¡Ah, eso! Un chico con una moto.

Carlos frunció el ceño, se encogió de hombros y colocó la palma de la mano libre hacia arriba para invitarla a seguir hablando.

—Solo dijo: «Para el señor Carlos Duarte» y se marchó —aclaró Martina.

—¿Y ya está?

—Sí.

Parpadeo confuso ante la escueta respuesta. Ella lo escruta sin entender el objetivo de la pregunta, no era la primera vez que un mensajero entregaba un paquete. Carlos: frente arrugada. Desilusión.

La mirada se fuga hacia la cabellera de Nerea para tratar de localizar algún trasquilón que delate el corte del mechón recibido en la caja. Nada anormal. Con una melena tan densa sería muy difícil, incluso para ella misma, echar de menos unos cuantos cabellos. La pregunta surgió de repente: ¿Pertenecería aquel mechón a su hija?

—¿Estuvisteis anoche en el pub? —Inconsciente de que sus preocupaciones eran ajenas a los demás, formuló la pregunta sin calibrar las consecuencias de la respuesta.

—Pues… —Nerea trata de responder.

Su madre la interrumpe airada.

—¿Se puede saber qué demonios te pasa? —El dedo índice, en forma de gancho, lleva las gafas de Martina hasta la punta de la nariz. Lo observa entre confusa y enojada.

Carlos: «¿por qué se enfada?».

(A ver, Carlos, ¿qué quieres? Has interrumpido la charla que mantenía con los niños, ¿no?)

Nerea y su amigo permanecen atentos al desenlace de la discusión. ¿Qué está pasando?

Carlos trató de buscar una excusa y, al no encontrarla, levantó la mano hasta la altura del hombro, dio media vuelta y echó a andar hacia la casa.

Punzada de angustia le perfora el estómago.

Sí, así es. No le des más vueltas. La imagen que has dado delante de Nerea y el chico, patética. Tal vez debería haber esperado a que se hubieran marchado para investigar la procedencia del paquete. Nerea no te lo va a perdonar, ya te lo digo yo. ¡Menuda es tu hija para eso!

—El paquete ha llegado de manos de un mensajero en una moto. —Carlos lanzó la información en cuanto descolgaron el teléfono, sin ni siquiera saber si era Sabino o la secretaria quien estaba al otro lado.

—Imaginaba algo así. —Era Sabino—: Bueno, ahora no se preocupe más, ya me encargo yo. Salga unos días de Madrid, relájese. Quiero recordar que deseaba marcharse al sur para averiguar algo del camping ese.

—Sí.

Debía marcharse, reiteró. Alejarse del entorno familiar le vendría bien. Y no debía preocuparse por Nerea, pues ni siquiera tenían la certeza de que el mechón fuera suyo.

—He observado su melena en el jardín y no parece tener ningún trasquilón.

—Ya le digo. Mi experiencia me dice que...

Sin embargo, el mechón olía al perfume de ella, interrumpió Carlos.

—Es su perfume, de eso estoy seguro.

El detective dejó transcurrir unos instantes antes de reiterarle que no se preocupara más y que lo dejara trabajar. «Si averigua algo relativo a la procedencia de los emails, comuníquemelo enseguida. Y acuérdese de no dejar pistas cuando vaya a verla».

Cortó la llamada y trató de relajarse recostándose en el sillón. La idea de Sabino era buena, explicaría a Inés la nueva forma de quedar. Pero ¿cómo podría ponerse en contacto con ella sin utilizar su número de teléfono? Empezó a madurar la disparatada opción de coger el móvil de Martina, Álex o Nerea cuando estuvieran durmiendo y borrar luego la llamada, pero una luz brilló de repente y agarró el móvil.

—¡Charo!

—¡Madre mía, jefe! ¿No me digas que me llamas para invitarme a cenar? Gracias san Judas Tadeo, mis plegarias han dado resultado.

***

Lydia dejó la nacional y divisó a lo lejos el pueblo natal. Imágenes acuden veloces rememorando un pasado ya lejano revivido con la intensidad del presente. Par de lágrimas brotan indecisas y acaban por resbalar hasta la comisura de los labios. Saladas. Sorbe los mocos. En la distancia, las casas se apiñan alrededor de la torre de la iglesia al igual que las abejas alrededor de la reina. Viviendas de una sola planta, techos cubiertos de tejas oscurecidas por el verdín de los años, calles adormecidas de nostalgia.

A la de sus padres se llegaba por un entresijo de callejuelas empedradas entre ancestrales viviendas medio derruidas por el paso del tiempo. Achicó la mirada. El salón, la cocina, el dormitorio de matrimonio y el que compartía con Carlos. Nuevas lágrimas vacilantes le emborronan la visión y las hace desaparecer con el dorso de la mano. «Necesito un clínex». Encuentra uno usado en el lateral de la puerta y se suena con él. Cada vez más convencida. Allí va a encontrar la felicidad que necesita. Utilizaría el dormitorio principal para ella y el otro lo trasformaría en salita de estar. Tal vez necesitara un colchón nuevo y algunos cacharros de cocina. Trató de recordar la última vez que estuvo en aquella casa. ¿Cuánto?, ¿tres años, cuatro? Quizás algunos más. El censo entonces era de unos doscientos habitantes. ¿Cuántos quedarían ahora? «No me importa», aseguró encogiéndose de hombros. No tenía dinero ahorrado, pero sí un sueldo que le permitiría pedir un préstamo al banco para comprar lo necesario. Luego, poco a poco, iría añadiendo enseres hasta convertir la vieja casa en su nuevo hogar. Adiós, Pancorbo, adiós Carlos, adiós al resto del mundo. *Mi infancia son recuerdos de un patio de Sevilla / y un huerto claro donde madura el limonero...* ¡Ay Machado, Machado! Sus recuerdos también estaban vinculados, como en el poema de don Antonio, a un viejo patio tras la casa y un enorme limonero donde su padre les había instalado un columpio con una cuerda gruesa y una tabla como asiento. Cuando Carlos dormía la siesta, aprovechaba para columpiarse a sus anchas sin las molestas reivindicaciones del pequeño y contemplaba a su madre regar las macetas colgadas de la pared utilizando un cubo y un cacillo metálico. Le gustaba observar la infinita calma, el mimo y la sonrisa dibujada en los labios mientras realizaba la tarea. A veces daba la impresión de que hablaba con los geranios y con los rosales. Tal vez por eso ella había heredado su amor a las plantas.

Al llegar a la entrada del pueblo, redujo la velocidad y dejó que el coche se deslizara por las empedradas calles. Abrió la ventanilla. Todo estaba silencioso, desierto, como si no habitara nadie. Oyó el balido de una oveja y, a continuación, el mugido de una vaca. Bueno, al menos algunos seres vivos habían anunciado su presencia. Conforme avanzaba por la calzada, la pregunta de si sería capaz de acostumbrarse a aquel cambio drástico de vida le atenazó la garganta. De todas formas, de momento, no le quedaba otra alternativa. Su hogar hipotecado, en unos días pasaría a manos del juzgado, su marido con otra no sabía dónde. Pero lo que más la martirizaba era la relación entre Carlos y Millán. ¿Qué se traían entre manos? ¿Por qué Carlos no respondía a las llamadas? Pronunció la palabra «Carlos» en voz alta y le sonó extraña, lejana. Él aseguraba que no tenía trato con Millán Pancorbo, sin embargo, según el albarán, además de mantener el contacto con él, continuaba trabajando para Duarte & Larralde.

Casi sin darse cuenta había detenido el coche frente a la antigua casa de sus padres. Miró a un lado y a otro para cerciorarse. El número 32, sí. Esa era la vivienda de la tía Ramona y más abajo la de Cipriano. Tragó saliva. La fachada, deteriorada por el abandono, presentaba grandes desconchones y las rejas oxidadas daban la impresión de ir a desmoronarse de un momento a otro. Volvió a tragar una saliva inexistente. ¿Tanto tiempo hacía que no iba por el pueblo? Trató de hacer memoria. El cerebro mantenía la imagen de aquella casa llena de luz y vida. ¡De repente lo recordó! Se marchó de allí cuando se casó con Millán y la última vez que volvió al pueblo fue unos meses más tarde para recoger algunas pertenencias y tirar otras ya inservibles. Una sombra tiñó de gris su alma malograda.

Manos temblorosas. Buscó la llave en el bolso y se bajó. Volvió a contemplar la casa con los brazos cruzados en el techo del vehículo y la barbilla apoyada sobre las manos. De entre los ladrillos salían hierbajos secos, las ventanas estaban retorcidas, los cristales rotos y la canaleta del tejado, descolgada de un lado. Con la llave en la mano se dirigió a la entrada y le costó girarla en la cerradura. La puerta tampoco fue fácil abrirla. Los goznes se quejaron soltando unos dramáticos chirridos hasta que la hoja se desplazó. La sorpresa fue mayúscula. El techo raso del salón estaba hundido, con el cañizo al aire. Un par de ratas pasaron frente a ella mirándola extrañadas. Las piernas le fallaron y estuvo a punto de desplomarse. Indecisa, dio unos pasos hasta la cocina tratando de no tropezar entre los escombros. Los muebles de la pared, descolgados; los fregaderos, llenos de tierra caída del techo y, entre las baldosas del suelo, jaramagos. La puerta que daba al patio, desvencijada. En un acto ingenuo se acercó y colocó el visillo en su sitio tras echar un vistazo al exterior. Unos pasos hasta los dormitorios tratando de meter aire en los pulmones. El único habitable, el de matrimonio. La puerta cerrada la había preservado del polvo y la suciedad exterior. Se sentó al filo del colchón contemplando el desastre frente a ella. El alma, ya en el mismo estado que la casa, empezaba a derrumbarse. Allí no se podía vivir. ¿Y ahora qué? Otro vistazo alrededor. Poner aquella casa en condiciones para ser habitada era algo casi imposible.

—No tengo nada —la propia voz le sonó rara, de otra persona.

¿Era ella? ¿Había dejado de serlo? «Dejar de ser». La frase quedó suspendida en el aire, como el cartel anunciador de llegada a la meta.

«Dejar de ser» ¿Qué diferencia había entre los dos estados? Ser, dejar de ser. ¿Cuánto tiempo hacía ya que había pasado de un estado a otro? Viva o muerta. A algunas personas las entierran a los ochenta y otras están muertas desde los treinta.

—¡Pero yo aún estoy viva! —gritó.

16

19 de abril

El Airbus A-320 de Vueling rueda hacia la cabecera de pista. Voz pausada y tranquilizadora de la azafata dando la bienvenida al pasaje.

En el asiento de al lado, un hombre de aspecto severo y callado. Un poco más alto que él, debía rondar los cincuenta. Escaso pelo y ojos grises que miraban sin pestañear, con expresión de sorpresa. Carlos, ajeno a su compañero y a las indicaciones de las auxiliares de vuelo sobre cómo colocarse el chaleco salvavidas en caso de amerizaje, miraba distraído el trapicheo de la terminal madrileña a través de la ventanilla ovalada del avión. Charo le había reservado el vuelo y un coche que recogería al llegar al aeropuerto de Málaga.

A pesar de los desacuerdos con Sabino, primero investigaría por su cuenta la procedencia de los emails en el camping. Luego, cuando acabara de indagar allí, llamaría a la secretaria para que indicara a Inés el sitio y la hora donde iban a encontrarse, siguiendo las instrucciones del detective. Más tarde, aclararía a la restauradora el motivo de quedar de esa manera.

En la última conversación telefónica, Charo había accedido a colaborar con él encantada, aunque curiosa ante tanto secretismo.

A ver, jefe, una tiene sus debilidades y tantas intrigas… / Dentro de poco te pondré al corriente, pero ahora no preguntes, por favor. Confía en mí, ¿vale? / No, si yo confío en ti, pero tanta maquinación me pone muy… nerviosa. Bueno, a ver, déjame que tome nota. Te reservo vuelo para Málaga, hotel en Marbella y un coche de alquiler para recoger en el aeropuerto. Dentro de media hora llamo al teléfono fijo de tu casa: soy la secretaria del señor Duarte / Déjate de bobadas, Charo / Estoy bromeando, jefe. Llamaré a Martina para decirle que no te localizo y que si vas por ahí te informe de que ya tienes todas las reservas para tu viaje a Barcelona / Muy bien, asintió Carlos. Luego te marco desde Málaga para que hagas esa otra llamada al teléfono que te he dado antes / Este suspense va a acabar conmigo, Carlos / Una cosa más, Charo / ¿Más todavía? / Si se pone en contacto contigo un tal Sabino Holgado, facilítale toda la información que te pida. Es un detective privado que trabaja para nosotros / ¡Madre mía! ¡Qué nivel! Con detective y todo. ¿Sabes?, a pesar de las intrigas, me gusta que cuentes conmigo incluyéndome en tus planes.

Aumento de las vibraciones y estruendo de los motores. Despegue. Al poco rato la tierra se alejaba hasta convertirse en un *collage* de figuras, colores y formas. Cerró los ojos mientras el avión seguía ascendiendo. ¿Quién estaría detrás de aquellas amenazas? La imagen de su hija se presentó en su pantalla mental. Se daría un tiempo. Si a la vuelta de Málaga no encontraba una solución, tendría remedio que apartarse de Inés. Por nada del mundo pondría en juego la vida de Nerea. ¿Apartarse de ella? ¿Dejarla? Se le retorcieron los intestinos. Volvió a especular: nadie, excepto Inés, debía saber la dirección de correo electrónico utilizada por ambos. Por tanto, quien enviara los mensajes pertenecía a su entorno, porque la contraseña del ordenador solo la conocía él y allí nadie tocaba. ¿Y la posibilidad de que ella mandara los emails? «Eso no tenía sentido», se recriminó. ¿Un *hacker*? Esa era la clave, un *hacker*. Quizás el marido había contratado uno. Nuevas cavilaciones, aún más turbias: ¿por qué hablaba tan poco de ella y de su familia? Restauradora, casada, no tenía hijos, trabajaba en el Museo Picasso y en la catedral de Málaga. Ese era su currículum. Si era malagueña, por el acento no lo parecía. También desconocía si había estudiado allí. ¿Había tenido otros trabajos? En realidad, era una extraña. «Una extraña». La frase se estrelló sobre él como un huevo lanzado desde un tercer piso. Nada de aquello le hubiera importado de no ser por los malditos emails. Lo principal de la persona que está a tu lado empieza y termina contigo. ¿Quién demonios era él para indagar en un pasado al que no había pertenecido? El pasado de su relación con Inés empezaba el día que la conoció en la exposición de Sevilla y tenía la vigencia del momento presente. Abrió los ojos. ¿Su compañero de vuelo? Impertérrito, absorto, inmóvil, frío como el gesto de un mascarón de proa. Apoyó la frente sobre el cristal de la ventanilla. La mirada se desparramó por el infinito azul. ¡Malditos emails! Quería, no, mejor dicho, necesitaba conocer la procedencia de aquellos insensatos mensajes, pero, por otro lado, temía encontrarse algo, tal vez, algún detalle que empañara su relación con Inés.

Inés. El nombre reverberó unos instantes en el cerebro. «Después de conocerte mi corazón late a un ritmo distinto», había asegurado ella. Al suyo le bastaba imaginársela para cambiar la cadencia.

Vino a sacarle del ensimismamiento la voz metálica del comandante a través de los altavoces: «Señores pasajeros, comenzamos el descenso al aeropuerto de Málaga. La temperatura en la capital es de veinte grados».

Por fin la esfinge de al lado reaccionó cuando la aeronave se detuvo en la terminal. ¿Un esbozo de sonrisa? La oyó respirar con normalidad, incluso le pareció oír un «hasta luego» al bajar la bolsa de viaje del compartimento y dirigirse hacia la salida.

En los aparcamientos recogió el coche de alquiler y tomó la autovía Málaga-Cádiz en dirección a San Pedro de Alcántara.

De repente, engullido por el intenso tráfico le asalta una idea: ¡Encontrarse con Inés!

Sería difícil explicarle su presencia en Málaga sin avisarla. ¿Cuál era la marca de su coche? Ni siquiera eso sabía. Se cambió al carril izquierdo y aceleró. Necesitaba acabar cuanto antes con aquello. Era cuestión de llegar al camping, hablar con el gerente, encargado o quien estuviera al frente y tratar de averiguar quién estaba trabajando cuando enviaron los mensajes. Después hablaría con Charo para que se pusiera en contacto con Inés y le indicara el lugar del encuentro. La idea de tenerla delante y poder abrazarla le produjo un escalofrío. ¿Y si el individuo estaba relacionado de alguna forma con ella? ¿Y por qué iba a estarlo? Lo invadió un pequeño brote de ansiedad. Tal vez debería haberle hecho caso a Sabino y no haberse inmiscuido en su trabajo. Bueno, ya no había solución.

Dejó atrás Torremolinos, Fuengirola y un poco más tarde, Marbella. Los recuerdos del encuentro flotaron semejando un bote a la deriva. De nuevo frente a ella, robándole besos en cada esquina, abrazándola. «¡Uf!» Algo le removió el interior. Aquellas sensaciones se habían alojado allí de manera permanente y afloraban cada vez con más facilidad. Desvió la mirada. El Mediterráneo extendido a la izquierda competía en azul con el limpio cielo de la Costa del Sol. En otro tiempo, cuando veraneaban en Marbella con Martina frecuentaban un restaurante cercano a San Pedro. Tratoría Vecchia Roma, uno de esos restaurantes donde asistían por capricho de Martina, más por presumir al día siguiente delante de las amigas que por la calidad de la comida. Aquellas estupideces eran las que elevaban a Martina a la sublimidad de lo absurdo. Mucho lujo, mucho mantel, mucha cara sonriente, ¡Bah! Un restaurante italiano con sus pastas, pizzas, gorgonzolas y poco más.

A lo lejos, los primeros edificios de San Pedro de Alcántara.

Intermitente derecho.

—¿Por favor, me puede decir dónde está Camping Resort?

Se había salido de la autovía y adentrado unas calles en el pueblo. El municipal, un joven larguirucho y pálido, puso cara de haberse tragado una almendra con cáscara.

—Pues aquí tenemos el camping Municipal Las Conejeras, el de Las Buganvillas y el Tropical, pero ese no me suena. Espere un momento. ¡Manolo! —gritó—, ¿tú conoces el Camping Risor?

El compañero, una veintena de años mayor, bajito, relleno y cara de buena persona, se acercó moviendo el pesado cuerpo. Al llegar saludó con la mano en la visera de la gorra y se inclinó un poco para colocarse a la altura de la ventanilla.

—Ese camping lo cerraron el año pasado, señor. Estaba a las afueras, en dirección a Estepona. Todavía no han quitado el cartel en la carretera. De todas formas, cuando salga de San Pedro, verá la urbanización Luz y Sol y, como a un kilómetro, está la entrada del camping. Pero como le digo, allí ya no queda nada.

Asentía Carlos moviendo la cabeza con gesto de frustración pintado en el rostro. Si el camping llevaba un año cerrado, ¿cómo podían mandar los emails desde allí? Apretó las mandíbulas y se giró un momento al frente, reflexivo. ¿Habría hecho el viaje en balde? Cuando se volvió de nuevo, aún permanecía el municipal inclinado sobre la ventanilla. Gracias. «Han sido ustedes muy amables», concluyó y arrancó de nuevo en dirección a la salida del pueblo.

Luz y Sol, una de esas urbanizaciones promesa de paraíso terrenal formada por pequeñas casas abigarradas, donde las gentes permanecen encerradas en sus madrigueras de hormigón en espera de algún signo celestial que cumpla la promesa del promotor. Como había asegurado el policía municipal, un kilómetro más adelante, apareció el letrero del camping. Tomó el desvío y al poco apareció la entrada. Aún conservaba intacta una bandera de la Unión Europea de las cuatro que en su momento habrían ondeado en los mástiles erguidos sobre el muro. Redujo la velocidad y se adentró despacio. Suave punzada taladrándole las sienes de parte a parte. Todo estaba abandonado. La caseta de control, invadida por la vegetación y sin barrera, una avenida de tierra albariza con dos bancos rotos y las palmeras que orillaban el camino sin podar. Al frente, una fuente de azulejos sevillanos desprovista de varias losas, bordeada de ranas vidriadas de color verde cuyas bocas, aún abiertas, en su día soltarían chorros de agua hacia el interior de la pileta. Un poco más adelante, un edificio alargado de dos plantas con un rótulo sobre la pared: RECEPCIÓN.

Detuvo el coche frente a la puerta y se bajó con el incipiente dolor de cabeza en aumento. Tal vez los emails habían salido de allí. ¿Pero de dónde? Aquello estaba revestido del mismo abandono que el resto. Se acercó al edificio y tras intentar en vano abrir la puerta, se aproximó con cautela a la ventana de al lado. Limpió el polvo con el canto de la mano e hizo visera con la misma para echar una ojeada al interior. El mostrador, varias mesas de oficina, algunos papeles salpicados aquí y allá y archivadores abatidos. Ni rastro de ordenadores.

—¿Se puede saber qué buscas?

Sobresalto.

Se giró tan rápido que ni un muelle comprimido al soltarlo de golpe lo habría igualado.

Las palabras se le atragantaron en la garganta ante aquel guardia uniformado surgido de la nada. Mirada inquina, ceño fruncido y mano en la pistola del cinto. Alto, corpulento, frisando los cincuenta. La nariz aguileña y las cejas oscuras caídas sobre los ojos, semejantes a las de un perro de agua, le conferían un aspecto terrorífico.

—¡Te he hecho una pregunta! —gritó de nuevo, ahora inclinado, con la cara a una cuarta de la suya—. ¿Vienes a saquear el camping? —apretaba las mandíbulas con la barbilla adelantada y la ferocidad de un rottweiler enrrabietado.

Tras unos segundos de angustia, negó un par de veces con la cabeza intentando buscar una respuesta lógica.

—No, no, no, señor —balbució al fin y trató de reconducir la situación mientras se reponía del susto—. No me dedico a robar. (La mejor defensa es el ataque, Carlos. Vamos). ¿Me ve usted cara de ladrón?

El guardia de seguridad no esperaba esa respuesta. Se enderezó, relajó un poco el gesto de rottweiler y dejó de empuñar la culata de la pistola. Luego se estiró la chaquetilla del uniforme marrón con ambas manos.

Le pidió explicaciones de nuevo, esta vez con más delicadeza. Incluso hablándole de «usted» cuando le devolvió el documento nacional de identidad.

¿Un mensaje? ¿Desde allí? ¡Si el camping había cerrado hacía más de un año! Allí solo entraba él y los saqueadores nocturnos. Pero ¿qué quiere que le diga? Él no podía estar en todo. La urbanización de arriba, el campo de golf, el camping, enumeraba con los dedos.

—Encima, se cuelan los ladrones, arrasan con lo que pillan y me gano la bronca. «Usted no vigila bien». «Usted se duerme por las noches». «Usted...». Me voy a cagar en *to* lo que se menea. Soy más desgraciado que la taza del váter de una taberna. Y ya no tengo edad para buscar otro trabajo, ¿sabe usted?

Mientras el guardia de seguridad desgranaba el rosario de quejas, la mente de Carlos pululaba en busca de una explicación lógica. (¡Cada loco con su tema!) Nada de aquello tenía sentido. ¿Y si el mensaje había salido de allí? ¿Y si se hubiera equivocado el amigo de Charo? «¡Uf!» Debería haber buscado a alguien más para indagar en este asunto.

—...con dos adolescentes en casa ya me dirá.

Le tendió la mano al vigilante agradeciéndole la ayuda. Tenía que marcharse de allí a toda velocidad. Cuando traspasó la caseta de control, miró por el espejo retrovisor. Aún permanecía de pie en mitad del camino.

Frustrado, salió de nuevo a la carretera. El día tocaba a su fin y el mar, a la derecha, había cambiado de color para lucir un traje azul oscuro acorde con el atardecer. Al cabo de unas horas volvería a sustituirlo por uno negro y recibir a la noche. Tal vez aparecería la luna para bailar con ella al son de las olas.

Un poco más adelante, tomó un desvío y detuvo el coche cerca de la playa.

Llamada a Charo. Ella, exaltada ante la información sobre el camping:

—¿Cómo que está cerrado desde hace un año?

—Sí, desde hace más de un año. El email no ha podido salir de aquí. Ese amiguete tuyo me parece que sabe poco de esto.

Superponiéndose a las palabras, la escuchó decir, «dame un momento, jefe», antes de dejar la llamada en espera. Colocó el teléfono sobre el salpicadero y se reclinó en el asiento con la cabeza girada hacia el mar. La tarde languidecía dejando un rastro de colores rojos, amarillos y púrpuras en el horizonte. Cerró los ojos. La posible relación de Inés con los mensajes, cada vez más lejana. Estúpido, empequeñecido, incluso absurdo. Más todavía: mentecato. ¡Cómo iba a estar involucrada en las amenazas de los emails! ¿Otra vez la misma sensación! Inseguridad igual a desconfianza. Recordó la mentira del chiringuito: «Espero no haberte hecho esperar mucho, había cola». Con mentira o sin ella, estaba deseando tenerla de nuevo entre los brazos.

«La amo». —La frase vagó largos instantes cubriéndolo de un lustre agradable.

En cuanto retomara Charo la llamada, se pondría en contacto con Sabino y lo dejaría todo en sus manos. También le pareció estúpida la decisión de investigar por su cuenta. Al fin y al cabo, «Sherlock Holmes» era el otro, no él. Después debía tomar la decisión importante de separarse de Martina. «No tiene ningún sentido seguir juntos sin amarnos». ¿Había experimentado con Martina alguna vez algo parecido a lo que sentía con Inés? Buscó y rebuscó en la memoria algún retal de pasado perdido en el tiempo. Sí, quizás al principio sintió atracción por su frescura, el desparpajo de niña criada entre oropeles, el dominio de determinadas situaciones. Sin embargo, al poco de casarse empezó a odiar aquella superficialidad en la misma medida con la que se había sentido atraído. Pero debía ser honesto consigo mismo, casarse con ella le abrió un camino difícil de recorrer de otro modo. No le hubiera gustado verse como algunos compañeros de universidad trabajando de oficinista o policía municipal. Entonces, ¿había premeditado aquella jugada cuando se casó? En principio, no, claro que no, pero en un ataque de sinceridad reconoció haberlo meditado. Total, el casamiento no era más que la convivencia entre dos personas. Si no se hubiera casado con Martina, lo habría hecho con otra.

Cuando empezó a relacionarse con el entorno de Iñaki Larralde, percibió lo lejos que estaba de aquel estatus social. La aparición de Martina y su coqueteo con él le puso en bandeja la posibilidad de formar parte de ese mundo inalcanzable. ¿Por qué desaprovechar la oportunidad que la suerte le había puesto a su alcance? Se dejó llevar. Sin embargo, años después, el desastre de Hospisa aniquiló sus esquemas mentales y su escala de valores dio un vuelco radical. Dinero, lujo y relaciones con personas influyentes ya no le aportaban nada. Al contrario, le hacían sentir un profundo vacío.

El teléfono sonó y se precipitó a responder:

—¿Dónde te metes, jefe? Estoy hablando contigo, pero no me haces ni caso. He tenido que colgar y llamar de nuevo.

—Perdona, Charo. Había dejado el teléfono sobre el salpicadero.

—Bueno, no importa, para eso eres el jefe y mi amor platónico. Mira, he llamado al «colgao» de Fran.

—¿Quién es Fran?

—Mi noviete. Lo dejé por eso, por «colgao». Yo le llamaba Paquito el Percha. Entre los porros que se metía entre pecho y espalda y el enganche con internet…

—¡Charo! —la interrumpió.

—Perdona, jefe. En fin, a lo que voy. Ha hecho unas pruebas y me ha asegurado que, aunque el camping ya no esté en funcionamiento, la página web sigue activa, así que alguien la está utilizando como puente para lanzar los mensajes.

—¿Lo ha comprobado?

—Sí. Lo ha hecho sobre la marcha, mientras hablaba conmigo.

Segundos de reflexión. «Llama por teléfono al número que te he dado antes. Te contestará una chica, Inés. Dale el nombre del hotel donde estoy alojado, el Andalucía Plaza. No debe preocuparse, le aclararé el embrollo, en cuanto estemos juntos.

Charo tragó saliva y colgó tras un lacónico «ok».

Acto seguido, Carlos marcó el teléfono de Sabino para informarle de los últimos acontecimientos. El detective, contra pronóstico, ni siquiera se jactó de llevar razón. Solo hizo hincapié en el detalle de evitar en lo posible revelar su localización. «Disfrute con Inés y déjeme hacer mi trabajo. No tardaré en darle algunas noticias».

Luego bajó del coche y caminó despacio hasta la playa. Antes de pisar la arena, se quitó los zapatos. Muy cerca ya del agua, se sentó, se abrazó las piernas y apoyó el mentón sobre las rodillas. Siempre había intuido que entre las bromas de Charo había mucho de verdad: «Eres el amor de mi vida, jefe».

—Es una persona extraordinaria —musitó y achicó la mirada para contemplar la franja de horizonte por donde se había ocultado el sol.

Bajo el vuelo suave de un centenar de gaviotas, el mar, apacible, se disponía a recibir la noche mientras su mirada vagaba entre la espuma de las olas. ¿Debería contarle a Inés la verdad? Dudas, viaje de incógnito, detective…

—¡Uf!

***

—Hola, Nacho.

Lo último que esperaba aquella tarde era recibir una llamada de Martina. Respondió tras saborear un instante el tono sugerente de su voz. Por supuesto, lo había sorprendido. Oírte siempre me produce satisfacción.

—¿Sabes si Carlos está en Barcelona?

La interrupción lo había dejado con las palabras a medio camino entre el cerebro y la boca.

No sabía dónde estaba Carlos. En el estudio no, desde luego. Tampoco entendía la pregunta. El desconcierto emanaba con claridad en sus palabras.

—He recibido una llamada de la secretaria, de Charo. Preguntaba por Carlos. Al parecer, tiene reservado un vuelo para Barcelona.

Nacho no sabía nada de ese vuelo, pero si ella estaba interesada, podía indagar preguntándole a la secretaria.

—No. No hace falta.

El aparejador tampoco entendía el motivo de su inquietud.

—No sé. La llamada me ha resultado chocante. Y eso que no es raro que llame de vez en cuando la secretaria para estas cosas. Pero no sé, no sé. Intuyo que se trae algo entre manos. El otro día recibió un paquete y desde entonces ha tenido un comportamiento extraño. Sube al despacho, baja. Ahora este viaje a Barcelona.

¿Estaba preocupada por ello?

—No. En verdad no, pero me gusta tenerlo controlado.

Conforme avanzaba la conversación, Nacho urdía un plan para aprovechar el desasosiego de Martina. Estaba loco por quedar con ella. La deseaba. Total, no perdía nada proponiéndoselo.

—¿Comemos juntos mañana?

Ella estuvo a punto de rechazar la invitación, pero el sentido común la detuvo. Demasiado evidente que quería utilizarlo si no aceptaba. Rescoldos del último encuentro se colaron por la entrepierna para apoyar la moción. Algo repentino, veloz. Un tarro de cristal lleno de calor hecho añicos sobre sus sentidos y esparcido de golpe por todo el cuerpo.

—Me apetece verte, Nacho. Mañana a las dos en la puerta de Fumi's.

Colgó sin apenas permitirle un corto comentario de agradecimiento. Estaba sola en casa y le apeteció un baño de agua caliente, el sitio perfecto para recrearse en su estrategia. Mientras llenaba la bañera y se desnudaba, las imágenes del último encuentro con Nacho la impregnaron de deseos. Vulgar, inmaduro, espurio. Intuía que tras los esfuerzos por conquistarla se escondía el deseo de ponerse al frente del estudio de arquitectura. Pero le gustaban aquellos arrebatos de macho joven tratando de demostrar la masculinidad, como si el número de veces estuviera en relación directa con el grado de satisfacción de la hembra. Tocó el agua con la mano, abrió un poco más el grifo de la fría y se introdujo despacio en la bañera para aclimatar el cuerpo a la temperatura. Luego se sentó con los brazos sobre los laterales, cerró los ojos y apoyó la cabeza en el borde. Pensándolo bien, también era elegante, guapo, atrevido.

—A las mujeres nos gustan osados —susurró mientras se acariciaba el interior de los muslos y recordaba la primera vez que él le tocó las rodillas.

Visualizó el cuerpo desnudo de Nacho. Hombros redondos y brazos fuertes, marcados pectorales y vientre plano, piernas largas y rectas. Mañana, mañana, Martina, mañana. Abrió la boca para llenar los pulmones, arqueó el cuerpo y se escurrió por la bañera hasta que el agua tibia la cubrió por completo.

Por su lado, Nacho, sorprendido ante la inesperada llamada, se apresuró a reorganizar los planes para el día siguiente. Primero, quitarse de en medio a Lorena, con quien había quedado para comer. Más adelante pensaría la manera de suavizar el enfado por dejarla plantada una vez más. Seguro que lo perdonaba. Ahora los objetivos eran Martina y el estudio, o ¿el estudio y Martina? ¡Qué más da! Había mucho en juego.

«Lo siento, Lorena. Mi padre me ha llamado. Se ha caído y se ha roto una pierna. Salgo de inmediato para el pueblo, tenemos que aplazar la comida de mañana».

«No, no es una nueva excusa. En serio».

«Lo sé, sé que es la segunda vez que te dejo plantada».

«Está bien, está bien. No te enfades. No habrá una tercera, te lo prometo. Te compensaré por».

Lorena, cabreada, colgó antes de terminar. ¡Paso! ¡Qué importa! No, no pasas y sí, sí importa. No te engañes. Un sabor agrio le subió desde el estómago a la garganta. Lorena no se merecía aquello.

Camino de casa, trató de evitar los pensamientos relacionados con Lorena. Necesitaba mostrarle a Martina algo para mantener sus expectativas mientras trataba de seducirla. Sin duda Martina lo estaba utilizando para llevar a cabo sus planes de meter a Carlos en la cárcel, así que, debía conquistarla antes de entregarle el proyecto del hospital. Nada más dejar el coche en el garaje marcó el número de su padre. Extinción de tonos. Nuevo intento. Nada. ¿Dónde se habría metido el viejo? Estaría jugando al mus con los amigotes y tendría el teléfono olvidado en algún rincón de la casa.

Dio un par de paseos por el salón del apartamento hasta que la mirada se detuvo en el Mac abierto sobre la mesa. Chispazo interior. Sonrisa pérfida. Tomó asiento frente a la pantalla, lo encendió y tecleó «Proyecto fin de carrera». Unos minutos más tarde los folios del proyecto se acumulaban en la bandeja de la impresora.

17

20 de abril

Subido encima del techo de la cabina del velero, Carlos comprueba por enésima vez el reloj de pulsera y continúa liberando la vela mayor de la funda que la mantiene sujeta a la botavara. Inés se retrasaba. A su alrededor, la vida en el puerto se desarrolla con normalidad, ajena a sus preocupaciones. Tareas de mantenimiento, limpieza, barnizado de regalas y la voz de Fonsi cantando *Despacito* sale potente de algún barco. Un grupo de gaviotas realiza círculos imperfectos en el cielo a la vez que distorsionan la canción con los graznidos. El día, aunque un poco fresco, había amanecido limpio.

Irrumpe en la escena un Renault Captur. Granate. Se desplaza flemático frente a los bares, restaurantes y tiendas de la entrada del puerto. Busca aparcamiento. ¿Era ella? Lo sigue con la vista. El Renault encuentra hueco. Dos, tres maniobras. Atrás, adelante, otra vez atrás. La conductora sale del coche portando una bolsa deportiva. Ya no había duda.

—¡Inés! —gritó agitando el brazo por encima de la cabeza. Ella responde unos segundos más tarde del mismo modo y aviva el paso.

La tarde anterior, al regresar al hotel tras la decepcionante visita al camping, lo había llamado dos veces. Ya en la habitación le devolvió la llamada. «¿Se puede saber qué ocurre? No entiendo a qué viene tanto misterio. ¿Por qué no puedo llamarte a tu teléfono?». Después del aluvión de preguntas, Carlos le explicó con detenimiento el motivo de su actitud. Y le pidió disculpas.

Al principio, molesta por la duda, pero luego comprensiva con él al enterarse de que las amenazas se habían extendido hasta Nerea.

—Puedo pedirte otra vez disculpas.

—No hace falta, Carlos —lo excusó—. Estoy dispuesta a continuar y asumir el riesgo de esta relación. Apuesto alto cuando algo merece la pena y cada vez estoy más convencida de que la nuestra lo merece.

La conversación duró media hora más. No podía dormir aquella noche con él, aunque le hubiera encantado, pero al día siguiente lo dejaría todo para estar juntos. «Llamaré al museo y diré que me duele la barriga. Nunca lo he hecho, así que por una vez, no pasará nada».

—¡Bien! Mira, pasaremos el día en el barco de Helder.

—¿Quién es ese Helder que te deja un barco como si fuera la batidora para hacer mahonesa?

—Helder Medeiros es un portugués. Un buen amigo, casi un hermano.

—¡No me digas! —el tono de la voz había cambiado—. Pues si tienes muchos amigos que te dejen barcos, preséntamelos a todos, ¡eh!

No, no tenía muchos amigos así. Conoció a Helder Medeiros en el Club Náutico de Fuengirola. Martina se empeñó en que sacara el título de patrón de embarcación de recreo por si compraban un barco y empezó a recibir lecciones de vela de manos de Helder. El primer día salieron a navegar los dos solos y cuando se encontraban en altamar, el portugués le dejó el timón. «Para que te vayas acostumbrando. Esto es como conducir un coche por una carretera infinita y sin rayas continuas a los lados. No pierdas de vista el horizonte y mantén el rumbo». Al principio todo fue bien, pero en un intento de evitar una ola, dio un brusco viraje y Helder cayó al mar golpeado por la botavara en la cabeza. Sin dudar, Carlos se lanzó al agua y consiguió sacarlo a flote, aunque inconsciente. A partir de aquel día, Helder lo trató como a un hermano.

Carlos saltó del barco y fue al encuentro de Inés observándola mientras avanzaba por el pantalán bolsa en mano. Pantalón corto rojo, camiseta blanca sin mangas, suelta, dejando traslucir la parte superior de un biquini oscuro. Unos metros antes de llegar dejó caer la bolsa y se abalanzó sobre él. Instante largo, fundidos en un beso. Ningún comentario sobre el día anterior. Nada que reprochar, nada que aquel beso prolongado no pudiera aclarar. Carlos recogió la bolsa del suelo mientras Inés contemplaba el letrero con el nombre del barco pintado en la popa: Infinity.

—¿Me ayudarás a desatracarlo?

Un «vale» musical de aceptación y una pregunta callada. ¿Cómo podría ayudarlo si la maniobra más sofisticada realizada en un barco había sido remar en el estanque del Retiro madrileño?

El Infinity empezó a moverse con lentitud, siguiendo las evoluciones marcadas por Carlos desde el timón bajo las atentas miradas de los vecinos de pantalán, el cortejo de las gaviotas y la imperturbable canción de Fonsi puesta por segunda vez. *Despacito quiero desnudarte a besos despacito. Firmo en las paredes de tu laberinto.* Un poco más tarde abandonaban los atraques y ponía proa a mar abierto.

Inés había permanecido asida al *stay* del palo mayor con la vista puesta en la lejanía. Cuando atravesaron la bocana del puerto, percibió la suave brisa procedente del Mediterráneo y cerró los ojos. Se sentía bien, feliz. Le pidió al cielo que las dos pastillas de biodramina tomadas antes de salir surtieran efecto y se giró movida por un presentimiento. Acertó. Carlos realizó un gesto con la mano para que regresara junto a él. «¡Vamos a izar la vela mayor!», levantó un poco la voz para dejarse oír por encima del sonido del motor y la atrajo de los hombros hasta colocarla detrás de la rueda de acero inoxidable del timón.

—Mantén el rumbo. Y si ves venir una ola, tómala de proa, pero no trates de evitarla —había dicho antes de colocarse encima de la cabina de un salto.

¿Mantener el rumbo? ¿Tomar una ola de proa? Las piernas se le aflojaron. Frente a ella se extendía, interminable, la cubierta del Infinity. Ni levantada sobre las punteras alcanzaba a ver la proa. De repente, Carlos dio otro salto hasta la bañera y apretó un botón. «Mayor». Una lona blanca, enorme, flameante, empezó a deslizarse por el mástil hasta la parte más alta. Antes de que la vela llegara arriba, se acercó y se hizo cargo del timón. Inés lo observaba con la curiosidad del aprendiz. Giró la rueda a babor y unos segundos más tarde la vela se hinchaba dando un golpe seco, parecido a una colosal palmada. El barco escoró hacia barlovento y Carlos apagó el motor.

Un silencio sobrenatural invadió el espacio.

La proa del velero hendía apacible las aguas del Mediterráneo rodeada de una agradable calma, rota, de vez en cuando, por el chapoteo de alguna pequeña ola al estrellarse contra las amuras.

Inés llenó los pulmones tomando aire por la nariz y, tras cerrar los ojos unos segundos, se acercó y le pasó la mano por la cintura. Su cuerpo, cálido, fuerte. Soltó una mano de la rueda del timón y la apretó contra él. Acudió de nuevo la excitación para embadurnarla con un suave, agradable y bien conocido fuego interior. También él había aumentado el ritmo de la respiración.

—Ven, vamos a bajar a los camarotes. —Conectó el piloto automático.

«Es más seguro que si lo llevara yo».

«No te preocupes, si se acerca algún barco, el radar lo detectará y nos avisará con tiempo suficiente para cambiar el rumbo».

La ayudó a bajar la empinada escalerilla situándose delante y en los últimos escalones la cogió por la cintura y la colocó de un salto sobre el suelo. Inés echó un vistazo al entorno. Había visto fotos del interior de un barco, pero encontrarse allí dentro le produjo una agradable sensación. El habitáculo, como un apartamento pequeño de lujo. Paredes de madera barnizadas, adornos de latón bruñido, asientos tapizados en cuero verde pistacho. Varios ojos de buey recogían la luz exterior para darle un acogedor tono al lugar. Carlos dio unos pasos hasta situarse en el centro y empezó a enumerar señalando con el brazo estirado las distintas partes de la cabina. La radio y el panel de luces, el váter y la ducha, la mesa de cartas y la del comedor sobre la que se encontraba dispuesta la comida en forma de picnic que había recogido antes de subir al barco.

—Esta es la cocina. Hay dos camas a popa y una de matrimonio en la proa. Aquí está la radio.

Inés se acercó y le echó los brazos al cuello. Un destello fugaz palpitó un instante en sus ojos antes de acercar los labios para besarlo y borrarle el gesto sorprendido. En el cerebro de ambos, mezcla convulsa de paisajes mientras se abrazaban arrastrados por la pasión.

Unos pasos en dirección a la parte delantera del barco los llevaron, casi sin despegar los labios, a la cama. Camiseta y pantalón corto por los suelos. Ojos inundados de piel bronceada, refrendada por las dos piezas del biquini. El pensamiento del fracaso eréctil acude fugaz a enturbiar el momento. «No, esta vez no va a ocurrir, no va a ocurrir». Es casi una plegaria, una letanía dolorosa con los efectos positivos, tranquilizadores, de una incipiente erección.

Se apresuró a deshacerse de la ropa cuando la vio acercarse. «Esta vez sí». Inés avanzó hasta la cabecera de forma provocativa. Luego fue un beso prolongado, impetuoso, casi violento. Los cuerpos entrelazados rodaron a un lado y a otro hasta que uno de los dos, (ella), se zafó y se colocó a horcajadas encima. Con hábil maniobra desabrochó la parte superior del biquini. Los pechos saltaron, libres. Carlos acercó las manos para acariciarlos. No, espera. No se lo dijo, pero se lo impidió asiéndolo de las muñecas. Sonreía. Parecía deleitarse con la expresión excitada del arquitecto. Tras recrearse unos instantes más, se apeó despacio de aquel cuerpo excitado y se tumbó boca arriba. Acompasado y hábil movimiento de piernas y manos. Vuelo de la parte inferior del biquini hacia un lugar desconocido. Hechizado, contempló la desnudez de aquel cuerpo tumbado a su lado: senos turgentes moviéndose al compás de los pulmones, vientre plano, vellos púbicos rubricando el triángulo blanco prohibido al sol. «Ven», susurró de manera casi imperceptible. Obediente, se abrazó a ella.

***

La carpeta roja, colocada de manera estratégica bajo el brazo, captó de inmediato el interés de Martina en cuanto se vieron. Después, la atención recayó en el joven arquitecto técnico de pie en la acera, a pocos metros de la entrada del pub Fumi's. Traje de lino azul oscuro y camisa blanca de cuello abotonado a los lados, una imagen fresca y seductora que la cautivó. No hay duda, mi pipiolo sabe cómo vestirse para agradar a una mujer. Un instante antes de saludarlo con un beso en cada mejilla, no pudo impedir otra furtiva mirada hacia la carpeta. También Nacho captó la rápida ojeada al portafolios.

Lo había musitado después de separarse un poco y de mirarla de arriba abajo, con descaro:

—Estás preciosa.

Lo estaba. Pantalón negro de pata ancha Victoria's Secret y sugerente camisa gris transparente abierta hasta el tercer botón. Allí se habían detenido un largo instante los ojos de Nacho en su recorrido visual.

A esa hora del medio día el Fumi's se encontraba cerrado.

—¿A dónde vamos? —preguntó Martina.

—¿Te apetece picar algo antes de comer? Aquí al lado hay una cafetería de estilo retro, te va a encantar. «¿Qué sabrá el imbécil este lo que me encanta a mí? Relájate, Martina, no lo estropees, relájate». Voy a enseñarte algo interesante. Aunque no es lo que esperamos, quizás le pueda servir a tu abogado para empezar a trabajar.

«¿Lo que esperamos?».

Forzó una sonrisa y se pegó un poco más a él. No lo fastidies, Martina, tu plan empieza a funcionar.

Minutos más tarde, se encontraban sentados frente a dos Dubonnet con ginebra y limón, acompañados de unos exquisitos bocados de queso, anchoas y miel. En el ambiente, adormecedoras canciones de Charles Aznavour esparcidas con discreción desde un lugar clandestino del techo. Eligieron un rincón discreto y luminoso al fondo de la cafetería, junto a la amplia cristalera que los separaba de la calle.

—Estos son parte de los planos. Los he rescatado de su ordenador. Aquí hay modificaciones que podrían acusarle de ser cómplice —sentenció el aparejador imprimiendo a los comentarios un tono solemne.

Martina seguía atenta las explicaciones sin entender nada, aún convencida de que el aparejador podría estar facilitándole una información valiosa para sus propósitos.

Sin embargo, Nacho, manejando los tiempos al milímetro, lo había calculado a la perfección. Los planos, extraídos del proyecto fin de carrera, eran de un singular mercado de abastos, de planta octogonal, con cuatro caras perpendiculares para dar acceso a las actividades principales del recinto: carnicerías, verdulerías, pescaderías y ultramarinos, y los triángulos adyacentes para ubicar dos cafeterías, las oficinas y unos servicios. Una idea modificada, robada a Carlos de su vieja libreta de notas, olvidada en un cajón lleno de proyectos futuros a los que casi nunca acudía. Consciente de la ignorancia de Martina en el tema, le estaba presentando los planos de la estructura, la instalación eléctrica, forjados y cimentación de aquel mercado a los que le había añadido en la cabecera: PROYECTO HOSPISA. Un cúmulo de papeles llenos de líneas, cálculos y notas al margen, donde resultaba difícil discernir, incluso para una persona versada en la materia, si pertenecían a un hospital, a un campo de fútbol o como era el caso, a un mercado de abastos.

—Aquí están cambiadas las especificaciones, ¿ves? —señalaba con el dedo ante los asentimientos continuos de Martina.

Apuntes de sonrisa forzada y voz insegura la suya. Sobrevino un extraño silencio mientras contemplaban los planos. Por la cabeza de Martina, aleteó un repentino apunte de sospecha. No tenía ni idea de arquitectura, pero aquella media docena de folios no se parecía en nada al dosier de un proyecto. Llevaba años tropezando con mamotretos abandonados por Carlos en cualquier lugar de la casa. «¿Has visto una carpeta azul que dejé aquí?». «La has dejado en el váter. Deberías llevarte el sudoku, como todo el mundo, y no esos *carpetones*». En el váter, la cocina, el garaje, la piscina. Una vez halló uno dentro del congelador.

—¿Entonces, este es el proyecto de Hospisa? ¿Servirá para acusarlo?

El tono de la pregunta, acompañado de aquel gesto de incredulidad con el ceño de desaprobación, lo puso en guardia y se apresuró en la respuesta (listillo el chaval).

—No, no. Claro que no. Necesitamos los originales, aseguró. Esto es un adelanto para poner en marcha el proceso, pero habría muchas dudas porque faltan la fachada principal y otras partes importantes. Sin embargo, si conseguimos el proyecto completo, entonces no tendrá escapatoria.

Nueva visual a los planos. En realidad, ninguno de los dos, perdidos en su propio mundo de intereses, prestaba atención a las líneas allí dibujadas.

¿Dónde se habría metido el viejo? Era necesario recuperar la carpeta del proyecto. Imprescindible. Estaba tan interesado como

Martina en ponerlo delante del juez y meterlo en la cárcel. De ello no solo dependía continuar al lado de aquella mujer quien cada vez lo tenía más obnubilado, sino su futuro al frente del gabinete Duarte & Larralde. La miró de soslayo. Ojos fijos en los planos. Tal vez no había sido buena idea montarle aquella absurda farsa. Martina no tenía ni un pelo de tonta, pero necesitaba verla y no podía presentarse de nuevo ante ella con las manos vacías. Si el viejo no me llama, me personaré allí y lo traeré para que fotocopie el maldito proyecto.

Martina se enderezó. Mirada fija, escrutadora. Espero que este mentecato no me esté engañando.

Le pareció guapo.

Los ojos habían dejado de mirarlo velados por el recuerdo de su cuerpo desnudo encima de ella. ¿Cuántas veces lo hicieron la última vez? ¿Tres, cuatro? Un orgasmo, otro, otro. Incansable. Cruzó las piernas, presa de una repentina excitación. ¿Tanto importaban ahora los planos? Sonrió para sus adentros. Al menos hoy se llevaría un nuevo revolcón que no dejaba de ser otra forma de vengarse de su pintor. Si no se relajaba de inmediato, tendrían que recurrir al váter del bar. ¡Madre mía hasta dónde has llegado, Martina! Inspirar, espirar, inspirar.

Carraspeo para aclararse la garganta.

—Entonces, ¿cuándo crees que tu padre nos entregará el proyecto?

—Si mañana no aparece, voy al pueblo a buscarlo. Te prometo que en esta semana lo tendremos y podremos empezar a mover los hilos para llevar a Carlos ante el juez.

El plural mayestático la descoló de nuevo. «Otra vez el imbécil metiéndome en su equipo». Cálculo mental. En el fondo no estaba mal que la creyera miembro de la cuadrilla. Sonrisa para sus adentros. «Yo no te necesito a mi lado, pipiolo. Bueno, sí. Hasta que me entregues los documentos. Aunque, ¿por qué no seguir jugando con él?» Lo estudió un momento con interés. Había un apunte de urgencia prendida tras la mirada fija, brillante, del arquitecto técnico. También él estaba deseando acabar la conversación para hurgarle la entrepierna. Se llevó la copa a los labios, sin apartar la vista de él, y la apuró de un trago.

—¿Quieres otra? —señaló aséptico Nacho, levantando las cejas y la barbilla.

Joven, guapo, impetuoso. Ambicioso. Los ingredientes necesarios para desprender ese halo de seducción difícil de no sucumbir. Un punto pueblerino, quizás. Martina soslayó la pregunta y reorganizó los pensamientos para formular una nueva.

—¿Quieres que nos vayamos de aquí? —propuso con un tono acariciador, rozando el susurro.

—¿Y la comida?

—¿De verdad te apetece comer?

El aparejador tragó saliva esbozando una media sonrisa con el deleite propio del niño a quien prometen un dulce para merendar. Se levantó solícito para pagar en la barra. Para qué perder tiempo esperando al camarero.

18

20 de abril

El juez Hidalgo apareció en la escena del suicidio enjugándose la frente con un pañuelo blanco. Venía sofocado, le costaba respirar. Mendoza no entendía por qué demonios aquel hombre insistía en ir siempre trajeado, camisa y corbata conjuntada a la perfección y un inseparable sombrero. Hidalgo era bajito, calvo, proporcionalmente redondo y con una enorme papada que, la camisa, abotonada al cuello, conseguía darle aspecto de perro pachón. Después de un displicente vistazo al cadáver, comentó por encima el incendio de Notre Dame, una desgracia para la humanidad. La última vez que la visité fue el año pasado cuando llevé a mis nietos a Disneyland. Enseguida aludió al calor temprano de aquel abril primaveral. Aún no debería hacer tanto calor. Como sigamos así, en agosto nos vamos a asar. El inspector jefe Agustín de la Serna asintió sonriente colocándose a su lado. Una pena lo de la iglesia esa, sí. El viejo juez lo observó un instante y se dirigió a Mendoza.

—¿Cuánto crees que lleva ahí colgado el cuerpo, Alejo?

—No mucho, señoría. Tal vez decidió colgarse ayer. Si llevara más, con el calor que hace ya habría empezado a descomponerse. El forense está en camino. En cuanto llegue, lo confirmará.

—¿Has visitado alguna vez Notre Dame, Alejo?

—Sí, por supuesto, señoría. París sin Notre Dame no sería París.

—¿Sabemos su identidad? —señaló al cadáver.

—Sí. La mayoría dejan bien visible la documentación para que no tengamos problemas en encontrarla.

—Parece que tiene muy claro que se trata de un suicidio.

—Pues es lo más probable. Todo indica que ha sido así. La banqueta, la...

—Ya le he dicho que no hay que precipitarse, Mendoza —trató de intervenir el inspector jefe, aunque el juez lo ignoró y continuó hablando con Alejo.

Alejo Mendoza conocía bien las desavenencias entre su jefe y el juez, aunque mejor no entrar en detalles ahora, y aquel desaire acabaría repercutiendo en él, seguro. «Cuando yo esté en la escena del suceso, no quiero que te metas por medio, Mendoza», le había advertido De la Serna. Bueno, no quedaba otra opción que aguantar el chaparrón. Total, uno más ¡Ay, el momento de la jubilación qué cerca estaba! Levantarse tarde, pescar, jugar al ajedrez con su buen amigo Gervasio...

La voz del juez captó su atención.

Alejo, vamos a bajar el cadáver. Ordene a alguno de sus hombres que lo coloquen tendido en el suelo.

Mendoza echó una rápida ojeada a su jefe y este asintió con la cabeza. No obstante, el gesto de dientes apretados y mirada impregnada de ricina corroboraron la intuición del inspector.

Justo al abandonar el garaje para requerir la ayuda de los agentes, el teléfono móvil vibró en el bolsillo del pantalón. «¿Quién diablos llamará ahora?». Comprobó la pantalla antes de aceptar la llamada y compuso una mueca de extrañeza.

«Apareces y desapareces como el Guadiana, Sabino. Imagino que no me llamas para ver a qué hora voy a pasear al perro, así que no te andes con rodeos y dime qué quieres».

«¡Qué síií! Que ando bastante liado, sí. ¡Como siempre! Eso deberías saberlo tú, ¿o ya has olvidado las horas que se echan en la UDEV? Desde que Caín le pegó con la quijada del burro a su hermano Abel en la cabeza, estos insisten en matarse unos a otros. Y aquí estamos los polis para recoger los despojos que van dejando».

Mendoza oyó la carcajada de su amigo Sabino Holgado al otro lado del teléfono.

Durante más de una década se habían dejado el pellejo trabajando codo con codo en la Unidad de Delincuencia Especializada y Violenta hasta que, tras una acción contra un grupo de crimen organizado de inmigración ilegal, desaparecieron cincuenta mil euros y Sabino, responsable de la operación, fue expedientado. Meses más tarde, el inspector Holgado pidió la baja del cuerpo y montó una agencia de investigación. Alejo y él nunca perdieron el contacto y, cada vez que Sabino tenía un caso, se inmiscuía en los archivos de la policía con la ayuda de su amigo e incluso le pedía opinión sobre el asunto que se traía entre manos.

—¿Hay muchos muertos? ¿Qué ha ocurrido? —se interesó el antiguo policía.

—No. Esta vez solo tenemos un fiambre. Bueno, una fiambre, no sea que nos vayan a tachar de machistas. Y no la ha matado nadie, ha decidido ella solita quitarse de en medio colgándose de una viga.

—¿Una mujer? No es fácil ver a una mujer ahorcada.

—Sí, una mujer. Una tal Lydia Duarte.

El teléfono enmudeció unos instantes. Mendoza lo separó de la oreja y lo contempló con la intención ridícula de comprobar con la vista cl motivo de la afonía.

—Sabino, ¿estás ahí?

Estuvo a punto de guardar el teléfono en el bolsillo pensando que se había cortado cuando oyó el sonido de un murmullo ahogado.

—¡No puede ser!

Mendoza con cierto tono de irritación:

—Sabino, ¿se puede saber qué demonios te pasa? No habrás empezado a beber tan temprano, ¿verdad?

—¿Cómo has dicho que se llama?

—Lydia, Lydia Duarte.

—¿Vive en Granada?

—Sí, en Granada en la calle… No me acuerdo, pero ¿cómo sabes tú eso? ¿La conoces?

Nudo en la garganta, imposible responder.

El corazón late con fuerza en las sienes mientras trata de recordar los comentarios de Carlos sobre su hermana. ¿Cómo era posible tanta coincidencia?

Instantes después, repuesto un poco de la sorpresa, Sabino Holgado confirmó que la conocía. Por casualidad lo llamaba para requerir información sobre su marido, Millán Pancorbo, un industrial con pocos escrúpulos, según había podido averiguar, metido en basura hasta las cejas.

—Vaya, entonces conoces al marido de la tal Lydia. —El tono no exento también de sorpresa de Mendoza.

—No, no. Al marido no lo conozco, pero sí a su hermano, Carlos Duarte. Estoy llevando a cabo una investigación para él.

—Entonces podrás facilitarnos el teléfono, porque, aunque hemos encontrado un móvil, casi con toda probabilidad de la difunta, está apagado y tendremos que esperar a que los expertos descifren la clave en comisaría.

Segundos de mutismo invadieron la conversación mientras Sabino sopesaba el efecto que causaría en Carlos la muerte de su hermana. Aunque habían hablado poco de ella, de los comentarios deducía que estaban muy unidos.

Sabino retomó el diálogo:

—Vale, pero luego tienes que hacerme un pequeño favor.

—Ya sabía yo que no me iba asalir gratis. ¡Está bien! Aunque tus peticiones nunca son pequeñas. Dime.

—Necesito información del caso Hospisa, un hospital que se incendió en Guadalajara. Y que me dejes husmear en los archivos para recabar datos sobre el tal Millán Pancorbo, el marido de la difunta. Seguro que hay algo de él en comisaría.

Mendoza impuso un intervalo de silencio hasta que salió de la abstracción y habló con tono reflexivo:

—Pancorbo, ¿eh?

—¡No me digas que lo conoces! —se asombró Sabino.

—Me da que entre los dos vamos a tejer un jersey con lana de la misma madeja.

—Otra cosa.

—Te estás pasando con las peticiones, Sabino.

—Déjame que le dé yo la noticia a Carlos Duarte.

—¿Quieres colgarte una medalla?

—No. Quiero darle la noticia y acompañarlo al lugar del suceso. Así tu gran jefe no podrá impedir mi presencia porque voy acompañando a mi cliente. Aquí hay madeja para tejer el jersey ese que has mencionado. Ya te contaré unos cuantos detalles, pero de manera no oficial, ¡eh!

Mendoza lo pensó un momento. ¡Sabino y sus tretas para conseguir información! Bueno, también hay que hacer honor a la verdad. En muchas ocasiones, le había proporcionado pistas fundamentales para resolver algún caso.

—A ver, Sabi, que ya nos conocemos. ¿No será otra de tus artimañas?

La interrupción, en tono firme, llena de sinceridad.

—No, Alejo, quiero echar un vistazo. Ya sabes cómo funciona esto. A veces un pequeño detalle sirve para…

—Está bien, está bien, no me vayas a dar la vara explicándome ahora la teoría de la relatividad. En cuanto lo autorice el juez, llevaremos el cadáver al Instituto Forense para que algún familiar lo identifique y le hagan la autopsia, así que mejor ve directo para allá. Tú y yo no hemos hablado, ¡eh! A ver cómo te apañas para convencer al jefe de que te deje fisgonear por allí. Y recuerda, has prometido contarme lo relacionado con este caso. Tú te pones una medalla con tu cliente y yo, con el Gran Mangú. En los últimos meses no me puede ni ver. Será que ya me queda poco para la jubilación. Y encima, se ha presentado aquí el juez Hidalgo para levantar el cadáver. ¡Está que trina!

—No te preocupes, no molestaré. Seré invisible.

—Eso no me lo creo. Pero te advierto, como te pongas pesado, como incordies, te doy una patada en el trasero y te mando a la calle. Sabes que lo haré.

—No lo harás.

—¡Sabino! —Intentó reprenderle Mendoza arrastrando la «i».

—Está bien, está bien. Sin problema.

—No olvides llamar a su hermano, al marido o a alguien para identificar el cadáver.

—Me pongo a ello. Nos vemos ahí.

***

20 de abril

¡Bip, bip, bip!

—¡La alarma del radar!

—¿Qué?

Dio un salto de la cama y salió como una exhalación del camarote hacia la cubierta del Infinity. La pregunta inquieta de Inés solo la oyeron ya los mamparos del barco y ella. Algo iba mal. Se puso enseguida la parte baja del bikini y la camiseta, cogió los pantalones cortos de Carlos y asomó con precaución la cabeza por la escotilla. Excepto que al timón del velero se encontraba un capitán desnudo, el resto le pareció normal. Se acercó para darle los pantalones con gesto de preocupación.

—¿Nos estamos hundiendo?

No debía preocuparse, todo iba bien. El radar había avisado al detectar un barco con posible rumbo de colisión. Aquel de allí. —Brazo estirado, dedo índice señalando un punto por la proa del velero.

Inés mira displicente la mota oscura y luego le muestra el bañador colocándoselo a la altura de los ojos. Él contempla la prenda un momento, agacha la cabeza para observar su desnudez y suelta un, «Ah, sí, claro» que necesita poca aclaración.

Anda que...

Cuando termina de subirse el bañador vuelve al timón y ella lo abraza por detrás, rodeándolo con los brazos.

—Está muy lejos aún, ¿no?

Responde con el tono de un avezado lobo de mar. Ambas manos en la rueda del timón, ceño fruncido, vista en el horizonte.

—Ya te dije que el radar nos avisaría con tiempo suficiente.

—Pues tú no pareces confiar mucho en ese radar.

Bueno, los dispositivos electrónicos del barco eran muy eficaces y seguros, pero a él le gustaba cerciorarse, por eso había salido rápido del camarote. Una vez... (le relató una historia, que ahora no viene a cuento, sobre algo parecido que le ocurrió. Eso, una vez). «Ponte al timón un momento», le pidió. Desapareció por la escalera hacia los camarotes y ella se quedó con la imagen mezcla de niño grande, aventurero y soñador. Su complemento. ¿Y Emilio? Su pensamiento se perdió unos segundos en él. ¿Cuándo habían hablado la última vez? Hacía dos, tres días. Ni siquiera se acordaba. Con toda probabilidad, él tampoco. Antes lo admiraba, lo respetaba, ahora ni si quiera pensaba en él. Web de autoayuda: «Cuando se deja de admirar, se deja de amar». ¡Chorradas, Inés! Él te dio trabajo y te ayudó cuando estabas a punto de ser consumida por el alcohol y la droga y lo tuviste en consideración durante unos años, incluso accediste a casarte cuando te lo pidió. Pero luego todo se esfumó.

Si le hubiéramos preguntado a Emilio sobre lo ocurrido para incluirlo en el relato, nos hubiese narrado una de esas historias que solo aparecen en los cuentos de Navidad. Una noche regresaba a casa de una fiesta. De repente, una sombra salió dando bandazos de una esquina y la atropelló con el coche. Tres días en observación fueron suficientes para comprobar que solo tenía contusiones leves, nada importante. Él la visitó esos días para preocuparse por su estado. Cena después de salir del hospital, invitaba ella. «¿Tienes trabajo?». No tenía trabajo ni visos de tenerlo. Después de una tormentosa relación, con malos tratos incluidos, se tiró a la calle. Pasaba los días bebiendo, fumando porros y durmiendo donde podía. «No, no tengo trabajo. Me faltan unas asignaturas para terminar Bellas Artes». «¿Quieres trabajar para mí llevándome los papeles?». «¿De secretaria?». «Sí». «Vale».

En realidad, no necesitaba secretaria, pero aquella mujer lo atrajo desde las primeras visitas al hospital hasta el punto de prendarse de ella. La incluyó en un programa de rehabilitación y meses más tarde le pidió que se casara con él. Accedió. Pero al cabo, Emilio se percató de que aquella relación obedecía a un acto de conmiseración por la ayuda prestada y no porque estuviera enamorada de él.

En los últimos años, tu frialdad ha ido menguando las esperanzas de mantenerte a su lado y, aunque sigue enamorado, es consciente de no tener ninguna posibilidad. Por eso solicita trabajos en el extranjero, para alejarse más de ti.

El sentimiento de culpabilidad la aplastó.

—Lo haces muy bien. —Sobresalto de ella. Toma aire por la nariz para deshacer los pensamientos. Carlos había aparecido a su lado sosteniendo dos sándwiches y dos cervezas. —Vira un poco a estribor.

«Estribor, estribor. ¿Derecha o izquierda? Pruebo a la derecha. Silencio. He acertado».

—Anda, ponte aquí. Yo llevo muy bien mi cargo de grumete y estoy muerta de hambre.

Carlos se hizo el remolón insistiendo en lo bien que llevaba el barco, pero acabó ocupando el puesto tras la rueda del timón y ella, recostada contra la borda mordisqueando el sándwich de jamón y queso. Cerró los ojos. Bendito el día que decidió visitar la galería Crislu.

Carlos Duarte, un pintor madrileño asoma en el mundo del arte enclavado en el neoimpresionismo con la fuerza del universo en sus pinceles. Así rezaba el panfleto cogido con indiferencia del mostrador de la tienda Brico-Arte. «Otro pintamonas apadrinado, embadurnador de telas con colores, convencido de estar realizando una obra de arte».

Sin embargo, una vez en la exposición, se sorprendió. ¡Caramba! Los cuadros prometían. Se acercó despacio. El primero, un día soleado en un mercado árabe. Muy recurrente. No obstante, el artista había sido capaz de captar el ambiente, el movimiento. Justo el color. Nada de excesos a los que se tiende en este tipo de pintura. Sí, había talento detrás de aquellas pinceladas. El segundo, una marina, le pareció incluso mejor. En el horizonte, el cielo y el mar unidos en una mezcla de colores pasteles con predominio del violeta para dar sensación de lejanía. Los primeros planos, brochazos sueltos, gruesos. Nada definido, nada perfilado. El tercero la decepcionó. Uso abusivo de la espátula para dar viveza a un paisaje. Algo no funcionaba. Después de algunas conjeturas, concluyó que al autor, aunque talentoso, le quedaba mucho camino por recorrer. Alguien preguntó a sus espaldas si le gustaba. «Ya está aquí el ligón de turno disfrazado de intelectual, pensó sin apartar la vista del cuadro. No hay exposición que se precie donde no aparezca uno. O dos. Acto seguido le soltaría un rollo aprendido sobre arte contemporáneo, sin tener ni zorra idea de lo que estaba hablando».

—No mucho —respondió. La mejor forma de ahuyentarlo, darle su experta opinión—. El autor no ha trabajado bien las sombras. Debería haber utilizado los colores complementarios para evitar el efecto del claroscuro.

Se giró convencida. «¿Habrá ahuecado el ala o empezará a hacerse el interesante con las explicaciones?». Pues no. Ni se había marchado, ni hablaba. La miraba con atención. Media sonrisa, cabeza ladeada, expectante. Alto, guapo, mechón rebelde y aire retro. Aceptó sin dudarlo cuando la invitó a salir de la galería para tomar algo. ¿Por qué había aceptado la invitación?

Lo observó un instante. Se mantenía erguido sujetando, la rueda del timón, los ojos semicerrados y vista al frente. Atento. Estaba descalzo y desnudo de cintura para arriba. Cuando realizaba algún movimiento para mantener el rumbo, los bíceps aumentaban de volumen y se perfilaban. Le gustaba. Y mucho.

El Danubio azul, de Strauss, subió desde el interior del camarote y la sacó de las cavilaciones.

—Es mi teléfono. ¿Te importaría traérmelo? —le pidió él.

Antes de terminar la frase, Inés se precipitaba por las escaleras pensando que había dejado el suyo olvidado en el coche.

Desde el camarote:

—¡Un tal Sabino!

Meditó unos segundos y respondió que no aceptara la llamada. Es el detective, luego lo llamaré. Por favor, cuando deje de sonar, apágalo.

Volvió a cubierta, con el móvil desconectado en la mano. Un yate se acercaba por babor abriendo un surco en el mar y dejando una estela de espuma blanca por la popa.

—Tal vez sea importante, Carlos. —De nuevo le pasó el brazo por la cintura—. No me gusta tener los teléfonos apagados. Puede ocurrir algo…

La interrumpió.

—Hoy lo único importante eres tú. De todas formas, la clave para encenderlo es 0607, los días que nacieron Alejandro y Nerea.

—Quizás esa llamada nos aclare algo relativo al tema, pero la contestaremos cuando desembarquemos. —La atrajo hacia él y le besó con suavidad los labios—. No quiero que nada interfiera en este momento.

Inspiró por la nariz y lo abrazó.

—¿Qué estarán buscando con esas ridículas amenazas?

—No sé. —Se encogió de hombros—. Quien sea ha dado un nuevo paso para golpearme donde más me duele.

—Nerea —aseveró ella.

—Sí.

Carlos arrugaba la frente y achicaba la mirada, quizá invadido por oscuros presagios. No haber sacado el tema de los emails. No en aquel momento tan especial. Con sutileza se separó y se quitó la camiseta. Luego dio unos pasos por la cubierta y se sentó con la espalda apoyada sobre el palo mayor. Cada vez estaba más segura de amar a aquel hombre que la contemplaba desde la rueda del timón. La visión de su cuerpo semidesnudo le había cambiado el gesto: ahora sonreía. Se prometió a sí misma no dejar que se colara ningún otro pensamiento negativo relacionado con el incendio del hospital ni volver a sacar temas que distorsionaran la felicidad de ambos.

—¿Puedo saber hacia qué rumbo navegamos, capitán?

Carlos abrió los brazos. ¿Tenían que seguir algún rumbo? Podrían navegar semanas, incluso meses. Buscarían una isla donde cobijarse y convertirse en los robinsones del siglo XXI.

—No seas bobo, anda, mañana tengo que estar de vuelta en el museo.

—¿Te imaginas? —Carcajada inmensa—. Una isla solitaria. Sin horarios, sin internet, sin mensajes amenazadores. ¡Ummm! —Cerró los ojos unos instantes y ya en serio. Pasarían la noche fondeados en una cala que conocía y al amanecer zarparían de regreso a puerto. A las ocho estaría de vuelta en Málaga.

—Todo estudiado, calculado, controlado. Si no te conociera, diría que eres arquitecto.

Carlos se agachó, conectó de nuevo el piloto automático y caminó por la cubierta hasta situarse de rodillas frente a ella.

—Te amo —susurró mirándola a los ojos, después de cogerle la cara entre las manos.

Inés se giró sobre los glúteos, le dio la espalda y le cogió las manos para que la abrazara por la cintura. Así, notando el calor de su cuerpo, su olor, su ternura, su delicadeza, voló a la adolescencia cuando soñaba con el príncipe que vendría a rescatarla para llevarla lejos, a una isla encantada donde vivirían las más extraordinarias aventuras de amor. Ahora él era su capitán, su pirata. Él la estaba transportando a aquella isla de ensueños. El paisaje, el mar, el cielo, el barco, él mismo, se ponían a su disposición y la envolvían.

—Yo también te quiero, Carlos. Estoy muy enamorada de ti —el susurro apenas se dejó oír por encima del murmullo de las olas.

La apretó un poco más y le besó con delicadeza el cuello. Luego hizo que se girara y allí, tumbados sobre la cubierta, se fundieron en un largo beso.

El Infinity navegaba solitario, movido por un manso viento de poniente.

***

Vibración del móvil seguida de sonidos suaves, aunque inconexos. Campanitas, cascabeles y desconocidos acordes de un instrumento de cuerda. «Esto es música zen. Ayuda a relajarte, transmite buen karma y no te estresas al recibir la llamada», había asegurado Cecilia cuando se lo pasó vía wasap. Nacho retiró los labios y la miró en espera de alguna reacción por su parte.

—Paso del teléfono —masculló ella con el tono ahogado en la garganta por la pasión.

Tras pagar la cuenta en la cafetería, habían caminado hasta el parking donde tenía estacionado el coche. En el ascensor la besó apretándola contra las paredes del reducido habitáculo mientras se hundían hacia el sótano 2.

—¿Vamos a tu casa? —preguntó Nacho.

En su casa no. Y sería difícil hacerlo allí otra vez. Lo de la otra noche había sido algo muy puntual.

—¿Te parece que vayamos a la mía?

Nacho lo había sugerido llevado por la urgencia del momento, pero se arrepintió dos segundos más tarde. Sospecharía, seguro. El piso de lujo en Moncloa desentonaba con el tipo de vivienda que un arquitecto técnico en sus circunstancias podía permitirse. Además —realizó un rápido recorrido mental por el apartamento—, había dejado documentos y planos comprometedores en el salón y en el dormitorio.

No, no podía llevarla allí. Debía ser muy cuidadoso. Cualquier detalle induciría a Martina a relacionarlo con las otras actividades y sus planes se irían al traste.

—Si te apetece, vamos mejor a un hotel (cambio sutil de estrategia).

—Me apetece estar contigo, en cualquier parte —emitió sonriendo Martina en tono sugerente y mirada llena de lujuria.

Volvió a besarla y le abrió con galantería la puerta del coche.

Nueva vibración del móvil.

Antes de ponerse en marcha, Martina lo sacó del bolso y miró la pantalla con el ceño fruncido. Aquel número no figuraba en la agenda. ¿Quién demonios insistía tanto? Suspiró y aceptó la llamada.

—¿Sí?

—¿Martina Larralde?

—Creo que sí. ¿Con quién tengo el gusto de hablar?

—Soy Sabino Holgado, policía —mintió—. Estoy intentando ponerme en contacto Carlos Duarte, pero tiene el teléfono apagado.

—¿Y a mí qué me cuenta? ¿Se puede saber cómo tiene usted mi número?

—Me lo ha dado la secretaria de su marido.

Martina apretó los puños, crispada.

—¡Y quién demonios es la secretaria de mi marido para darle mi número!

—Su cuñada Lydia ha muerto.

La frase había sonado a toque de queda.

Se hizo el silencio.

La saliva desapareció de repente de la boca de Martina.

Separó el teléfono de la oreja y, desconcertada, contempló un instante el pequeño dispositivo, incapaz de asimilar la fatídica noticia.

—¿Está seguro? —lanzó la pregunta y aguantó la respiración.

—Estoy delante del cadáver, señora Duarte —aseveró separando el enunciado, con el tono propio de quien ha respondido muchas veces a la misma pregunta.

—¿Qué ha ocurrido, ha tenido algún accidente?

Eternos segundos de silencio.

—Ahorcamiento. Todo apunta a suicidio.

—¿Suicidio? —No lo preguntó. El volumen había sido el de un susurro dirigido a ella misma, incrédula, llena de desasosiego.

Intuyendo algo anormal, Nacho le cogió la mano derecha que reposaba sobre su pierna, en un gesto de apoyo. Sin embargo, Martina la retiró de forma sutil y dejó la mirada perdida al otro lado del parabrisas.

El cadáver de Lydia Duarte sería llevado al Instituto Anatómico Forense de Madrid y después de la autopsia permanecería en el depósito de cadáveres hasta que la funeraria o los familiares indicaran un tanatorio donde llevar el cuerpo.

—Sería conveniente identificar el cadáver antes de realizarle la autopsia.

No era necesario, Sabino lo sabía, pero aprovecharía para conocerla en persona.

—¿Han llamado a su marido? Lydia debe de tener el número en el móvil. Él se llama Millán, Millán Pancorbo.

—Su teléfono está apagado y no podremos acceder a la lista de contactos hasta que los técnicos de la comisaría descifren la clave. ¿Tiene usted el teléfono del tal Millán?

Nunca lo había tenido. No le gustaba aquel hombre mezquino y vulgar con pretensiones de rico.

—Deme unos minutos, por favor. Voy a tratar de localizar a Carlos y si no puedo, ya pensaré algo. —Ella también necesitaba tiempo para asimilar aquello.

—Debería acerarse por aquí —fue la última frase del tal Sabino.

Cuando colgó el policía, Martina permaneció con la vista perdida y el móvil asido con las dos manos, dándose golpecitos en los labios. Nacho prefirió omitir cualquier pregunta y la contemplaba sin abrir la boca. El nombre de Lydia y los retazos de la conversación captados mientras hablaba por teléfono le habían ayudado a tejer una historia muy cercana a la real.

Un par de lágrimas resbalaron incontroladas por las mejillas de Martina hasta la comisura de los labios. ¿Dónde estaba la animadversión? En estos casos, ya se sabe. Había quedado reducida al efecto de un grito en medio de un multitudinario concierto. Entonces, un resquicio de humanidad emergió de algún recoveco de su ser. Por esperada que sea, la muerte de una persona siempre causa impresión. Si además es repentina, como en este caso, resulta impactante. Nos pasa a todos con todos, incluso con aquellos que no conocemos o nos caen mal.

Martina volvió a marcar por tercera vez el teléfono de Carlos desde el manos libres del coche mientras conducía hacia el depósito de cadáveres. «El teléfono al que llama está apagado o fuera de cobertura en este momento». «Tendrá el móvil desconectado mientras folla con la zorrita esa del *Stand by me*». No, no lo había pensado con inquina. Ni siquiera como un reproche. Le importaba un comino con quién se acostaba el pintor. Con toda seguridad, alguna zarrapastrosa de esas que andaban con él.

El policía había sugerido que fuera a identificar el cadáver y, aunque no le apetecía, decidió acercarse. Súbita aparición de la imagen de Lydia: día de su boda con Carlos. Pamela burdeos, horrorosa, demasiado ladeada hacia la oreja derecha, comidilla de la mayoría de las invitadas. «Tiene la misma gracia que la pantera rosa vestida de lagarterana», criticó entonces Cecilia. Sin embargo, a ella parecían no importarle los comentarios. Tomó aire. ¿Ahorcada? Sin saber el motivo, sintió un momentáneo punto de respeto y admiración por su cuñada. No era fácil quitarse de en medio así como así. ¿Qué habría pasado por su cabeza para tomar aquella drástica decisión? ¿Su carácter depresivo? Aun así, le costaba imaginarla atándose una cuerda al cuello. Miró de reojo a Nacho, sentado a su lado a modo de convidado de piedra. ¡Durante un momento se había olvidado por completo de él! Antes de salir del aparcamiento, había llamado a Cecilia para que la acompañara, pero no contestó. Nacho se ofreció enseguida y, aun a riesgo de encontrarse con Carlos, había aceptado. No tenía ánimos suficientes para enfrentarse sola a la identificación de un cadáver.

Si aparecía Carlos le diría que lo había llamado ante la imposibilidad de localizarlo y la falta de respuesta de Cecilia. Una idea atravesó su cabeza.

—Nacho, voy a llamar a Charo. No abras la boca porque se conectarán de forma automática los altavoces del coche y no quiero que sepa que estamos juntos. Esta es de las que disfrutan aireando cualquier cotilleo.

—La conozco muy bien. Te recuerdo que trabaja para mí, quiero decir, para nosotros.

Martina giró la cabeza unos segundos y enseguida volvió la atención al frente. Eres un poco tonto, Pipiolo, le había dicho con aquella fugaz mirada. «¿Para nosotros?». Empezaba a dudar de su inteligencia. ¿Qué estaría imaginando? Encima hoy ni siquiera había... Sonoro resoplido ¿De autorreproche o de frustración? Tal vez de las dos cosas.

¡Ay! Martina, Martina.

***

La tarde se mostraba apacible. El viento había caído hasta convertirse en una brisa cálida y suave que, al contacto con la piel, provocaba la agradable sensación de un gran pañuelo de seda alrededor del cuerpo. El sol, disco amarillo anaranjado, se posaba, manso, sobre las atinajadas montañas del horizonte, como si quisiera rodar sobre ellas. El mar, una plancha metálica, sedosa, apenas rizada por el soplo sosegado y misterioso del atardecer.

El Infinity fue perdiendo arrancada hasta que, a unos trescientos metros de la costa de Mijas, Carlos echó el ancla. Inés, sentada sobre la regala de popa con las manos apoyadas atrás, a ambos lados del cuerpo, seguía los movimientos de Carlos mientras afianzaba la vela mayor a la botavara. Desvió la atención hacia las azuladas faldas de la sierra: casitas diseminadas, urbanizaciones. Un vehículo zigzagueaba con las luces ya encendidas por una carretera anónima, lejana. ¿Quién lo conduciría? Inspiró con placer. Se sentía bien, muy bien. Lo había asimilado, estaba enamorada de Carlos y ahora tenía claros los deseos de tomar las riendas de su vida para cultivar la felicidad junto a él.

Un amago de sentimientos revestidos con la imagen de Emilio.

Rechazo.

No, no podía ni quería volver atrás. Ocultó la cara entre las manos.

Había en la voz ansiedad cuando respondió a la pregunta de Carlos. «No me ocurre nada».

—¿Estás segura?

Claro que no le ocurría nada. En algún momento tendría que darle solución al matrimonio con Emilio, pero ahora no, no era el momento de pensar en aquello. Céntrate en ser feliz, Inés, solo en ser feliz. Habían pasado el día navegando, disfrutando, en mitad del mar, en mitad de la nada, en ese lugar privilegiado, regentado solo por peces, sirenas, nereidas. Quién sabe si el mismo Neptuno y su esposa Salacia habían pasado alguna vez por allí.

—¿Aquí nos vamos a bañar?

—¡Claro! —La contundente aseveración había estado seguida de una zambullida desde la borda sin ni siquiera pensarlo.

Inés se lanzó acongojada tras él. Le gustó la sensación del agua helada, aunque cuando pensó en el posible abismo bajo los pies, regresó nadando rápido al Infinity.

Minutos más tarde, ambos descansaban tumbados en la cubierta del Infinity, ajenos a otros aconteceres.

***

«¿Qué? ¿Lydia, la hermana de Carlos?».

«Pero, ¿cómo ha sido?».

«¿Ahorcada? ¡Madre mía!».

Ahora entendía la llamada del detective privado para pedirle el número de Martina. «Si se pone en contacto contigo un tal Sabino Holgado, facilítale toda la información que te pida», le había dicho Carlos.

—¿Lo sabe Carlos?

—No, no lo sabe aún, Charo. ¿No te ha llamado la policía para pedirte mi número de teléfono?

¿Policía? ¿No era detective privado? Hubo un momento de duda, pero reaccionó con un sí reiterado varias veces.

Martina, todavía en tono calmo, sin reflejar la animadversión anidada ya en sus entrañas:

¿Y no te ha dicho para qué quería mi número?

Otra duda.

Varios noes repetidos con la misma intensidad y cadencia que los síes anteriores.

—O sea, que tú le das mi número de teléfono al primero que te lo pide. Sin justificación, sin ni siquiera preguntar para qué lo quiere. —La irritación de Martina desbordaba la capacidad de razonamiento de Charo, quien intentaba buscar una salida al laberinto en el que se encontraba inmersa.

—Bueno, verás...

—¡Y pensar que Carlos habla de tus capacidades como si fueras la Moneypenny de James Bond!

—Es que...

—No quiero explicaciones. Dime el hotel de Barcelona donde está alojado tu jefe, porque el móvil lo tiene apagado y no hay forma de ponerse en contacto con él.

Bloqueo de Charo. ¡Madre mía! El hotel de Barcelona. Carlos estaba en Málaga, en el hotel Guadalmina.

Aumento de la indignación de Martina ante el mutismo de la secretaria. Intercambio de miradas con Nacho antes de intervenir de nuevo.

—¿Estás ahí, Charo?

Síes consecutivos, nerviosos, llenos de incipiente sospecha para Martina.

—Estoy tratando de recordar qué hotel es.

Ahora reproche en forma de pregunta,

—¿Cómo es posible que no te acuerdes del hotel, Charo?

Instantes de silencio llenos de interrogantes.

Charo cambia el tono; de vacilante, temeroso a desenfadado para desviar la atención.

—Pues no, no me acuerdo, hija. Tengo mil cosas en la cabeza. —Las ideas en el cerebro de Charo corrían a toda velocidad esbozando un sinfín de soluciones. La mejor, cortar la comunicación y ponerse en contacto con el hotel Guadalmina—. Déjame que lo piense un momento, Martina. Te llamo enseguida. Si quieres lo busco yo.

Nuevo mutismo del teléfono. En el habitáculo del coche, intercambio silencioso de miradas entre Martina y su acompañante.

—Está bien, Charo. —La voz fría, cortante, con el filo propio de una navaja de barbero—. ¡Localízalo! Explícale lo ocurrido y que se ponga en contacto conmigo en cuanto se lo permitan sus o-cu-pa-cio-nes —pronunció la palabra con el rencor marcado en cada sílaba—. Que vaya a ver a su hermana. El cuerpo está en el Instituto Forense de Madrid.

Charo mantuvo el teléfono pegado a la oreja cuando Martina colgó dejándola con la palabra en la boca. «Lo intentaré, Martina, lo intentaré». La respuesta susurrada la había dirigido al bip cadencioso que llevaba ya algunos segundos marcando el final de la llamada.

***

La tarde se adentraba, la luz disminuía. El cielo vestía un azul desvaído, acerado; moribundo incluso. Sin embargo, no hacía frío.

Tumbado boca arriba sobre la cubierta del Infinity, Carlos sentía el lento respirar de Inés. Cerró los ojos y saboreó durante unos segundos recuerdos del día, en forma de imágenes.

«Vamos a izar el foque».

«¿Eso se come?».

Ambos se habían levantado y él, con la carcajada precediéndole, pulsó un botón del panel: «Génova-foque». Ante los ojos asombrados de Inés, una nueva vela empezó a desenrollarse por el *stay* de proa hasta quedar flameando al viento. Carlos la observaba deleitándose con sus gestos mientras pasaba la escota del foque por uno de los *winches* y halaba de él. Unos segundos más tarde la vela se tensaba y el Infínity se escoraba un poco más a estribor. Rápido, tomó el timón y ciñó hasta que las velas cogieron el mayor viento posible. El Infinity aumentó la velocidad clavando una y otra vez la proa en el agua, con brío, al modo que lo haría el hacha de un leñador en el tronco de un árbol. «¡Esto se llama navegar a todo trapo!», gritó, pero no le escuchaba, resistía agarrada a la borda con gesto de preocupación y el rostro empapado por las rociadas de las olas rompiendo contra las amuras del velero. Carlos viró un poco a barlovento. El barco perdió velocidad, se enderezó un poco e Inés relajó la expresión.

Abrió los ojos, se puso de lado y apoyó el codo en la cubierta para sostener la cabeza con la mano. Ni siquiera diseñándolo habrían pasado un día mejor. Ella permanecía ausente, con los párpados cerrados y la respiración pausada. ¿Qué estaría pensando? Mientras la observaba, se preguntó si habría vivido siempre en su cabeza, al igual que el genio de Bécquer dormía entre las cuerdas del arpa esperando que alguien le dijera: ¡Anda! Junto a ella el mundo giraba a otro ritmo. En el vocabulario de Inés no existía la palabra «no»: sí, vale, ok, estupendo. Algunos pensamientos quisieron derivar hacia Martina, pero los rechazó enseguida. No le gustaban las comparaciones. Cada una era lo que era. Con toda seguridad Inés también tenía defectos y con el tiempo saldrían a la luz. ¿Y quién no los tiene, Carlos?

***

El teléfono al que llama está apagado o fuera de cobertura en este momento.

—¡Vamos Carlos, vamos! ¡Por Dios, Carlos, conecta el teléfono!

Tras el último intento, Charo había quedado sentada en el tresillo, pensativa. Había llamado al hotel Guadalmina: «Lo siento, el señor Duarte no se encuentra en su habitación». «Cuando vuelva, dígale que ha llamado Charo, su —dudó un momento— secretaria. Por favor, que se ponga en contacto conmigo en cuanto llegue. Es muy urgente». Se iba a asustar, pero no había otra salida. La situación lo requería. Aún quedaba lo peor: llamar a Martina. Podría ser pija, engreída, pedante, soberbia y unos cuantos calificativos más, pero no tenía un pelo de tonta. Seguro que no se había tragado nada. Por el tono de la última conversación, se había dado cuenta de lo que se traían entre manos y de que ella era su cómplice.

¡Madre mía!, Charo, estás en un buen lío.

Pensó en Carlos. Apretó los dientes. Ahora estaría con esa mujer. ¿Cómo sería? Rubia, morena, alta… Recuperó paisajes de los primeros días en Duarte & Larralde. Carlos, simpático, cercano. Muy guapo. «Considérate como en tu casa, Charo. De verdad. Aquí todos formamos un equipo y todos somos necesarios, sin excepción». Después del primer día de trabajo, ya se había enamorado de él. Un amor platónico, monjil, casi religioso, no obstante, la propia clandestinidad de aquel amor le producía un placer masoquista, disfrutado solo por ella en la intimidad. Buscó detalles en la memoria. Un día le regaló una rosa. Casi le da algo. ¿Y esto? / ¿Acaso no puedo regalarte una rosa? / Claro, claro. Una rosa, un Ferrari, lo que tú quieras, jefe. (Soltó una carcajada. Le encantaba hacerle reír). / Eres una payasa adorable, Charo. / Por ti soy capaz de saltar al ruedo de las Ventas cuando esté toreando El Juli. Nueva risotada. Siempre tenía un detalle con ella para su cumpleaños: un libro, pendientes, perfume. Bueno, también lo tenía con los demás miembros del equipo, pero para Charo los suyos eran mejores. Dos lágrimas silenciosas bajaron por las mejillas mientras se chocaba contra la realidad en la que se había transformado su papel junto a Carlos. Ahora se había convertido en la alcahueta de sus encuentros amorosos. *Fui la celestina de tus citas clandestinas.* La canción sonó en el interior de la cabeza y comenzó a llorar con amargura un buen rato. «Eres imbécil, Rosario». Al cabo se limpió con el dorso de la mano y se puso en pie. Nueva llamada a Carlos y, tras tomar aire para serenarse, a Martina.

No había podido averiguar el hotel en el que se alojaba Carlos. «Hasta que no llegue mañana al estudio no podré saber dónde se encuentra, Martina. La nota está apuntada en mi agenda».

—No te preocupes, Charo. Tu jefe es como los fantasmas, aparece cuando menos lo esperas. Aunque, a diferencia de ellos, en vez de asustar, da pena. Adiós. ¡Ah!, si se pone en contacto contigo, dile que el cadáver de su hermana está en el Instituto Forense de Madrid.

—Vale —volvió a responderle al bip de final de llamada.

Dio varias vueltas por la habitación. ¡Menudo marrón! De nuevo la canción de Mocedades girando en su cabeza:

Secretaria, secretaria la que escucha, escribe y calla la que hizo de un despacho tu morada casi esposa, buen soldado, enfermera y un poquito enamorada.

—¡Déjate de estupideces, Rosario! —Reproche en voz alta, contundente.

Se dirigió al dormitorio y se cambió de ropa.

Un vestido oscuro sería apropiado para hacer compañía a Martina en el Anatómico Forense.

19

20 de abril

La luz desvaída de los últimos coletazos del atardecer, envuelven al Infinity. En tierra, algunos picos de la serranía perfilados sobre el lienzo del crepúsculo lanceaban impetuosos el cielo. Otros, sin embargo, más serenos, semejaban las curvas de una sinusoidal. El mar, una balsa de aceite extendida sobre las incipientes sombras, meciendo al velero en suave vaivén. Luces de urbanizaciones, salpicadas aquí y allá por las faldas de las montañas estiradas a lo largo de la costa a modo de pequeñas luciérnagas preparadas para dar la bienvenida a la noche.

—¿Tienes hambre?

—Mucha. Y frío también —respondió ella con los brazos cruzados.

«¿Cómo no se le había ocurrido meter en la bolsa la sudadera que había sostenido unos segundos en las manos antes de cerrarla? ¿Con el calor que hace una sudadera? ¡Anda ya! Me va a tomar por mojigata. Mejor la dejo aquí. Así es la idiocia, ¡qué le vamos a hacer!».

Bajó Carlos a los camarotes y en poco menos de un minuto subía de nuevo con un jersey de lana azul marino de cuello vuelto.

¿Me habrá leído el pensamiento?

—Póntelo, vamos a bajar a cenar a la playa.

¿Cenar en la playa? Con la incógnita rondándole la cabeza, se colocó la prenda de abrigo mientras él destrababa una pequeña embarcación neumática adosada a la popa del velero. Cuando la tuvo en el agua, bajó al camarote de nuevo y apareció con una nevera de corcho blanco.

—Nuestra cena —respondió a la interrogante mirada de Inés.

La noche anterior había encargado por internet, a un restaurante del puerto dedicado al cáterin, comida y cena en frío y lo habían dejado al amanecer sobre la cubierta del Infinity.

La alentó con un ademán del brazo para que lo acompañara hasta la pequeña zódiac y ella, sin dudarlo, bajó por la escalerilla hasta la plataforma de baño, se acomodó en la lancha como pudo y contempló el entorno mientras él remaba. Delante, una pequeña cala de no más de quinientos metros de costa, precedida por una playa de guijarros, cerrada a ambos lados por oscuros y escabrosos montículos rocosos, horadados por los continuos embates del mar.

¿Romántico? ¡Madre mía!, el arquitecto se lo curra.

Le gustaba, sí. Aquello prometía.

La arena de la playa arañó el fondo de la embarcación neumática.

Se apagaron las luces (faroles, diría el poeta), se encendieron los grillos...

Las sombras, dueñas ya del espacio circundante, los acogen en aquella solitaria playa.

***

Las luces de las farolas arañan espacio amarillento a la noche.

Martina aparcó el vehículo frente al edificio del Instituto Anatómico Forense. Tomó aire por la nariz y levantó la cabeza. Fachada, ¿rojiza?, ¿marrón?, en cualquier caso, lúgubre, desoladora. Resoplido resignado y paso firme hacia la entrada. Detrás, inseguro, Nacho.

—Si quieres espero fuera. —Martina se giró en mitad de la escalera. Un pie en el escalón de arriba y el otro en el de abajo. Sonrisa sibilina, apenas dibujada en los labios. Su intrépido Ken mostraba acusadas muestras de aprensión.

—No te preocupes, lo más seguro es que no nos pidan la donación de órganos. Anda, vamos —continuó bajando la escalera.

El hombretón se estaba desmadejando. Aunque, en realidad, ¿qué pintaba él allí? Si aparecía Carlos, tal vez se complicara la situación. «He hablado con Charo y en vista de que no ha podido contactar contigo, he llamado a Nacho. Él se ha ofrecido a acompañarme». Eso es, esa sería explicación. «Total, en el fondo son todos iguales. Les quitas un poquito de aquí, les das otro poquito de allá y ya los tenemos en el bolsillo».

Vigilante de seguridad uniformado a la entrada. Alto, vientre plano. Piernas separadas y manos a la espalda. Pose imprescindible, adquirida en las escuelas de vigilantes de seguridad uniformados de todo el mundo.

—Somos familia de Lydia Duarte.

El uniformado los contempló con superioridad y apatía, lánguido. Primero a Martina, luego a Nacho. La cabeza, redonda, demasiado pequeña para el cuerpo donde se poyaba, se terció hacia la derecha señalando, al mismo tiempo, con el brazo estirado, la sala de espera en cuyo lateral se distinguía el mostrador de información.

Martina, ofendida por la actitud desconsiderada del vigilante.

Labios apretados, ceño fruncido, barbilla al frente. «Otro gilipollas convencido de que el uniforme lo convierte en general». No soportaba que la minusvalorasen. ¡Aysss! ¿Qué demonios hacía ella allí? «Alguien tiene que venir a identificar el cadáver. ¡Pues que vaya su puto hermano o el cerdo ese de su marido! ¡A mí qué me cuentan! Encima tengo que ser yo la que me trague el marrón».

—Buenas noches, inspector Mendoza, Alejo Mendoza. Usted debe de ser...

«¿Y este quién es ahora?».

El inspector Mendoza, mujer. Ya te lo ha dicho.

Vaya pinta que tiene.

Alejo, como si hubiera oído los pensamientos, se recoloca su extemporánea corbata a rayas azules y se abrocha con premura el primer botón de la americana.

La americana, un tanto ajada, reconozcámoslo.

—Ella es la mujer del hermano. —Se adelantó Sabino alargando el brazo para saludarla.

Acto seguido, Martina se pasó los dedos por la melena mientras Mendoza le echaba una inquisitiva mirada a su antiguo compañero. Sabino había vuelto a actuar por su cuenta, olvidando el pacto. Podía ir al Anatómico Forense siempre que se mantuviera al margen. Ambos sabían que el jefe no aceptaría nunca verle husmeando por allí, pero a Sabino se le ocurrió alegar que el propio juez Hidalgo había solicitado su presencia, así «el gran jefe» no rechistaría. En efecto, aunque a regañadientes, el inspector jefe había aceptado. Ya en el Anatómico Forense, Alejo Mendoza insistió de nuevo. «Invisible, Sabino, invisible. No quiero que tu presencia aquí me ocasione ningún problema».

Lo dicho, Sabino se había saltado a la torera el pacto.

Martina volvió a pasarse los dedos por la melena. Recelosa, mantiene la mirada al detective. «¿Cómo sabe tanto de mí este otro personajillo si no lo he visto en mi vida?».

Sabino se da cuenta del error. Tarde, ya no hay forma de rectificar.

—¿Dónde está su marido, no viene con usted? —Mendoza medió para desplazar la atención del error de Sabino, con los ojos puestos en el acompañante de Martina, mucho más joven.

Detenido dos pasos atrás, miraba a un lado y a otro afectado por el lugar. Martina realizó un gesto negando con la cabeza. «El cabrón de mi marido anda, vaya usted a saber dónde, con una furcia».

—No he podido localizarlo, inspector. —¡Cómo le hubiese gustado vomitar en aquel momento toda la hiel que llevaba almacenada en las tripas! «No, mejor no, mejor me la trago. Todo a su tiempo. Ya se andará el camino»—. Su secretaria sigue intentándolo. Pronto estará aquí, imagino. Nacho Andrade. —Presentó con la mano abierta y un leve movimiento hacia atrás. Ninguna otra información sobre su acompañante. Ni siquiera se giró para mirarlo.

Alejo Mendoza, primero, y luego Sabino Holgado, saludaron con un apretón de manos.

El inspector se dirigió a Nacho.

—¿Usted también conocía a...?

—Lydia —precisó Sabino.

A pesar del cable tendido por su antiguo compañero, Alejo Mendoza lo interpretó como una nueva injerencia en el caso y lo perforó con la mirada.

—Solo la he visto una vez en una fiesta —afirmó el aparejador y luego negó—. No, no la conocía.

***

El fuego se contoneaba formando extrañas figuras que escapaban volando hacia lo alto mientras el chisporroteo competía con el murmullo del mar para romper el silencio.

La imagen de Notre Dame ardiendo sobrevuela un instante los pensamientos de Carlos y desaparece enseguida. Apoyaba la espalda sobre una roca, la acurrucaba entre las piernas rodeándola con ambos brazos mientras contemplaban embelesados el alabeo de la fogata. Un leño cambió de posición y proyectó una nube de chispas. Inés la siguió hasta que se perdió en la noche.

—Aquella que brilla tanto es Vega y la que está un poco más a la izquierda Deneb. La de más al sur se llama Altair. Es el llamado Triángulo de Verano.

Inés solo distinguía un manto enorme de estrellas, no obstante, asentía a las indicaciones de Carlos.

—¿Cuál es la estrella polar? —La única que conocía. Doña Camila, la maestra, aseguraba que es la más brillante de todas y mira siempre al norte.

Algo tendría que preguntar, ¿no?

Y él, claro, siguió. Vega, la Osa Menor, Arturo.

«Tendría que haberme callado».

Al rato se giró un poco acurrucándola en su regazo y abrazándola con más fuerza.

—Vamos a cenar algo.

Ensaladilla rusa, tortilla de patatas, frutas y agua.

Relax después de la cena. Carlos. boca arriba. Inés, ojos cerrados y cabeza apoyada sobre el estómago de él.

Empieza a refrescar y el fuego ya no tiene la viveza del principio. Sin embargo, se siente bien. Le llega lejano otro monólogo sobre la orientación nocturna de los antiguos marinos surcando los océanos con un simple sextante de latón. El hombre sobre el que se recuesta la había desarmado. Cada vez estaba más metida dentro de él. ¿O era al revés? Él cada vez ocupaba más espacio en su vida, en su corazón, en su alma. ¿Tanta fuerza tenía el amor? Después del flujo de sentimientos, empezaba a dudar de haber estado enamorada alguna vez. Abrió los ojos. El manto estrellado seguía arropándolos, silencioso, al igual que un cómplice encubriendo a unos perseguidos. El pirata Drake fue... Se incorporó y se tumbó sobre él. Rostros iluminados a la luz de los rescoldos. Beso suave, casi dejado caer desde arriba. Ahora los labios mordisquean despacio el rostro, el cuello y suben lentos hasta el lóbulo de la oreja. (¿Drake? ¿Qué Drake?).

—Pirata, quiero hacer el amor contigo —susurró—. Podemos hacerlo aquí o me llevas al barco, tú decides.

Los guijarros bajo los riñones tomaron le decisión por él.

—Mejor, volvemos al galeón.

Antes, un largo beso apretándola de la cintura. Después, tras apagar el fuego con arena, recogida de los restos de comida y vuelta remando al Infinity.

La noche, cerrada por completo. El cielo y el mar fundidos en una sola mancha oscura. Cuando Inés vislumbró la silueta del velero, estaban a escasos metros del barco. ¿Cómo había llegado con tanta facilidad? Cuestión de buscar una referencia en tierra antes de desembarcar. Ella no lo entendió muy bien, pero tampoco se preocupó demasiado porque cada neurona de su cerebro se encontraba ya ocupada en llegar cuanto antes al camarote de proa.

***

Martina salió del lugar donde tenían el cadáver de Lydia con los ojos inundados de lágrimas. Alguien con una bata blanca y cara de «A ver si termináis pronto que he dejado a fulanita en el wasap», los precedió para abrirles las puertas. Ella, sin embrago, se detuvo para coger el pañuelo que le ofrecía Mendoza y enjugarse las lágrimas. Después avanzó de nuevo por el pasillo largo, frío, angosto. Luces de neón, paredes verde manzana, suelo de mármol blanco. Le costaba caminar, coordinar los movimientos. La misma sensación de la primera vez que se fumó un porro con Cecilia, aunque con muy diferente estado de ánimo: en aquel momento reía a carcajadas y en este, casi no podía respirar por la ansiedad. ¿Por qué se sentía así? Nunca le había gustado Lydia. Pueblerina. Ridícula. Patética. Tan alejada de su estilo de vida. El pasillo se alargaba, como si se alejara conforme avanzaban. Tenía ganas de salir corriendo de allí, coger al pipiolo y marcharse lo más lejos posible del lugar.

—¿Está preparada? —La frase pronunciada por el de la bata blanca antes de traspasar las puertas resonó como una palmada cerca del oído.

¿Se puede estar preparada para algo así? Desde luego, ella no. Dos puertas oscilantes de madera con sendos ojos de buey en cada una de las hojas. A través de los cristales ovalados, Martina observó una hilera de camillas de acero inoxidable. En lo alto, cuerpos cubiertos por sábanas blancas y una fila te tubos fluorescentes encastrados en el techo, arrancando pequeños destellos al metal. Sin saliva en la boca. Uno de esos cuerpos será el de Lydia. El único cadáver que había visto en su vida había sido el de su padre. Tomó aire y lo expulsó, lento.

—Vamos —tono de seguridad que no sentía.

El doctor empujó ambas puertas para facilitarles el paso y ella entró decidida. Sin embargo, a pesar del arrebato impetuoso, un penetrante olor a formol la paró en seco. Tras ella, Mendoza, los últimos estertores de las puertas oscilantes y el bisbiseo del aire acondicionado. Bueno, este procedía de unas rejillas incrustadas en el techo.

La temperatura dentro de la sala había bajado algunos grados. Se abrazó a sí misma restregándose las manos por los brazos y percibió el horror de la muerte remansado entre aquellas paredes blancas, luminosas.

Escalofrío por la espina dorsal.

Al frente, un pasillo orillado de cadáveres ocultos bajo impolutos sudarios aguardando a la autopsia para desvelarle sus secretos más recónditos. La única parte visible, los pies desnudos con un cartón numerado a rotulador colgando del dedo gordo. Al fondo de la sala se encontraba una mesa muy grande coronada por enormes focos articulados en el techo y una sinfonía de instrumental de diferente factura colocados, casi con mimo, en otra más pequeña. Martina tragó saliva. El cadáver de su padre estaba vestido, sobre una cama, rodeado de familiares y amigos; visos de normalidad. Sin embargo, aquel escenario empezaba a sobrepasarla. Tendría que haberle exigido a Nacho que la acompañara, al menos tendría donde agarrarse en caso de desfallecer. «¿Para qué había venido si no? ¡Puto imberbe!». Nada que ver con la imagen de persona arrolladora que proyectaba.

Seguro de sí mismo, capaz de fiscalizarlo todo. Ese halo de autocontrol que la había atraído al principio, se había desvanecido igual que la niebla, que no deja rastro cuando calienta el sol.

En silencio, como si participara en un tétrico desfile, avanzaba dando pasos cortos, los brazos pegados al cuerpo, tratando de sobreponerse al miedo que le producía pasar entre los cadáveres. Es el cinco, indicó el acompañante con la indiferencia del crupier que canta el número donde ha caído la bola, y se detuvo a los pies de la camilla. Tras comprobar la etiqueta de cartón que pendía del dedo gordo del pie derecho, se dirigió hacia la cabecera. Cuando se giró, se topó con la temerosa mirada de Martina. Silencio interrogante deslizándose en el ambiente. Esperó. Alguna fuerza desconocida emergió desde el interior y ella movió la cabeza en sentido afirmativo. El auxiliar tomó la sábana por el extremo y la levantó hasta la altura del vientre.

Martina se llevó la mano a la boca y ahogó un silente grito que a pesar de todo impregnó el ambiente del mortuorio.

***

El ambiente producido por la tenue luz del camarote era cálido y acogedor. Il Divo derramaba voces en el habitáculo cantando quedo *Vivo por ella,* e Inés saboreaba la taza de café que le había preparado Carlos después de hacer el amor.

—¿Vas a regresar mañana a Madrid? —formuló la pregunta con cierto tono de añoranza mientras lo miraba por encima de la taza.

—Sí. Tomaré un avión en Málaga. Necesito pasar por el estudio para poner algunos proyectos en marcha y —desplazó la vista un instante al móvil apagado sobre la mesa— comprobaré hasta dónde ha llegado nuestro detective —concluyó reubicándose de nuevo en los ojos de Inés. Después, bebió un sorbo de café, esperó unos segundos e intervino de nuevo:

—Voy a pedirle a Martina el divorcio. —Intensificó aún más la mirada en ella.

Inés alargó la mano y acarició la de Carlos.

—¿Estás seguro?

Carlos afirmó moviendo lento la cabeza, con la serenidad de quien ha meditado el paso en todas sus dimensiones.

Un dilatado silencio de miradas sostenidas buscó un hueco entre los dos antes de plantear la pregunta que Carlos esperaba.

—¿Tengo yo algo que ver en esa decisión?

Retraso en la respuesta para saborear de nuevo el café y de paso meditarla bien. Tras dejar la taza sobre la mesa, la mira con fijeza y emite un «no» seco, que no deja lugar a la duda, y lo acompaña de otro movimiento de cabeza, esta vez en sentido negativo.

—Ya hace mucho que nuestro matrimonio está roto, Inés. Cuestión de tiempo dar el paso.

—¿Sabe ella algo de tus intenciones?

—Seguro que sí. Nuestra relación cada vez es más tensa. Ya apenas hablamos y cuando lo hacemos es para discutir.

—¿En serio sigues pensando que Martina no puede estar detrás de esos mensajes amenazantes? Si ella sospecha que vas a pedirle el divorcio, tal vez…

—Me cuesta creer que pueda hacerlo, al menos sola —la interrumpió—. No la veo actuando de *hacker.* Sus conocimientos en informática, hasta donde yo sé, no van más allá de escribir un wasap a Cecilia preguntándole el vestido que se va a poner para alguna fiesta o cena.

—Sin embargo, según me has contado, Cecilia podría…

La memoria de Carlos le llevó al día en que la rechazó en casa de su padre después de la cena. «Un cerebro tan retorcido como el de Cecilia sí tendría motivos para una jugarreta así. Tal vez quisiera vengarse por el ultraje de aquella noche. Una Larralde humillada, ¡uf!».

—Cecilia sería una buena candidata, sí.

—Había también un abogado, ¿no? Una noche me comentaste por teléfono algo sobre un eficiente abogado que le llevaba los papeles de la herencia.

Carlos se levantó sin soltarle la mano y la instó a que lo imitara tirando un poco de ella.

—No dejemos que nada ni nadie estropee nuestra velada —susurró asiéndola de la cintura.

Luego empezó a deslizar la lengua por la parte alta del cuello que el jersey dejaba al descubierto, extendiéndose hasta la oreja donde siguió, esta vez mordisqueándole el lóbulo mientras notaba cómo ella se estremecía y la piel se erizaba al tiempo que aumentaba la excitación de ambos.

Carlos le sacó por la cabeza la única prenda que llevaba puesta, el jersey azul de lana de cuello vuelto, la sentó sobre la mesa y se colocó entre sus piernas.

—¿No te cansas? —Un hilo de voz apenas susurrado por palabras ahogadas en la pasión que de nuevo resurge entre ambos.

—No —respondió mientras se deshacía con rapidez de la camiseta y el pantalón corto que se había colocado al bajarse de la cama.

Volvieron los labios a unirse, las lenguas a juguetear, las manos a deleitarse con el cuerpo del otro. Los sentidos abiertos al abismo indescifrable del placer.

De repente, un ruido de motor acercándose detiene el éxtasis. Prestan atención. Un golpe en el costado del velero. ¿Qué demonios...? El hechizo queda en suspenso, los jadeos, difíciles de controlar, continúan, a pesar de todo, desbocados.

—¿Qué ha sido eso? —cuchicheó Inés.

El sonido del motor otra vez. Acelera. Ahora parecía alejarse a toda velocidad.

Carlos le puso el dedo índice en los labios invitándola a guardar silencio y, a continuación, se colocó el pantalón corto. Inés seguía los movimientos tratando de calmar la respiración. Lo vio levantar la tapa de la mesa de cartas y sacar una barra de hierro. Luego se dirigió hacia la escalera y empezó a subir con cautela. Cuando desapareció de su vista, aguantó el aire en los pulmones. La atención puesta en los pasos por cubierta del Infinity.

Uno, dos, tres pasos.

Un golpe seco.

Sonidos de la barra de hierro rebotando en el suelo y un plof que sugiere que ha caído al agua.

El corazón, paralizado por el terror.

—¡Carlos!

Silencio.

***

Le impresionó el silencio reinante en torno al cadáver tumbado en aquella fría mesa de acero inoxidable. ¿Era Lydia? Rostro decolorado, cerúleo, un poco hinchado. La boca entreabierta, un ojo semicerrado, la melena desmadejada. En el cuello, señales inequívocas de la cuerda. Los pechos, desmayados a los lados.

Sin poder contener las lágrimas, susurró el nombre un par de veces y se llevó la otra mano a la boca. En las retinas aparecieron las huellas de aquel fantasma que ahora huía al igual que la noche se repliega cuando aparecen los primeros rayos de sol. Imágenes de Lydia y su marido la primera vez que se los presentó Carlos. Falda estrecha verde agua, camisa blanca y zapatos de medio tacón blancos, a juego con un bolsito del mismo color bajo el brazo. Le pareció mojigata, limitada. Tomó asiento casi al filo de la silla sujetándose el borde de la falda y le costaba abrir la boca para hablar. «Sí, sí, estoy bien». «No, no, no quiero más café, gracias». «Maestra, sí, soy maestra». Cada vez que respondía a una pregunta permanecía luego con un rictus extraño en la boca y la mirada fija, ida. Su marido, sin embargo, —camisa blanca remangada a medio brazo, abierta hasta el segundo botón por donde asomaban algunos vellos del pecho, pantalón mostaza con el cinturón incrustado bajo la tripa y zapatos marrones—, parloteaba en voz alta y gesticulaba al modo que lo haría un vendedor ambulante.

—¿Qué les pasa a estos dos? —La pregunta formulada por Martina cuando se marcharon llevaba varios frentes para conversar, aunque la respuesta de Carlos no admitía alargar el diálogo:

—Mi hermana es una tímida de manual y el otro, un gilipollas consumado.

Martina apartó la visión del cadáver girándose hacia el inspector y le pidió con un gesto salir. Alejo Mendoza le palmeó la espalda. ¿Puede asegurar que es Lydia Duarte? Está bien, entonces vámonos.

Cuando regresaron a la antesala de los mortuorios, Sabino Holgado se encontraba sentado frente a Nacho. Martina caminaba delante, con pasos apresurados y mirada en las baldosas.

—Sácame de aquí, por favor —le pidió a Nacho. Diligente, se levantó y la llevó del brazo hasta la puerta.

Acababan de subir las escaleras hacia el exterior cuando vieron acercarse a Charo, sofocada. Al llegar junto a ellos, empezó a escupir palabras al modo de un aspersor de riego.

—¡Martina, por Dios! ¿Qué ha pasado?

—Lydia se ha suicidado. La policía no ha dado más detalles —contestó con sequedad al tiempo que señalaba el Anatómico con un leve movimiento de la mano.

—No consigo hablar con Carlos. He llamado a algunos hoteles y no puedo localizarlo. La agenda con el nombre del hotel está en la oficina. Yo creía que era otro, pero me han dicho que no.

Martina levantó la cabeza despacio y la trepanó con la mirada.

Charo se arrugó.

—No hace falta que justifiques a tu jefe, sé que anda por ahí con una furcia. —Giró la cara en un gesto cargado de desprecio y empezó a andar sin ni siquiera despedirse, seguida de un Nacho mudo, cabizbajo.

Charo, muy alterada, aturdida por un aluvión confuso de preguntas, la observó alejarse por la acera. ¿Dónde estaba Carlos? ¿Habría hecho bien yendo al Anatómico? ¿Qué hacía allí Nacho con Martina?

Un rato después, algo más tranquila, decidió entrar para saber si la policía había conseguido localizar a Carlos.

20

20 de abril

—¿Carlos? —susurró de nuevo, aunque esta vez se atrevió a levantar un poco más la voz.

Se colocó el jersey azul de cuello vuelto y caminó con sigilo por el interior del camarote musitando, a modo de letanía, el nombre de Carlos: «Carlos, Carlos, Carlos». Con la vista en el cielo estrellado, subió despacio los escalones y asomó la cabeza por la escotilla. La rueda del timón, la botavara balanceándose con suavidad a un lado y a otro.

—Carlos —musitó.

Las drizas de la mayor golpeaban el mástil: clin, clin, clin. Escaló los últimos peldaños y, dando muestra de una inusitada sangre fría, se colocó en medio de la bañera.

A pesar del terror que la embargaba, consiguió dar una vuelta sobre sí misma. Todo seguía igual. La mar en calma, las luces amodorradas de las urbanizaciones de tierra, el viento apenas una brisa refrescante. ¿Qué había ocurrido? ¿Dónde estaba? Al dirigir la vista hacia la proa, los ojos, adaptados ya a la penumbra, visualizaron un bulto sobre la carlinga. ¡Un cuerpo!

—¿Carlos? —La pregunta, estúpida. ¿Quién si no podría ser? Aunque tal vez la pregunta llevaba implícito el deseo de que no fuera él.

Sale gateando porque las piernas, invalidadas por el terror, no la sostienen. El rocío depositado sobre la cubierta la impide avanzar con rapidez. «Carlos». De rodillas, a su lado, le palpa el rostro húmedo. Ansiedad. Nota que se marea y se agarra al mástil.

—¡Dios mío, lo han matado, está muerto!

***

—Estos están liados —sentenció Sabino sin mirar la cara de Alejo Mendoza, quien, sentado a su lado, codos sobre las piernas y manos entrelazadas, se contemplaba las punteras de los ajados zapatos asegurándose a sí mismo que de estar casado, su mujer le hubiera obligado a limpiárselos antes de salir.

—¿Decías?

—Según le he podido sonsacar al pichón que acompaña a la dama, no me cabe duda de que se la está cepillando.

—No escarmientas, ¿eh? Esa mente calenturienta ya te ha gastado más de una mala pasada. —Volvió la cabeza Alejo y se encontró con la mirada agriada de su excompañero.

Silencio.

En los recuerdos de ambos, permanecía la vez que el antiguo jefe pilló al inspector Holgado en la cama con su mujer.

—Vamos a dejar aquello, ¿vale? Ella me tiró los tejos a mí.

—Sí, y tú a ella las bragas al suelo.

—Alejo, por favor.

Además de seis meses de suspensión de empleo y sueldo, la insensatez le costó a Sabino el rechazo y el aislamiento de sus compañeros, pues nadie quería relacionarse con él cuando volvió a la comisaría. Nadie, excepto Alejo Mendoza. ¡Hipócritas! Todos conocían de sobra los andares de aquella mujer porque no solo Sabino había transitado por la cama del antiguo jefe.

Después de aquello, ambos fueron tratados como proscritos hasta que, señalado de nuevo por la desaparición de los cincuenta mil euros, Sabino se vio obligado a dejar el cuerpo de policía. Aún arrastraba Mendoza la lacra de haberse puesto de su lado. Ahora se entienden las diferencias con el jefe, ¿no? «Así que tú eres el amigo del que se iba tirando a las mujeres de los compañeros. No me gusta la gente como tú».

—Prometiste contarme muchas cosas sobre estos personajes —apuntó Mendoza sin levantar la vista de los zapatos.

—En eso estamos. —Se tomó un tiempo—. Tengo la intuición de que aquí tenemos un ovillo bastante gordo. ¿Qué hace este crápula al lado de esta exuberante mujer?

—A lo mejor fornica muy bien.

—No me seas ordinario, Alejo.

—Verás tú, aquí sor Sandalia de las Altas Cumbres.

—¡Joder!

—Vale, vale.

—Mientras has entrado con la mujer del arquitecto a identificar el cadáver, lo he estado sondeando un poco. Ya sabes, jugando en su propio campo y realizando un juego en el que él se sintiera cómodo.

—Halagándolo, vaya.

—Eso es. «Me han dicho que es usted el alma del gabinete del señor Duarte». «No sea modesto hombre, yo conocí al señor Larralde, un buen tipo. Hablaba gloria bendita de usted». «¡Claro que hablo en serio!». A partir de aquí empezó con el yo, yo, yo y no paró de hablar de sí mismo. Incluso se le escaparon algunas puntadas sobre la mujer que me llevan a pensar que andan liados.

Pregunta de Alejo ayudándose de un gesto con la mano.

¿Encefalograma plano?

Titubeo de Sabino.

—Pues, no creo. Más bien lo contrario, me da que es una víbora con ganas de devorar todo lo que se le pone por delante, incluyendo al bombón que acaba de marcharse. Además, es un soberbio y le encanta que le doren la píldora. Ya sabes lo que dicen de los halagos, los tontos se los creen y los listos los saborean. Y este es listo de cojones.

—Vaya, ahora no hay ninguna ordinariez, ¿eh?

—Calla y no seas remilgado. Mi olfato me dice que estos dos comparten algo más que cama.

Alejo Mendoza lo miró de reojo y volvió a sus zapatos.

—Ya ves —dijo sin apartar la vista de las punteras—, para mí que este era de los que solo habían recogido algunos de los talentos repartidos por Dios, y, al parecer, no podemos subestimarlo. Aquí hasta el más tonto hace candados de madera y funcionan. Según Nietzsche aseguraba, detrás de cada tonto hay un sabio oculto. ¡¿Quién sabe?!

—Loco —apuntó Mendoza.

—¡¿Qué?!

—Que tu Nietzsche se refería a los locos, no a los tontos. Los tontos no tienen remedio. El que nace tonto, muere tonto.

Meditó unos segundos Sabino las conjeturas de su amigo arrugando el entrecejo y al cabo prosiguió:

—Bueno, pues me da igual si se refería a los tontos o a los locos. No encaja al lado de esa mujer. Ella tampoco parece tener un pelo de tonta. Algo se trae entre manos la morena. A no ser, claro está, que como tú dices, fornique muy bien.

—Ya te he dicho que estos comparten algo más que cama. Cambiando de tema, ¿qué sabes del caso Hospisa?

Tardó unos segundos en responder,

—Ese caso me suena. Hay un expediente en comisaría. Pero ni siquiera comenzó a investigarse. ¿Por qué?

—Lo imaginaba —sonrió Sabino—. Antes de continuar, si a ti no te importa, me gustaría echar un vistazo a los objetos que llevaba la finada en el bolso, ¿Están aquí?

—Sí —afirmó Mendoza y se levantó—. Están en una bolsa de plástico junto a la ropa. Pero no vas a encontrar nada extraordinario.

***

La idea de resbalar y caer al mar la horroriza.

Llora y gatea de vuelta a los camarotes agarrándose a lo primero que encuentra a su paso. Quien ha matado a Carlos debía de andar cerca y puede volver a buscarla a ella. Se detiene. Levanta la cabeza oteando la oscuridad en busca de la lancha que momentos antes ha golpeado el casco del Infínity. Nada. A lo lejos, luces de barcos. «Traíñas pescando sardinas para los espetos de mañana en los chiringuitos malagueños», había asegurado él.

Ya en los camarotes, busca ansiosa del teléfono de Carlos. Allí está, sobre la mesa donde momentos antes habían estado a punto de hacer el amor. Se precipita y lo toma entre las manos (dedos trémulos, respiración contenida y la atención puesta en los ruidos exteriores). «La clave, la clave». (Si pudiera te la diría, Inés.) «La fecha del nacimiento de sus hijos». Los engranajes del cerebro se mueven a la velocidad de la caja de cambios de un fórmula uno en competición. «0607».

El teléfono cobra vida.

Marca el número de emergencias.

«112».

Veinte minutos más tarde, oye el motor de una embarcación acercándose a toda velocidad.

—¡Atención, Infinity, le habla la Guardia Civil del Mar. Vamos a subir a bordo!

El interior de la cabina se llena en un instante de destellos azulados colados a través de los ojos de buey. El velero, debido a las olas originadas por la patrullera, se balancea al igual que lo haría en mitad de un huracán. Carreras por la cubierta. Voces, órdenes confusas. ¡Aquí hay un cuerpo tumbado sobre la carlinga! Alguien baja corriendo por las escaleras y, al verla, la apunta con un arma. Nuevo grito: ¡Una mujer en los camarotes! El mundo frente a ella empieza a diluirse.

«Carlos», pronunciaron los labios antes de desplomarse aferrada al teléfono móvil.

***

Mendoza llevaba razón. El bolso de Lydia estaba casi vacío. Un boli Bic, en la cartera un billete de cincuenta y otro de veinte, algunas monedas y una foto de dos niños pequeños. ¿Los hijos de Carlos? Las llaves del coche, unos cuantos tiques de Mercadona arrugados y un papel rosa doblado por la mitad. Un albarán, de material eléctrico.

Polideportivo Municipal de Majadahonda.

Obra del proyecto del estudio de arquitectura Duarte & Larralde.

Sabino lo estudió con curiosidad y le sacó una foto con el móvil.

—¿Algo que yo deba saber? —La pregunta y el gesto de Mendoza, sin duda, requerían una pronta respuesta. Sin embargo, Sabino habló más para sí que para su excompañero:

—¡Qué raro! —La empresa de Pancorbo no se llama así. Y, por otro lado, hace tiempo Duarte & Larralde dejó de trabajar con él.

¿Qué hacía la factura de otra empresa firmada por Pancorbo en el bolso? ¿Tenía el cuñado de Duarte dos empresas?

—¿Me vas a aclarar algo o voy a tener que adivinarlo?

—Un momento, un momento. ¡Déjame pensar, leches!

—Déjate de pensar tanto, que se te van a secar los sesos, anda. Me tienes en ascuas. ¿Qué sabes de todo este lío? Suelta prendas si quieres que te eche una mano. Recuerda que tenemos a su hermana Lydia ahí dentro.

—He llamado varias veces a Carlos, pero tiene el teléfono apagado. Habría que avisar a la Guardia Civil para que traten de localizarlo, ¿no?

—Ya lo ha hecho el jefe. No te vayas por las ramas y empieza a soltar lastre, que nos conocemos, Sabino —le increpó Alejo reclinándose hacia atrás en la silla de plástico, alineada junto a otras por la pared.

Sabino lo contempló un instante antes de responder.

—Hay veces que un caso se retuerce, se retuerce y no hay forma de encontrar el cabo de dónde tirar, pero me da a mí que este tiene más recovecos de lo que yo esperaba: matrimonio desavenido, mujer que pone cuernos con empleado del marido, marido pone cuernos con uno de esos amores que aparece tras una esquina...

—¡No me digas que ahora andas persiguiendo infidelidades! Creí que habías decidido no entrar en ese marujeo.

—No, por ahora no me interesan esos temas. Aún tengo dinero para comer —recupera raudo la advertencia de su secretaria: O me paga el sueldo completo este mes o me voy a regar mis macetas.

Ahora rectifica:

—Aunque no creas que lo descarto. Se pagan muy bien. El trabajo escasea y como dijo aquel —señaló con el dedo índice el techo—, no solo de pan vive el hombre.

—No, si ya te digo —Mendoza sonrió, apiñó los dedos de la mano y atipló la voz imitando a su excompañero—: «Tengo los casos así, así». Anda, sigue contando. ¿Qué diablos busca el arquitecto? —el policía lanzó la pregunta y volvió a sus zapatos. Esta vez los comparó con los de Sabino. Tampoco él los tenía muy brillantes que digamos. ¡Claro, marcas inequívocas de la soltería! ¡No falla!

—A lo que voy —continuó Sabino—, no me ha contratado para seguir a la mujer, aunque, como bien sabes, la investigación de un caso te lleva a otros y se encadenan igual que los recuerdos.

—Y la lectura de un libro lleva a otro libro y bla, bla, bla. ¡Dios mío cómo te enrollas, Sabino! ¡No te digo! Ahora te va a salir el lado poético.

Sabino, girado hacia Mendoza con el ceño fruncido:

—¿Me vas a dejar que siga, o prefieres que lo deje?

—Ya no hablo más. Punto en boca. Chitón. ¡Cremallera!

El exinspector de policía lo miró unos instantes, sin parpadear, y al cabo continuó:

Los hallazgos de las infidelidades eran bastante frecuentes. Solían aparecer a principio de una investigación. Hasta aquí todo normal.

Interrupción de Mendoza sin abandonar la visión de los zapatos:

—Sigo sin saber para qué te ha contratado el arquitecto.

—Llevas razón. Perdona. Duarte me ha contratado para tratar de localizar al autor o autora de unos mensajes amenazantes que recibe en un correo electrónico al que solo tienen acceso Inés y él.

—Imagino que Inés es la «querindonga».

—Sí, eso es. Ella es la «querindonga», como tú la llamas, pero me da que no van por ahí los tiros. Él, al menos, está muy enamorado. Me parece que el tema va en serio. Como te decía, ese correo electrónico lo abrieron al poco de conocerse y solo lo utilizaban entre ellos. Nadie lo conocía.

—Hoy se sabe todo de todos. Internet no guarda secretos a nadie. Supongo que estará casada, así que ya habrás contemplado la posibilidad de que el marido…

—Claro, claro —lo interrumpió Sabino—. Eso está diáfano. Ya tengo a un amigo trabajando para buscar la procedencia de esos mensajes. No será difícil localizar al autor. Pero, ya sabes, cuando alguien se pone al otro lado de mi mesa, el despacho se convierte en un confesionario y te cuentan media vida. —Holgado detuvo un momento la narración y volvió a girarse—. Espero que esta conversación quede entre nosotros. No me fallarás, ¿verdad, Alejo?

Mendoza se giró también y compuso una mueca sobreactuada de indignación.

—A ver, lechuzo, ¿te he fallado yo alguna vez? Ni siquiera cuando estabas de mierda hasta el cuello…

—¡Está bien, está bien! —levantó Sabino las manos abiertas al frente—, relájate. Como decía, Carlos no solo le había hablado de Hospisa sino de más cosas. Lo más interesante: el caso Hospisa. Y de ahí un entramado de detalles, en su mayoría en torno al personajillo que se acaba de marchar con la mujer del arquitecto con la que, sin duda, está liado, y a otro extraño y enigmátic, el marido de la finada. —Cerró el puño y señaló con el dedo pulgar por encima del hombro. Luego arrugó el entrecejo y perdió la mirada en la pared de enfrente.

—Hay algo más, ¿no?

Antes de responder, Sabino sacó el móvil y, tras pulsar varias veces la pantalla, mostró a Mendoza la foto de una factura.

—He encontrado, entre los objetos personales de Lydia, este albarán de material eléctrico. Fíjate, lo emite Intelectric para una obra de Duarte & Larralde y lo firma Millán Pancorbo. Según mis investigaciones, la empresa de Pancorbo se llama… —Sacó una libreta de notas del bolsillo y tras pasar unas cuantas hojas con el ceño fruncido, continuó—: Electroshop. Además, Carlos me dijo que su cuñado había cambiado la sección del cableado de ese hospital que salió ardiendo y aunque, al parecer, no fue la causa del incendio, sí llevó a que ambos se distanciaran y no volvieran a trabajar juntos.

Mendoza echó el cuerpo hacia atrás, achicó la mirada y lo contempló con los ojillos de la rata fisgona que asoma la cabeza y husmea prolija el peligro antes de salir.

—Si en lo que me estás contando hay algo delictivo, declino el compromiso de silencio —señaló.

—¡Ya estamos con las tonterías! —se indignó con afectación exagerada Sabino—. ¿Quieres que te enumere la cantidad de veces que te has saltado a la torera casos delictivos? ¡Anda que…!

—Estamos hablando de algo distinto. Una cosa es saltarse algunos detalles para ayudar a un pobre desgraciado y otra el incendio de un hospital donde hubo muertos. Siempre me llamó la atención lo pronto que se cerró esa investigación. Pero como donde hay patrón no manda marinero. Tú y yo hemos vivido varios así.

Sabino asintió repetidas veces moviendo la cabeza, donde las ideas se arremolinaban sin que, por el momento, pudiera organizarlas.

***

Indignada por la aparición de Charo en el forense, Martina caminaba, paso apresurado, hacia el coche seguida de Nacho. ¿Qué demonios pintaba la secretaria de Carlos allí? Con la ira instalada en su interior y manos nerviosas, trataba de encontrar las llaves del Mini en el fondo del bolso. Decepcionante la actitud de Nacho. Había levantado un edificio alrededor de su pipiolo y se había derrumbado la primera vez que abrió la puerta. ¿Qué se puede esperar de alguien así? «¿Acaso pensabas que, además de guapo, elegante y follar bien, fuera el Cid Campeador?». Lejano emergió un recuerdo de su padre: ¡La niña le ha pedido a usted tiramisú y usted se lo trae! ¡¿Qué no tienen?!, pues lo busca donde sea, para eso estamos en un restaurante de cien euros el cubierto. Aquel si era un hombre y no el que iba detrás. El camarero apareció a los pocos minutos con el postre. Casi con toda seguridad, ante la firme actitud de su padre, había salido del restaurante en busca del tiramisú. Su padre. Nunca había conocido a ningún hombre como él. Ni siquiera el que andaba por ahí con la furcia, por muy arquitecto que fuera, le llegaba a Iñaki Larralde al tobillo. ¡Maldito hijo de puta! Maldita sea la hora en que se casó con él. «¿Un arquitecto? ¡Qué suerte!». ¡Maldita sea! Bueno, le había dado dos hijos. También me los podía haber dado el portero del Instituto Forense o el imbécil este. Al final encontró las llaves y apretó el mando a distancia antes de llegar.

—¡Venga, vamos! —emitió autoritaria, en tono agriado, de enfado.

—¿Adónde?

—Al pueblo ese donde está tu padre.

—Pero…

—¡No hay peros que valgan! —Detuvo unos segundos la perorata. Desde luego, como no se calmara, podría dar al traste con lo programado. Se detuvo frente a él. Rectificación de conducta estudiada—. Nacho, cariño —intento de dulcificar el tono de voz—, ahora es el momento, ¿lo entiendes? A Carlos se le va a juntar todo. Es la ocasión de darle la puntilla. —Nacho giró la cabeza. Incluso a él le habían sonado crueles aquellas intenciones—. (¡Ay, Martina y su impetuosidad!) Nueva rectificación—: Quiero decir, las circunstancias lo tienen más debilitado. Ahora es cuando podemos atacarlo y derrotarlo. Tenemos que aprovechar la coyuntura.

Nacho, inmutable, gesto serio. Ella, sondeándolo: ¿Lo entiendes?

¿Lo entendía? Lorena transita como un *flash* en su cabeza. Esa nueva versión de Martina con abierta actitud malévola lo pone en guardia. Tomó asiento a su lado en el coche. Que lo utilizaba estaba claro, pero, total, ambos lo hacían, ¿no? Por otro lado, llevaba razón, ahora era el momento de atacar al jefe. Al perro flaco todo se le vuelven pulgas (refranes de su madre). Apoyó la cabeza sobre el respaldo y cerró los ojos. Jefe del gabinete Duarte & Larralde. No, no. Andrade & Larralde. Mejor. Lo primero que haría sería despedir a Charo. Sí, eso.

—¿Me estás escuchando?

—Perdón.

—¿En qué pueblo vive tu padre?

Nacho echó un vistazo al reloj del salpicadero.

—Deberíamos esperar hasta mañana, Martina. ¿Has visto qué hora es? Cuando lleguemos allí, estará dormido.

—Mejor —resolvió con la velocidad de quien tiene pensada la respuesta—. Le explicaremos lo sucedido: la hermana de Carlos se ha suicidado por problemas con él y tendrá que enfrentarse a la justicia. Es muy probable que cierren el gabinete y tú necesitas recuperar tu proyecto antes de que entre la policía en el despacho y lo requise todo.

De nuevo asombro en la mirada al contemplarla desde el asiento. Las atenuadas luces del salpicadero le perfilaban un rostro siniestro, preocupante. Hablaba sin apartar la vista de la carretera, con el deleite propio de quien está creando la historia sobre la marcha.

—Patones —musitó Nacho.

—¿Cómo has dicho?

—Patones. Patones de Arriba es el pueblo donde está mi padre. Coge la carretera de Burgos. Está cerca, a unos sesenta kilómetros.

21

20 de abril

El tac, tac, tac apresurado de unos pasos sobre el mármol consiguió que Sabino y Alejo interrumpieran la conversación para volver la cabeza. Una mujer de luto riguroso había entrado en la sala hasta mitad de la estancia e, indecisa, se había acercado a la ventanilla de recepción.

—El cadáver de la señora Duarte estará con los demás en la sala de autopsias, digo yo. Esto no es un tanatorio, señora —la recepcionista, molesta, había soltado la explicación en un tono gélido, cortante, sin levantar la vista del wasap que estaba enviando desde el teléfono móvil.

Al escuchar que preguntaba por Lydia, Sabino y Mendoza la abordaron enseguida.

—Perdonen, estoy buscando la sala de autopsias. El cadáver de… ¿Ustedes son…?

—Somos policías, señora —esta vez se había adelantado Mendoza y miraba de reojillo a Sabino. Cara de satisfacción. A su amigo le había gustado la inclusión en el equipo. «Somos policías, señora».

—Buenas noches, yo soy Charo, la secretaria de Carlos Duarte. Estoy intentando localizarlo.

El repiqueteo del móvil de Alejo Mendoza dejó en suspenso la presentación de Charo.

«Mendoza al habla».

«¿En un barco dice?».

«Vaya».

«Bueno, sí».

«¿Y cómo está?»

«¿Como qué no sabe cómo está? ¿Pero está vivo o muerto?».

«Está bien, está bien. Vuelva a llamarme cuando sepa algo».

Mendoza cerró la llamada y miró primero a Sabino y luego a Charo. Ambos permanecían con la expresión congelada.

—Han encontrado a Carlos Duarte —lacónico, tono bajo y gesto desvalido del actor con la pretensión de causar un efecto dramático en el tercer acto de *Hamlet*.

Charo fue a preguntar cuando Mendoza intervino de nuevo y la dejó con una ridícula mueca dibujada en el rostro.

—Estaba en un barco con una chica. —Miró de reojo a Sabino sin hacer mención de Inés—. Al parecer le han dado un golpe en la cabeza.

Charo se sobresaltó

—¿Un golpe? ¿Se encuentra bien? —casi no podía articular las frases, sacadas con esfuerzo desde lo más profundo de su ser.

El guardia del teléfono se había limitado a transmitirle la noticia sin entrar en detalles, respondió Alejo.

Charo tragó saliva. ¡Un golpe! Si estaban solos en el barco, a la fuerza, la única que podía haberle agredido sería la tal Inés. ¿Quién era Inés? De repente, sintió un ataque de celos materno-filial con tintes de negligencia. Debería haber averiguado algo acerca de esa chica. ¿Pero quién era ella para meterse en esos berenjenales? Solo la secretaria. Nunca había pasado de ahí. Bueno, la verdad es que Carlos la consideraba algo más. ¡«Qué guapa estás hoy, Charo! ¡Qué haría yo sin ti!» Carlos, un desastre para las fechas. Cumpleaños, aniversario de boda, treinta de enero, Santa Martina. «No te olvides de felicitarla. Veintiocho de noviembre, el santo de la niña». Algunas veces, incluso, se encargaba de comprar los regalos. Sin embargo, él nunca olvidaba el cumpleaños de Charo y la sorprendía en las fechas importantes con algún detalle convertidos de inmediato en auténticos amuletos. ¡Y hasta una acuarela con un paisaje marino, que no pegaba allí ni con cola, la había colocado en el dormitorio! «Me da igual, quiero verla cada noche antes de acostarme».

Sabino captaba los cambios en el semblante de Charo acompañados del repentino nerviosismo en las manos y la voz rozando el tono de plegaria. «Otra enamorada del arquitecto. ¿Qué tendrán? Al fin y al cabo, no son más que albañiles con estudios». Pensó en Martina. ¿Cómo puede un pintamonas como ese tirarse a una mujer como ella? ¿Cuánto tiempo hacía que él no...? ¡Puf! Aquella polaca del bar de carretera en Almería. ¿Cómo se llamaba? Anastasia, Anieska? Lo dicho, en la próxima vida, arquitecto.

Cuando volvió la atención a Charo, se había derrumbado sobre el asiento y contemplaba el móvil sin pestañear pasando el dedo por la pantalla hasta encontrar el número que quería marcar y se puso el teléfono en la oreja.

***

No se atrevió a abrir los ojos. Prestó atención. Primero oyó, lejano, como si viniera de otro mundo, el ronroneo de un motor acercándose a ella, al modo que lo haría un alma de ultratumba, hasta que la envolvió, luego notó los vaivenes del lugar donde se encontraba tumbada boca arriba y por último buscó las últimas imágenes guardadas en el recuerdo. Se incorporó de un salto.

—¡Carlos! —Al abrir los ojos, no vio nada concreto, un mundo turbio, sin perfiles, con una figura verde emborronada a su lado—. Carlos, ¿dónde está Carlos? ¿Qué le ha ocurrido? ¿Dónde estoy?

La figura verde le puso la mano en el hombro para obligarla a tumbarse de nuevo y ella, dócil, accedió.

—El señor está bien, no se preocupe. Y usted se encuentra en una patrullera de la Guardia Civil del Mar. Pronto llegaremos a puerto.

Carlos no estaba bien. Carlos estaba muerto. ¿Por qué mentía?

Muerto.

La palabra la golpeó varias veces en un movimiento semejante al de una pelota en una cancha de pádel hasta que un sinfín de ideas, desbocadas y confusas, comenzaron a unírsele. Disociadas, aparecían como *flashes* ante ella, incapaz de organizarlas. La playa y las estrellas: Altair, Deneb. La estrella polar. ¿Cuál es la estrella polar? El fuego contorsionándose camino de las estrellas y los besos, eternos, llenos de amor. El Infinity con las velas desplegadas...

Todo aquello había acabado de repente.

La Guardia Civil del Mar.

¿Habrían cogido a los atacantes? ¿Quién querría matar a Carlos? Martina quizás.

Los motores de la patrullera bajaron las revoluciones. Oyó voces en cubierta, carreras, ruidos. Se incorporó sobre los codos para mirar por un ojo de buey: la embarcación había atracado a un pantalán y estaban atando cabos a los norayes.

El grito de una sirena acercándose.

Una ambulancia se detiene en seco frente a la patrullera.

Dos enfermeros bajan por la pasarela con una camilla y segundos después se llevaban a Carlos.

Inés, impotente, musita su nombre con la nariz pegada al metacrilato de la ventanita redonda.

Cuando la ambulancia parte a toda velocidad, ella emite un grito y cae desmayada.

Silencio.

***

El silencio regía el oscuro habitáculo del coche. Martina conducía con la vista en la franja de luz abierta por los faros a la noche y Nacho, ojos cerrados, descansaba la cabeza sobre el respaldo tratando de reorganizar las sensaciones que pululaban por su interior. Consciente de la manipulación, se preguntaba si Martina le interesaba tanto como para dejarse manejar de aquella manera. Bueno, en definitiva, un juego de intereses mutuos: ella lo utilizaba para quitarse de en medio al marido y él, para hacer realidad su sueño de dirigir el estudio. Se removió en el asiento. ¿Había algo más? Seamos claros, desde luego, enamorado de ella no estaba. Las mujeres nunca le habían interesado excepto para mantener relaciones esporádicas con ellas. Dedicó un instante a Lorena. Diferente. Le gustaba de verdad. Sencilla, siempre sonriente, amable, educada. Con ella había algo más que sexo. Volvió a negar los propios sentimientos. No. Lo importante, no perder de vista las metas marcadas: terminar la carrera de arquitectura y estar al frente de un estudio como Duarte & Larralde. Nada debe apartarme de ese camino. Tenía varias ideas en la cabeza, algunas, robadas al jefe y mejoradas por él. Sí, robadas al jefe. ¡Y qué! Mejor martillo que clavo, ¿no? La servil imagen de su padre le retorció las tripas: sempiterno traje marrón, sonrisa dibujada en el rostro y carrerilla para adelantarse y apretar el botón de llamada del ascensor. «Buenos días, don Carlos». «Buenos días, don Luis». «Buenos días, don…». «Buenos días, Fermín». Ya se sabe, el simple uso de la fórmula de tratamiento marca la diferencia social. No, por ahí no. No estoy dispuesto a que me infravaloren. Por ahí no iba a pasar. Abrió los ojos y sin mover la cabeza miró de soslayo el reloj del salpicadero del Mini. Aún no es demasiado tarde. Tal vez esté aún viendo la tele. Le convencerían para que le acompañara al estudio de arquitectura. La presencia de la mujer del jefe contribuiría a que no pusiera pegas.

Nacho levantó un poco la mirada. Martina conducía con la mano izquierda en el volante y la derecha sobre la palanca de cambio. A la luz del salpicadero, la camisa, abierta hasta el tercer botón, dejaba entrever el sujetador oscuro y la parte superior de uno de sus pechos. Imágenes corrieron desbocadas. Notó la textura y dureza de aquellos senos bajo sus dedos. Recordó los gemidos, el cuerpo arqueado y susurros incomprensibles, sensuales. La deseaba. Desde la primera vez que hicieron el amor, aquel cuerpo, grabado en él con la nitidez con que se graba la sonrisa del hijo recién nacido, no había dejado de rondarle. Volvieron los ojos al salpicadero y luego a Martina: la aguja del cuentakilómetros cercana a los ciento cuarenta. Ella, con la vista puesta en la noche, sin apenas pestañear. De vez en cuando, fruncía el ceño y ladeaba la cabeza.

Imposible saber en qué andaba la cabeza de Martina. Imprimía a las reflexiones mucha más velocidad que al propio vehículo. Organizaba los pasos que seguir después de obtener la copia del proyecto del hospital. «Si consigo que esta noche el viejo le entregue los papeles al pipiolo, mañana mismo se los pongo sobre la mesa al abogado, para que inicie el juicio contra el puto Carlos Duarte. Respira hondo, Martina, respira hondo. Te vas a enterar, Carlitos. Se te van a quitar las ganas de irte por ahí con furcias como esa». El resentimiento se alteraba furioso en su interior. «Pero no te preocupes, te mandaré un CD de tu *Stand by me* para que te acuerdes de ella cuando estés entre rejas».

Nacho suelta una pequeña carcajada.

—Estás hablando sola.

Martina mueve la cabeza como si espantara una mosca impertinente. Por un momento, deja la carretera para dedicarle una penetrante mirada a su acompañante y enseguida vuelve la vista al frente. «Estaba cavilando mandarte a tomar por el culo en cuando acabe todo esto, so gilipollas. Relájate, Martina, no lo estropees». Toma aire por la nariz para no verbalizar ese pensamiento. Vuelve de nuevo la cabeza hacia él. Sonríe.

Le aturdían los problemas (voz pausada). En cuanto tengamos los documentos los pongo en manos de mi abogado, Nacho. ¿Podremos convencer a tu padre?

—No sé si vamos a conseguir que hoy...

—Lo vamos a conseguir, Nacho, como sea. Aunque tengamos que llevarnos a tu padre a rastras hasta el despacho.

(Esta es capaz de cualquier cosa, Nacho. Miedo me da).

—Bueno, no sé.

—Quiero decir que tenemos que intentarlo.

A la altura de Venturada, tomaron un desvío hacia Torrelaguna y un poco más tarde entraban en un pueblo incrustado en la montaña, cuyas casas, en su mayoría de piedra oscura, se confundían con la noche. Las calles, bacheadas y mal iluminadas, obligaron a Martina a reducir la velocidad. Sin apartar la vista del parabrisas preguntó la dirección.

—Detrás de la iglesia. Aquí no necesitan dirección. Nos conocemos todos.

¿Nos conocemos? Martina desvió un instante la mirada para contemplarlo. ¿Cómo se la había ocurrido compartir cama con aquel gañán? Ahora ni siquiera le parecía guapo. ¡Has caído muy bajo! Bueno, todo sea por la causa.

(Lo dicho, capaz de cualquier cosa).

—Mejor dejamos aquí el coche —sugirió Nacho al llegar a la plaza de la iglesia—, las calles hasta llegar a mi casa son demasiado estrechas.

22

20 de abril

El lugar le pareció siniestro.

Una iglesia solitaria, con torre balconada, no muy alta, regentaba un espacio abierto entre las estrechas calles del pueblo. La deficiente iluminación, las piedras oscuras de las construcciones y los rincones siniestros conferían al lugar un aspecto sombrío, tétrico, desértico, propio del Londres de Jack el Destripador. ¿Vivía alguien allí? Martina sintió frío. El viento torcía las esquinas trayendo olores a oveja, a heno, a tierra mojada, a soledad, incluso. Para completar la estampa desoladora, no podían faltar los ladridos de unos perros intuyendo la ruptura de la tranquilidad cotidiana. Caminó separada de Nacho con los brazos cruzados hasta que dio un resbalón.

—Sujétate a mí. Hay que tener cuidado, el relente y el empedrado no se llevan bien.

Se agarró del brazo, por supuesto de mala gana, y se adentraron despacio en el lúgubre hoyo de la noche. Martina, con la vista en el suelo tratando de ver dónde pisaba y Nacho, con el pensamiento en la reacción de su padre. Nunca había sido severo con él; al contrario, siempre trataba de mediar cuando de pequeño su madre lo increpaba o castigaba. Y no demasiado, porque los continuos y repentinos cambios de humor de su madre lo relegaban a un segundo plano del que le costaba salir: «Tú no te metas cuando regaño al niño». «Si le tengo que dar un coscorrón, se lo doy. Y no te pongas por medio no vayas a llevarte tú otro».

Antes de marcharse a Madrid, trabajaba, como casi todos los del pueblo, en el campo. Se levantaba muy temprano, con las claras del día, y regresaba a la hora de la comida. Una imagen imborrable persistía en la cabeza de Nacho. Al volver del colegio, lo encontraba sentado en la cocina frente a un vaso de vino blanco liando un cigarro entre el índice y el pulgar mientras su madre trapicheaba con los pucheros. Si movía la cabeza afirmando, significaba que ella estaba de buen humor, pero si la movía hacia los lados, mejor no molestarla. Los recuerdos resurgieron durante unos segundos y se esfumaron con la sutileza de pompas de jabón.

Se detuvo frente a una casa baja, de una sola planta, construida, como la mayoría de las del pueblo, con piedra oscura de pizarra. La fachada, de no más de ocho metros, contaba con ventana y puerta de madera, ambas pintadas de color oscuro. ¿verde, azul, granate? Como para averiguarlo con la claridad reinante. Desde luego pintadas de blanco no estaban. La única señal de vida, una línea quebrada de luz moribunda fugándose por una rendija.

—Aquí es.

—Menos mal, está despierto —cuchicheó Martina, y señaló con un leve movimiento de cabeza la luz escapada por el resquicio.

Nacho no lo aseguraba. A veces dejaba la luz encendida y se echaba a dormir.

Indeciso, se acercó a la puerta, tomó aire y golpeó con los nudillos. Nada.

Susurro de Martina sin dejar de prestar atención a posibles ruidos en el interior:

—Tu padre se llama Fermín, ¿verdad?

—Sí —respondió mientras llamaba de nuevo.

«¿Por qué no entrará sin llamar? Mierda de pueblerinos».

—¿Quién va!?

Martina dejó los nudillos a pocos centímetros de la puerta cuando se disponía a aporrearla.

—Soy yo, papá, Nacho.

Sonido de pasos arrastrados. Chirridos de goznes sedientos de grasa. Ojos añejos, inmersos en el desconcierto, interrogativos hacia Martina.

—¡Muchacho! Pero ¿se puede saber qué haces tú aquí a estas horas?

—Necesitamos hablar ahora mismo con usted, señor Fermín —se adelantó ella. Había surgido un problema con su marido y necesitaban su ayuda.

Fermín los precedió guiándoles hacia al interior de la vivienda, humilde. Olía a comida agria y a humedad. El anciano caminó por un pasillo estrecho de suelo desigual, en penumbra, con un par de puertas a los lados. Deslizaba las zapatillas mostrando por debajo de la bata de paño los perniles de un pijama color claro. Nacho observó de soslayo a Martina cuando tomaron asiento en el salón. Su compañera recorría ávida cada rincón de la estancia. El aparador de dos cuerpos exhibía en la parte superior los platos de porcelana y sobre la tapa de mármol negro, un paño de ganchillo, otrora blanco, que el tiempo había ido revistiendo de una pátina amarillenta, servía de base a una jarra de cristal vacía. El televisor antiguo, apagado. Iluminaba la habitación una lámpara redonda colgada del techo, a modo de luna sobre la mesa de madera oscura alrededor de la que se sentaban. Y, colgada de la pared (no podía faltar un clásico), la fotografía sepia de una pareja joven, guapa. Ella vestida de blanco, cabello recogido en un moño, forzaba una sonrisa que quizás le había pedido el fotógrafo. Él, de traje marrón, peinado hacia atrás, mostraba un semblante serio, preocupado. Martina desplazó la vista varias veces de la foto a Fermín y viceversa para asegurarse de que ambas eran la misma persona. «El día de mi boda», aclaró el anciano antes de preguntarles si habían cenado.

—Bueno, ya me diréis. ¿Le ha ocurrido algo a don Carlos?

Intercambio de miradas entre Martina y Nacho. «Adelante», incita la de ella. La de él responde: «No sé por dónde empezar». Por fin, Martina toma la palabra:

—Señor Fermín, tenemos un problema en el estudio. —Carraspea—. Un problema grave. —Se lleva la mano a la boca en un gesto estudiado. Ligera inclinación de cabeza hacia abajo indicativa de pesadumbre. «Cuando quieras desarmar a un hombre, haz como que lloras», Cecilia y sus teorías manipulativas.

El anciano se endereza sobre el asiento y ella continúa:

—Ya hace varios días que mi marido no aparece por la oficina. Anda, por ahí acompañado de otra mujer. —Finge limpiarse con el dorso de la mano unas lágrimas inexistentes—. Me ha abandonado. Además, creo que anda metido en negocios sucios. Mañana voy a pedirle el divorcio y quiero que cuando acabe todo esto, Nacho se haga cargo del estudio de arquitectura. —Ahora adopta un aire digno—. Ese estudio lo creó mi padre para mí y no voy a consentir que se cierre.

Se propaga un silencio de plomo. Fermín mira a ambos sin comprender.

Al fin se decide a preguntar.

—¿Qué pinto yo en esto?

Martina intenta intervenir, pero Nacho se adelanta.

La policía iba a pasar por el gabinete y requisarían todos los papeles que encontraran. Mi proyecto está allí, papá. Necesito recuperarlo. —Ceño fruncido, barbilla adelantada— Es el proyecto de fin de carrera. Lo necesito, ¿No lo entiendes? Necesito acabar la carrera para hacerme cargo del estudio Larralde.

Martina apoya la iniciativa.

—Señor Fermín, Nacho me ha hablado de su proyecto. Quiero que el gabinete edifique ese hospital que llevará el nombre de mi padre.

—Podemos ir y sacar el proyecto de la caja fuerte ahora. No hay nadie en el edificio, excepto el guardia de seguridad. No pondrán pega. No es la primera vez que voy a trabajar de noche o a buscar unos planos para ir a la obra al día siguiente.

Desde hacía ya algunos minutos, Fermín había dejado de escucharlos. Estudiaba a ambos con ojos incrédulos, preguntándose cuánto de verdad había en aquella historia y, sobre todo, preocupado por la situación de don Carlos. Ante el asombro de ambos, se levanta dejándolos con la palabra en la boca y se dirige arrastrando las zapatillas hacia el dormitorio. Durante unos minutos Martina y Nacho intercambian miradas inquietas mientras perciben el ruido de cajones abriéndose y cerrándose.

Después de varios movimientos por la habitación, cae algo al suelo y la atención de ambos se dirige hacia el pasillo, expectantes por verlo aparecer.

Nacho conjetura. Cree que se está cambiando.

A modo de respuesta, Martina perfila una sonrisa de victoria pensando que el viejo los acompañará.

Segundos después, Fermín apareció en el salón. Trae con él una voluminosa carpeta roja en cuya parte superior figuraba, en grandes letras negras sobre fondo blanco, «Proyecto Hospisa».

Sobresaltados, ambos se ponen de pie sin apartar la vista de la carpeta.

—¡El proyecto de Hospisa! —¿Por qué no me has dicho que habías cogido ya la carpeta, papá? —Levanta los brazos, manos abiertas. Los deja caer al instante a ambos lados del cuerpo.

Sin responder, el anciano se la ofrece a su hijo, pero Martina, hasta ese momento en segundo plano, se la arrebata y se abraza a ella girándose un poco.

La amonestación de Fermín se limita a dirigirle una mirada triste y a volver los ojos hacia Nacho en busca inútil de una explicación por la falta de respeto. A veces, ya se sabe, el dinero dota de prepotencia a los débiles del alma.

En efecto, Martina no solo no se inmuta cuando se encuentra con los ojos acuosos, severos, de aquel hombre honesto clavados en su rostro, sino que, imperturbable, echa a andar por el oscuro corredor camino de la salida, dejando atrás un lacónico «vámonos».

Nacho, camina tras ella.

—Déjame echarle un vistazo al proyecto.

—No hace falta, ya se encargará mi abogado de revisarlo. Mañana a primera hora lo tendrá sobre la mesa del despacho. Y vámonos pronto de aquí. ¡Me va a dar algo! ¡Qué asco de pueblo, por Dios!

La figura del anciano permanece inmóvil escuchando la perorata mientras ambos abandonan la casa. Oye cerrarse la puerta y pasos alejándose junto con la conversación unilateral de Martina. En cuanto se sabe solo, arrastra los pies hasta el sillón, se ajusta la bata y se deja caer en el asiento. Enciende el televisor, aunque no le presta atención.

¿Ha actuado bien?

Medita un instante.

Sonríe. Por supuesto.

Cierra los ojos y se dispone a dormir con el ruido televisivo de fondo.

***

—¡Inés, Inés, Inés!

Voces lejanas, conocidas y reminiscencias del barco se iban abriendo paso en su mente. Revivían también la presencia de un guardia a su lado y el cadáver de Carlos en una camilla.

No oía el motor. Abrió los ojos. Turbiedad. Las imágenes anteriores combinadas con las sensaciones vividas en el Infinity. Las llamas de la hoguera se alabean camino del cielo, caricias fugaces, besos. Una barrera difícil de franquear.

«Inés». Otra vez aquella voz llegada desde la cavidad más remota de una profunda cueva.

«Inés». La zarandeó del hombro una figura emborronada.

«Inés, Inés». Miró hacia un lado. Poco a poco se fueron revelando objetos de alrededor. La ventana, una cortina blanca, una mesilla de acero inoxidable…

—¡Inés, vamos, despierta!

Una nueva mirada, hacia el otro lado, la figura garabateada se había vuelto nítida. O, al menos, eso creía ella.

—¡¿Car… Carlos?! —tono y gesto de perplejidad transformados en una intensa sensación de vacío y ganas de vomitar— ¿Estaba soñando o era real? ¿Cómo? Pero tú…

Ahora sí, lo percibe. Es él. Es Carlos, inclinado sobre ella. Detrás, un guardia civil alto y delgado, galones amarillos en las hombreras, gorra bajo el brazo y gesto adusto de autoridad competente. Un médico canoso, ataviado con una bata blanca que no disimulaba su tripa prominente, la observaba a los pies de la cama, con el cansancio marcado en las ojeras.

—Estoy bien, Inés.

—Pero…

—Estoy bien, de verdad.

—Pero, ¿quién te…?

—Nadie. Salí a cubierta creyendo que alguien había subido al velero. Me resbalé, me golpeé la cabeza con una cornamusa y perdí el conocimiento. La guardia civil lo ha comprobado. Por fortuna no caí al mar, si no ahora lo estaríamos lamentando.

—¡Madre mía! —Se incorporó y lo abrazó con todas sus fuerzas. Necesitaba hacerlo. Necesitaba sentirle vivo—. Creí que... —Las lágrimas acumuladas en la garganta le impidieron seguir hablando.

Carlos se retiró un poco y la contempló unos segundos. Le tomó la cara entre las manos y detuvo con el dedo pulgar una lágrima solitaria camino de la comisura de los labios.

Un beso suave.

A continuación, un susurro acariciante al oído: «Sé que has estado muy preocupada por mí».

—Creí que estabas muerto, Carlos.

—Después de tu llamada al 112 pensaron que se trataba de un asesinato. Alertaron a la Guardia Civil, a la Policía e, incluso, pusieron controles por las carreteras de la Costa del Sol para intentar detener a mi hipotético asesino.

Inés pronunció un «lo siento» apenas audible y cerró los ojos.

—No tienes nada que sentir. Una anécdota más para comentar cuando seamos viejos. Ya está todo aclarado —sonrió mirándola a los ojos y ella, con voz entrecortada, preguntó confusa dónde se encontraban—. Estaban en el hospital de Benalmádena.

Pero podían marcharse cuando quisieran, aunque antes debía realizarse una resonancia para descartar posibles secuelas. Solo tenía una pequeña contusión (chichón para los amigos) bajo la base del cráneo. Dolor de cabeza agudo unos días, paracetamol a tutiplén y como nuevo al cabo de una semana.

En ese momento apareció precipitado otro guardia con la preocupación instalada en el rostro y le cuchicheó algo al compañero.

—Al señor Duarte lo busca la policía —anunció este tras escuchar el mensaje.

—¿A mí?

—Algo grave ha ocurrido en su familia. Lo están llamando por teléfono, pero no responde.

Imágenes fugaces de Nerea y Álex sobrevolaron un instante al tiempo que se palpaba los bolsillos.

—¿Dónde está mi teléfono? —murmuró hablando para sí mismo.

—La señora estaba abrazada a este móvil cuando la encontramos —señaló el guardia alargando el brazo—, pero está apagado.

Con dedos nerviosos lo encendió, introdujo la clave y esperó impaciente.

Varias llamadas y mensajes. Lydia, Martina, Sabino, Charo…

¿Qué había ocurrido? Seleccionó las de Martina y justo en ese instante entró una llamada. ¡Charo! Aceptó y se llevó rápido el teléfono a la oreja.

«¡¿Qué?!»

«¡No puede ser! Pero… ¿Estás segura?»

Los presentes seguían los movimientos de Carlos por la habitación, el gesto de estupor y el continuo subir y bajar de la nuez por la garganta tragando saliva. Movió la otra mano, inquieta, a veces abierta reflejando incredulidad; otras, cubriéndose el rostro en señal de desconsuelo. Los problemas anteriores de repente se habían hecho transparentes. Habían pasado a un segundo plano. Toda la atención de Inés se centraba ahora en intentar interpretar los cambios continuos en el semblante.

—¿Dónde está ahora?

—¿Tú estás allí?

—Gracias, Charo. Te veré en el Forense.

Carlos dejó caer el brazo que sostenía el teléfono a lo largo del cuerpo, dio unos pasos lentos hasta la cama donde se encontraba ella y tomó asiento al filo del colchón. Lo observó atenta, sin atreverse a preguntar. Luego extendió los brazos para invitarle a abrazarla y vio un par de lágrimas asomar a sus ojos. Silencio. Ojos cerrados. Una imagen límpida, grabada con la nitidez del sol del amanecer en un día despejado, el rostro sonriente de Lydia. ¡Muerta! Le martirizó una repentina sensación de soledad. Le costaba respirar. Los pulmones, pesados, rígidos, apenas podían introducir aire en los alveolos. El médico le ofreció un vaso de agua y, tras beber un sorbo, levantó la cabeza. Sus ojos y los de Inés coincidieron y se fundieron en un único lamento.

Por fin, consiguió pronunciar con la voz ronca, brotada desde lo más profundo del pozo de los sentimientos:

—Mi hermana ha muerto.

23

21 de abril

Inés al volante.

Él, unos ratos en mudo silencio y otros en prolongada letanía.

Cabeza inclinada hacia atrás, mirada vagando por la interminable sucesión de kilómetros que lo separaban de Lydia y una idea recurrente: «mi hermana ha muerto».

Había salido disparado de la habitación del hospital sin atender a razones. Ni el TAC aconsejado por el médico ni la declaración que debía tomarle el sargento de la Guardia Civil fueron argumentos consistentes para evitar su marcha.

«Déjalo ir, ya firmará la declaración más tarde», dispuso el sargento cuando el guardia, portador de la noticia, intentó detenerlo.

—Necesito llegar al aeropuerto, Inés —le pidió en tono lúgubre antes de bajar los escalones de la entrada.

—¡No! —La taxativa negación lo dejó fuera de lugar.

—Yo te acompañaré.

Irían al puerto a buscar su coche. A esas horas sería difícil encontrar vuelos para Madrid. No voy a dejarte en estas circunstancias.

La vio bajar con precipitación los peldaños y caminar hacia una fila de taxis estacionados al final de las escalinatas. La siguió. No le pareció buena idea, sin embargo, se dejó arrastrar por la entereza de ella y se subió en el taxi.

Media hora más tarde, Inés pagaba al taxista y lo llevaba cogido de la mano hasta el Renault Captur.

—Aunque no esté a tu lado, estaré contigo —aseguró rebuscando las llaves en el fondo del bolso—. No te preocupes, ni si quiera notarán que estoy. Permanecería al margen, pero no iba a permitir que se marchara solo.

Condujo ella el resto de la noche y ya bien entrada la mañana llegaron a Madrid. Con las indicaciones del navegador, se fueron aproximando al destino en tanto que la ansiedad de Carlos era cada vez más evidente. Ya en la calle del Anatómico Forense, hileras de acacias y exceso de matorral, dejado de la mano de Dios, anticipaban la llegada a un lugar revestido de tragedia.

—Estaré aquí fuera. No te preocupes por mí —le susurró con la mano derecha apoyada en la pierna de Carlos.

La miró a los ojos sin decir nada, en un silencioso gesto de agradecimiento. Luego le dio un beso fugaz en los labios y se apeó del coche.

Durante unos segundos Carlos contempla el edificio, adusto, sobrio como un hospital de la beneficencia. Ojos cerrados, intento de rebuscar un atisbo de fuerza donde aferrarse. Vuelve a abrirlos y, tras unos pasos, comienza a bajar los escalones escoltados por dos adelfas tristes, consciente de que se adentra en el inframundo de la muerte al que Lydia ya pertenece. Sobria puerta marrón con amplios cristales, custodiada por un guardia de seguridad, lo aísla del mundo de la vida. Entra. Tras ella, todo rezuma tristeza, vacío. Una sala, paredes enlosadas de mármol, ejerce de frío recibidor. Hileras de sillas negras pegadas a la pared y tres máquinas expendedoras de bebida y snacks configuran el escueto mobiliario. A la derecha, un atisbo de vida permanente. Una bata blanca con alguien dentro y una recepcionista tras una cristalera. ¿Sería una forma de no ser absorbidos por el mundo de los muertos? Ni le prestan atención. Hablan entre ellos. Carlos se gira. Al fondo de la sala hay más vida. Un único grupo de personas: dos hombres y una mujer que se levantan al unísono. Un hombre trajeado y Sabino. «¡Mi fiel Charo!». ¿Qué hacía allí Sabino? ¿Cómo se había enterado?

—Soy el inspector Mendoza —se adelanta, solícito, el desconocido alargando el brazo para estrecharle la mano—, lamento la pérdida de su hermana.

Charo se acerca con gesto compungido y, en silencio, le echó los brazos al cuello. Tierna como solo ella puede ser. Mi fiel Charo.

—Lo siento, Carlos. —De manera sucinta, Sabino le da el pésame.

—¿Dónde está mi hermana? Quiero verla —formula la pregunta sin dirigirse a ninguno de los tres, con la mirada puesta en un punto intermedio entre la pared de enfrente y él.

—Yo le acompaño —se ofrece Alejo Mendoza. Después se dirige a la cristalera y golpea con los nudillos. La bata blanca enseguida se une al grupo y señala la doble puerta abatible al tiempo que lidera el recorrido.

Minutos después, llegan frente al cadáver. Mendoza mira a Carlos y realiza un leve movimiento afirmativo con la cabeza para que el auxiliar levante la sábana que cubre el cuerpo de Lydia.

Carlos aguanta la respiración, no así las lágrimas que brotan abundantes. Del pozo de la memoria, imágenes atropelladas acuden tratando de recomponer los últimos momentos vividos con ella. «Se me ha hecho larga la espera. Me tenías preocupada». «Yo también estoy cansada, hermanito». «Me he planteado dejar a Millán».

«Lydia, Lydia, Lydia». El eco de las palabras gira igual que un tiovivo llenándolo de sucesivos fotogramas, distintos, coloristas. Se acerca un poco y le palpa el rostro: frío, helado, grotesco. La boca entreabierta, un párpado semicerrado y aquel color amoratado, dantesco. Repara en la melena apelmazada y tiene la intención de colocársela bien, pero cuando acerca la mano, se percata de las señales en el cuello y la retira.

—Lydia —susurra.

«No siento el cuerpo. ¿Estoy también muerto?». La duda le lleva a moverse para comprobar que los pies tocan el suelo. «¿Qué había en tu cabeza para quitarte la vida, Lydia? ¿Cómo no me he dado cuenta de que algo grave te ocurría?». Se evapora por un instante el mundo y su mano se aferra desesperada a la camilla.

—Será mejor salir de aquí, señor Duarte —la voz y la presión en el brazo de la mano del inspector de policía evitó que se derrumbara.

***

Inés lo observó desde el interior del vehículo hasta que bajó los peldaños y se perdió tras las puertas del Instituto Anatómico Forense.

Se recostó en el asiento y apoyó la cabeza en el respaldo. Tras conducir toda la noche, no estaba cansada, estaba muerta. En los oídos, un avispero revolucionado. Sin embargo, no tenía sueño. El viaje desde Málaga, agobiante. Carlos alternando momentos de interminable mutismo con otros en los que hablaba y hablaba de Lydia sin parar, como si en el trayecto pretendiera realizar un resumen de su vida junto a su hermana. La vio por última vez el día anterior al primer encuentro en Marbella. Después, por una serie de circunstancias inexplicables, que el lector y yo conocemos, había ido retrasando las llamadas y ahora le atormentaba no haber hablado con ella. ¿Cuántas llamadas perdidas, tres, cuatro? Pensar en el reiterado intento de ponerse en contacto con él provocaba en su ánimo el efecto de la gota china. Si hubiera atendido a las llamadas, ahora estaría viva. Estoy seguro. De vez en vez giraba la cabeza hacia la ventanilla, hacia la oscuridad, para ocultar las lágrimas que afloraban sin remisión. Roto, cayó rendido cuando la luz del alba, aún manchada por jirones de noche, se perfiló en el horizonte.

Inés tomó aire y cerró los ojos. Un extraño eco le roía las entrañas. En el fondo, se sentía responsable de tener el teléfono apagado. «Hoy lo único importante eres tú». No le iba a resultar fácil recuperarse de aquel trauma. Tampoco a ella.

El ulular de la sirena de una ambulancia le llevó a abrir los ojos. Dos enfermeros sacaron un cuerpo tapado con una sábana en una camilla y la empujaron por una rampa lateral. ¿Por qué traían la sirena puesta? Seguro que el cadáver no tenía prisas. Miró el reloj del salpicadero: 22:00. Extrajo el móvil del bolso y marcó el número del trabajo. «En Madrid, sí». «Un asunto familiar grave, ha muerto la hermana de mi pareja». «Sí, aún estoy casada, pero separada de mi marido». El director del museo no le puso pegas. Podía tomarse el tiempo que necesitara. En realidad, desde que logró salir del pozo donde había caído de nuevo, casi nunca había faltado al trabajo, si a la labor que realizaba en el museo se le podía llamar así. Cuando te dedicas a algo que te apasiona, nunca tienes la sensación de trabajar había leído en algún sitio. Le gustaba el oficio de restauradora. Tanto, que a veces incluso se olvidaba de la hora de salida y era el guardia de seguridad quien se lo recordaba. «Señorita Inés, ya se han marchado hace una hora, ¿quiere que le traiga un café?». Contempló el teléfono móvil y buscó el nombre de Emilio. Gracias a él había terminado la carrera y, aunque opositó para entrar en el museo, la duda de si había influido sobrevolaba su cabeza ¿Desde cuándo no hablaba con él? Necesitaba hacerlo cuanto antes para pedirle la separación. Tomó aire por la nariz. Habría sufrimiento, mucho, porque estaba muy enamorado de ella, pero también era consciente de que su relación se había acabado desde hacía tiempo. Como el director del museo, él tampoco le pondría pegas.

Regreso de los enfermeros sin el cadáver. Claro, te imaginas si hubieran vuelto de nuevo con él. Lo habrían dejado junto al de la hermana de Carlos, o vete tú a saber, dónde, para hacerle la autopsia. Tras colocar la camilla dentro de la ambulancia salieron a toda velocidad con la sirena puesta. ¿Y ahora por qué conectan la sirena? Otro movimiento de personas al frente. Se enderezó. Cogido del brazo de una mujer, Carlos salía del edificio. ¿Martina? ¡No puede ser! Tragó saliva. Ambos subían las escaleras y se dirigían hacia donde estaba el coche. Inés se removió inquieta, acuciada por un cúmulo de preguntas que giraban en su cabeza a la velocidad de un tornado. ¿Cómo reaccionaría si fuera su mujer? ¿Y ella? No, no, no podía ser. Si fuera Martina, Carlos no se acercaría al coche. Al menos, eso esperaba. ¡Uf! Los observó de forma alternativa mientras avanzaban. La imagen de Carlos la impresionó. Con el sol de pleno en la cara, el pelo alborotado y los estragos de la noche en vela, su aspecto no debía distar mucho del de los cadáveres del interior. De nuevo la mirada fija en la acompañante. Quien fuera traía el rostro oculto tras unas enormes gafas de sol. Imagen de sobria entereza; discreto vestido negro a juego con zapatos de moderado tacón y bolso un tanto anticuado. Al comprobar que se dirigían hacia el coche sin remisión, optó por apearse y esperarlos fuera.

—Es Inés, Charo.

Tuvo la sensación de que Carlos sentía una especie de placer al presentársela. «Charo es mi secretaria».

Menos mal.

Ya sabía que lo era (mintió para quedar bien, claro). En algún momento le había hablado de ella. La mujer se quitó las gafas, acompañando el gesto de una protocolaria sonrisa, y realizó un fugaz reconocimiento antes de acercar la cara para besarla. Inés no solo se percató de ello, sino tampoco de la actitud de animadversión oculta tras la forzada sonrisa. Sin duda, una rival.

Ambas se separaron. Con la actitud que solo una mujer sabe apreciar, se estudiaron durante unas décimas de segundo, al estilo de dos boxeadores antes de comenzar el primer asalto.

—Venga, jefe, tienes que tomar algo. —Le animó agarrándolo de nuevo del brazo—. Me ha costado convencerlo, ¿sabes? —Charo se dirigía ahora a Inés y hablaba con el convencimiento de una madre para que el niño se tome la merienda—. Apuesto a que no ha comido nada en toda la noche. ¡Mira la cara que tiene!

Inés la observó. ¿Sería consciente Carlos de los sentimientos ocultos de su secretaria? Solo habían dado unos pasos cuando sonó una voz tras ellos:

—¿Los puedo acompañar?

Los tres se giraron.

—Llevo sin probar bocado desde ayer por la tarde y este pobre cuerpo se resiente. —Sabino, aunque hablaba dirigiéndose al grupo, tenía la atención puesta en Inés—. A mi edad debo cuidarme, porque si no, pronto llegarán los achaques. —Sin esperar respuesta, empezó a andar delante del grupo dando por hecho el beneplácito y a los pocos metros se detuvo—. A su hermana le van a hacer la autopsia y la van a llevar al tanatorio de la M-30. —Ahora había vuelto el rostro hacia Carlos—. Será mejor tomar algo y luego dirigirnos hacia allí.

Sin dejar de mirarlo, el detective realizó una mueca con los labios, ladeó la cabeza y se encogió de hombros. «De momento, no podemos hacer nada más», insinuaba aquel gesto.

Carlos imaginó el interior del Instituto Forense. El cuerpo de su hermana sobre una camilla metálica y un par de médicos abriéndolo en canal.

La voz de Sabino detuvo el horror de aquella visualización:

—Perdón, no me he presentado. —El expolicía se había detenido en mitad de la calle y fijó los ojos primero en la restauradora y luego en la secretaria—. Usted debe ser Inés, ¿me equivoco? Sabino Holgado, investigador —le tendió la mano y continuó hablando—.

Conozco una cafetería aquí cerca. Tienen muy buenos cruasanes, caseros, los preparan ellos mismos. Panadería y pastelería propia.

Charo echó a andar a su lado seguida por Inés y Carlos, controlando de reojo la actitud de ambos y escuchando cómo Sabino oficiaba de cicerone gastronómico con la frialdad del guía turístico que se ha aprendido los monumentos de memoria.

Carlos levantó el rostro hacia lo alto de los edificios colindantes para acabar centrado en quienes lo acompañaban. Solo en ese momento se cuestionó dónde estaba Martina.

***

09:30. Martina, bandolera colgada del hombro derecho y proyecto Hospisa bajo el brazo del mismo lado, se acomoda en el Mini. Después de dejar ambas cosas en el asiento del copiloto, cierra la puerta, gira la llave de arranque con el ceño fruncido y sale del garaje en busca de Cecilia.

Ese gesto antes de arrancar lo hace siempre, como si dudara de que el motor se va a poner en marcha. (En el fondo, una insegura).

A pesar de la noche en vela, experimentaba la frescura de haber dormido doce horas. Vuelta a empezar con el canturreo de la melodía que durante semanas le había trepanado las sienes: *Fly me to the moon, nananá, nananá.* Un vistazo a la carpeta roja del asiento de al lado. La caricia. «Voy a por ti, Carlos Duarte. Voy a ponerte donde te corresponde».

Había dejado a Nacho frente al portal de su apartamento cuando la claridad del alba despuntaba ya entre los grandes edificios de la ciudad.

—¿No vas a subir? —Pura cortesía. Formuló la pregunta con la inocencia del niño deseoso por saber la fecha del cumpleaños de los Reyes Magos para hacerles un regalo.

¿La respuesta? Una media sonrisa sin necesidad de más explicaciones. Nacho aún se demoró unos segundos antes de apearse del vehículo. ¿Beso de despedida? Ella, vista al frente, manos aferradas al volante, barbilla adelantada. Me da que va a ser que no. Resignación. En el fondo, mejor no haber aceptado. Debía ser discreto con respecto a su lujosa vida.

Aceleró en cuanto él se apeó y cerró la puerta. Visual al espejo retrovisor. Seguía de pie en la acera observando cómo se alejaba. Este tonto del haba creerá que va a tenerme a su disposición.

Una ingente explosión de luz embadurnaba ya las calles cuando aparcó el coche en el garaje. Con sigilo descorrió las puertas acristaladas del salón y dio unos pasos. Silencio. Lejano, el paso de los automóviles por la autovía y los ruidos de la urbanización que empezaba a despertar. Depositó las llaves del coche sobre un cenicero de cristal y la carpeta de tapas rojas sobre la mesa. «Proyecto Hospisa». Sonrió. Luego se adentró en la casa y subió las escaleras. En su habitación, Álex dormía sobre la cama en calzoncillos, de espalda a la entrada. En el suelo, con la tapa abierta, el ordenador. Aquí y allá, las zapatillas de deporte, los calcetines, el pantalón corto, una camiseta blanca. Nada anormal. En la otra habitación, tapada hasta la barbilla, Nerea. Boca arriba. Mano izquierda sobre el pecho sujetando el móvil y brazo derecho colgando al otro lado de la cama. También todo normal. Entró con cuidado para quitarle el teléfono, pero en cuanto lo intentó, cerró los dedos aferrándose a él como si estuviera colgando de un edificio de veinte plantas.

Salió, cerró la puerta con cuidado y, tras desnudarse en el dormitorio, se metió bajo la ducha. Imágenes de Lydia se mezclaron con el agua que resbalaba por su cuerpo. El cadáver desnudo sobre la camilla metálica, dramático. «Pobre, ¡acabar así!». Siempre había sido una desgraciada al lado de aquel patán... Una nueva pregunta se cruzó en sus elucubraciones. ¿Dónde estaría Millán, por qué la policía no lo había llamado? ¡Vaya usted a saber! No era ese su problema. Bastante había hecho ya con ir a identificar el cadáver mientras su hermano se divertía con la zorra del *Stand by me*. «Ya te queda poco, Carlos Duarte. Ya te queda poco. *Fly me to the moon*». Cántico, sonrisa y restriego con la esponja, todo al mismo tiempo. «Ya te queda poco». No solo lo odiaba por engañarla con otra, sino que, según le había asegurado Nacho, su padre se había arruinado por intentar ocultar la responsabilidad de Carlos en el incendio del hospital. Esa fue la causa de su muerte, cabrón. «Tú lo llevaste al cementerio, incompetente de mierda». Una mezcla de dolor y placer le producían aquellas reflexiones. Le gustaba. Dolor, placer. Dolor, placer. Le pareció oír un ruido y cerró la ducha para prestar atención. ¿Se había levantado Álex? Nerea seguro que no. El ruido procedía de la calle. El camión de la basura. Nuevo pensamiento. Nuevo nudo en la garganta. Esta vez la imagen de sus hijos le zarandeó el ánimo. Les prestaba poca atención. Trató de componer el gesto de sus caras cuando les explicara la muerte de su tía Lydia. Bueno, tampoco tenían tanto trato con ella. Si acaso se veían un par de veces al año. «La tía Lydia ha muerto, se ha ahorcado». No, no, no. Mejor no especificar la causa de la muerte.

Dejó que el agua de la ducha le cayera de nuevo sobre la cabeza mientras se tapaba la cara con las manos. Lo tenía claro, después de llevar los papeles al abogado le pediría el divorcio. ¡Joder!, también debería explicar a Nerea y a Álex que iba a separarse de su padre y el porqué. «Sí, vuestro padre nos ha engañado. Vive su vida al margen de su familia». ¡Demasiado traumático para ellos! Pero no había más remedio ¿Cómo reaccionarían cuando supieran que Carlos, además, era el responsable de varias muertes y podía acabar en la cárcel? «¡Maldito cabrón!» Abrió al máximo, con saña, el grifo de la fría y levantó la cabeza escupiendo el agua que pretendía colarse en la boca. Empezó a sentirse mejor. De una forma u otra tendrán que asumirlo. Haré lo necesario para que lo superen. «¡Voy a machacarte, Carlos Duarte, hijo de puta!». Se estremeció agitada por su propia inquina. Lo necesitaba. Necesitaba mantenerse firme para llevar a cabo su propósito. De repente, la figura de Nacho se coló en los pensamientos sumiéndola en un momentáneo charco de autocensura. Si Álex y Nerea se enteraran... Cerró el grifo y se embutió en el albornoz. «¡Y qué! (ceño fruncido, dientes apretados). Él empezó primero. Que no se hubiera acostado con esa furcia del *Stand by me*. También ella tenía derecho». Recordó la imagen de Nacho reflejada en el espejo retrovisor mientras el coche se alejaba. «Pobre. El pipiolo se había quedado compuesto y sin novia. ¡Vaya comportamiento en el Anatómico Forense! En el fondo es como los vestidos de esos maniquíes de escaparate. ¡Les sientan perfectos! Hasta que los miras por detrás y ves las prendas cogidas con imperdibles». Tomó una toalla blanca, la abrió y se secó el rostro con delicadeza, a golpecitos. «Bueno, ya había conseguido lo que quería, ahora...».

Detuvo un instante los pensamientos y el secado de cara.

«Para, para. No tan deprisa, Martina».

Toalla liada a modo de turbante. Coge otra y se sienta en el taburete para secarse las piernas. Un nuevo razonamiento baila lento en su cabeza, al ritmo de la felpa que desliza con suavidad por los muslos, mientras pondera las consecuencias de apartar a Nacho de su camino. «No, no, no. Aún lo necesitaba. Claro que sí. El gabinete Duarte y Larralde debía seguir funcionando hasta que Álex terminara la carrera. No, no podía dejarlo así como así».

Se puso en pie, dio unos pasos y abrió las puertas del balcón de par en par. El jardinero del vecino limpiaba de broza el jardín y la introducía en bolsas de plástico negras. Deshizo el nudo del cinturón y dejó resbalar el albornoz por los hombros hasta que cayó arrugado a los pies. Sentía un morbo especial al mostrarse desnuda pensando que el hombre podía levantar en algún momento la cabeza y observarla. Fingiría realizar cualquier tarea para que él se recreara. Esperó unos segundos más. Nada de nada. El jardinero a lo suyo. Puñado de broza por aquí, puñado de broza por allá. Frustrada, recogió el albornoz del suelo y volvió al cuarto de baño. Aún necesitaba a Nacho. Total, sería como tener a un chófer que además de llevarte y traerte en el coche, te hace el amor antes de marcharse. Con pasos apresurados se precipitó hasta el bolso para buscar el móvil.

Lo siento, Nacho. Espero que comprendas mi comportamiento de anoche. La muerte de mi cuñada me ha impresionado una barbaridad. Estoy muy afectada. De verdad, lo siento.

Ya estoy deseando verte otra vez.

Te echo de menos. Un beso.

Pulsó el botón de enviar el wasap, arrojó el teléfono sobre la cama y continuó vistiéndose.

Fly me to the moon, naná, naná.

La respuesta de Nacho no se hizo esperar.

Puedo entenderlo, sí, pero tengo una rara sensación contigo. A veces te noto muy cercana y otras, sin embargo, estás en las antípodas. De todas formas, yo también te echo de menos.

Nuevo wasap.

Yo soy así, Nacho. No te enfades, por favor. Te necesito a mi lado y me gustas. Voy a dejarlo así, no quiero agobiarte con mis sentimientos.

Un beso grande.

10:15. Distinguió a Cecilia en la acera, cerca de la entrada al edificio donde tenía el apartamento. Llevaba un pantalón hueso de pata ancha, la blusa azul eléctrico regalo de su cumpleaños y se alzaba sobre unos zapatos color *nude*, de vertiginoso tacón. Bajo el brazo, el bolso a juego con el calzado y unas grandes gafas de sol completaban el espectacular atuendo. «¿Dónde cree que irá? A esta se le ha ido la pinza. En vez visitar a un abogado, parece que vamos a un cóctel en la embajada norteamericana».

—¡Claro!, en la palabra *abogado* estaba la clave. —Perfiló una sonrisa cínica mientras tiraba la carpeta y el bolso al asiento de atrás y reproducía la conversación con ella un rato antes.

—Acompáñame a ver al abogado de papá, Ceci. He quedado con él a las 10:30.

—¿Pero tú estás loca? ¿Sabes qué hora es?

—Las nueve.

—¿Y puedo saber al menos para qué tengo yo que acompañarte a ver al necio ese?

—Luego te lo cuento. Anda, vístete y espérame abajo. En media hora te recojo.

Hacía bastante tiempo, antes de la muerte de su padre, Cecilia le había tirado los tejos al letrado sin mucho éxito. Seguro que ahora querría impresionarle para maquillar el efecto del fracaso. No poder manejar todo a su antojo (sexo, amor, negocios…) era una de las mayores frustraciones de su hermana. Incluso cuando iba de tiendas, preguntaba por la dueña o la encargada para sugerirle los modelos que debía tener en el establecimiento o cómo colocar las prendas del escaparate.

Puso el intermitente derecho y, en cuanto se detuvo, Cecilia abrió la puerta del copiloto con su temperamento particular.

—Llevo más de media hora esperándote, Marti —emitió a modo de saludo. No pensarás que…

—¡Ay, hija, qué quejica eres! Cuando te cuente lo que me traigo entre manos, vas a alucinar en colores.

—Espero que merezca la pena. ¡Despertadme a las nueve de la mañana! Yo no me he levantado a esa hora ni para ver la boda de Letizia por televisión.

—Se ha suicidado la hermana de Carlos.

Cecilia dio un respingo y se giró sorprendida.

—¿La pavisosa?

—Sí.

—¿Y para eso me das este madrugón? Ya me podías haber dado la noticia por wasap.

—Hay más —la interrumpió—. ¿Ves esa carpeta roja en el asiento trasero?

—Sí —afirmó sin volver la cabeza.

—Va a servir para meter a Carlos en la cárcel.

—No entiendo nada. ¿Qué ha hecho Carlos para que quieras meterlo en la cárcel?

—Algo muy grave.

—Sigo sin entender qué pinto yo en esto.

—Él fue el causante de la muerte de papá.

24

21 de abril

El tanatorio estaba impregnado de tristeza. Suelo de baldosas grises y brillantes, como de aceite, paredes cerúleas, frías, lívidas, murmullos ahogados en la tribulación. ¿Lydia Duarte? El atildado conserje, impregnado del abatimiento reinante (alto, delgado, peinado al agua, ojillos nerviosos, nariz geppettiana y labios dibujados con tiralíneas), señaló con el pulgar la pantalla electrónica colocada a sus espaldas. Registro de difuntos. Lydia Duarte: Sala cinco.

Tras el desayuno, en el que Carlos solo tomó un par de sorbos de café a pesar de los intentos fallidos de Charo para que comiera algo, Sabino Holgado se había despedido a la puerta de la cafetería. «Voy a contrastar unas informaciones con el inspector Mendoza. Los veré más tarde». Inés condujo siguiendo el antiguo Peugeot 205 de la secretaria para llegar al tanatorio y, claro está, prefirió quedarse a esperar, sentada en el coche.

Carlos anda del brazo de Charo, cabizbajo. Las piernas le pesan. En la cabeza, aquel insistente pitido instalado allí desde que se enteró de la muerte de su hermana. Sala 1, sala 2… Susurros apagados, ininteligibles, huyen de ellas, como queriendo escapar del dolor. Su corazón se acelera conforme avanzan por un pasillo repleto de asientos oscuros, adosados a las paredes a modo de las localidades de cualquier circo. Frío e impersonal, así le parece. Sin duda, parte de aquel tétrico espectáculo. Sala 3, sala 4… Un sollozo. Dos hombres salen hablando bajo. Un poco más adelante se detiene frente a la placa colocada junto a la puerta.

Sala 5.

Los latidos se precipitan, desbocados. El aire se le antoja insuficiente para las reivindicaciones de los pulmones. Revisa el número grabado en la placa. «5». «Tu última morada, Lydia», piensa y se adentra en el lugar igual que lo haría antes de zambullirse en una piscina de agua gélida. Aguanta la respiración para intentar controlar la ansiedad que se apodera de él. Después de algunos pasos, vacía el aire de los pulmones. En realidad, no sabe muy bien qué espera encontrar.

El interior de la sala pretende recrear un ambiente acogedor. Varios sofás y algunos asientos de piel negra resaltan sobre las paredes pintadas de blanco impoluto. A la izquierda, cuatro sillas organizadas alrededor de una mesa sobre la que hay varias botellas de agua y vasos. Un crucifijo enorme preside la pared de enfrente, dominada por un cristal que, por su reflejo, a Carlos le recuerda el cuadro de Joachim Patinir *El paso de la laguna Estigia*. «¿Estaría Caronte llevándola en su barca hacia el paraíso?». Tras él, el ataúd flanqueado por dos trémulas lamparitas eléctricas sobre pies de hierro forjado que imitan las llamas de sendos cirios de cera y una corona de flores colocada por la funeraria. «Tus familiares». Nota la leve presión de los dedos de Charo sobre el brazo para infundirle ánimo y agradece la tutela de la secretaria palmeándola un par de veces la mano. El corazón sigue latiendo con fuerza. La tiene delante, sin vida y aún le cuesta creer que Lydia haya dejado de existir. Después de observar el ataúd unos minutos, se derrumba en el sofá frente a la cristalera y deja caer la cabeza en el respaldo. Charo se sienta a su lado, sin hablar. Cierra los ojos intentando dejar la mente en blanco. Imposible. Los recuerdos junto a ella se arremolinan. Los remordimientos también. «En los últimos tiempos ya no era la misma y ni siquiera te has dado cuenta, Carlos. La risa, los consejos, su carácter protector, se habían ido convirtiendo en lágrimas, silencio, tristeza. Y al final, en polvo, en sombra, en nada. Pura decadencia barroca. ¡Cómo es posible que no lo hayas notado, Carlos! Tu actitud con Lydia nunca ha sido demasiado generosa. Se sacrificó para que estudiaras la carrera en Madrid y estudiaste, sí, pero gastando sin tener en cuenta el esfuerzo económico que suponía para ella. ¡Insensato! Nunca se lo agradeciste. ¿La juventud como excusa? ¡Bah! ¿Y de adulto? Yo, yo, yo. Siempre tú. Ni siquiera has sabido interpretar el estado en que la encontraste la última vez».

«En realidad, no me pareció tan grave».

«Me he planteado dejar a Millán». Tenía que haber algo más, seguro. En ese momento cayó en la cuenta ¿Y Millán? ¿Dónde estaba? ¿No sabría aún que Lydia había muerto? La mirada recorrió los asientos vacíos buscando una respuesta hasta detenerse de nuevo ante el ataúd de su hermana.

Se levantó, sacó el teléfono móvil del bolsillo y lo agitó en el aire para indicarle a Charo que iba a realizar una llamada. La secretaria le dio su beneplácito con leve movimiento de cabeza.

—Sabino, ¿se sabe algo de Millán, el marido de mi hermana? Hasta el momento no ha parecido por aquí.

Si Carlos hubiera podido observar el gesto de contrariedad realizado por el detective, su angustia habría aumentado aún más.

—¿Por qué me pregunta eso a mí? —Trató de ganar tiempo.

—He pensado que... —Se detuvo un momento y dejó la intervención en el aire—. No sé, Sabino, todo esto me parece muy anormal.

—¿Qué le parece anormal?

—Varias llamadas de mi hermana, ella en la casa del pueblo, no sé. Por muchas vueltas que le doy, no entiendo que haya ido a suicidarse allí. Y ahora Millán ha desaparecido. Podríamos poner una denuncia a través de su amigo, el inspector...

—Mendoza —aclaró Sabino.

El nombre quedó flotando en el aire en medio de un inquietante silencio.

—Mire, Carlos. —A través del hilo telefónico se oyó un sonoro resoplido. A ver cómo respondía teniendo en cuenta las circunstancias—. Ya le dije que mi intuición me llevaba a pensar que los emails serían el menor de sus problemas. Imagino que no habrá recibido ninguno más. —Tras el «no» aséptico de Carlos, el detective continuó—. A su alrededor se extiende una intrincada red de corruptelas, traiciones y complots que no se imagina. Uno de los elementos de esa red es su cuñado. Estoy trabajando para poner en pie el currículum del susodicho Millán. Se va a sorprender, se lo aseguro. Pero de momento, me gustaría terminar la investigación antes de llegar a conclusiones concretas. No se preocupe, no va a aparecer en el entierro de su hermana. Me temo que la próxima vez que lo vea llevará las manos por delante sujetas por dos pulseras y una hermosa cadenita. O quizás aún peor. Depende de quién lo localice primero. Si yo fuera él, me entregaría a la policía.

Corruptelas, traiciones, complots. ¡Imposible no preocuparse escuchando estas palabras! ¿Qué habría hecho Millán para tener ficha abierta en la comisaría? ¿Quién lo buscaba además de la policía? ¿Y si estaba relacionado con el suicidio de Lydia? Avanzó hasta el pasillo y se asomó a una de las ventanas. Un pequeño jardín de rosales, geranios, rododendros y setos de boj trataban de maquillar el desolador lugar. Sin embargo, un par de cipreses, erguidos a ambos lados de las escalinatas, recordaban la historia de Cipariso, quien, tras matar por error a un ciervo, le pidió al dios Apolo que lo convirtiera en ciprés, el árbol del dolor, la tristeza y el duelo.

—Bueno, creo que tengo derecho a saber algo más.

—A su tiempo, Carlos, todo a su tiempo —Sabino Holgado separó el teléfono de la oreja y se golpeó con él un par de veces en la barbilla mientras Mendoza lo observaba arrellanado en el sillón, al otro lado de la mesa de su despacho. No, no podía mostrarle aún los resultados de la investigación. Aunque escasos, serían dolorosos para él. Y más en aquellos momentos. Tomó aire y se llevó el móvil de nuevo a la oreja—. En unos días le pondré sobre la mesa un informe con algunas de mis pesquisas —concluyó taxativo.

Como nos pasaría a cualquiera en esa situación, a Carlos le pareció maleducada y prepotente la forma de cortar la comunicación de Sabino. No entendía tanto misterio y tanto ocultismo. ¿Corruptelas, traiciones, complots? ¿Cómo podía su cuñado traicionarlo si ya no trabajaba con él? Sabino no tenía derecho a tratarlo así. Él era quien en definitiva pagaba y quería saber los pormenores de las gestiones.

Se guardó el móvil en el bolsillo del pantalón y volvió a la sala 5.

—Todos son iguales de impacientes. —Se dirigió a Mendoza después de colgar—. En cuanto llevas unos días investigando, quieren explicaciones y soluciones a los problemas.

—Es normal, ponte en su lugar —respondió el policía centrándose ya en el expediente que tenía delante.

—Sí, quizás lleves razón. Bueno, sigamos. A ver qué más dice ese expediente de nuestro amigo el electricista.

—¡Menudo pájaro! —Mendoza, gafas a mitad de la nariz, pasaba rápida la mirada por el documento extraído de la carpeta— Escucha. En febrero de 2010 aparece en una lista de clientes pillados en una redada realizada dentro de un puticlub de carretera, cerca de Granada, El Sueño Azul. Como bien sabes, estas listas se conservan durante algún tiempo y luego se destruyen porque no tienen valor acusatorio, excepto que alguno de la lista aparezca implicado en otras tramas delictivas. Y... *voilà*. El nombre del insigne Millán Pancorbo está involucrado en otra investigación. —Mendoza se quitó las gafas y golpeó varias de veces, con una de las patillas, el documento—. ¿Sabes a qué es aficionado nuestro querido electricista?

Sabino Holgado miró sonriente a su excompañero y luego observó aquella mano de dedos gruesos y dorso ya arrugado, recorrido por unas cuantas venas azules que parecían querer traspasar la fina piel. ¡Cuántas veces la había visto empuñar una pistola apuntando a un delincuente, o retorcer una muñeca díscola! ¿Cuánto tiempo llevaban juntos? ¡Uf! Una eternidad. Desde que salieron de la academia de Ávila a finales de los setenta.

—A las apuestas. —La contestación de Sabino fue relajada, incluso con un punto de regocijo por haber dejado chafado a Mendoza.

El policía volvió a colocarse las gafas y se las ajustó con el dedo índice. Pese a todo, agachó un poco la cabeza para mirarlo entre las cejas y el borde superior.

—¿Sabes que las personas tan inteligentes como tú pueden llegar a ser odiosas? —formuló la pregunta retórica y volvió a poner los ojos en el documento.

—¡Déjate de bobadas, anda! He lanzado un anzuelo sin carnada y he pescado un pez al azar. Dime algo más de nuestro amigo.

***

—¡Tú estás loca, Marti! ¿Cómo va a ser Carlos el causante de la muerte de papá?

—No solo de su muerte sino de su ruina, y en el fondo también de la nuestra. Déjame contarte algo sobre el incendio de un hospital.

Cecilia, girada en el asiento, miraba a su hermana con el ceño fruncido tras las gafas de sol y la boca entreabierta. ¡Papá arruinado y muerto por culpa de Carlos! ¡Esto era el colmo! Cuando vivía, pagaba la mayoría de las facturas, pero tras su muerte, las alegrías económicas, ¡plaf! Casi se habían esfumado. ¡Menos mal que ella acababa de descubrir unas dotes incipientes para los negocios! Si no fuera por eso, sus ingresos solo procederían de las escasas rentas que daban más quebraderos de cabeza que tranquilidad económica. Una nave, tres pisos en alquiler hipotecados, unas acciones a la baja y terrenos a medias con su hermana que intentaban vender para ponerse al día con las hipotecas. Por supuesto, insuficiente para mantener el nivel de vida que a ella le gustaba. Iñaki intentó que Cecilia estudiara Económicas en Londres. Tras dos años y tres o cuatro asignaturas aprobadas, la obligó a regresar. Menuda era la niña. Ni en Londres ni en ningún otro sitio acabaría la carrera.

—¡Ese cretino me las va a pagar todas juntas! —Martina disparó la sentencia tras explicarle lo ocurrido en Hospisa. Después se aferró al volante con fuerza y apretó las mandíbulas.

Cecilia, desconcertada, intentaba encajar la información:

—Pero, no sé. No sé en qué te beneficia esto. No, no me cuadra. Según me has contado, papá pretendía protegerte a ti. Se gastó el dinero para…

—Hay algo más.

—¡¿Más?!

—Carlos hace meses que anda con otra. Una tiparraca cochambrosa de esas con las que se junta. (¡Otra vez Martina en estado puro!)

Transformación del gesto de Cecilia. Se quita las gafas, como si quisiera asegurarse de quién estaba al volante, traga saliva y contiene la respiración. ¿Con otra? Al volver la vista al frente, el resplandor del sol la obliga a entornar los párpados. ¡Será cabrón! A ella la había rechazado. ¡Maldito hijo de puta! Después de aquel día le había remordido la conciencia pensando en que él amaba a su hermana y por eso no había querido hacer el amor con ella. Pero no es así. ¡Está con otra! Se gira hacia Martina.

—¿Desde cuándo anda con esa?

—Desde hace meses. Se encierra en el despacho por las noches y pasa horas hablando por teléfono con una tal Inés mientras escuchan canciones de Roger Ridley.

—¿Quién es ese?

—Uno que canta eso de *Stand by me*.

Cecilia vuelve la vista al frente. Le sobreviene un golpe de inquina difícil de controlar. Aprieta los puños. El maldito hijo de puta se había permitido el lujo de rechazarla. Y no por amor a su hermana, no, solo porque no le gustaba. Empieza a respirar con dificultad. Traga saliva y se aclara la garganta.

—¿Te ocurre algo? —preguntó Martina desviando un momento la vista.

«¿Lo suelto o no lo suelto? A mí no me rechaza ningún chulo de mierda».

(¡Vaya vocabulario que se gasta la Larralde!).

—Carlos intentó una vez ligar conmigo —lo soltó, claro que sí y, además, con toda la inquina y resentimiento almacenados durante años. Sin contemplaciones.

—¿Qué?

Martina se removió en el asiento.

—Lo que oyes.

—Pero...

—¿El día que regresaste de tu viaje de novios, en la sala de fiestas Opium? ¿Te acuerdas?

—Sí, claro que sí —el volumen de las palabras apenas audible, con cierta reticencia a escuchar una respuesta que ya empezaba a intuir.

—Aquella noche —continuó Cecilia—, papá no escatimó en gastos. Comimos y bebimos como cosacos.

—¡Sigue!

—Después de cenar los cuatro pasamos a la sala de baile. Luego papá y tú os sentasteis y yo me quedé con Carlos bailando. Se pegó a mí como una lapa y trató de besarme. Por supuesto lo rechacé, pero cuando llegamos a casa, y papá y tú os acostasteis, lo intentó de nuevo y tuve que esconderme en la habitación.

Sin perder de vista la calzada, Martina realizó un leve movimiento lateral con la cabeza. Primero a un lado y luego al otro. Despacio, al modo que lo haría para deshacerse de una contractura. A la derecha de la calzada, orlaba las aceras una hilera de melias, cuyas hojas verdeaban reivindicativas el abril primaveral. Martina se giró un instante y enseguida volvió la atención al frente. Cecilia estaba a su lado. Como siempre. A pesar de no soportar su carácter impulsivo y envidioso, no podían estar separadas. Tampoco demasiado cerca. Fugaces recuerdos de la infancia, junto a su padre, en el parque. «¿Por qué se caen las hojas de los árboles y salen luego otra vez, papá?». «Porque todo en la vida está siempre muriendo y renaciendo. Muriendo y renaciendo. Parecido a un círculo cerrado». «Pues mamá murió y no ha vuelto a renacer». «Tienes razón. De todas formas, yo no he dicho que el círculo fuera perfecto».

Volvió al presente. ¿Tan ciega había estado durante todo este tiempo para no darse cuenta de que Carlos la engañaba? Incluso lo había intentado con Cecilia. «¡Idiota! Yo creía estar por encima de él». Un presentimiento le removió el estómago. «¡Carlos había aceptado casarse con ella por su dinero! ¡Maldita imbécil!». Dos lágrimas llenas de rabia se escaparon furtivas hacia la comisura de los labios. Se limpió con el dorso de la mano y aceleró irritada.

—Tómatelo con calma, Marti —la voz de Cecilia había sonado temerosa ante el acelerón.

—¿Que me lo tome con calma? Ponte en mi lugar. Hasta con mi hermana —desaceleró un poco y descargó sobre ella una mirada de reproche—. ¿Por qué has tardado tanto tiempo en contármelo?

—No quería hacerte daño, Marti —la respuesta se había suspendido un par de segundos—. Aquello me pareció la consecuencia de una noche loca llena de alcohol. Pero ahora —otro instante de demora—, después de lo que me has contado, debía explicártelo. Carlos era un sinvergüenza y haría lo que fuera para ayudarla a acabar con él. Si hace falta que cuente esto delante del juez, aquí estoy yo, que para eso soy tu hermana.

Martina abandonó la Gran Vía, giró a la derecha para continuar por la calle de Silva, y dejó el coche en el parking público Luna.

—¡Vamos! —Cerró de un portazo y echó a andar decidida con la carpeta roja bajo el brazo, en dirección al número cuatro de la misma calle donde el abogado tenía el despacho.

***

Inés seguía sola, fuera del tanatorio. Él necesitaba verla. Se excusó con Charo de nuevo y caminó cabizbajo hacia la salida. La divisó en el aparcamiento, ralentizó el paso para observarla: hablaba por teléfono dando paseos entre los coches. Se detenía, torcía la boca, fruncía el ceño, reanudaba la marcha. Ella, de espaldas, seguía sin ser consciente de la presencia de Carlos. «Enrique, ya te he dicho que no me llames más. No, no voy a asistir…». Cuando se da cuenta de que está detrás, cuelga y le brinda una sonrisa forzada, nerviosa.

—Mi madre —asegura mostrando el teléfono.

—¿Estás bien? —Amortigua la evidente respuesta con gestos reconfortantes. Abrazo y beso suave en los labios.

—Ahora mejor. —El intento de disimular se diluyó en las miradas de ambos—. Imagínate cómo me siento, Inés. De repente, todo se desmorona a mi alrededor.

—Ven, vamos a sentarnos en el coche. —Ella le abrió la puerta trasera y cuando Carlos se sentó, rodeó el vehículo para subirse por el otro lado—. No sería mala idea que fueras a casa a descansar un rato. Mantenerte de pie no va a solucionar nada.

—Esto se me escapa de las manos. Detrás del suicidio de Lydia hay mucho más —la interrumpió Carlos con la vista perdida al otro lado del cristal delantero.

—No entiendo. —Inés sacudió la cabeza un par de veces. Ahora se había acercado a él. Con el codo en el respaldo y la mano apoyada en el hombro permanecía mirándolo en espera de una explicación.

—Acabo de llamar a Sabino para ver si por medio de la policía puede averiguar el paradero de Millán porque hasta el momento no ha dado señales de vida.

—¿Y? —preguntó nerviosa.

—No sé qué demonios está pasando. Por lo visto, lo tienen fichado y, además, anda metido en una trama de corrupción. Por si fuera poco, estoy siendo víctima de extorsiones, engaños y no sé qué más.

—Pero ¿tú estás metido en algo que…?

—Espero que no. Al menos, no soy consciente de ello.

Carlos se echó hacia atrás para apoyarse en el respaldo e Inés se abrazó a él colocando la cabeza sobre el pecho. Percibía los latidos del corazón y la respiración agitada.

—Deberías descansar, Carlos. —Cerró los ojos y encogió un poco los hombros, al sentir que le acariciaba el cabello—. Ve a casa, date una ducha y descansa unas horas.

—¿Y tú?

—Buscaré un hotel y haré lo mismo. ¿Sabes cuándo será el entierro?

—Mañana por la mañana. —La contempló un instante. Suspiró—. No es el mejor momento ni yo tengo el ánimo para hablar de esto, pero estoy preocupado por algo y necesito que me lo aclares cuanto antes mejor.

Mirada interrogativa de ella. Desasosiego.

—Odio las mentiras, Inés.

—¿Te he mentido? —la pregunta, insegura, revestida de recelo, de turbación.

—Sí. A no ser, claro está, que tu madre se llame Enrique.

—Bueno, verás…

—También me mentiste en Marbella cuando achacaste tu tardanza a la cola de espera para entrar en los servicios. Allí no había ninguna cola. Estuviste todo el tiempo hablando por teléfono. Algo me ocultas.

Silencio.

—No es mentira, Carlos. Es miedo a romper el primer amor de mi vida.

Silencio.

Inés:

—Emilio me encontró…

Le explicó con detalle su relación con Emilio, las circunstancias que le llevaron a casarse con él y la dependencia con la droga y el alcohol. (Todo eso que el lector ya conoce).

—Hace un año tuve una recaída. Emilio no lo sabe. Por mi cuenta busqué ayuda en una asociación y empecé a rehabilitarme. Me asignaron un tutor para controlarme, Enrique, y ahora no me deja ni a sol ni a sombra. En Marbella me llamó varias veces mientras estábamos juntos. En el chiringuito estaba hablando con él. —Agachó la cabeza—. Me daba miedo que estuvieras al tanto de estas miserias. Te he mentido y lo siento de verdad. Bueno, ya conoces toda la historia, ahora aceptaré tu decisión.

***

El gabinete del abogado ocupaba la mitad de la planta segunda del número cuatro en la calle de Silva, al lado del hotel Índigo. Entraron en el edificio de construcción moderna y estética minimalista, dominado por el blanco de las paredes y la luminosidad que le conferían unas amplias cristaleras que lo conectaban al exterior. Enseguida, el conserje, solícito, preguntó si podía ayudarlas, pero un «no, gracias» fue la única respuesta. Se dirigieron con determinación al ascensor y, mientras Martina pulsaba el botón, Cecilia comprobaba, con la ayuda de un espejo sacado del bolso, si el maquillaje seguía impecable.

Ya en el segundo piso, se detuvieron un momento ante la puerta contemplando el rectángulo de metacrilato colocado en la pared derecha, como cerciorándose de encontrarse en el lugar correcto.

Hinojosa y Gutiérrez

Abogados

Martina apretó el interruptor del timbre varias veces seguidas y al poco apareció una chica por cuya silueta, recortada a contraluz, aparentaba tener unos veinte años. Morena, melena sesgada de la oreja al pómulo y sonrisa blanca enmarcada de rojo sangre, sacada del manual de la perfecta recepcionista.

—Martina Larralde. El señor Hinojosa nos está esperando. —Ni siquiera esperó el beneplácito de la joven. (¡Ay, Martina! Genio y figura). Levantó la barbilla y se adentró hasta el lugar donde tres chicas y un hombre mayor buceaban entre papeles o aporreaban los teclados de los ordenadores.

El espacio, amplio y bien iluminado. Suelo de madera de haya, paredes blancas y la previsible decoración de un sitio así: títulos enmarcados colgados de la pared, fotocopiadora y estantería, cargada de volúmenes legislativos.

—Disculpen. —La secretaria, más en tono de súplica que de llamada de atención.

—¿Sí? —Giro teatral de Martina y Cecilia. La primera, con el ceño fruncido y la segunda, divertida por el agobio de la chica.

—Aunque el señor Hinojosa les esté esperando, no pueden ustedes…

—Claro que podemos —Martina, insolente.

—No, no pueden —el enfado de la joven empezaba a evidenciarse en el tono de voz, ahora más elevado—. No hasta que yo le haya avisado.

En ese momento se abrió una puerta situada al otro lado de la oficina por donde salió un hombre alto y delgado, de pómulos prominentes y rostro enjuto en el que resaltaban los ojos de un azul intenso. Indumentaria, la esperada: elegante traje azul oscuro de corte caro y corbata, de nudo perfecto, un punto más clara que el traje.

—No se preocupe, María, ya las atiendo yo. —Tranquilizó a la asistente sin ni siquiera mirarla y avanzó unos pasos para recibir a las hermanas, dedicándoles una sonrisa estirada en una línea que resultaba artificial.

—Buenos días, Martina. —El saludo incluyó un beso en la mejilla. A su hermana, sin embargo, le puso la mano en el hombro e inclinó un poco la cabeza. Descarado, dedicó unos segundos a lanzarle una mirada de abajo arriba, y dejó caer el nombre alargando un poco la «a» en un tono más bajo—. Pasad. ¿Qué os trae por aquí? —Se desplazó cortés a un lado para cederles el paso.

Cuando ambas entraron, realizó una señal con la boca a la empleada para que no hiciera mucho caso al desagravio, y cerró tras él.

El despacho de Hinojosa era lujoso, aunque un tanto aburrido y oscuro debido al exceso de madera barnizada: suelo, paredes estanterías, mesa… Incluso la lámpara del techo tenía el color monótono de la madera de haya.

El abogado se situó tras la mesa y las invitó con un ademán del brazo a que ocuparan los sillones del otro lado.

Martina expelió la petición antes, incluso, de haber completado el movimiento de sentarse:

—Quiero que pongas una denuncia, Julián.

—¡Vaya! —Hinojosa tomó asiento y simuló sorpresa agrupando los documentos dispersos sobre la mesa en un solo montón. De manera furtiva, desvió la vista hacia Cecilia, pero la retiró enseguida al percibir un punto de reproche e inquina en sus ojos. Dio unos golpes sobre la mesa con el taco de folios para igualarlos y se removió incómodo en el asiento—. Bueno, tú dirás. ¿Contra quién hay que poner la denuncia y el motivo de la misma?

Corrieron unos segundos de silencio.

—Contra mi marido —silencio, aún más denso. El abogado aguantó el taco de documentos en la mano y la mirada fija en ella invitándola a continuar—. Quiero divorciarme de él y meterlo en la cárcel.

Apartó los papeles a un lado y cruzó los dedos bajo la barbilla con los codos apoyados sobre la mesa.

—A ver, Martina —dijo al cabo—. Ahora me explicarás los motivos, porque entenderás, espero, que esto no son dos huevos que se echan a freír.

Hinojosa estaba acostumbrado a lidiar con la excentricidad y prepotencia de Martina Larralde y, sobre todo, con las de su hermana. Algún tiempo atrás había coincidido con Cecilia en una fiesta y estuvieron un tiempo saliendo hasta que la relación empezó a ser asfixiante y la dejó plantada. No obstante, debido a algunos pleitos en marcha, sobre terrenos que querían vender, tanto Martina como Cecilia seguían requiriendo sus servicios.

—¿Qué ha pasado con Carlos? —pregunta formulada en el tono cansino de quien espera una sandez por respuesta—. Parecíais una pareja ...

Interrupción de Martina con el sarcasmo aflorando en el tono y la expresión del rostro:

—¿Ideal? Te equivocas. Ese cabrón...

—¡Martina! —esta vez Cecilia quien para regañarla.

Gracias, Cecilia. Si no lo haces tú lo hubiese hecho yo. ¡Vaya vocabulario que os gastáis!

—Perdón, estoy muy alterada. Quiero que presentes estos documentos en el juzgado para acusarle de la muerte de varias personas. —Dejó de un golpe seco sobre la mesa la voluminosa carpeta de tapas rojas, hasta entonces en su regazo.

El letrado compuso un gesto de sorpresa abriendo los ojos en exceso y la tomó sin comprender muy bien lo que acababa de escuchar.

—¡¿Cómo que por la muerte de varias personas?!

—Sí, eso, lo que oyes. Ahí están las pruebas del delito —Martina señalaba con el dedo índice la carpeta.

El abogado ya estaba inmerso en la revisión de los documentos. No tenía ni idea de arquitectura, pero, según constaba en las primeras páginas, parecía el proyecto de un hospital privado: Hospisa. ¿De qué le sonaba aquel nombre? Levantó la vista de los papeles. Martina aún mantenía el dedo estirado señalando la carpeta y ahora el odio se reflejaba firme en el brillo de sus ojos. Se centró de nuevo en el proyecto, pero no para leer. ¿Qué había detrás de todo aquello? La imagen del matrimonio, cuando había coincidido con ellos, era de armonía y felicidad. Aunque, a decir verdad, siempre le pareció que entre ambos había un abismo. Martina era una niña rica, caprichosa y desmelenada que se codeaba con la *crème de la crème* de la alta sociedad madrileña y él, un pueblerino con estudios, como le llamaban en los corrillos. Se rumoreaba que Iñaki Larralde lo había casado con ella para que la controlara.

Al cabo de unos instantes, Julián Hinojosa se dirigió de nuevo a Martina.

—Explícame un poco eso de las muertes.

—Car… Carlos Duarte fue el culpable de la muerte de varias personas en un incendio que ocurrió en ese hospital. —Volvió a señalar los documentos, esta vez con un gesto despectivo del rostro—. Para librarlo de la cárcel mi padre, nuestro padre —rectificó—, se gastó toda su fortuna y eso fue la causa de su muerte.

—No entiendo nada —arguyó el abogado realizando leves movimientos negativos con la cabeza.

Martina se removió incómoda.

—Yo tampoco entiendo mucho, pero mi padre pagó una fortuna para cambiar el proyecto original, es decir, este, por uno manipulado donde se habían modificado los datos y así evitar que fuera a la cárcel.

El abogado miró la carpeta abierta que tenía delante y luego levantó la cabeza para escrutar a Martina durante unos segundos.

—Según tú, se cambiaron las especificaciones originales y esa fue la causa del incendio. —El abogado golpeó con el dedo el proyecto.

—Eso es. Si esos papeles llegan a manos del juez no tardarán ni dos minutos en meter a ese hijo de... —La mano de Cecilia sobre el antebrazo de Martina la contuvo—. Este es el proyecto original —continuó alterada—. Cambiaron los cables y no sé qué más cosas para ahorrar dinero al constructor y luego colocaron una máquina en otro sitio. Ese fue el motivo del incendio que costó la vida a esas personas.

Martina había echado el cuerpo hacia delante apoyándose con los dedos engarfiados en el filo de la mesa. En el rostro, solidificado el gesto de odio que incluso desfiguraba sus hermosas facciones. Respiraba con dificultad.

—Cálmate, Martina. Veremos qué se puede hacer.

—¡¿Cómo que qué se puede hacer?! Lo que tienes que hacer es meterlo en la cárcel.

Aquella mujer supuraba hiel por cada poro. El abogado reflexionó unos instantes: con independencia de que Iñaki Larralde se hubiera gastado parte de la fortuna en salvarle el pellejo al yerno, había algo más.

Lanzó una flecha a la espesura del bosque.

—Hay otra persona más en medio, ¿verdad, Martina?

Y encontró un blanco.

Martina exhaló el aire que llevaba en los pulmones y cayó desinflada sobre la silla. Tragó saliva y apretó los puños hasta clavarse las uñas. Una Larralde no llora delante de nadie.

—Hay algo más, sí. Ese cabrón lleva meses engañándome con otra. —Había bajado el tono y se miraba las manos crispadas, apoyadas ahora sobre el regazo. Pero, de repente, se irguió en la silla, levantó la cabeza y continuó irritada, arrepentida de haber bajado la guardia—: ¡Y eso qué tiene que ver!, ¿eh?

—Tiene mucho que ver. ¡Y tanto que tiene que ver! Si nos vamos a meter en un juicio debo saberlo todo para que no nos cojan en un renuncio. Cualquier resquicio que dejemos puede...

Interrupción de Martina llena de furia.

—No entiendo nada de lo que me estás hablando. Quiero que presentes estos documentos en el juzgado cuanto antes.

—A ver, Martina —voz pausada con intención de calmarla—. Un experto tendrá que revisar estos documentos porque no tengo conocimientos suficientes para valorarlos. Conozco a un arquitecto que...

—¡¿A un arquitecto?! —Nueva interrupción—. ¡Ni hablar! ¡Menudos son con el corporativismo! Si pones en manos de uno de ellos esa carpeta, tardaría un minuto en saberlo Carlos. —Martina cerró un momento los ojos y dejó que la imagen de su pipiolo alejándose por el espejo retrovisor revoleteara sobre la cabeza. Volvió a la realidad sonriente—. Cuando llegue el momento, tendrás a tu experto —dijo al cabo—. Y, además, testificará en contra de Carlos Duarte. Pero primero pon en marcha la denuncia. Quiero que lleves esa carpeta y la presentes como prueba.

El abogado dejó vagar un instante la vista por la habitación para luego centrarse en su clienta. Los ojos de Martina rezumaban rencor y la ira superaba cualquier límite. Apenas pestañeaba. Respiraba por la nariz, con las aletas dilatadas y la furia de un animal a punto de embestir.

Se haría como ella quería. Presentaría una denuncia en el juzgado e intentaría que la carpeta sirviera de prueba, pero no garantizaba nada.

Ella relajó el gesto y le respondió con una sonrisa escueta. Luego lo miró prepotente. Superior. Se puso de pie y, sin perder la sonrisa, se dirigió a su hermana: «Vamos, Ceci, mañana tenemos que asistir a un entierro».

25

22 de abril

La capilla, casi vacía.

Por los ventanales altos penetraban rectángulos de luz amarillenta que parecían atrapar el polvo en suspensión y enfatizar la atmósfera luctuosa.

Entró del brazo de Charo y enseguida divisó a los miembros del gabinete sentados en los últimos bancos del lado derecho. Pegados a ellos, Inés.

El día anterior en el coche, después de relatarle su historia sobre la dependencia con el alcohol y las drogas, le pareció frágil, indefensa, como una niña que ha cometido una travesura y arrepentida se acurruca en el regazo de su madre. No me importa tu pasado, Inés, solo me interesa nuestro presente y nuestro futuro. Ella desbordó un buen puñado de lágrimas acumuladas por la incertidumbre y, con el corazón latiéndole con fuerza, le pidió que no la compadeciera. Tengo un problema y voy a solucionarlo, pero por favor no me compadezcas. Al contrario, ahora, más que nunca, se sentía unido a ella.

Caminó con la cabeza gacha por el pasillo central. Al otro lado, Sabino y el inspector de policía, la asistenta de casa y tres anónimas mujeres vestidas de luto. Avanzó hasta el principio y se detuvo para contemplar el ataúd colocado sobre una tarima cubierta con un crespón negro, flanqueado por un par de coronas de flores. Dio unos pasos hasta el féretro y acarició la madera barnizada. Fría y suave, como casi seguro estaría ya la piel de Lydia. Lydia, Dios mío, Lydia. ¿Podía estar pudriéndose dentro de aquella caja alguien tan vital, tan llena de vida? ¿No se podía hacer nada para evitar aquella incongruencia? Notó un tenue apretón en el brazo. Su fiel Charo le avisaba de la entrada del sacerdote en el altar y le llevó hasta la primera fila de bancos. Allí se encontraban Martina, Álex, Nerea, Cecilia y Nacho. «¿Qué demonios hacía allí el arquitecto técnico?». Los bancos de la primera fila estaban reservados a la familia. Charo lo dejó y se volvió para sentarse en el banco de atrás. En ese momento Nerea salió del sitio que ocupaba entre la madre y la tía y se abrazó llorando a su cintura.

—No llores, mi vida. —La acarició apretándola contra él y le besó el cabello.

Tampoco le gustaba ver allí a Álex y Nerea. Aunque era una realidad ineludible. No recordaba haber hablado con ellos del tema de la muerte. Ni del tema de la muerte ni de ninguno. Carga de culpabilidad, de abandono. Punzada en la cabeza. «Me va a estallar». Ni Martina ni él habían mantenido nunca una conversación con sus hijos sobre… Sobre nada.

«En el nombre del Padre, del Hijo y del Espíritu Santo».

El oficio duró una eternidad.

Auxiliado por un monaguillo, doce años, año arriba, año abajo, un anciano sacerdote celebró la misa en la que los responsos, dirigidos a «nuestra hermana Lydia», hablaban de ella como si la conociera de toda la vida cuando, estaba seguro, no la había visto, eso, en la vida.

Carlos había bajado la mirada y mantenía la mano entrelazada con la de Nerea. Ni siquiera prestaba atención a las palabras del sacerdote. Solo se levantaba o se sentaba de forma mecánica cuando notaba movimiento a su alrededor. Al oír «Podéis ir en paz, hermanos», y un creciente murmullo, levantó la vista y advirtió que dos hombres de su equipo junto a dos de la funeraria ponían el ataúd sobre un carro y lo empujaban rodando hacia la salida.

La pequeña comitiva se dispersó rápido tras el entierro. El cadáver de Lydia quedó encerrado en un nicho anónimo del cementerio de San Isidro, con la única referencia de las siglas de los apellidos, L. D. R., grabadas por el sepulturero con la punta del palaustre, en el yeso aún fresco tras tapiar la sepultura.

Inés, separada del grupo, había estado observando los acontecimientos desde lejos, tratando de identificar a los participantes. Martina y su hermana, Nerea y Álex, «¡Qué guapos!». Un chico joven junto a Martina. «¿El aparejador de Carlos?». «Aquel grupo debe ser el de los miembros de su gabinete». No localizó, sin embargo al detective que se les había unido en el Anatómico Forense cuando salieron a tomar café. «Usted debe ser Inés, ¿me equivoco? Sabino Holgado, investigador».

Las primeras en abandonar el lugar tras el entierro, las dos hermanas seguidas de Álex y Nerea. Los cuatro pasaron cerca de Inés, aunque entre ellos no intercambiaron ni una mirada curiosa. Luego pasaron el supuesto aparejador y el equipo del gabinete. Inés volvió la cabeza hacia la sepultura de Lydia. Carlos continuó todavía un rato ensimismado en la tumba de su hermana. Por su puesto, Charo, inamovible, junto a él como un severo guardaespaldas. En cuanto giró para marcharse, la fiel secretaria lo cogió del brazo con exquisita delicadeza y ambos avanzaron hacia donde estaba ella.

«¿Qué hago, me acerco o lo dejo pasar?».

«Me acerco».

«¿Y si no le gusta?».

«Me da igual, me acerco».

Se colocó al otro lado y enseguida oyó un «Gracias», susurrado sin levantar la vista del suelo.

Ensimismados como estaban los unos con la otra, ninguno de los tres pudo observar lo que voy a relatar a continuación.

Martina se había vuelto antes de abandonar el camposanto y contemplaba la escena. Tampoco nadie pudo oír esto otro, pero en el cerebro de la Larralde se repitió una frase esculpida con el cincel del odio. «Lo vas a pagar caro, Carlos Duarte, lo vas a pagar muy caro. Tú y esas putitas que te acompañan».

¡Fiuuuu! (onomatopeya de un silbido) ¡Madre mía! No me gustaría estar en el punto de mira de Martina.

***

—Mañana debo regresar a Málaga —la voz, quebrada, zarandeó el ánimo de Carlos.

Tumbados en la cama, en ropa interior. Carlos, bocarriba, mano izquierda tras la nuca y derecha abrazando a Inés por el cuello. Ella, recostada sobre el lado izquierdo, muy pegada a él; le cuesta mantenerse despierta. Al entrar en la habitación del hotel, le había ayudado a desabrocharse la camisa y le había recorrido el cuello besándolo con sensualidad. Quería apartarlo del oscuro túnel que lo atosigaba, pero una mirada suplicante de Carlos la llevó a comprender. Aquel no era el mejor camino. Solo el tiempo podría conseguir habitarle de nuevo el desierto de sombras que ahora le pululaban por la cabeza.

—Imagino que debe ser así —respondió. El corazón bombeando fuerte en el pecho—. Regresa a Málaga, pero no te hagas ilusiones, no tardaré mucho en estar de nuevo contigo. Justo el tiempo necesario para resolver unos asuntos pendientes. —Dejó trascurrir unos segundos—. No sabes cómo agradezco tu compañía en estos momentos, Inés. Lydia para mí era muy importante.

—Respecto a la conversación de ayer…

—Inés, la conversación de ayer quedó zanjada y no debe tener hueco en nuestra relación nunca más. Nosotros no tenemos ya pasado, solo presente y futuro.

Se incorpora un poco sobre el codo y le roza la mejilla con los labios. Luego apoya la cabeza sobre el pecho de Carlos. El corazón late a ritmo rápido, aunque respira sosegado. Toma aire por la nariz y cierra los ojos. «Gracias, Carlos». La frase en voz queda, susurrada para no romper la magia del momento. Él le acaricia el cabello. «¡Dios, cómo la amo!».

Después del entierro de Lydia, Charo, Inés y Carlos salieron del cementerio en silencio y caminaron hasta los aparcamientos. Ya no quedaba nadie. Los únicos coches estacionados en la explanada eran el Renault Captur de Inés y el Peugeot 205 de la secretaria.

—Bueno, yo me marcho, Carlos. —Charo agachó un momento la cabeza y en seguida la levantó—. He reservado una habitación para Inés en el hotel Ilunion de Pío XII a nombre de la empresa. No sé si he hecho bien, pero me parecía que no iba a estar en condiciones de volver a Málaga hoy.

Carlos se detuvo un instante a observarla. Cabello recogido en un rodete tras la nuca y grandes gafas de sol. Su fiel secretaria. No le había dejado ni un solo instante. Debía estar muerta de cansancio.

Tampoco había probado bocado excepto el desayuno al salir del Instituto Forense y algún café durante el velatorio. Se acercó, le cogió la cara entre las manos y le dio un beso en la frente. Luego la abrazó y le susurró al oído: «Gracias, Charo. Eres adorable». ¿Lo era? Dos lágrimas se escaparon silenciosas tras las gafas y ella se dio prisa en impedir que continuaran hacia abajo.

—Deberíamos ir a comer algo los tres. —Carlos se había separado y contemplaba sus mejillas encendidas.

—No, no —se apresuró a responder Charo—. Id vosotros. Yo me encuentro muy cansada. Tengo ganas de llegar a casa, ducharme y descansar hasta mañana.

No sería así. Tras la ducha se pondría el pijama, se repintaría las uñas de los pies y las de las manos sentada en la taza del váter y deambularía un rato por el piso como un fantasma limpiando un polvo inexistente, recolocando figuras y algunos de los libros de la estantería. Pocos. Solía comprarlos porque estaban de moda, pero casi nunca los leía enteros, aunque ello le permitía presumir en la oficina o cuando salía los fines de semana con su amiga Engracia. *Tras la sombra del brujo*, una pasada, chica. Después de deambular por la casa, acabaría arrastrando el cuerpo hasta el sillón, frente a la tele, donde permanecería hasta la madrugada viendo programas del corazón. Muchos días la sorprendía el amanecer allí sentada.

La vieron marcharse en el coche sacando la mano por la ventanilla para despedirse. Inés sintió un pellizco en el estómago. Sí, estaba enamorada de Carlos. Y comprendió el trago que suponía dejarlo en manos de otra mujer, pero no dijo nada, solo se acercó más a él y lo abrazó por la cintura.

—Tú también deberías marcharte ya —musitó.

—No puedo dejarte ahora, Inés.

Un beso prolongado en los labios selló cualquier respuesta. Apenas sin voz, le rogó de nuevo que regresara a casa. A ella no le importaba dormir sola. Tal vez Álex y Nerea lo necesitaran. Ni hablar. Ya se encargará Martina de eso. Ahora mismo no puedo enfrentarme a una situación de soledad, entiéndelo. Lo entendía. Pero sentía un punto de culpabilidad por retenerlo a su lado. Aunque, en realidad, estaba deseando que se quedara.

Condujo él hasta el hotel Ilunion y dejaron el coche en el aparcamiento. Durante el trayecto intentó rechazar los pensamientos sobre Lydia que, como una lluvia de estrellas, reivindicaban un espacio imposible de no ceder. Incluso después de rellenar la ficha de recepción, seguían martirizándolo No quería encerrarse en la habitación. La chica al otro lado del mostrador le indicó un bar-restaurante de tapas a escasos veinte metros de la entrada. «El Torrezno. Ahí podrán picar algo».

—Charo está enamorada de ti, Carlos.

—A veces lo he pensado, sí.

—Seguro que sí.

Había sacado la conversación para tratar de evadirlo. Y lo consiguió. Al poco Carlos empezó a desgranar virtudes y ocurrencias de la secretaria, contando anécdotas y hablando sin parar de su eficiencia. Una hora más tarde, se levantó Inés y pagó la cuenta.

—Vamos. —Lo agarró del brazo y lo empujó fuera del bar, en dirección al hotel. Al traspasar la puerta de la habitación, el objetivo, no dejarle ni el más mínimo resquicio para el ensimismamiento, pero al comprobar el gesto de súplica silenciosa, decidió desnudarse, tumbarse a su lado y abrazarse a él para infundirle ánimo.

—Regresa a Málaga —repitió Carlos con los ojos puestos en el techo de la habitación.

Ella mantuvo la cabeza apoyada sobre él (esfuerzos ciclópeos para vencer el sueño), aunque había dejado de prestar atención a los latidos del corazón para escuchar sus palabras. Voy a pedirle el divorcio a Martina (el sueño remite milagrosamente). No sé qué ocurrirá con el estudio de arquitectura. Le propondré mantenerlo abierto hasta que Álex termine la carrera y se haga cargo. Mientras tanto abriré una oficina en Málaga, Marbella o alguna de las poblaciones de la Costa del Sol para estar cerca de ti.

—Carlos, te estás precipitando. Álex y Nerea están ahí.

—Es curioso —continuó divagando, tan ensimismado que parecía no haber prestado atención al comentario—. Esa había sido una de las propuestas de Iñaki, el padre de Martina, abrir una oficina de Duarte y Larralde en la Costa del Sol. Mira por dónde se va a hacer realidad. «Un arquitecto como tú tiene mucho futuro allí». —Detuvo un momento el deambular por el pasado antes de centrarse de nuevo en sus ojos—. Álex no me preocupa demasiado, Inés. Él va a su rollo. Dentro de poco terminará la carrera y estoy convencido, en cuanto lo haga, volará del nido.

—Me acabas de decir que se hará cargo del gabinete de arquitectura.

—Eso no significa que no pique billete para buscar un piso y emanciparse —la interrumpió—. Lo conozco muy bien, créeme, está deseando hacer su vida. Sin embargo, Nerea me preocupa. Está demasiado unida a mí y yo a ella. No sé cómo va a afectarle todo esto. —Volvió la mirada al techo y dejó transcurrir unos segundos—. De una forma u otra deberá asumir la realidad. Además, a ella le encanta la Costa del Sol.

Inés se incorporó, se colocó estirada encima de Carlos y apoyó la barbilla en los dedos entrelazados sobre el pecho.

—Veo que estás muy seguro. A mí me da un poco de vértigo todo esto.

—A mí también —repuso él—. Pero no por eso voy a dejar de recorrer el camino que la vida me ha puesto por delante. Es de idiotas volverle la cara a la felicidad.

Los ojos de Inés se revistieron de un brillo especial.

—¿Te das cuenta? Estamos echando un órdago sin solución de continuidad —sonrió.

—Ajá.

—¿Sabes qué? Yo también voy a pedirle el divorcio a Emilio. Y esta relación no es el motivo. Me casé con él como agradecimiento por haberme ayudado y no fue una buena idea. Yo le quiero, es una buena persona, pero, no estoy enamorada de él.

Carlos la contempló un momento.

—¿Tienes miedo? —preguntó al fin mientras le acariciaba la espalda.

Tardó unos segundos en responder, pero lo hizo con determinación. «Un poco sí, pero el amor que siento por ti lo supera con creces».

Beso intenso para sellar aquel pacto tácito. Luego ella volvió a tumbarse a su lado y hablaron un rato, no mucho de futuro, de ilusiones. El sueño los sorprendió cuando trataban de encontrar un lugar ideal para vivir juntos.

***

13 de abril

Tras la marcha de Inés, y mientras conducía, camino a casa, volvió a sumirse en una profunda tristeza. El sonido de la entrada de un wasap llamó su atención y aprovechó un semáforo en rojo para abrir el teléfono convencido de que sería de ella. Era de Álex. *Me quedo en casa de Mónica. Pasaré allí unos días.* «¿No habían roto? Se acordará de ir a la universidad, espero». Estuvo a punto de llamarle para recordárselo, aunque unos segundos más tarde decidió cambiar de opinión. Presionar a Álex no era lo más acertado. Bocinazo largo del coche de atrás. Espabila, Carlos, el semáforo ha cambiado a verde. Arranca y levanta la mano para pedir disculpas al conductor. Nuevas imágenes alrededor de la muerte de Lydia le llevaron a sentirse abatido, aplastado por el sentimiento de culpa. ¿Cuántas veces había intentado ponerse en contacto con él desde que se despidieron en Granada? ¿Qué había ocurrido desde entonces? ¿Cuál habría sido el detonante que la había llevado a colgarse de una cuerda? ¿Y Millán, dónde estaba Millán? La última vez que habló con ella no le pareció que estuviera al borde del precipicio. ¡Ni mucho menos! Lydia había sido taciturna y un poco depresiva por naturaleza, pero nunca hasta esos extremos. De adolescente salía poco de casa. La recordaba estudiando en su cuarto, leyendo, trapicheando en la cocina. Cuando murió su madre, Lydia se hizo cargo de todo. Se pasaba el día dedicada a la casa y a ellos, y por las noches estudiaba magisterio. Cuando Carlos empezó la carrera en Madrid, Lydia comenzó a dar clases por las tardes y él era consciente de que lo hacía para poder pagarle los gastos, pues la beca solo cubría el coste de matrículas y poco más. Tragó saliva. Abusaba de ella. «Lydia, necesito cincuenta euros para fotocopias, Lydia, por fa, necesito comprar el libro *Diseño y Análisis de Estructuras.* Es del profesor que da la asignatura y las preguntas las sacará de ese libro. Son solo cien euros solo. Lydia. ¡Dios mío, Lydia!» La mayoría de aquellos euros acababan en las cajas de los mesones del Madrid de los Austrias. Le costaba aceptar su desaparición, ya no podría llamarla por teléfono para pedirle disculpas por no haber atendido las llamadas. Ya no. «¡Uf!».

Condujo como un autómata hasta su casa y accionó el botón de apertura. La puerta del garaje se desperezó con lentitud. Ahora le tocaba bregar con algo desagradable, Martina. Lo mejor, ir directo al grano. Los malos tragos cuanto antes. Quiero hablar contigo, Martina. Mira, es una tontería que sigamos juntos. Nuestro matrimonio no funciona desde hace tiempo y creo que deberíamos separarnos. Conclusión después de meter el coche en el garaje: lo haría de ese modo; directo, sin ambages. ¿Cómo reaccionará? ¿Montaría un drama? No, Martina no era de esas. Incluso podría alegrarse. En ese momento fue consciente de que el coche de ella no estaba. Echó un vistazo al reloj de pulsera. Las 09:30. Demasiado pronto para andar por la calle. Se encogió de hombros y se adentró en la casa. El silencio. Los muebles y los objetos parecían adormecidos, somnolientos ante la ausencia de vida. Subió al piso superior. Ni Martina ni Nerea se encontraban en su habitación. Álex tampoco, estaba con su amiga (o lo que fuera) Mónica. Las camas hechas. Allí no había dormido nadie. Empezó a preocuparse y, sin dudarlo, marcó el número de Martina.

***

—¡Maldito hijo de puta!

Era la cuarta vez que Nacho Andrade marcaba el número de Millán Pancorbo dejando que se agotaran las llamadas sin obtener respuesta. La empresa encargada de ejecutar el proyecto de un polideportivo municipal en Majadahonda le estaba acuciando porque necesitaba material eléctrico para terminar la obra y Millán no respondía a las llamadas. «¡Maldito Millán!» Se la había jugado. No solo no le había mandado el dinero que le debía, sino que se había esfumado sin dejar rastro. Ni siquiera apareció en el funeral de su mujer. Dio varias vueltas por el despacho con la fiereza contenida de un tigre enjaulado y volvió a marcar. *El número al que llama se encuentra apagado o fuera de cobertura. Si desea...* Apretó con saña el botón rojo del teléfono y miró la pantalla, incrédulo. Dientes apretados, aletas de la nariz dilatada y respiración de galope tendido. Levantó el brazo con la intención de estampar el móvil contra la pared, aunque se contuvo en el último instante.

Claro que no, Nacho, muy bien. Aunque ni tú ni él sois santos de mi devoción, ese imbécil no se merece que destroces el teléfono. ¡Con lo que vale un móvil!

—¡El muy cabrón me ha dejado con el culo al aire! ¿A ver cómo soluciono esto? ¡Maldito hijo de puta! —Dio otra vuelta por el despacho, se paró frente a la mesa de dibujo y apoyó las manos en los bordes laterales con la cabeza caída sobre el pecho.

Urgía buscar otra empresa de material eléctrico y hablar con el contratista de obra para que continuara abasteciéndose de ella, algo que, casi con toda seguridad, no aceptaría o pondría muchas pegas. Al ser un proyecto público, las contrataciones y subcontrataciones se llevaban a cabo por «concurso» y el Ayuntamiento, a su vez, exigía a las empresas contratadas ganadoras la relación de los proveedores de materiales para una mayor imagen de transparencia. Si cambiaba de proveedor de material eléctrico, el consistorio querría saber los motivos y, estaba convencido, la pregunta llegaría hasta el gabinete. Se estremeció. Si Carlos se enterara de los trapicheos con las constructoras, Millán y los otros suministradores. «¡Uf!». Un repentino sudor frío le empapó la espalda. ¿Cómo justificar que Millán estaba detrás de Intelectric?

«Eso te pasa por confiar en un imbécil, Nacho». Levantó la cabeza. Algunos miembros del equipo lo observaban desde el otro lado de las cristaleras. Rápido bajó las persianillas y se dejó caer en el sillón del despacho.

Una solución. Necesitaba una solución inmediata o acabaría dando con los huesos en la cárcel. (Otro ¡uf!). Unos minutos más tarde dio un brinco en el sillón y se precipitó al ordenador.

—¡Ya está! —se dijo y se aflojó el nudo de la corbata mientras abría un archivo encriptado donde guardaba el nombre de empresas y teléfonos que trapicheaban para él. Tenerlos en la agenda del móvil, un error muchas veces repetido y que había costado más de un disgusto. «Regla número uno: nunca lleves en el bolsillo nada que se te pueda acusar». Recorrió con el puntero del ratón un listado de empresas de construcción. «Construcciones Rodríguez», la empresa contratada por el Ayuntamiento para edificar el polideportivo. «Gerente. Luz Palma». Rápido cogió el móvil y marcó nervioso el número, al tiempo que realizaba un recorrido mental por la figura de la gerente. Morena, alta, pelo recogido en una cola de caballo o en un moño y un cuerpo ajustado en curvas, con ese aire de mujer segura de sí misma dispuesta a todo para que la tomen en serio.

—Hola, Luz.

—Vaya, hombre, el niño perdido. Mi equipo lleva buscándote dos días.

—Lo sé, lo sé. Ya he visto las llamadas. Y lo siento de verdad. He estado de entierro y con varios asuntos por resolver. El maldito proveedor se ha quitado de en medio. Pero hoy mismo, a lo más tardar mañana, te soluciono el problema. —El sudor bajándole la espalda—. Por favor, mándame lo más rápido posible, vía email, una relación del material eléctrico necesario para terminar la obra.

—Pero eso es una barbaridad, tendría que pedirle al jefe de obra que...

—¡Pues hazlo, maldita sea! No me importa si pides material de más, pero tienes que hacerlo hoy. Nos jugamos mucho. Los dos, tú y yo. —Nacho guardó silencio para comprobar que la interlocutora había escuchado y entendido bien.

Luz de Palma lo entendió enseguida. Cruzó las piernas y dio un cuarto de giro al sillón del despacho, se acomodó el teléfono entre el hombro y la oreja, alisó las medias negras con ambas manos desde los tobillos y estiró el borde de la falda del traje gris hasta casi las rodillas. Luego cogió el teléfono y se recolocó el cuello mao de la camisa blanca antes de responder. No sabía con exactitud qué se traía entre manos el pingo, como ella lo llamaba, pero recordó el dos por ciento de gratificación que la empresa le pagaba a ella cada vez que conseguía una adjudicación de obra y no era cuestión de andarse con paños calientes. El pingo no tenía un pelo de tonto y, aunque se llevaba un tres por ciento de las ganancias, ya le había conseguido varias edificaciones. Tomó aire por la nariz. No quedaba más remedio, haría lo posible por cumplir sus deseos.

Volvió a colocar el sillón en la posición inicial. En el transcurso de la mañana le enviaría una relación aproximada del material. Solo una condición. En la factura debía figurar el nombre de la misma empresa que había estado suministrándoles hasta ahora, Intelectric.

—Bien, tendrás esa factura, no te preocupes por eso. Junto a la relación de material, mándame escaneada una copia de cualquier factura de Intelectric que tengas por ahí.

Cortó la llamada, arrojó el móvil sobre la mesa y resopló. Ya estaba la mitad del trabajo hecho, ahora quedaba la otra mitad, aunque esta iba a resultarle más fácil.

De nuevo ojeó el archivo encriptado, pero en listado «Proveedores».

Suministros eléctricos.

Manuel Sierra Ramos.

Cogió de nuevo el teléfono, marcó, tragó saliva y esperó impaciente.

—¡Manolo! ¿Qué pasa hombre, cómo estamos?

—Me alegro. Mira, necesito que me hagas un gran favor que, por supuesto, te recompensaré.

—Lo sé, lo sé. Sé que te lo prometí. Espera, espera. Déjame hablar. Te llamo para darte trabajo.

—En serio. Necesito que suministres el material eléctrico que voy a pedirte esta tarde.

—Yo. Yo voy a pagarte el material.

—¡Qué nooo! Escucha. Por favor, escucha. Lo haremos así. Te mando la relación de material, me mandas el albarán por correo electrónico y te llevo el dinero en *cash* a tu oficina. No mandes el material hasta que yo no te entregue el dinero. ¿Estás de acuerdo?

—Bien. Una última cuestión. No quiero factura legal ni nada que se le parezca. El material debe salir de ese que tú y yo sabemos, el que guardas en el almacén «B». Ese contenedor que le compraste a los chinos. Así no tendremos que justificar nada.

—Ja, ja, ja. ¡Claro! Si me lo has ofrecido tú, como no voy a saber que existe ese almacén. ¡Anda que ya te vale! Eso te pasa por tener la lengua tan larga cuando tomas copas conmigo.

Un abrazo, adiós.

«¡Uf!».

Clavó la mirada en la pared de enfrente. No era fácil andar por el otro lado de la línea, pero quien algo quiere algo le cuesta, decía su padre cuando le obligaba a estudiar. Se enderezó de pronto. Tampoco podía permitir que el miedo enraizara en él. La imagen del progenitor en el puesto de conserje saludando a los directivos por la mañana sobrevoló un instante su cabeza y se reflejó en una mueca de desagrado.

Tengo que seguir adelante, hasta el final. Echó un vistazo alrededor. Dentro de poco ocuparía el despacho de al lado, el del jefe. Entonces dejaré toda esta mierda —analizó un instante los razonamientos—. ¿Por qué iba a dejarlo? Hasta ahora no le había ido mal. Y, tal como lo tenía montado, era muy difícil que lo descubrieran.

No te dejes llevar por el pánico, Nacho. (Esto no lo ha pensado él, ha sido cosa mía).

—Venga, vamos allá. —Se enderezó—. No hay que dejarse llevar por el pánico.

Lo siguiente, crear una factura con el membrete de Intelectric y mandársela a Luz de Palma junto a los componentes eléctricos surtidos por Manuel Sierra. Él le pagaría a Sierra en metálico, de su dinero, y la empresa de Luz de Palma ingresaría el importe de la factura en la cuenta de Intelectric. Así, el círculo, aunque imperfecto, quedaría cerrado. Manuel Sierra proporcionaba el material, Luz lo recibiría y al emitir la factura a nombre de Intelectric, constaría como la empresa suministradora. Todo resuelto. (El Nacho este, tonto no es). Respiró tranquilo. Ya se encargaría él de cobrarle a Millán Pancorbo la cantidad pagada por el material eléctrico de su bolsillo. Solo quedaba solucionar el problema de la factura. ¿Cómo se llamaba aquella imprenta que surtía el material a la oficina? Se inclinó hacia delante y apretó el botón del intercomunicador con la secretaria:

—¡Charo!

—Dígame.

—Páseme con la imprenta que nos provee, voy a pedir material —la interrumpió.

—Si quiere lo pido yo.

—No. —Rotundo, seco.

—Solo tiene que darme la lista, me encargo yo para que no se moleste.

—¡Ya le he dicho que no, Charo! ¡No sea impertinente! Páseme con el encargado en cuanto lo tenga al teléfono. Por cierto, ¿cómo se llama?

—Está bien. Hágalo usted. Ahora mismo le paso. El encargado es el dueño y se llama José, pero todo el mundo le llama Pepe. —Charo oyó un rato el bip repetido con la esperanza de escuchar una disculpa entre los tonos. Tragó saliva mientras buscaba en la agenda. El impertinente era él ¿Por qué no tomaría las riendas de la oficina Carlos?

26

13 de abril

Tres, cuatro, cinco llamadas a Martina. Mutismo telefónico. Entonces, decidió marcar a Cecilia. Esta no tardó en responder. Martina no quería saber nada de él. Pero nada, de nada. Había puesto en manos del abogado la tramitación de divorcio y esperaba obtenerlo lo más rápido posible. No renunciaría al hogar conyugal advirtió Cecilia, aunque Martina y Nerea se quedarán en mi casa hasta que se resuelva el divorcio. Debido a tu pasado delictivo y a que le estás poniendo los cuernos con una furcia… —Notó Carlos que alguien, con toda probabilidad Martina, le había llamado la atención en este punto porque interrumpió la conversación de manera abrupta.

Un chispazo de cólera saltó en sus tripas y amenazó con salir por la boca en forma de insulto. «Tú eres la furcia, maldita zorra. Tú, que querías ponerle los cuernos a tu hermana conmigo después del viaje de novios». (Contrólate, Carlos, contrólate). Lo consiguió. Los improperios quedaron ahogados en la razón. Llenó los pulmones a tope tomando aire por la nariz y lo expulsó por la boca despacio. En estos casos, la mejor forma de ganar la batalla, no entrar en ella. La serenidad suele desarmar al contrincante. Hizo acopio de toda la calma disponible y exigió con voz grave y pausada:

—Cecilia, quiero hablar con mi mujer. —El tono flemático obtuvo el efecto deseado.

Se esparció un silencio indicador de desconcierto en su interlocutora.

—Pues da la casualidad de que ella no quiere hablar contigo. —Evidente aumento de la indignación—. Los Larralde no hablamos con sinvergüenzas ni con delincuentes.

Bip, bip, bip.

—Maldita hija de puta. —Volvió a marcar mientras apretaba los dientes y al primer timbrazo descolgó Cecilia.

No quería que volviera a llamar a ese teléfono ni a molestar a su hermana. «¿Te has enterado? Si vuelves a marcar, avisaré a la policía». Monótono sonido del corte de llamada. ¡Otra vez ha colgado! ¡Carlos, Carlos, modera esa irritación!

¡Que Martina quería pedir el divorcio! Mejor, así evitaría tener que hacerlo él. Eso sí, le hubiera gustado oírlo de su boca y no de la nefasta, falsa y retorcida Cecilia. Por otro lado, necesitaba hablar con sus hijos. Nerea le preocupaba. Lo estaría pasando mal, no solo por la muerte de su tía, sino por el tema de la separación. En cuanto a Álex, no era muy distinto de su hermana. No obstante, le costaba mucho más exteriorizar las emociones. El wasap que le había enviado, casi con toda certeza, obedecía a esa postura de desaparecer para que nadie pudiera indagar en sus sentimientos. En el cementerio se había fijado en él. Al lado de su madre con gafas de sol, las manos en los bolsillos y la cabeza vuelta hacia el lado derecho, intentando, quizás, abstraerse de lo que estaba ocurriendo.

Carlos se dejó caer en la cama boca arriba, llenó los pulmones de aire y trató de imbuirse en la calma y el silencio reinante en la casa. Pero unos instantes después, solo una palabra flotaba en su cabeza, «delincuente». ¿Qué había querido decir Cecilia? ¿Qué se traerían entre manos las Larralde? Conocía muy bien a la familia y eran capaces de cualquier cosa. El mismo Iñaki había dejado en el camino de los negocios algún que otro cadáver para llegar donde llegó. La incertidumbre provocó que aumentara la ansiedad y aparecieran unas náuseas que, al no tener nada en el estómago, subían y bajaban dejándole un amargo rastro de bilis en la garganta. Trató de alejarse del agobio pensando en Inés.

El tiempo pareció expandirse interminable, tedioso, durante los tres días posteriores al entierro. Apenas comió ni durmió. Tampoco pudo localizar a Nerea porque tenía el teléfono «apagado o fuera de cobertura». Tan solo las conversaciones con Inés le habían mantenido con cierto nivel de cordura. Hablaban antes de marcharse al trabajo, cuando salía a desayunar, a mediodía y al final de la tarde. No obstante, hubo algo que le sorprendió en la misma medida que le alegró, como si la naturaleza estableciera un sistema de compensación. Álex había llamado para preguntarle si se encontraba bien. Un detalle inesperado por el que no hubiera apostado nunca. La conversación discurría con cierta fluidez, sin embargo, cometió el error de sacar a relucir la situación con su madre y este la rechazó de pleno. «Ese no es un problema para hablarlo por teléfono, papá». Tema zanjado. Otra cosa no, pero en esta cuestión, el chico tenía las ideas claras. Luego le informó de que seguiría viviendo en el apartamento de Mónica durante el curso. No sabía cuándo iba a regresar. Para estar en casa solo, prefería quedarse allí con ella.

Desplomado en el sillón. Así quedó tras colgar. Muebles, cortinas, incluso sus propios cuadros resultaron extraños, ajenos, como si alguien los hubiera colgado allí, como si nada de aquello le perteneciera. De repente creyó encontrarse en el centro de un cementerio lleno de objetos muertos, sin vida, igual que él. Le urgía salir de allí. Partir hacia otro lugar, al lado de Inés, con quien de verdad le apetecía estar. Se puso en pie dispuesto a echar a correr. Imposible. Antes de escaparse de aquella ratonera, debía cerrar unas cuantas puertas. Mientras tanto, podría ir dando pasos hacia delante. Hacia atrás ni para coger impulso, Carlos. Vamos allá. Necesitaba un piso en la Costa del sol que, aparte de vivienda, pudiera utilizarlo como estudio de arquitectura. Llamaría a algunas inmobiliarias para que fueran buscando.

Imaginó a su hijo al frente de Duarte y Larralde.

La imagen de Nacho apareció como por ensalmo. No podía dejar a Álex aquel «regalito» dentro del gabinete. Solo le crearía problemas. No obstante, hasta que su hijo se hiciera cargo, Nacho debía permanecer controlando los trabajos o de lo contrario tendría que hacerlo él. «¡Uf, vaya tela!». No había forma de quitarse aquella carga de encima. En un par de años Álex habría terminado la carrera, momento de tomar la decisión. Durante ese tiempo gestionaría la apertura del estudio de arquitectura en la Costa de Sol y la búsqueda de contactos. En paralelo, un cálculo mental: «¿habría prescrito cualquier delito relativo a Hospisa?». Aunque, por mucha denuncia que pusiera el aparejador, no había pruebas incriminatorias. La única prueba permanecía en la caja fuerte del despacho. ¡Qué demonios hacía allí el proyecto original de Hospisa! Prometió destruirlo en cuanto apareciera por la oficina. «Muerto el perro, se acabó la rabia», cosas de la abuela Isabel.

17 de abril

En casa de Cecilia Larralde los nervios estaban a flor de piel. Martina discutía con ella la opción de haber hablado ya con Carlos.

—Alguna vez tendré que hacerlo, ¿no? O pretendes que me divorcie por wasap. Ni inflexión ni tono de broma, más bien rabia contenida por la sensación de impotencia y fracaso. Sentada en un sillón del salón, enjugándose las lágrimas con un pañuelo, observaba a su hermana dando paseos de un lado a otro.

—No tienes por qué —aseguraba Cecilia—. Los abogados se encargarían de todo y ella solo tendría que firmar en el juzgado. No podemos permitir que nadie nos humille. A una Larralde…

—¡Déjate de bobadas! —se irritó Martina—. Seamos realistas, Ceci. A las Larralde solo nos queda el apellido. Yo viviré el resto de mis días del cincuenta por ciento de lo que genere el estudio de arquitectura y tú de la renta de los pisos que te dejó papá.

Cecilia se detuvo frente al balcón que daba a la calle. Oía los movimientos de Martina. El cambio de piernas al cruzarlas, la respiración por la nariz. Ahora estaría tocándose con el pulgar de la mano derecha las cutículas de los dedos. Lo hacía siempre que estaba nerviosa. En la calle, los coches circulaban lentos entre el gris aterciopelado del atardecer madrileño. Se giró y la contempló desde el otro lado del salón. Rostro crispado, desencajado y expresión del animal acorralado dispuesto a vender cara su vida.

—¿En qué se parece esto a la casa donde nos hemos criado?, ¡eh! ¡Dime! —señaló Martina abriendo los brazos.

Paseo visual de Cecilia por el pequeño salón. Muebles escasos y austeros. Una librería color madera de haya, parca en volúmenes, pródiga en figuritas y adornos, que abrigaba a un televisor oscuro como la noche, un tresillo de tela gris perla un poco ajado por la parte delantera y superior y una mesita cuadrada con tapa de cristal. Nada que ver con el ático de doscientos cincuenta metros en el que se habían vivido. Cecilia dio unos pasos hasta situarse en medio del salón y echó un vistazo sin saber dónde sentarse. Optó por el sofá.

Martina, piernas cruzadas y entrecejo arrugado en un gesto, sin duda, meditabundo.

—Tenemos que meter a ese cabrón en la cárcel.

—¿Qué?

—Cuanto más tiempo esté en la cárcel más posibilidades tendremos de...

—¿Pero se puede saber qué estás maquinando ahora? —Cecilia había estirado los labios en un apunte de sonrisa casi imperceptible, aunque advertido por su hermana—. ¿Aún te estás tirando al arquitectillo ese? —preguntó con la vista puesta en la pantalla negra del televisor.

—¡Por Dios, Ceci!

—Tú lo acabas de decir hace un momento, vamos a dejarnos de bobadas. ¿Sí o no?

Cecilia, a veces, desarrollaba unos brotes barriobajeros que traspasaban las más elementales normas de educación, sobre todo cuando tramaba algo sucio, y saltaba a la vista, esta era una de esas ocasiones.

—A ver, Cecilia...

—¿Me quieres responder de una vez? Es simple, ¿Sí o no? —insistió con la vista fija en ella.

Martina se dejó caer en el sillón sin apartar la mirada.

—Sí, sigo con él.

—¡Perfecto! Ni se te ocurra dejarlo. Vamos a sacarle punta al lápiz. Se quedarían con el cien por cien del negocio y cuando Duarte saliera del trullo, tendría que pedir en la puerta del metro para comer.

No entendía nada. Odiaba esos entresijos estúpidos que tanto le gustaban. Martina profirió la protesta de pie, dando pasos por el salón con los puños cerrados.

—Relájate, hermanita, estás muy tensa.

—¡No quiero relajarme! ¡Quiero que me expliques qué tienes en la cabeza!

Fácil. Darían de alta otro estudio de arquitectura a nombre de Larralde y traspasarían los proyectos que llegasen a Duarte & Larralde al segundo. Cuando Carlos saliera de la cárcel, se encontraría el estudio vacío, sin un solo proyecto.

—Eres maquiavélica —sentenció Martina arrugando el entrecejo y perfilando una sonrisa perversa.

—Lo soy, lo soy. No me importa reconocerlo. No es ni más ni menos que una forma más de sobrevivir en esta mierda de mundo.

—¡Ceci!

—¡Ay, qué boba eres, hija!

Martina la contempló. Sonreía. A veces, aquellas regañinas eran puro formalismo y ambas lo sabían, pero siempre se había comportado así con ella, asumiendo la mayoría de edad como parte de un protocolo que no llevaba a ningún sitio.

—Por cierto —el tono de la voz de Cecilia continuó jocoso—, ¿es bueno en la cama el arquitectillo?

***

Aprovechando que el comisario jefe había cogido unos días de permiso, Sabino y Alejo Mendoza se encerraron en uno de los despachos de la comisaría con varias carpetas de ficheros, una bolsa de plástico transparente con los objetos que llevaba Lydia encima y dos cafés de la máquina expendedora.

—Vamos a centrarnos un poco, Sabino. Este caso cada vez resulta más interesante. —Tomó uno de los lápices del tarro redondo situado en el centro de la mesa. Luego se colocó unas gafitas estrechas de pasta negra y empezó a realizar un esquema en un folio en blanco—. O sea que la causa del incendio en el hospital fue el cambio de unos transformadores sin el consentimiento del arquitecto.

—Así es. Pero, cuidado, Alejo, esta información es confidencial. Si la sacas de aquí por tu cuenta, negaré lo dicho y te quedarás con el culo al aire.

El policía levantó despacio la cabeza, deslizó las gafas con el dedo unos centímetros por el puente de la nariz y elaboró un reproche visual.

—Vale, vale. —Brazos estirados con manos abiertas y palmas al frente a modo de disculpa—. Que no me has fallado nunca, ya lo sé. —Realizó una profunda inspiración y soltó el aire de golpe—. Duarte debería haber revisado todas las instalaciones antes de firmar el final de la obra, pero no lo llevó a cabo. Muy pocos arquitectos lo hacen.

—O sea, en el hipotético caso de que esto saliera a la luz, él sería el responsable último y directo de lo ocurrido.

—Sabes que nunca es así, Alejo. —Sabino se retrepó en el asiento y le instó con el dedo a centrarse en el esquema del papel—. Trabajamos como condenados para poner de pie un caso con todo lujo de detalles y luego los picapleitos lo desbaratan con la facilidad que una corriente de aire derriba un castillo de naipes. Siempre hay matices, giros, circunstancias.

—Cierto —concedió Mendoza—, pero es lo que hay. Sigamos. Según me has contado, tras el incendio, Duarte realizó un exhaustivo estudio de las especificaciones y descubrió que Pancorbo había reducido la sección del cableado para sacar mayor tajada del proyecto. A partir de aquí, rompe las relaciones con Millán. ¡Menudo sinvergüenza el Pancorbo ese!

—Bueno —aclaró Sabino—, no las rompe del todo por mor de su hermana, pero, al parecer, Duarte ya no volvió a proponerlo a ninguna constructora de las que edificaban sus proyectos.

Mendoza abrió uno de los archivadores, sacó un dosier y ojeó algunos documentos.

—Recuerdo aquel incendio —apuntó—. A todos nos llamó la atención que el juez diera por finalizada la investigación cuando apenas la habíamos empezado. —Se reclinó en el asiento, se quitó las gafas y musitó mientras se daba golpecitos en la barbilla con una de las patillas—. Caso cerrado.

—El proyecto presentado al juez a todas luces era falso —intervino Holgado—, de lo contrario, estarían recogidos los cambios realizados sin permiso. Según he podido deducir de mis investigaciones y mis conversaciones con Carlos Duarte, el suegro fue hábil soltando dinero a todo quisqui. En unos días se sustituyó el antiguo proyecto en la Escuela de Arquitectos y en el Ayuntamiento por otro que recogía el cambio del transformador en la nueva ubicación para que todo apareciera dentro de la legalidad y aquí paz y allí gloria.

—¿Pero ¿cómo es posible?

—Parece mentira que todavía hagas esa pregunta, Alejo. —Se indignó Sabino—. Dinero. El dinero puede con casi todo.

—Cierto —admitió Mendoza.

—He estado investigando la evolución de la fortuna de Iñaki Larralde. —Sabino echó mano de la libreta de notas y, tras pasar unas páginas, empezó a leer—. Alcanzó el pico máximo en 2005 y en 2008, después de la caída de Lehman Brothers, tuvo que venderlo todo para pagar deudas. El dineral que pagó aquí y allá para que el marido de su hija no fuera a la cárcel lo dejó tiritando.

—¿Tanto cariño le tenía al yerno?

—Simples apariencias que esconden claros intereses. Iñaki sabía que, si Carlos iba a la cárcel, se cerraría Duarte & Larralde, su mayor fuente de ingresos en aquel momento. Así que, invirtió.

Tras un intervalo de meditación, se deslizó la sentencia sarcástica de Mendoza:

—Está claro que aquí el más tonto construye candados de madera y funcionan.

Asintió Sabino y se removió satisfecho en el asiento por el efecto causado.

Mendoza se echó hacia atrás, cruzó los brazos y lo observó con curiosidad.

—Me pregunto dónde y cómo has conseguido llevar a cabo ese seguimiento de la fortuna de Larralde.

—Fácil. —Media sonrisa de satisfacción—. Del banco. ¿Cómo? ¡Ah!, esa es otra cuestión, mi querido amigo. *Top secret.*

—¡Vete a hacer puñetas, Sabi!

Favor con favor se paga, ya se sabe. El director de un banco, quien se había librado de la cárcel por desfalco gracias a la investigación de Sabino. (Mendoza, curiosidad resuelta, ¿no?).

De vuelta a su posición inicial, Alejo cogió la bolsa de plástico, vació el contenido y examinó los objetos esparcidos sobre la mesa. boli Bic, cartera y llaves del coche, tiques de compra arrugados y un papel rosa doblado por la mitad. De pintalabios, espejo, pinzas, nada de nada. Se diría que no le interesaba mucho la coquetería. Esto, en cambio, sí. Cogió el albarán rosa con el dedo pulgar y el índice y lo abanicó en el aire.

El inspector se colocó las gafas y empezó a leer incitado por Sabino. «Dos rollos de cable de 0,2. Un rollo de 0,4. Dos cajas de electrotérmicos».

—Parece un albarán normal de petición de material.

—Fíjate en el encabezado.

—*Polideportivo Municipal de Majadahonda. Obra del proyecto del estudio de arquitectura Duarte & Larralde.*

—Una petición de material eléctrico a —volvió a leer—. Intelectric.

—Así es. Pero mira la fecha. Unos días antes de la muerte de Lydia.

Mendoza se quitó las gafas y, con una pastilla en la boca, dedicó a Sabino un gesto interrogante.

—Todo apunta a que este personaje ha abierto otra empresa, pero ¿con qué objetivo?

—El albarán está firmado por él. —Mendoza permanecía echado hacia adelante señalando con el dedo el papel rosa—. Incluso ha puesto el apellido en letras mayúsculas bajo la rúbrica como aclara firma. Si este albarán llega así a manos de Carlos Duarte, enseguida sabría que es su cuñado.

Un silencio les permitió centrarse en sus propios razonamientos. Alejo, apoyado sobre los brazos cruzados encima de la mesa. Sabino, con el pulgar de la mano derecha en la sien y el resto de los dedos cubriéndole la frente.

Mendoza rompió la pausa primero.

—A juzgar por esto, cada vez cobra más fuerza la sospecha de que Carlos y Millán se pusieran de acuerdo para continuar su maridaje comercial, por llamarlo de alguna manera. Él mismo se sorprendió del tono escéptico del comentario. Vuelta al mutismo. Después, reflexión en alto: ¿Y si Millán pagaba a Duarte por los contratos facilitados?

No era probable, aunque sí posible, señaló Sabino. No veo a Carlos Duarte cobrando comisiones. —Una idea frenó el alegato—. ¿Y si...? —Volvió a retener las palabras, con la barbilla levantada y la vista perdida más allá de Mendoza.

—Y si, ¿qué? ¡Aclárate! —Alejo, expectante.

—Esto es demasiado fuerte. Aunque explicaría muchas cosas. —Parecía recomponer un puzle mental.

—¡Maldita sea, Sabi!

—Espera, espera. Déjame pensar un momento.

—¿Pero puedo saber qué demonios tienes en la cabeza?

Por fin, Sabino expuso su teoría a Alejo sin apartar la mirada.

—He relacionado a los componentes de la trama con Millán Pancorbo. Carlos, Martina, la hermana Cecilia, Nacho, Inés, el marido de esta. Si descartamos a Carlos, no tendría sentido seguir trabajando con una persona que le ha podido llevar a la cárcel por cambiar aquellos cables. El único que podría estar relacionado con Millán es el figurín que acompañaba a la dama en el Instituto Forense.

—¿El arquitecto técnico?

—¡Ajá!

—Quieres decir que, entre la mujer, el arquitecto ese y Millán Pancorbo hay una trama paralela. ¡Pero eso es imposible! —Mendoza, aún más exaltado—. Deliras, Sabino. Martina es la dueña del cincuenta por ciento de Duarte & Larralde.

—Quitemos a Martina —propuso Sabino inclinando un poco la cabeza y dibujando en el rostro un gesto de evidencia para Alejo.

La quietud se extendió por el despacho en tanto que el expolicía escrutaba a su amigo. Alejo acudió a la taza de café y Sabino lo imitó. Ambos dieron un pequeño sorbo mientras Mendoza intentaba relacionar ideas con la mirada perdida en la pared de enfrente.

27

17 de abril

Si no dejas que hable con mi hija de inmediato, pondré una denuncia en el juzgado.

El mensaje había surtido efecto. Al poco recibió una llamada de Nerea. La encontró distante y cohibida. Por el modo de responder con síes y noes, su madre o su tía o ambas andaban cerca. «Bueno, al menos hemos hablado y será consciente de mi preocupación. Tiempo tendré de aclararle estas circunstancias».

Ahora solo le importaba salir hacia Barajas. El avión para Málaga despegaba a las 12:30 y eran las 10:15. Disponía del tiempo justo para llegar al aeropuerto, dejar el coche en el aparcamiento de la terminal y entrar en la zona de embarque. (Vas un poquito justo, sí. Esperemos que no haya mucha gente en el control de seguridad). Inés lo estaría esperando para comer juntos en Fuengirola. «Hay un restaurante muy bueno en el paseo marítimo, La Caracola. Hoy invito yo. Ponen un pescado fresco del día. ¡Ummm!»

(¡Ummm!, ¿qué quiere decir, porque como no se ve a través del teléfono? Exquisito, hombre. ¡Ah, vale!)

La sola idea de estar junto a ella avivó el paso camino del garaje. Arrancó el coche, esperó impaciente la apertura de la puerta y cuando salió se desplazó despacio, controlando por el espejo retrovisor el cierre del portón. Entonces atisbó un puñado de cartas apelmazadas en la ranura del buzón de correo situado bajo el quicio. «¡Uf!», resopló resignado. «Voy con el tiempo justo, ya me lo ha advertido el narrador. Pero no me queda más remedio, debo retirarlas para no dar sensación de casa abandonada». Detuvo el coche pegado a la acera y echó el freno de mano sin parar el motor, conectó las luces de emergencia y echó una carrerita hasta el buzón. Martina se encargaba siempre de recoger la correspondencia y dejar en el despacho las cartas dirigidas a él, así que no disponía de llave para abrirlo. Quitó el mazo de sobres de la ranura y sacó con los dedos los que pudo del interior.

«Total, la mayoría será propaganda y acabará en la basura, Carlos».

«Llevas razón, volvamos al coche».

Paso apresurado, dispuesto a salir de allí a toda velocidad para ganar el tiempo perdido. Pero apareció Murphy y su ley. Había dejado el montón de cartas sobre el asiento del copiloto y engranado la primera para salir, cuando escuchó la voz de alguien llamando su atención: «¡Eh, oiga! ¡Señor, oiga!». Vistazo por el espejo retrovisor. Ser humano, masculino, singular. Alto, canijo, corre levantando una mano y tirando con la otra de un carro amarillo. ¡Vaya, el cartero! Me ha visto salir y quiere entregarme más cartas. A punto estuvo de arrancar, pero al verlo acercarse sofocado, se apeó del vehículo.

—Tiene una carta certificada con acuse de recibo —casi no le salían las palabras cuando llegó sin resuello a su altura. Se agachó sobre el carro, sacó un lector digital y se lo colocó bajo el brazo mientras buscaba entre un cúmulo de sobres.

—Por favor, tengo mucha prisa, debo coger un avión a las doce y media —el tono de súplica de Carlos, además de no causar ninguna impresión en el cartero, provocó ralentización en la búsqueda. Este sí, este no. Este lo miro por delante y por detrás; este, a ver este—. Por favor —volvió a suplicar—, tengo mucha prisa.

Nada.

—Yo no tengo ninguna, mire usted —espetó desdeñoso—. Todavía me quedan dos horas de reparto. Suerte tiene usted de poder ir de aquí para allá en avión. Yo voy a todos lados andando o en autobús. Además, si se quiere marchar allá usted, la carta es del juzgado.

Carlos lo miró desde arriba y apretó los dientes. Debería estar permitido fulminar de vez en cuando a ciertos individuos. Al final el cartero dio con el sobre, lo sacó del taco y lo contempló como hizo con alguno de los anteriores, por delante y por detrás para cerciorarse de que era ese y no otro. Carlos alargó la mano y el cartero le retiró el sobre. «Primero el DNI y la firma». Lo dicho, una ley que permitiera aplastar la impertinencia como se aplasta a las cucarachas, sin ningún remordimiento. Si acaso con un poco de asco. Extrajo la cartera del bolsillo trasero del pantalón y le enseñó el carné. El hombrecillo ni siquiera lo miró. Le puso delante el lector digital y Carlos echó un garabato sin apartar los ojos del cartero. Si pudiera, te borraría del mapa —transmitía aquella mirada ensangrentada ya por la ira.

El cartero, satisfecho de su capacidad para sacarle de quicio, esbozó una amplia sonrisa y se marchó silbando *El puente sobre el río Kwai*. Lo sabía. El funcionario sabía que, de buena gana, aquel señor lo habría estrangulado allí mismo.

Ya en el coche, Carlos abrió el sobre y leyó el documento. Una citación. «No puede ser».

Juzgado de Primera Instancia e Instrucción numero 2

Diligencias previas.

Por haber sido acordado en…

Deberá comparecer ante este órgano Judicial el día…

—¿Mañana? ¡No puede ser, no puede ser! Esto es una broma —tragó saliva con dificultad y continuó leyendo:

…a fin de prestar declaración en calidad de investigado por un presunto delito de homicidio imprudente acaecido en la fecha arriba indicada…

—¡¿Qué?! —¡No entendía nada!

Se le hace saber que tiene el derecho de acudir asistido por un abogado de su elección y que de no hacerlo así y lo solicita con anterioridad a la fecha señalada para la declaración, se le asignará un abogado del turno de oficio.

Le costaba respirar. Debía de haber alguna confusión. «Homicidio imprudente». Por la fecha aquello estaba relacionado con Hospisa.

Le apercibo que tiene la OBLIGACIÓN de comparecer y que de no hacerlo ni presentar causa justa que lo impida, podrá esta notificación convertirse en orden de arresto.

¡Maldita sea! Su universo interno se desmoronó de repente y se encogió hasta convertirse en una bolita pequeña en la que ni él mismo tenía cabida. Las ideas comenzaron a merodear sin permitirle tomar una decisión sensata. Echó una mirada al reloj del salpicadero: 10:30. Aún podía tomar el avión. ¡Puto cartero!

Autocensura, recriminación, puñetazo al volante.

—¡Imbécil! ¿Por qué has cogido la carta?

Ansiedad trepándole por el estómago hacia la garganta. Móvil en la mano, resoplidos. El anhelo de estar al lado de Inés difuminado mientras trata de encontrar una solución al nuevo problema. Desplaza el dedo por la pantalla y se detiene en un nombre de la agenda. Unos tonos después de marcar, alguien descuelga al otro lado.

—Buenos días, Carlos.

—Hola, Miguel, necesito verte con urgencia.

—¡Bah!, pura fachada. —Tras responder a Cecilia, se puso en pie.

Resquemor en el bajo vientre. ¿Por qué esa desazón? Por unos instantes se vio sumergida en los recuerdos de Nacho haciéndole el amor. No, no era pura fachada, no. «El sexo con él era diferente. Preliminares cortos, menguados de creatividad, pero se comportaba como un potro salvaje cabalgando sin parar por las praderas de sus entrepiernas hasta dejarla exhausta. «Me gusta, sí». No obstante, a pesar de la innegable inteligencia, se trataba de un individuo vacío, inseguro, y esa inseguridad lo convierte en un ser maleable.

Justo lo que a ella necesitaba. Se relamió de forma inconsciente. No solo lo necesitaba para seguir adelante con su plan, sino para continuar saboreando aquellos esporádicos saltos al vacío que él le proporcionaba. (¿Ves tú?).

Miró por el rabillo del ojo. Su hermana permanecía sentada en el sillón. Piernas cruzadas, expectante. Por el gesto, la respuesta a la pregunta de si era bueno en la cama no le había convencido mucho.

—A ver, además de tener una buena fachada —alargó la última palabra para ganar tiempo en busca de una respuesta congruente—, es, ¿cómo te diría yo? Normal. No sé cómo explicarte. No tengo demasiadas, por no decir ninguna, experiencia en ese campo. En eso tú eres más experta que yo.

—O sea —Cecilia se levantó también, se colocó a su lado y le palmeó un par de veces el hombro—, como la mayoría. Graciosos mientras les dura, dura y aburridos cuando se les arruga.

—¡Qué ordinaria eres, Ceci! —Compuso un gesto de indignación ficticio reforzado con una sonora y larga carcajada que Cecilia acabó compartiendo con ella—. Es bastante inseguro —continuó después de secarse con el dorso de la mano las lágrimas de la risa—. En el fondo me preocupa. Es de los que suelen derrumbarse a la primera de cambio. Tendrías que haberle visto la cara cuando me acompañó al Anatómico Forense. Creyó que se vería obligado a entrar conmigo para identificar el cadáver de la rubita y casi se me cae allí desmayado.

—¡Vaya con el guaperas! Ahora entiendo por qué aseguras que solo es fachada. —Cecilia dio unos pasos hacia el fondo del salón sin mirarla—. Aunque, visto desde otro ángulo, mejor ese carácter y no otro. No sabes cuánto me gustan los hombres así, manejables. —Giró sonriente para comprobar el efecto del comentario.

Martina, labios apretados, mirada fija, afirmaba con la cabeza y pensaba: «Lo sé, Ceci, lo sé. Sé cómo te gustan los hombres».

Cecilia se restregó las manos. ¡Joder! Conocía el gesto. Detrás de él se agazapaba la censura. Siempre igual. ¡Como si ella fuera perfecta! Cuando adoptaba aquella actitud no la soportaba. Desde pequeña se había comportado así, con esa detestable impronta de superioridad. La hija perfecta, la que nunca rompía un plato, cuando en realidad era ella quien la incitaba a cometer la mayoría de las travesuras y luego se quitaba de en medio. «Ha sido Ceci, mamá, ha sido Ceci».

Gesto agriado de Cecilia para mandarle un mensaje a su hermana. «Me tienes hasta las pestañas con tanto puristanismo falso».

Martina, que tampoco tiene un pelo de tonta y conoce a su hermana, reaccionó enseguida.

—Por eso te he dicho que solo es fachada. Bueno, la verdad, en la cama tiene su puntito —esbozó media sonrisa. No podía permitirse ningunearla. No ahora.

Cecilia la estudió unos segundos. Tampoco la había engañado cuando se casó con Carlos. «Mi marido por aquí, mi marido por allá». «No hija, no. Tú a mí no me engañas. Tú nunca has estado enamorada de él». (Esto no se lo dijo nunca, pero lo pensó muchas veces). ¿Carlos?, un capricho, algo más de lo que presumir. La única razón para ayudarla a llevarlo a la cárcel, la venganza por haberla humillado aquella noche; un espantoso ridículo frente a él. ¡Despreciarla a ella, a Cecilia Larralde!

—¿Cuándo se celebra el juicio? —Cecilia tomó asiento de nuevo. ¿Las manos? dale que te pego, restregándoselas sin parar.

—Va para largo, creo. De momento lo han llamado a declarar y, según me ha dicho Julián, si el juez lo considera, mañana mismo podría acabar en la cárcel. También tendré que comparecer yo un día de estos en el juzgado, aunque tampoco se sabe cuándo.

—¿Quieres que te acompañe? —El ofrecimiento había sido sincero, pero no dejaba de producirle cierto morbo. Una agradable desazón al verse involucrada y participar en aquello, como si el tema del juzgado y el meter a Carlos en la cárcel fuera un juego que la hubiera sacado de su triste monotonía.

—¿Al juzgado? ¿Para qué? A ver si te crees que allí se va a tomar copas. No, no hace falta, gracias —guardó un instante de silencio—. Según Julián, es muy probable que también llamen a Nacho a testificar. Él conoce los detalles del proyecto del hospital que se realizó en el gabinete de Duarte & Larralde.

—¿Y él está al corriente de todo eso?

—¿Carlos?

—No, Nacho. ¡Aysss!

—¡Ah! Pues no, aún lo se lo he dicho.

—¿Y a qué esperas?

—Llevas razón, voy a llamarlo.

—Deberías informarle de nuestros planes. Cuando los llevemos a cabo, él tendrá que ponerse al frente del nuevo gabinete Larralde hasta que Álex termine.

—¿Te refieres a tu idea de montar un nuevo estudio?

—Sí, claro.

—¿Tú crees? —dudó Martina.

—¡Claro que sí! Además, según me has contado, este es bastante manejable, así que entre las dos lo podremos manipular bien.

Martina la observó. Le daba un poco de vértigo seguir sus pautas porque sabía que cuando se echaba hacia delante, no tenía límites. Más de una vez su irracionalidad la había llevado a situaciones comprometidas.

Cogió el teléfono y buscó en el registro de llamadas el nombre de Nacho.

***

—Le paso con el encargado de Artes Gráficas Leganés —Charo había comunicado el mensaje sin cambio en la modulación, cortante como un cuchillo recién afilado, con un marcado tono de enfado.

—Buenos días, Pepe. ¿Qué tal va todo? Soy Nacho Andrade, jefe del gabinete Duarte & Larralde.

Un favor personal y muy delicado, pero sabía que podía contar con él. Del mismo modo, si alguna vez necesitas facturas para cuadrar las cuentas... «Ya sabes, Pepe, el puñetero IVA va a acabar con nosotros y tenemos que unirnos para combatirlo. Tú me entiendes».

—Te entiendo, pero ve al grano. Las máquinas, aunque andan solas, hay que vigilarlas.

El favor no era para él. Su pareja, la gerente de la constructora que estaba levantando uno de sus edificios, había perdido una factura por valor de más de cincuenta mil euros. La factura era de Intelectric, la empresa de Millán Pancorbo. «Eso es. Sí, sí, el cuñado de mi jefe. Si esto sale a la luz, la van a poner de patitas en la calle, Pepe. Es cuestión de hacer una igual con el membrete y el sello de la empresa.

—No te preocupes, por supuesto nadie va a saber que la factura se ha imprimido aquí. ¡Faltaría más!

—Esta tarde te mando una copia por email para que veas el membrete.

—La necesito cuanto antes, Pepe. A ser posible esta tarde o a mucho tardar mañana.

—¡No sabes cómo te lo agradezco, Pepe! No te arrepentirás, te lo aseguro. Por favor, no comentes nada con nadie, no sea que llegue a oídos de Duarte y quien acabe en la calle sea yo.

—Una cosa, Nacho. No sé qué te traes entre manos ni me importa y voy a mandarte lo que me pides, pero no me he tragado ni una sola palabra del rollo ese de tu pareja la gerente. Que lo sepas.

Concluyó la conversación con una carcajada forzada, nerviosa, al comprobar que no se había tragado el cuento.

Se levantó y dio unos pasos con el móvil en la mano hasta la mesa de dibujo. ¡Problema resuelto! Rellenaría la factura con el pedido de

Luz de Palma y la enviaría a la empresa como si fuera de Millán Pancorbo.

Sonriente salió del despacho y entró en el de Carlos. Era bastante más grande que el suyo. Cerró la puerta y se dejó caer en el sillón situado al otro lado del escritorio con las manos tras la nuca y los pies en lo alto de la mesa. Pronto se instalaría allí. Frente a él divisó la caja fuerte de donde su padre había sacado el proyecto que inculpaba a Carlos Duarte. ¿Qué habrá hecho Martina con él? En ese preciso instante sonó el teléfono y escudriñó la pantalla. Vaya, parece que me lee el pensamiento.

—¿Sabías que estaba pensando en ti? —la pregunta en tono seductor.

—¡Claro que lo sabía! —bromeó Martina—, por eso te llamo.

—Tengo unas ganas locas de abrazarte —Nacho moduló aún más la voz y la fue bajando de forma progresiva—, de besarte, de acariciarte.

Martina miró a su hermana de reojo y apretó el teléfono contra la oreja de forma instintiva.

—Para, Nacho, para. Estoy con mi hermana. Te llamo para ponerte al día de nuestros planes. Queremos tenerte al corriente de todo para que formemos un equipo. —Martina preguntó a Cecilia con una mirada y esta asintió moviendo la cabeza al tiempo que giñaba un ojo—. Ya ha llevado nuestro abogado la carpeta al juez. Dentro de poco estarás al frente del gabinete.

Después de colgar, el aparejador continuó en el despacho de Carlos dándole vueltas a la conversación que habían mantenido. La idea de abrir otro gabinete paralelo a Duarte & Larralde era buena, propia de una mente bastante retorcida, sin embargo, no era tan fácil. Antes, deberían contratar a un arquitecto que firmara las obras hasta que él terminara la carrera. Aunque, tal vez, podría realizar él los proyectos y falsificar la firma. Si el juez, como había insinuado Martina, metía en la cárcel de forma preventiva a Carlos Duarte, podrían pasar incluso dos años hasta que saliera el juicio y la prensa se hiciera eco del caso. Se estremeció. ¿Hasta qué punto podía fiarse de Martina? Si el caso Hospisa salía a la luz, sin duda le salpicaría a él. En cierto modo también tenía parte de la responsabilidad. Resopló, se puso en pie y salió del despacho del jefe. Debía asegurarse de hasta dónde podía afectarle todo aquello. Solo entonces mediría el riesgo y sopesaría si merecía la pena correrlo. Necesitaba consultar a un abogado de inmediato.

28

17 de abril

Tras hablar con el letrado desde el coche, dio media vuelta y volvió a meter el vehículo en el garaje. Advertencia rotunda: «Ni se te ocurra marcharte a Málaga, Carlos». Mañana por la mañana se presentarían juntos en el juzgado. Antes se verían en el despacho para conocer con detalle las causas del incendio en el hospital. ¡Ah! No olvides toda la documentación relativa al caso. Cuanta más, mejor.

Carlos se bajó del coche pensando en que la única documentación disponible sobre Hospisa era el proyecto original guardado en la caja fuerte del despacho. Con pasos lentos se dirigió hasta el salón y se derrumbó sobre el sofá. En la mesa de al lado, el bloc de dibujo, el lápiz afilado y la goma de borrar maleable. Y enfrente, la mecedora de Martina custodiada desde el suelo por la caja de galletas. Tomó el bloc y levantó la tapa. La última vez había dibujado dos manos, una arriba y otra abajo. La primera vertía líquido sobre la otra. Al pie del dibujo una frase: *Quod recipitur ad modum recipientis recipitur.* ¿Quién le habría denunciado? ¿Quién conocía el caso Hospisa? Millán y Nacho eran los únicos.Volvió la vista a la mecedora y le pareció ver a Martina leyendo la revista del corazón mientras masticaba galletas y reía con cinismo. ¿Por qué de repente su instinto la señaló como la autora de la denuncia? Conocía muy bien a las Larralde. Su propio complejo de inferioridad las hacía vulnerables, no había nada peor que humillarlas. Sin embargo, no se imaginaba a Martina presentando una denuncia. ¿O sí? ¡Ay, Carlos! Parece mentira. ¡Tantos años juntos y no la conoces bien! ¿Capaz? ¡Claro que sí! Sacudió la cabeza con resignación y emitió un resoplido.

Miró el reloj del salón. En ese momento, debería estar en la zona de embarque para subir al avión y todavía no había llamado a Inés. «Te estaré esperando en el aeropuerto». «No hace falta que me esperes. Podemos quedar en el restaurante ese». «¿Y si se te pierde algún beso por el camino? No, no. Mejor allí, al pie de la escalerilla». La ocurrencia le arrancó una sonrisa mientras marcaba.

—Hola, cariño —se adelantó ella—. Supongo que estás a punto de coger el avión. Ya he llamado a La Caracola para reservar mesa a mediodía —voz cantarina, alegre.

—Inés, tengo un problema.

—(...)

El silencio serpenteó pesado, sentencioso, semejante al que precede a un veredicto de pena de muerte.

—Acabo de recibir una cita del juzgado y no podremos vernos hoy. Es importante que mañana me presente con mi abogado. Esta tarde debo recoger de la oficina unos documentos para presentarlos mañana.

Tras la sentencia de Carlos, un nuevo silencio que encerraba todas las respuestas de Inés llenó el espacio.

—Siento hacerte esto.

Respuesta con voz quebrada.

—No te preocupes. No pasa nada. Llamaré para anular la reserva. Y, por favor, en cuanto puedas cuéntame qué ha ocurrido. Espero que no sea grave. De todas formas, sea lo que sea, me vas a tener a tu lado.

Estuvo a punto de contarle la verdad, aunque tras unos instantes, decidió esperar para no preocuparla más.

—Problemas propios de este trabajo: edificios que no cumplen la normativa, edificabilidad, quejas de algún constructor, en fin. —Cambio en el tono de voz para minimizar el desasosiego que Inés percibió de inmediato.

—Está bien, como quieras.

Por su respuesta, dedujo, no había creído la explicación, pero por prudencia no seguía preguntando.

—Bueno, ya te lo explicaré al detalle. En cuanto salga mañana del juzgado, cojo el primer avión para Málaga.

Inés no quiso ahondar más y se limitó a seguirle la corriente cuando cambió de tema. Unas frases más tarde se despidieron. «Llámame cuando termines, ¿vale?» «Te lo prometo».

Carlos se dirigió despacio hacia el garaje, se montó en el coche y volvió a salir acelerando. Por el espejo retrovisor vio al cartero charlando con el jardinero del chalé de enfrente, quizá habría terminado el reparto. Le habría gustado hacerle partícipe de sus problemas. «¿Ves, merluzo? Viajar en avión no es sinónimo de llevar una vida ni idílica ni fácil». Antes de tomar la M-30, echó un vistazo al reloj del salpicadero: 13:30. El avión que debería haberme llevado hasta los brazos de Inés está a punto de aterrizar. Maldijo al cartero y a su propia estupidez por haberse bajado del coche para recoger la correspondencia. Aceleró con brusquedad. Sin embargo, al contemplar de nuevo el reloj del salpicadero, retiró el pie del acelerador. Hasta las dos el equipo no se marchaba del estudio para comer. Mejor acercarse por allí cuando estuvieran fuera. Desde el volante del coche buscó el número de Sabino Holgado y marcó.

***

—Sabi.

—¿Quién es?

—¿Por dónde andas?

—Por el mundo.

—¿No me dirás que estás durmiendo la siesta?

—Ya no.

—Pero ¿cómo se puede estar en la cama a las dos de la tarde?

—No sé tú, pero yo, en horizontal. Boca abajo, boca arriba, de lado. Sería de gilipollas estar de pie.

—No me seas hortera, Sabino. Y no te hagas el gracioso.

—Y tú no me toques más los cojones, Alejo. Dime qué mosca te ha picado, porque seguro que no me has llamado para preguntarme qué cené anoche.

—¿Estás durmiendo a las dos de la tarde? ¿Pero tú en qué mundo vives, chaval?

—Eso es lo que quisiera yo, ser un chaval. Y no marees más la perdiz.

Mueca pérfida de Alejo y sonrisa a la manera que lo haría el propio diablo antes de cometer una fechoría. Dejarlo con la incógnita lo mataba.

—Levántate y vamos a tomar algo, anda —propuso al fin—. A ver si me invitas a una cerveza. Hay algo que te va a sorprender mucho.

—¡No! —Se exaltó Sabino y se sentó en la cama de golpe. El armario de enfrente se presentaba borroso, como si le hubieran colocado un cazamariposas de gasa transparente sobre la cabeza.

—No, qué.

—¿No serás capaz de dejarme con la incógnita?

—(...)

—Alejo...

Se restregó los ojos, se atusó el pelo mientras bostezaba y deslizó los pies dentro de las zapatillas de felpa.

—Bueno, dime dónde quedamos, aún tengo algunas cosas que hacer —entonación meliflua, acompañada de nueva sonrisa infame.

—Donde quieras, pero si no me adelantas algo de lo que me vas a decir, te va a invitar tu padre. —Se puso en pie y dio unos pasos vacilantes con el móvil en la oreja. Pensaba dirigirse hacia el cuarto de baño, pero a medio camino cambió de itinerario y se metió en la cocina. El frigorífico le ofreció un panorama luminoso y desolador.

—Vale. Entonces cada uno pagamos nuestras consumiciones. Estoy en comisaría, no puedo hablar. Nos vemos en el bar de Antonio Carrancho dentro de media hora.

Fin de llamada y exclamación de Sabino, atónito, mirando el móvil,

—¡La madre que lo parió! —inicio de retahíla monocorde—: ¿Media hora? ¡A ver cómo me las arreglo para estar allí en media hora! Y encima me deja con la incógnita. Ya somos demasiado mayorcitos para estos juegos absurdos y ridículos, ¿no?

En vista de las pocas posibilidades que le ofreció el frigorífico, retomó el camino del cuarto de baño y se metió en la ducha dándole vueltas a la actitud de Alejo. No sé por qué te enfadas. Lleva años comportándose así. Cada vez que tienen algún caso por medio y averigua cualquier pista, la retiene hasta que te saca de tus casillas y entonces la suelta. Ese es Alejo Mendoza. «Esta vida no es más que una puta broma pesada que alguien de arriba o de abajo nos ha gastado, así que vamos a seguirle la corriente, Sabino». Impelió el agua de la boca y tras unos segundos de reflexión, negó un par de veces con la cabeza intentando rehusar cualquier otra impresión negativa hacia su amigo. En el fondo no era más que un juego. «¿Qué habría averiguado?».

Avancemos un rato en el tiempo.

Con más de media hora de retraso, Sabino entraba acalorado en el bar Carrancho y se detenía al traspasar la puerta. El local, alargado, amplios ventanales con vistas al devenir de la calle y una docena de mesas rodeadas por sillas de plástico verde, se encontraba casi vacío en aquel momento, aunque al cabo de un rato, cuando los policías de la comisaría salieran a tomar la merienda, se pondría a rebosar. Sabino echó a andar. El lugar podría, incluso, haber sido agradable para Sabino si quitáramos la decoración del centenar de escudos, fotos y pósteres del Atlético de Madrid colgados de las paredes. Antonio, el dueño, paño blanco en mano, le sonrió con la serenidad de un monje tibetano desde el otro lado del mostrador, sin dejar de secar vasos. Incluyó un leve movimiento lateral de cabeza para indicarle que Mendoza se hallaba en la mesa del fondo, donde, siempre que podían, se sentaban. Mientras se acercaba, lo observó degustando un pincho de tortilla con delectación.

—Llegas tarde, como siempre —espetó sin dejar de masticar.

Sabino lo contempló antes de tomar asiento. Ni siquiera había levantado la cabeza para mirarlo. Con lentitud, y sin perderlo de vista, retiró una de las sillas y se sentó a la mesa. Si le hubieran preguntado por la escena que se encontraría en el bar, la habría dibujado al milímetro. ¡No fallaba! A Sabino le irritaba sobremanera que dejara en suspensión los detalles que iba averiguando. ¡Ni Cervantes, vamos! Pero Mendoza era así: un tocapelotas que disfrutaba haciendo rabiar a los demás. Resopló observando el masticar lento del policía, pero no dijo nada. No hay mejor desprecio que no hacer aprecio, por tanto, esta vez no. No iba a irritarse, esperaría a que él acabara por contar lo que tenía entre manos.

—Siempre llegas tarde, Sabi —repitió.

—Pues tú tampoco hace mucho que estás aquí.

—¿Y tú qué sabes cuándo he llegado? —lo estaba retando, pero no iba a entrar al trapo.

—Porque solo le faltan un par de trozos a la tortilla. Además, la próxima vez que nos citemos, escojo yo el sitio, ¿vale? —actitud parsimoniosa y tono de voz más bajo de lo normal—. Era muy fácil llegar pronto cuando el bar estaba a veinte metros de la comisaría.

En ese momento, Antonio, dejó sobre la mesa, sin decir nada, otro pincho de tortilla y una cerveza para él.

Mendoza sacó una servilleta del servilletero metálico rojo con el logo de Cruzcampo y se limpió la boca antes de intervenir.

—Bueno, vamos al grano. ¿Te imaginas ya para qué te he citado aquí? —La mirada inquisitiva de Sabino bastó como respuesta y continuó simulando no haber formulado la pregunta—. Agárrate. —Por si fuera poco, unos segundos más de titubeo para añadir emoción—. Esta madrugada han encontrado muerto a Millán Pancorbo.

—¡¿Qué?! —estupefacto, Sabino suspendió el sorbo que iba a darle a la cerveza.

—Sí señor, una paliza. Lo han apaleado hasta matarlo. —Se reclinó Alejo Mendoza en el asiento para tomar un poco de perspectiva y poder disfrutar mejor de la sorpresa—. Esto da un giro de ciento ochenta grados a mi investigación, Sabi. Como en las mejores novelas, dejando elementos de intriga. El caso de Lydia Duarte ha pasado de ser un simple caso de suicidio a añadirle uno de asesinato. A partir de ahora podremos trabajar juntos sin tanto tapujo. Ambos investigamos lo mismo y el jefe no se opondrá a que intercambiemos información.

—No entiendo. ¿Quieres decir que el gilipollas de tu jefe…

—¡Sabi, por Dios!

—… se sigue oponiendo a que trabajemos juntos?

—No seas cínico. De sobra sabes que no le gustas nada. —Mendoza echó el cuerpo hacia delante, apoyó los codos y señaló con el dedo índice izquierdo a Sabino—. A ver, merluzo, incluso aunque le cayeras bien, la policía no puede estar de compadreo con los investigadores privados. Eso imagino que lo entenderás, ¿no?

Sabino Holgado lo escrutó unos instantes. Lo entendía a la perfección. Pero él nunca había dejado de comportarse como el policía que llevaba dentro y le fastidiaba que un jefecillo de tres al cuarto le guardara rencor por lo ocurrido hacía ya una eternidad. Máxime porque, cuando él se metió entre las sábanas de la mujer de aquel comisario, medio departamento ya lo había hecho. Muchas noches, antes de abandonarse al sueño, lamentaba haber dejado el Cuerpo después de aquel expediente por la desaparición de los cincuenta mil euros que, por supuesto, él no había tocado.

Sabino lo miró de hito en hito. Alejo siempre estuvo a su lado. Carraspeó un par de veces y volvió de nuevo a la conversación.

—Aparcado el tema del jefe. ¿Sabemos algo más del asesinato? —Alivio de Mendoza por el tono de normalidad imprimido a la pregunta.

—Todo apunta a que se les fue la mano dándole la paliza.

—¿Alguna banda mafiosa?

Asintió Mendoza con la cabeza.

—Por ahí andan los tiros, sí. Y nunca mejor dicho. —Extrajo del bolsillo lateral de la chaqueta una libretilla de pastas negras muy ajadas y del bolsillo superior, las gafas.

—Esto suena a un ajuste de cuentas. ¿Tan peligroso se ha vuelto vender cables y enchufes?

—Este andaba de mierda hasta el cuello.

—¿Estás seguro de lo que dices?

Alejo asintió con la cabeza mientras comprobaba al trasluz la limpieza de las lentes. Luego se las colocó y dio un sorbo a la cerveza, pero no la apuró. Le gustaba dejar el resto para tomarla antes de abandonar la mesa, justo cuando se encontraba de pie para marcharse. Se ajustó las gafas con el dedo índice y empezó a leer las notas de la libreta:

—Según la UDYCO, el nombre del elemento este aparecía en una lista de morosos de una banda dedicada a las apuestas ilegales.

—¡Vaya con el electricista! Se codeaba con lo mejorcito del barrio.

—En los datos que maneja la Unidad de Droga y Crimen Organizado, aparece Pancorbo como asiduo de un puticlub de Granada clausurado la semana pasada. Allí se trapicheaba con hachís, cocaína y se realizaban apuestas ilegales por todo el mundo. Según el encargado, Pancorbo se había enamorado de una de las putas, puesta ex profeso por los mafiosos para incitar a los más bobos a las apuestas, que es donde están sus ganancias más suculentas. El Pancorbo gastaba ingentes cantidades de dinero en el puticlub y en las apuestas.

—¡Valiente idiota! Siempre lo mismo. No sé quién dijo que solo había dos cosas infinitas: el universo y la idiotez.

—Lo dijo Einstein. Y no era *idiotez* sino *estupidez.*

—¿Y cuál es la diferencia? Con tal de llevarme la contraria.

—Bueno, pues eso. Según las investigaciones, Millán Pancorbo rezaba en un libro de contabilidad de la mafia como deudor de varios cientos de miles de euros que debía devolver con intereses. Una bola de nieve que se va haciendo cada vez más grande, más grande, más grande hasta que engulle al deudor.

—Alejo. ¿Por un casual sabes que yo también soy policía y llevo el mismo tiempo que tú manejando estos temas? ¡Parece que estás dando una rueda de prensa!

El inspector lo observó un instante con fijeza, adoptó una mueca de contrariedad. En el fondo, Sabino llevaba razón.

—Quiero decir que puedes ahorrarte todo eso. ¡No te enfades, hombre! No puedes imaginar la sorpresa que me está causando toda esta información. —Sabino se detuvo un momento. El bar se había llenado hasta los topes y el murmullo los obligaba a gritar para poderse entender—. Creo que deberíamos marcharnos de aquí —sugirió Sabino y se puso en pie.

—Mejor. Aquí no hay quien esté. Vamos a comisaría a ver si hay algo nuevo sobre el asunto. —Mendoza lo imitó y después de apurar la cerveza, se abrieron paso entre la gente amontonada en la barra. Al pasar frente al camarero, Mendoza giró el dedo índice en el aire para indicarle que pagaban en otro momento y este asintió levantando el dedo pulgar.

Ambos agotaron la tarde cotejando los datos disponibles y, cuando estaban a punto de cerrar el expediente Pancorbo, un policía les trajo un nuevo mensaje sobre el caso. La Unidad Central Operativa de la Guardia Civil también conocía a Pancorbo y lo relacionaba con el contrabando de material eléctrico importado de forma ilegal desde China.

—Total, que nuestro amigo es una caja de sorpresas —apuntó Sabino echando el cuerpo para atrás.

—No sé por qué, pero es lo que ocurre cada vez que hurgamos en la basura.

—Cierto. —Una llamada entrante en el móvil le dejó con la palabra en la boca.

Miró la pantalla y se la mostró a Alejo Mendoza.

«Carlos Duarte».

—No digas nada respecto a la muerte del cuñado.

—No pensaba hacerlo.

Ambos se contemplaron con aire de complicidad y luego aceptó la llamada.

Diez minutos más tarde, Sabino Holgado dejaba el móvil sobre la mesa después de haber terminado la conversación.

Ahora fue él quien dejó pasar unos segundos recreándose en la mirada escrutadora de Mendoza.

—El juez ha llamado a Carlos Duarte para prestar declaración en calidad de investigado por un presunto delito de homicidio.

—¡Coño!

—Está citado mañana.

—Pero, ¿cómo que delito de homicidio? ¿A quién ha matado el arquitecto? ¿No se habrá cargado al tío con el que su mujer le pone los cuernos?

—No me seas bestia. Lo acusan de homicidio imprudente.

—Lo último no lo has mencionado antes. —Cara de enfado tornada en asombro dos segundos después—. ¡Hospisa!

—Él cree que su mujer puede andar detrás de la denuncia.

—Eso encaja. —Alejo Mendoza arrugó el entrecejo mientras asentía con leves movimientos de cabeza—. A ver si el arquitectillo ese y la parienta van a intentar meterlo en la cárcel para.

—¿Quedarse con todo? —terminó Sabino.

—¡Anda ya! Eso suena a película barata.

—Son las más entretenidas.

—¿El qué?

—Las películas baratas.

Alejo Mendoza compuso un gesto agrio que auguraba bronca y Sabino se adelantó antes de que saltara la tempestad.

—Hay muchos cabos que atar, mira. —Rápida visual. La intervención aún no había causado el efecto deseado. El rictus de enfado, congelado en el rostro—. He averiguado varias «cositas» del arquitecto técnico —continuó—. En primer lugar, lleva un tren de vida impropio de alguien que gana mil ochocientos euros al mes. BMW, piso pagado, ropa cara y restaurantes de lujo. El pasado verano estuvo de vacaciones con una tal Lorena Montesinos en Tailandia. Además, está estudiando por las noches para sacarse el título superior; el que tiene su jefe. Así que no sería descabellado pensar que quisiera ocupar su puesto. Si ya ha conseguido meterse entre las piernas de su mujer pues lo siguiente, ¡ya sabes! —dispuso un silencio premeditado para que Alejo terminara la deducción.

—¡Vaya, vaya! Eso está cargado de sentido. —Mendoza, aún con el ceño fruncido, pero el gesto más relajado—. Interesante. Muy interesante. Tendremos que vigilar más de cerca de ese muchachito.

—Ya estoy yo en ello, no te preocupes.

—¡Madre mía, qué trajines!

Al abandonar el despacho, Sabino se entretuvo en saludar a un antiguo compañero y cuando salió de comisaría se encontró a Mendoza con la vista puesta en algún punto del final de la calle.

—¿En qué piensas?

—En la muerte del fulano ese y en el albarán que llevaba Lydia Duarte en el bolso. —Alejo empezó a caminar mientras buscaba en el bolsillo del pantalón las llaves del coche.

—¿Qué? ¡Ah, ya entiendo! Te refieres al que encontramos en el bolso de la hermana.

—Sí.

—¿Y?

—Aquí hay más líos de los que imaginamos —sentenció Mendoza.

—Ya te lo advertí.

—Vamos, chico listo. Seguro que tú eras uno de esos que se sentaban en las primeras filas de la clase —ironizó al tiempo que se detenía delante del destartalado Ford Mondeo.

Sabino lo miró sonriente. Ahora venía el chiste de la gallina.

—Oye, ¿por casualidad tu madre le regalaba alguna gallina en Navidad a la maestra para que te pusiera buenas notas?

No falla, es más predecible que el discurso de un político en campaña electoral.

—Anda, sube que te llevo a casa, a ver si se me pega algo de esa inteligencia que Dios te ha dado.

Alejo Mendoza arrancó el coche y encendió la radio:

En menos de veinticuatro horas, instituciones de todo el mundo, sobre todo empresarios franceses, van a donar el dinero necesario para la reconstrucción de Notre Dame. Según el ministro de Cultura francés, Franck Riester, ya cuentan con más de ochocientos millones y...

Sabino:

—Qué prisa se han dado. ¿Por qué no harán lo mismo con otros problemas, por ejemplo, el hambre?

Mendoza, interrumpiéndole:

—Porque entonces nadie lo sabría. Ya verás como pronto sale una lista de los donantes.

29

17 de abril

Carlos Duarte aparcó en doble fila cerca del edificio de la oficina y cortó el contacto del motor. Desde allí podía vigilar la puerta del garaje y la entrada del inmueble para controlar la salida de los miembros de su equipo. Mejor acercarse al gabinete cuando el personal se hubiese marchado a comer. No le apetecía encontrarse de cara con Nacho. Comprobó la hora en el reloj del salpicadero. Aún faltaban unos minutos para la salida, así que reclinó un poco el asiento y cerró los ojos. La imagen de Lydia paseó unos instantes por su cabeza, impregnándole el alma de recuerdos. Uno de sus mayores errores, ser demasiado considerada, tímida y, sobre todo, generosa para compartir con él sus problemas. No volvería a verla nunca más. El «nunca más» se repitió varias veces como un eco macabro. No podría llamarla nunca más para contarle sus problemas, no podría llamarla nunca más para contarle los suyos. Debía rechazar aquel diálogo interno, no le llevarían a ningún sitio. Ahora no podía hundirse.

«A ver, Carlos, organiza tus ideas. Del modo que lo harías con la estructura de un edificio de veinte plantas. Vamos por partes. Objetivo: solucionar problemas. Hospisa, divorcio, gabinete, Nacho, hijos, Inés… No sigas, no sigas. Con los dos primeros ya tienes donde entretenerte». Resopló y se removió en el asiento. Hospisa y divorcio. Un largo y doloroso camino, pero si solucionaba ambos, quedaría más ligero de carga para solventar los otros y, sobre todo, podría continuar su relación con Inés sin ataduras.

Incipiente inquietud en los intestinos. ¿Qué pasaría si el juez lo metiera en la cárcel? ¿Aceptaría Inés la situación? «¡Uf! ¿Quién diablo lo sabe? Mejor no preocuparse. ¿Para qué?». Alertado por el instinto abrió los ojos justo cuando su equipo abandonaba el edificio. A mediodía salían a comer a un restaurante ubicado a un par de manzanas de allí. De buena gana se iría con ellos. Los identificó a todos menos a Charo. Su fiel Charo. No había dejado de mandarle wasaps interesándose por su estado de ánimo. «Está enamorada de ti, Carlos». Aún incrédulo, las palabras de Inés resonaron en la memoria. Uno, dos, tres. Cinco, diez interminables minutos transcurren hasta que aparece la secretaria. Toma una dirección distinta al grupo. Alguien la había visto una vez comiendo sentada en una plazoleta cercana. ¿Qué sabía de ella? ¿Y del resto del equipo? ¡Nada! Nuevos reproches. «Deberías preocuparte un poco más por las personas que trabajan para ti». Últimamente se estaba flagelando demasiado con los reproches. (¡Ay, el daño que hacen los reproches hacia uno mismo! Y, total, no sirven para nada). Fuera del trabajo, solo compartía con ellos la comida de Navidad. Consultó preocupado la hora en el móvil. Las dos menos cuarto. Aún quedaba por salir Nacho ¿Por qué no bajaba? Si no se daba prisa, no tendría tiempo suficiente para apoderarse del proyecto antes de que regresaran los chicos. Bueno, tampoco tenía ninguna importancia, solo quería evitar encontrarse con Nacho.

Decidió llamar a Charo.

—¡Jefe!

—¿Qué tal, Charo? —sonrió.

«Debería llamarla más a menudo para que me alegrara el día».

—¿Qué tal tú? —rectificó el tono de la pregunta.

—Bueno, pasando el trago y asumiendo la nueva realidad sin Lydia. Muchas gracias por tus mensajes de apoyo. No sabes cómo te lo agradezco.

—No digas cosas raras, jefe. Eso no tiene ninguna importancia. Dime qué se te ofrece. ¿Qué puede hacer esta servidora por «usted»?

Carlos estalló en una carcajada. Lo dicho, debería llamarla más veces.

—Quiero saber si Nacho está en la oficina.

—No. Se marchó esta mañana y no ha vuelto. De un tiempo acá anda muy raro. Se pasa el día en tu despacho y hasta ha dejado de escuchar música clásica.

—¿En mi despacho? ¿Cómo que se pasa el día en mi despacho? ¿Y qué demonios hace allí?

—Colocar los pies en lo alto de la mesa.

—¿Colocar los pies encima de mi mesa? Pero...

—Sí, eso. Entra, se sienta en tu sillón, coloca los pies en lo alto de la mesa y habla por teléfono. Además, no se corta. Ni siquiera baja las persianillas, como si quisiera que le viéramos allí sentado. Bueno, déjame que te cuente.

—Sí, pero date prisa, quiero entrar a coger algo del despacho antes de regrese el equipo.

La secretaria titubeó unos segundos buscando la forma más adecuada para relatarle lo que venía a continuación y aún esperó un par de ellos más mordiéndose el labio inferior antes de seguir.

—He hecho algo que no está bien —confesó al fin en tono de arrepentimiento, aunque para nada se arrepentía.

—A ver qué has hecho, Charo. ¡Miedo me das!

—Verás, don Ignacio (retintín), me pidió que le pasara con la imprenta que nos surte de material de oficina para hacer un pedido. Me resultó muy raro, porque siempre soy yo la encargada de hacerlo. Le insistí para que me diera el listado de lo que quería y hasta se enfadó. Así que cuando le pasé la llamada en vez de colgar me quedé escuchando.

—¡Madre mía, Charo! Esto no se debe hacer.

—Lo sé, lo sé. Pero qué quieres que te diga. Me llamó impertinente y me trató como si yo fuera un trapo sucio. No me gustó. Lo siento. Nunca lo he hecho, pero ese tío no me gusta nada. No es trigo limpio.

—Bueno, ya está. Sigue.

—Don Ignacio (esta vez sin retintín) le pedía a Pepe, el encargado, una factura en blanco a nombre de Intelectric, la empresa de tu cuñado Millán Pancorbo.

Una pequeña punzada atravesó la cabeza de Duarte, una premonición nada buena de lo que se le venía encima. ¿Cómo que la empresa de su cuñado? Charo se tenía que haber equivocado.

—Creo que te has equivocado, Charo. La empresa de mi cuñado se llama Electroshop, no Intelectric. Intelectric será de...

—No, no, no —la seguridad y contundencia de la interrupción de Charo lo descolocó aún más—. Electroshop era la antigua empresa, pero ahora, la que reza en los papeles es Intelectric.

—¿Qué papeles? ¿Cómo sabes tú todo eso? —alarmado.

—A ver, cada vez que una constructora se hace cargo de un edificio, nosotros le mandamos una relación de empresas de servicio: carpintería, fontanería, electricidad, aluminios, cristalería.

—¡¿Nosotros hacemos eso?! —Sobresalto.

—Pues… —Charo vaciló. ¿Se estaba quedando su jefe con ella? ¿Cómo era posible que no supiera nada al respecto? —Sí —afirmó luego con rotundidad—. Desde hace un tiempo, cuando se le asigna a una constructora uno de nuestros proyectos, don Ignacio me da un listado de empresas de servicio y yo lo remito a la empresa constructora. Entre ellas siempre va la de tu cuñado.

—¿Estás segura de lo que dices, Charo?

—¿Que si estoy segura? Y tanto. ¡Como que soy yo quien envía esas listas!

Se descolgó un largo silencio, denso para ambos. Impresionado uno, inquieta la otra.

—Cuéntame qué pasó con esa factura, ¿la envió la imprenta?

—Por la tarde un chico trajo un sobre blanco para el señor Ignacio Andrade. Como no traía nada escrito, busqué uno de igual tamaño, lo abrí, le eché un vistazo a la factura y la volví a meter en el otro.

—¿Qué ponía en la factura?

—Nada. Estaba en blanco, solo traía el membrete de Intelectric con un sello de la empresa. Además, hay algo más que deberías saber.

—¿Qué?

—Hace unos días recibió un sobre con dinero.

—¡¿Cómo que un sobre con dinero?! —Espanto.

—Eso es lo que yo creo. Por el tacto parecía dinero. Cuando se lo llevé al despacho, se enfadó muchísimo. En cuanto salí, llamó a alguien y desde fuera pude escuchar cómo le gritaba muy alterado por haberle enviado el sobre a la oficina.

Otro tenso intervalo. Carlos echa un rápido vistazo al reloj. No tenía tiempo de seguir con aquella charla. Ahora más que nunca necesitaba entrar en el estudio para coger el proyecto sin encontrarse con Nacho.

—Charo, tenemos que seguir hablando de este tema. Necesito que me des información detallada sobre esos listados de empresas que mandas a las constructoras. Un momento. El detective Sabino se ha puesto en contacto contigo, ¿verdad? Quiero decir que tú debes de tener su número de teléfono, ¿no?

—Sí, sí, sí —se apresuró a responder Charo—. Tengo el teléfono en la agenda de la oficina. Me llamó para pedirme la dirección de Nacho.

—Bien. Me vas a hacer otro favor.

—Los que tú quieras —aceptó.

—Cuando vuelvas a la oficina, llámale y ponle al corriente de todo este asunto con pelos y señales, ¡eh! Por supuesto no hables con nadie más de esto, Charo.

—La duda ofende, jefe. Ni te imaginas lo que me pone hacer de espía para ti.

—Gracias, Charo. No sé cómo voy a agradecerte tu ayuda. Tengo que entrar en a la oficina antes de que regresen Nacho y el equipo. ¿Él no se encuentra allí, ¿verdad?

—No creo. No suele llegar hasta las tres. En cuanto a los agradecimientos, no te preocupes, yo te doy una lista de lo que quiero.

—Eres un cielo.

—Lo sé. Ese es mi problema, solo tú y yo lo sabemos. El resto del mundo ignora esa cualidad mía tan importante. En fin, espero que se haga realidad uno de mis sueños y, como primer regalo de la lista, me invites algún día a cenar.

—Te lo prometo, Charo. En cuanto pase este lío, te llevo a cenar conmigo.

—¡¿Los dos solos!?

—¡Claro!

—¡Madre mía!

Carlos dibujó una sonrisa y colgó. Luego arrancó el motor y salió como una exhalación hacia el edificio. Al ser la hora de la comida, el garaje estaba casi desierto, lo que le permitió conducir entre las columnas hasta su aparcamiento. Se apeó y respiró un poco más tranquilo al no ver allí el vehículo de Nacho. No obstante, echó una rápida mirada para cerciorarse. Aceleró el paso hasta el ascensor y pulsó el botón de la planta del gabinete. Por su cabeza rondaba la conversación con Charo. Intelectric. Millán. «¿Había abierto Pancorbo una nueva empresa? ¿Por qué se le seguía recomendando trabajo desde la oficina? Que recordara, solo él lo había recomendado a algunos constructores amigos. ¿Qué significaba la relación de empresas de servicio enviada a las constructoras? Nacho tendría que explicarle muchos pormenores». Al llegar a la planta, se precipitó por el pasillo y abrió la puerta con la llave. Aunque el aire estaba impregnado de su perfume, el recibidor, sin la presencia de Charo, era un rincón oscuro y vacío. Dio unos pasos y se detuvo bajo el quicio de la puerta que daba al estudio. El silencio en el interior, sobrecogedor. Caminó despacio entre las mesas de dibujo. Juan Luis, Carmen, Enrique, Azucena, Menchu. Tenía un buen equipo personas. Cuando Álex se hiciera cargo del estudio, no iba a tener problema con ellos. «¿Qué tal nombrar a Charo jefe de personal?» Aunque en realidad no era necesario ese cargo, sería una forma de aumentarle el sueldo sin levantar la sospecha de favoritismo. Sus ojos se toparon con el reloj colgado en la pared de enfrente: 02:20. Debo darme prisa. Entró en el despacho, abrió la caja fuerte y constató que la carpeta roja de plástico seguía allí. Aún no comprendía por qué guardaba aquel proyecto. Después de explicarle al abogado lo ocurrido en el hospital, la destruiría para siempre.

Se estremeció al tocarla. Con la delicadeza de un cirujano manejando el bisturín, la sacó y la dejó sobre la mesa. Soltó las gomas de las esquinas y la abrió:

PROYECTO HOSPISA

Notó que los dedos le quemaban y volvió a cerrarla. Enseguida salió del despacho aligerando el paso hacia el aparcamiento. Un escalofrío involuntario le hizo estremecer cuando se sentó en el coche. Antes de arrancar para volver a casa, aún observó un momento la carpeta.

30

18 de abril

Al día siguiente, con la carpeta del proyecto Hospisa en el asiento del Copiloto, Carlos conducía hacia el despacho de Noguera. «¿Cuál sería el resultado de la entrevista con el juez?». Su estado de ánimo, preocupado y su pensamiento, como la mañana, brumoso. La niebla diluía los edificios del paseo de la Castellana, atestado de vehículos en esos momentos.

Miguel alivió su preocupación. Averiguarían quién había puesto la denuncia y sus pretensiones. Detrás de esto, siempre había algún tipo de interés. Además, el abogado quiso cerciorarse de si la única prueba del antiguo proyecto la tenía él.

No estaba seguro al cien por cien, pero cabían pocas posibilidades de que hubiera otra, le explicó Carlos. La copia del proyecto para el Ayuntamiento, la de la Escuela de Arquitectura y un par de borradores fueron destruidos. Tan solo quedaba la que había conservado en la caja fuerte desde entonces, sin saber muy bien por qué. ¿Tal vez por la inconsciente necesidad de mantenerla mientras no expiara la culpa? Una suerte de recordatorio infame que le martirizaría para siempre como penitencia.

El día anterior, después de recoger la carpeta, un poco antes de las dos y media, salió rápido del despacho. Justo cuando abandonaba el aparcamiento, vio por el retrovisor un BMW blanco que podría haber sido el de Nacho.

Una vez en casa, mandó un mensaje a Inés por si podían hablar. Enseguida contactó con él y charlaron hasta bien entrada la tarde. Inés tenía una reunión con la directiva del museo. En cuanto termine en el juzgado, tomaré el primer avión con destino a Málaga. No debía preocuparse. Todo va a salir bien. Estaremos juntos pase lo que pase. Antes de despedirse: llámame en cuanto salgas del juzgado. Te quiero. ¿Cuántas veces había escuchado aquella frase en su vida? ¿Por qué sonaba diferente en los labios de Inés? No se había enamorado nunca, cada vez estaba más convencido. Al menos nunca había apreciado lo que sentía a su lado. Con los ojos cerrados se dejó embargar por las luces atenuadas del ocaso. Por delante, una abrupta pendiente que subir, pero una vez culminada la cima, ojalá encontrara una llanura apacible para recorrerla juntos.

Intuía que la carpeta roja iba a condicionarle más de lo que él había supuesto. Tras pasar la fuente de Neptuno continuó por el paseo del Prado hasta la calle de Almadén, donde aparcó en un hueco. Luego, con la carpeta bajo el brazo, caminó hasta el número 6 de San Blas y antes de llamar al timbre del segundo piso en el portero automático, consultó la hora en el móvil para comprobar que no se retrasaba: 07:25.

—Buenos días, Carlos. —Le tendió la mano cuando abrió la puerta y forzó una sonrisa al tiempo que apreciaba su formalidad—. Puntual como siempre. Pareces de mi generación.

Noguera vestía un traje Emidio Tucci color azul, camisa blanca y corbata granate. No era muy alto, pero sí menudo. Frisaba los sesenta, aunque aparentaba diez más por el cabello, blanco por completo, y el rostro de aspecto enfermizo.

—Pasa, Carlos, vamos a mi despacho.

El arquitecto esperó a que cerrara la puerta y caminó tras él mientras atravesaban un espacio amplio con algunos armarios de madera oscura, llenos de archivadores, y un par de mesas con ordenadores, donde trabajaba una única secretaria, ahora ausente.

Pese al aspecto austero del entorno, Miguel Noguera era un brillante abogado a quien recurrían muchos arquitectos de Madrid por la multitud de juicios que había ganado a la Administración. Sin embargo, la relativa precariedad aparente estaba vinculada a su ética profesional. Jamás había aceptado un caso en el que tuviera que defender la corrupción.

—Así que este es el proyecto en cuestión. —De pie, ojeaba los distintos apartados al tiempo que invitaba a Carlos a sentarse con un gesto de la mano. Una vez acomodados ambos, empezó a revisar con mucha atención el documento mientras el arquitecto recordaba la última vez que Miguel lo había defendido con éxito, un par de años atrás cuando los omnipotentes abogados de la Comunidad de Madrid pretendían que derribara un edificio por problemas de edificabilidad.

Al cabo del rato, el abogado levantó de nuevo la vista, colocó los codos sobre los brazos del sillón y entrelazó los dedos con los dos índices a la altura de la boca. A Duarte le incomodó sentirse taladrado por aquella mirada azul y se removió en el asiento.

—A veces uno no entiende cómo pueden ocurrir hechos así, Carlos. —Tono cálido y ritmo pausado, semejante al de un padre reprochando una travesura a su hijo—. No me gusta nada esto. —Había separado las manos y señalaba el proyecto—. Voy a acompañarte al juzgado porque nos conocemos desde hace muchos años y sé que eres una persona honrada, pero no estoy seguro de defenderte en caso de que haya un juicio. —Carlos tragó saliva y el abogado continuó—. Anoche me documenté en internet sobre el desgraciado accidente del hospital. Fue algo muy grave y podía haber sido mucho peor. Me has comentado que cambiaron el generador sin pedirte permiso, aunque era tu responsabilidad revisarlo.

—Lo sé, Miguel. —Carlos se contempló un instante las manos abiertas, colocadas sobre los muslos y enseguida volvió a mirar de frente al abogado—. Como arquitecto procuro el cumplimiento de las normas de seguridad en cuanto a forjados, hormigones, cimentación y que el constructor no cambie las especificaciones en su beneficio. En mi vida iba a suponer que alguien, *motu proprio,* cambiaría un generador del sótano a la tercera planta sin consultarme. —Tomó aire y lo expulsó con lentitud—. No sé si me entiendes.

Gesto comprensivo del abogado. Lo entendía muy bien. Iba a ayudarlo porque sabía que no había ningún interés personal en ese cambio. No obstante —continuó—, antes de asumir la defensa de tu caso, estudiaré con detenimiento los detalles. No desconfío de ti, pero ya sabes que es mi forma de trabajar. Por ahora, necesito saber el fundamento de la acusación —concluyó cerrando el expediente.

A la hora prevista, llegaron a los juzgados de plaza Castilla. *Insípido* era el adjetivo utilizado por Carlos para definir el edificio. Él hubiera diseñado algo más majestuoso, imponente.

—Vamos a ver en qué se basa la acusación. —Miguel lo había sacado de las elucubraciones y, al comenzar a subir la escalera de acceso, se encontró descolocado. El letrero indicativo de los «Juzgados de Instrucción» le hizo estremecer. En otras ocasiones había traspasado aquellas puertas, pero nunca antes en calidad de acusado por un delito de homicidio. Una pequeña fila de personas aguardaba para pasar por los detectores de metales y controles de la Guardia Civil. Respiración honda y repaso a las recomendaciones de Miguel de camino a los juzgados: «No contestes enseguida a las preguntas del juez. Tómate un tiempo, así me darás tiempo a pensar y parar la respuesta antes de que metas la pata. No te precipites. Si no comprendes la pregunta, no respondas, pide que te la aclaren. Sé breve en la contestación. Un "sí" o un "no" mejor que una respuesta larga».

Tras pasar el control de seguridad de la Guardia Civil, caminaron por pasillos atestados de personas en un continuos ir y venir con papeles bajo el brazo y maletines, letrados con togas, individuos de diferentes capas sociales. Rostros cargados de tristeza salían esposados de los diferentes juzgados; otros, sin embargo, sonreían. «El juez se ha portado bien con nosotros, tío». Una mano invisible le atenazó la garganta. «¿Saldría él de allí con los grilletes puestos?» Conforme avanzaba, sensación de ir adentrándose en un medio a todas luces hostil para él. Ya no se fijaba en los togados, los hombres y mujeres cargados de papeles, secretarias entrando y saliendo las salas de audiencia, su atención ahora estaba puesta en las personas con aspecto de delincuentes, como si se identificara solo con ellos.

Miguel se percató de que estaba sudando y se detuvo al lado de una puerta en la que rezaba el nombre de un juez: José Luis Solís Romero.

—¿Es aquí?

—No, no es aquí —respondió el abogado—. Este es el despacho del juez, pero la audiencia será ahí, en la puerta contigua, una sala multiuso que se utiliza para los interrogatorios. Ahora relájate, Carlos. —Con la mano puesta en el hombro intentaba naturalizar la situación. Antes de entrar, explicación panorámica del interior. El juez estaría sentado en el centro y a la izquierda, el secretario judicial. En otra mesa contigua, se situarían el fiscal y el abogado de la acusación y, en el lado opuesto, él como abogado defensor. También le recordó el lugar donde debía sentarse Carlos y el protocolo para comportarse delante del juez.

El lugar era amplio y sobrio. La distribución, un calco de la descrita por Miguel. Sobre la mesa central descansaba un ordenador portátil abierto y decenas de expedientes apilados en la parte derecha. Una foto enmarcada del rey Felipe VI presidía la pared justo encima del lugar que ocuparía el juez y, al lado, una bandera de España desfallecida en un mástil de acero inoxidable. El resto de la estancia lo componía una cristalera con vistas a las torres KIO a un lado y en la pared opuesta, huérfana de muebles y cuadros, un pequeño altavoz de color oscuro. El recorrido visual de Carlos se detuvo en uno de los dos hombres sentados a la izquierda. ¡El abogado de Martina y de Cecilia!

En ese momento entró el juez y pidió a los presentes que se sentaran.

—Usted también, señor Duarte, siéntese, por favor.

Carlos, aunque estaba algo tenso, no se sentía mal. Quizás porque esperaba encontrarse a alguien menos amable tras aquella mesa. El juez, un hombre alto, vestido con un traje oscuro de corte perfecto, rezumaba amabilidad y calor humano.

—¿Usted es Carlos Duarte Romero?

—Sí.

Desde donde estaba, Carlos no pudo distinguir el color de sus ojos, pequeños y redondos, pero podría asegurar que eran claros.

—Hay una denuncia contra usted por un delito de homicidio involuntario. —El juez se inclinó un poco, abrió un cajón del lado derecho de la mesa y sacó una carpeta roja—. Según esta prueba documental presentada por la acusación, sobre la construcción de un hospital, unos cambios de elementos fueron los causantes de un incendio que costó la vida a varias personas.

Carlos y Noguera intercambiaron miradas de estupor. El abogado no pudo reprimir un mudo reproche fulminante cuya traducción en palabras era: «¿No asegurabas que no había otra prueba?». El desconcierto de Carlos, desbocado. «¿De dónde había salido aquella carpeta? En el estudio había registradas cuatro copias: Ayuntamiento, Escuela de Arquitectura, empresa constructora y la que se quedaba en el archivo del estudio. No había más. Excepto la de su caja fuerte, todas se cambiaron, estaba seguro». El sudor frío, tan frecuente en los últimos días, empezó de nuevo a recorrerle la espalda. Estaba perdido. La imagen del juez se emborronó ante él. Si aquella carpeta era una de las originales, el magistrado podía mandarlo a la cárcel de inmediato. «Cálmate, Carlos, tranquilizarte. Respira hondo y piensa en algo agradable. Inés. Pronto terminará todo y estarás con ella. Olvídate del maldito proyecto».

Imposible. Todos los intentos de apartase del problema, fallidos. La voz de Miguel solicitando al juez la carpeta le devolvió al momento presente.

El abogado la abrió para comprobar de pie que cada documento estaba sellado y firmado. Luego se acercó y le dio una palmada en el hombro animándolo a relajarse, antes de pedirle que comprobara la firma del proyecto y el sello del gabinete.

—Asegúrate bien de ambas cosas.

Carlos se colocó la carpeta en el regazo y la abrió con dedos trémulos.

PROYECTO HOSPISA

***

—¡Vaya hombre!, ¿qué le ha picado hoy al señorito? Las ocho y media de la mañana y ya está con el teléfono en la mano.

—Déjate de tonterías, Alejo. Tengo las carpetas de mis entendederas llenas de informaciones interesantes.

—Cuenta, cuenta, a ver si me alegras el día. Mi jefe ha entrado hoy en la comisaría con el ánimo podrido.

—Hoy está citado nuestro arquitecto en el juzgado.

—Pero hombre, eso ya lo sé yo. ¡Pues vaya noticia!

—No, espera, hay algo mucho más interesante. Eso era solo un recordatorio. Veremos a ver cómo sale de allí Duarte, porque de un juicio nunca se sale como se entra. Anoche me llamó su secretaria. Imagino que te acordarás de ella, la vimos en...

—El Forense —lo interrumpió—. Me acuerdo de ella, sí.

—Eso es. Bueno, pues Carlos Duarte le pidió ayer que me llamara para informarme de algo muy extraño, pero no se fiaba de hablar desde la oficina. Mi olfato me dice que vamos a sacar tajada si tiramos de este nuevo hilo.

—A ver.

—El arquitecto técnico realizó una llamada a la imprenta que suministra el material al estudio de arquitectura pidiéndole una factura con membrete de Millán Pancorbo.

—No entiendo. Una factura de qué y para qué —cuestionó Alejo frunciendo el ceño.

—No, no, no. Una factura en blanco con el membrete de la empresa de Millán Pancorbo y el sello puesto al objeto de ser rellenada por él.

Corrieron unos instantes de silencio hasta que Mendoza tomó la palabra.

—O sea, confirmado, el chavalín está de mierda hasta arriba.

—Bueno, no sé si es muy aventurado decir eso.

—Yo también tengo mi olfato, Sabi. Sobre todo, para oler la mierda. Los BMW, los pisos y la ropa cara no salen de la nada. Voy a poner toda esta información en manos de la UDYCO. Esta mañana me han facilitado datos que atañen a nuestro arquitecto.

—¿A Carlos?

—No, no. Al niñato ese, al arquitecto técnico. Al tal Nacho Andrade.

—¡Ah!

—En el registro realizado a la casa de Millán Pancorbo y Lydia Duarte en Granada, han encontrado documentos y fotos del personaje en cuestión abrazado a una con pinta de pelandusca. Por otro lado, sabemos que la casa y las empresas de Millán estaban embargadas y en espera de que el juzgado hiciera efectiva la incautación. No sería desacertado pensar que la mujer lo descubrió todo antes de suicidarse —apuntó Mendoza como posibilidad.

—No creo yo que nadie se suicide por averiguar que el marido le pone los cuernos, vamos.

—¡Claro que no! Pero a eso añádele que la mujer no se encontraba muy bien e iba a un psiquiatra desde hacía algunos años, que descubre que el juzgado está a punto desahuciarla, que...

—¿Tenía hijos?

—No. Al verse contra la pared, decidió cortar por lo sano. —Suposición de Mendoza componiendo un gesto con los dedos índice y corazón formando una tijera imaginaria.

—Bueno, no sé yo si suicidándose cortó con algo. Yo más bien diría que fue con ella misma con quien cortó.

—Cuestión de puntos de vista. Pero, ¿a que no adivinas quién aparece en una pequeña libreta de pagos encontrada entre los papeles?

—Pues...

—Piensa, piensa.

—No me iras a decir que Nacho Andrade, ¿verdad? —Sabino, pensativo, se quitó las gafas.

—¡Bingo!

—¡No puede ser! ¿Nacho Andrade?

—¡El mismo! Además, anotaciones con todas las letras y especificando cada detalle. Te leo algunos asientos: Ampliación del mercado de mayorista de Toledo, 125.200. 3 % 4.756 euros. Edificio anejo al matadero municipal de Boadilla del Monte y restauración del alumbrado público de los alrededores, 450.000. 3 % 13.500 euros. En todas el 3 %.

—Vaya, vaya. Cada vez se va cerrando más el círculo. Sospecho que la criatura esta no tiene desperdicio. A ver, vayamos por partes. —Sabino puso el teléfono sobre la mesa, conectó el manos libres para estar más cómodo y cogió lápiz y papel—. Según me contó Carlos, él recomendaba la empresa de Pancorbo, Electroshop, a las constructoras encargadas de levantar los edificios diseñados por Duarte y Larralde hasta que, tras el incendio del hospital, descubre que le engaña saltándose las especificaciones a piola y deja de enchufarlo. Por otro lado, al poco aparece Pancorbo de nuevo en escena con otra empresa, Intelectric, y sigue trabajando bajo el auspicio de Duarte y Larralde a espaldas de Carlos,

—¡Madre mía! —Exclamación de Alejo Mendoza compartida por Sabino en silencio.

—Sí, eso que estás pensando. Todo apunta a que el arquitecto técnico toma las riendas de las recomendaciones después del problema del hospital, pero recibiendo el tres por ciento de los trabajos que va encomendando a Millán.

—¿Y la factura en blanco que ha pedido a la imprenta? ¿Pretendía rellenarla y cobrarla él?

Un mutismo amplio se hizo hueco entre los dos hasta que Sabino lo rompió con voz dubitativa.

—El sentido común nos dice que por ahí van los tiros, pero entonces, ¿Andrade estaba al corriente de la muerte de Pancorbo?

—La idea no es descabellada, no.

—Al final vas a llevar razón y nuestro jovencito va a estar de mierda hasta las trancas.

—Ya te lo he dicho.

—Creo que deberíamos hablar con la secretaria, ¿no te parece?

—Sí, creo que sí —aceptó Mendoza—. Aunque trataremos de hacerlo sin levantar sospechas para que no alce el vuelo nuestro arquitectillo.

—Voy a mandarle un mensaje para quedar con ella. A ver si puede escabullirse de la oficina. Te llamo en cuanto sepa algo.

—Muy bien.

—Vale, ya te contaré.

—Espera un momento, espera —atajó Mendoza antes de que colgara—. ¿Me has dicho que hoy comparecía Carlos Duarte ante el juez?

—Sí. ¿Por qué?

—Eso nos puede aportar también algunas pistas. Me da que esto es un círculo y como tal nos llevará al punto de partida, a Nacho Andrade.

—A no ser que no se haya cerrado del todo, que sea un círculo imperfecto. A mí me faltan aún algunos elementos.

—Los círculos imperfectos no existen, lumbreras.

—Pues mira lo redondito que estás tú y las imperfecciones que tienes.

—Vete a hacer puñetas, anda. Ya veremos en qué acaba la comparecencia ante el juez.

31

18 de abril

Carlos Duarte volvió a contemplar el título de la carpeta depositada sobre el regazo.

PROYECTO HOSPISA

Pasó los dedos por el nombre del proyecto con la suavidad y devoción de un samurái a su *kadachi* antes de hacerse el harakiri. Parecía una copia exacta de la que había dejado en el despacho del abogado. Ganar tiempo, necesitaba ganar tiempo para pensar. Las conexiones neuronales de su cerebro echando humo. «Piensa, Carlos, piensa, piensa. ¡Maldita sea, de dónde coño ha salido esta carpeta!» ¿Quién podría haber sacado del gabinete otra copia de aquel maldito proyecto? Nacho. No podía ser otro. Él trabajó en el proyecto». Por aquella época era el encargado de montar las copias de los proyectos. Cuando los delineantes terminaban los planos de los distintos epígrafes, Charo imprimía las especificaciones y la legislación vigente para el proyecto y Nacho se encargaba de montar y preparar las carpetas. Más tarde se hizo cargo del equipo y aquel trabajo lo realizaba otro.

Antes de continuar, alzó la vista. La atención de los presentes, puesta en él. El juez se había reclinado sobre el asiento y lo miraba con cierto aire de curiosidad, como si lo estudiara. En ese momento realizó un leve movimiento con la cabeza conminándolo a continuar. Carlos tragó saliva y volvió al proyecto encarpetado colocado sobre sus piernas.

El nombre volvió a aparecer reivindicativo en la primera página: *Proyecto Hospisa.*

La certeza de que Nacho era quien había sacado aquella copia del estudio y se lo había entregado a Martina cada vez cobraba más fuerza. «Pero ¿dónde la habría guardado desde que ocurrió el incendio del hospital?»

Pasó a la siguiente página.

Índice.

«¿Por qué se lo había entregado a Martina? ¿Qué relación mantenía con ella? ¡Pero si no podía ni verlo!». «No comprendo cómo tienes al frente del estudio a un individuo como ese. Yo no me fiaría de él». Las palabras repiqueteaban confirmándole la falsedad de Martina.

Relación de calidades.

Fachada.

Planos de cimentación.

Estructura.

...

El siguiente epígrafe captó toda la atención. Lo abrió rápido. El abogado seguía el movimiento de sus manos con curiosidad y el juez pretendió hacer lo mismo estirándose, pero al no conseguirlo, se puso a ojear algunos de los documentos depositados sobre la mesa. Carlos desplegó uno de los planos. Luego otro y otro.

Levanta la cabeza y respira hondo, con el placer de quien recibe una ducha de agua fresca tras de una jornada de arduo trabajo. Sonríe y lanza una mirada de alivio a Miguel. Luego se levanta y gira lento hacia el abogado de Martina. Unos pasos y deposita la carpeta sobre la mesa.

—Este proyecto no es de ningún hospital, señoría.

—¿Cómo dice? —la pregunta del juez estaba llena de incredulidad.

Carlos volvió a cruzar mirada con Noguera quien, como el resto de los presentes, permanecía desconcertado por lo que acababa de escuchar.

—Eso —señaló con el dedo índice (brazo estirado, claro)— es el borrador desechado de un polideportivo realizado en mi gabinete, pero no tiene nada que ver con ningún hospital.

—¡No es posible! —saltó indignado Julián Hinojosa.

—¡Cállese, abogado! —la voz del juez Solís resonó firme en la sala.

—Señoría...

—Le he dicho que se calle. —Esta vez se volvió para mirarle sin pestañear.

Julián Hinojosa también llamó la atención de Carlos. El abogado de Martina se había disminuido en el asiento como un papel quemado.

Solís pidió que continuara y Carlos disfrutó explicando el proyecto de la carpeta. Alguien había colocado las tapas de Hospisa delante de ese otro, que, tal como he confirmado a su señoría, es el de un polideportivo.

—Abogado, ¿quiere aclararnos esto? —La pregunta iba dirigida a la acusación.

—Verá, señoría. —Hinojosa se encogió de hombros y estiró los brazos con las palmas de las manos hacia delante—. Yo no soy un técnico en esto.

Había presentado lo que su clienta le había entregado para formalizar la acusación, explicó un tanto avergonzado.

El juez lo fulminó con una mirada ácida y luego se dirigió al abogado de Carlos, quien permanecía de pie al lado del arquitecto: «A la vista de las declaraciones, disponía del proyecto que obraba en auto para que fuera inspeccionado por un perito, nombrado por el juzgado, que determinaría la naturaleza de este con cuyo resultado ya se resolvería».

Carlos salió a la calle y se detuvo en las escalinatas a esperar que saliera Miguel. Inspiró con fuerza y echó un vistazo a su alrededor. Aunque la niebla ya había levantado, aún impedía que el sol se asentara sobre el asfalto. Al otro lado, en la plaza Castilla, la mañana avanzaba imperturbable en medio del caos automovilístico emanado de la Castellana y las avenidas colindantes. Por las aceras, lo de siempre: gente de aquí para allá y de allá para acá. Eso sí, caminando deprisa, como si la supervivencia del universo dependiera de la hora de llegada de cada uno. En un lateral de los juzgados reparó en los dos hombres que salían cuando él entraba: «El juez se ha portado bien con nosotros, tío». Un poco más allá un par de mujeres trataban de consolar a otra que gemía limpiándose las lágrimas con un pañuelo arrugado. Levantó de nuevo la vista. Puerta Europa, el obelisco de Calatrava, el monumento a Calvo Sotelo... Aquel paisaje urbano, tantas veces denostado, se le pegó al cuerpo como una camisa mojada. El juez también se había portado bien con él, ¿o había sido fruto de la casualidad? ¡No, de casualidad nada! ¿Qué estaba pasando? ¿Quién le había entregado a Martina aquella carpeta con el falso proyecto?

—Vamos. —Miguel Noguera le puso la mano en el hombro y continuó bajando las escaleras—. Perdona la tardanza. He pedido una fotocopia de las primeras páginas del proyecto por si necesitamos la referencia.

—¿Para qué?

—Para comprobar si son las mismas páginas que las que hemos dejado en mi despacho.

—No entiendo.

—Si la memoria no me falla, el número de registro del proyecto que has traído al despacho es el mismo que este. Eso significa que alguien ha sacado de tu caja fuerte el proyecto, ha fotocopiado las primeras páginas y, para perjudicar a Martina, la ha rellenado con un falso proyecto.

—No había pensado en ello.

—Se me ha ocurrido al ver el número de registro. Es más, si yo fuera el abogado de tu mujer, podría incluso pensar que has sido tú quien ha realizado la maniobra para fastidiarla. De todas formas, vaya sorpresa nos hemos llevado, ¡eh! —señaló tratando de apartarlo de aquellas especulaciones—. ¡No entiendo cómo se puede ser tan imbécil!: presentar una prueba en el juzgado sin comprobar. El juez está que trina. Si quieres ahora podemos poner un recurso contra la querellante por denuncia falsa y acusación. Le puede caer un buen paquete.

¿Quería denunciarla? ¡Una Larralde entre rejas! La idea voló lenta sobre su cabeza, pero enseguida se alejó rápido y desapareció. Álex y Nerea no se lo perdonarían. Pero sí aprovecharía las circunstancias para ponerla contra la pared. Era evidente que no se iba a quedar de brazos cruzados. Ahora me toca a mí hacer que sudes tinta, Martina Larralde.

—¿Te parece que comamos juntos? —La voz del abogado lo trajo al presente—. Deberíamos pensar en el siguiente paso. Si no quieres querellarte contra tu mujer por la falsa denuncia, esta baza puede jugar a tu favor a la hora del divorcio y ponerle las condiciones que quieras.

Carlos lo miró sonriente. Claro que iba a ponerle condiciones, pero, tranquilo, la venganza se sirve en plato frío.

¡Madre mía cómo han cambiado las tornas!

—Hoy tengo que coger un avión para Málaga, Miguel, en cuanto vuelva a Madrid, preparamos ese paso. Por supuesto, esto no va a quedar así.

***

—¡¿Qué?!— los asombrados ojos de Martina Larralde recorrieron los objetos y muebles del salón hasta que se detuvieron en el expectante rostro de Cecilia.

—¿Que ha salido todo mal? ¿Quieres decir que no va a ir a la cárcel?

—¡No puede ser!

—¿Qué eso de un auto de sobreseimiento? No entiendo nada.

—Sí, sí, sí. Claro. Claro. Vamos ahora mismo para allá.

Cortó la llamada y desvió la mirada hacia los cristales de la ventana. Mantenía el ceño fruncido y apretaba la dentadura de manera sistemática. Luego se giró y se hundió en el sofá.

Cecilia se sentó junto a ella y le cogió las manos entre las suyas, sin abrir la boca.

—El pipiolo nos ha engañado, Ceci —Martina respiraba fuerte, por la nariz.

—¿Qué dices?

—Lo que oyes. Ese tío nos ha engañado. El puto aprendiz de arquitecto nos ha llevado al huerto. En la carpeta no estaba el proyecto del hospital sino otro distinto.

—¡No puede ser! —Cuerpo hacia atrás, cara de sorpresa, cuello estirado, etc., etc., etc.

—Estoy asustada, Ceci. Dice Julián que todo se nos pone en contra, incluso podría ir a la cárcel por falsa denuncia. Tenía que haberle hecho caso y haber mandado a revisar el proyecto antes de enviarlo al juez. ¡No voy a escarmentar nunca!

—Relájate. Así no solucionarás nada.

—¡Que me relaje! ¡¿De verdad crees que...?! —Martina contuvo la respiración, con los ojos fijos en ella.

—¿Qué te ocurre? Te has puesto muy pálida.

Martina se levantó con el eco de la duda resonando en su cabeza conforme intentaba encontrar una explicación lógica de lo ocurrido.

—¿Se habrán puesto de acuerdo?

—Me tienes en vilo, Marti, ¿de qué hablas? ¿Quiénes se han puesto de acuerdo y para qué?

Aún dio unos paseos por el salón antes de pararse y mirarla sin pestañear, con los ojos muy abiertos.

—¡No se habrán puesto de acuerdo Carlos y él!

Cecilia se acercó a ella y la cogió del brazo.

—¡Tú estás loca, Marti! No desbarremos. Anda, vamos a preparar algo de comer y ya verás cómo mañana Julián te aclarará todo.

19 de abril

Martina apenas pegó ojo en toda la noche. Cuando las ventanas anunciaron las primeras luces del alba, se levantó. Ducha rápida para despabilarse y taza de café en la cocina sin quitarse el albornoz (para qué se lo iba a quitar, ¿no? Este narrador…). Al segundo sorbo apareció Cecilia. Beso en la mejilla y pregunta. ¿A qué hora has quedado con Julián?

—Me pidió que estuviera allí a primera hora, a las nueve. ¿Me vas a acompañar? —Cecilia se encontraba de espaldas preparándose un café.

—No, hoy me es imposible. Tengo que ir a la inmobiliaria, uno de los inquilinos lleva dos meses sin pagar el alquiler. En cuanto sepas algo, me llamas. Anda, vístete y arréglate —la animó a levantarse—. Voy a prepararte el desayuno para que no llegues tarde a la cita.

A las ocho y cuarto, Martina se encontraba en la puerta del apartamento dispuesta a marcharse.

—Si acabo pronto en la inmobiliaria, te mando un wasap para quedar en algún sitio —se despidió Cecilia con un beso.

Martina se hundió con el ascensor y Cecilia entró rápida en el piso. ¿Dónde está el móvil? Allí, mujer, donde lo dejaste anoche, sobre uno de los brazos del sillón. Buscó en los contactos, se detuvo en uno y pulsó el botón de llamada. Luego se echó el cabello hacia atrás con un movimiento calculado y se llevó el teléfono a la oreja. Esperó, impaciente.

«¿Cómo estás?».

«No, no, no te preocupes, mi hermana se acaba de marchar. La ha llamado el abogado porque algo ha salido mal en el juicio».

«No sé, al parecer en la carpeta esa no estaba el proyecto del hospital sino otro distinto y…».

«¡Y yo qué sé! Además, esto nos favorece».

«Ya te contaré el resultado de la entrevista con el abogado».

Martina llegó al despacho de Julián Hinojosa con el ímpetu mermado, ni sombra de la última vez. Ahora pulsó el interruptor del timbre una sola vez, un solo timbrazo, y esperó a que la puerta se abriera. La misma chica morena de melena sesgada apareció al otro lado esbozando una sonrisa. La miró sin dejar de sonreír y tras una leve inclinación de cabeza, a todas luces falsa, le franqueó el paso echándose hacia un lado después de mirarla de arriba abajo. «El señor Hinojosa la está esperando». ¿Tono irónico? Martina entró hasta mitad de la estancia y esperó a que la chica morena se adelantara. Algo en el ambiente le hizo suponer que el personal estaba al tanto de lo ocurrido. El hombre mayor y las otras tres chicas, al verla aparecer, intercambiaron miradas y empezaron a teclear sin levantar la vista. ¿Sonrisas? Alza la barbilla, Martina, no vayan a creer estos pintamonas que a una Larralde se la achanta así como así. Pese a los consejos del narrador, se sentía bastante menguada.

«La señora Larralde», anunció en el interior con la puerta semiabierta. Un instante después, la secretaria le cedió el paso sujetando el picaporte y cerró dejando a Martina dentro.

Julián leía unos documentos y aún tardó unos segundos en levantarse para saludarla con un beso protocolario en la mejilla (solo uno). «Siéntate, por favor, Martina». Volvió el abogado al otro lado de la mesa, recogió los papeles y los apartó a un lado.

—¿Y bien? —Hinojosa tenso, respirando por la nariz, aunque reclinado en el respaldo del sillón giratorio y los dedos cruzados a la altura del pecho, en espera de alguna aclaración.

—No sé qué decir. —Sentada al filo de la silla, piernas cerradas y manos en el regazo. Esta vez su voz no había sonado segura y prepotente. Todo lo contrario, la frase había salido sin fuerza, derramando las palabras por la boca. Después de la conversación mantenida por teléfono con el abogado, se había dado cuenta de la precipitación en llevar a cabo su plan de meter a Carlos en la cárcel y ahora temía las consecuencias. Nunca se había sentido tan insegura e indefensa.

—Martina, —Julián Hinojosa adelantó el sillón hasta la mesa y se enderezó en el asiento—, me ha metido usted un gol por toda la escuadra—. Ella captó enseguida el distanciamiento impuesto por el «usted»—. He hecho el ridículo más espantoso de toda mi carrera. Mi prestigio ha quedado por los suelos. Difícil me va a resultar remontar este bache. En cuanto a mi relación profesional con usted y su hermana, acabará una vez zanjados los casos pendientes.

Cayó un silencio de camposanto entre ellos.

Martina agachó la cabeza y tragó saliva para no llorar. Ella había metido la pata, pero aquel merluzo no iba a verla echar una lágrima. ¡Qué se había creído! ¡Había miles de abogados en el mundo! ¡Será por abogados! Sacó un pañuelo de celulosa del bolso y se secó la nariz. Aunque tampoco le interesaba ponerse gallito. No en aquellos momentos.

—Como quiera —asintió utilizando el mismo tratamiento, pero en un tono de voz bajo, de sumisión—. Y ahora le ruego me explique lo ocurrido y el camino a seguir. —Se viene arriba (Si es que las Larralde son la leche).

Julián Hinojosa había visto y comprobado que, aunque en la portada de la carpeta figuraba Proyecto Hospisa, detrás se incluía el esbozo de un mercado de abastos. Las cosas se le ponen feas, Martina.

Al salir del despacho, las piernas no la sostienen. «Si ahora la acusan de falsedad documental, le podrían caer dos años, aunque no pisaría la cárcel, pero si añaden denuncia falsa, puede pasar tres años a la sombra, Martina». Una vez en el coche y antes de arrancar el motor, se desahoga llorando con amargura. Desolación. ¡Tres años en la cárcel! Antes me suicido. Maldijo al padre de Nacho en silencio. ¡He sido una tonta por confiar en aquellos imbéciles! ¡Un momento!

¿Sabría Nacho el contenido de la carpeta? ¿Qué estaba pasando? ¡Dios mío, tengo a todo el mundo en contra! Solo puedo confiar en mi hermana. Arranca el motor y, al salir del aparcamiento se le cruza la idea de presentarse en el gabinete y hablar con Nacho. Lo más seguro es que Carlos no esté allí. Después del juicio se habrá ido a retozar con la del *Stand by me*. Sin pensarlo dos veces, marca el número de la oficina y al segundo timbrazo asoma la inconfundible voz de la secretaria.

La intuición no le había fallado. Carlos no estaba en la oficina. No sabría decirle dónde, aunque creía que había ido a ver unos terrenos a la Costa del Sol.

Colgó tras darle las gracias por la «información» y arrancó en dirección al estudio. Así que la señorita Charo no sabe dónde se encuentra, ¿eh? Algún día pondré las cosas en su sitio.

Casi de forma autómata, condujo hasta el edificio, dejó el coche en los aparcamientos y tomó el ascensor. Por el camino se había planteado llamar a Nacho, pero después decidió llegar de improviso. Antes de empujar la puerta del gabinete, tomó aire por la nariz y lo expulsó por la boca. «Cálmate». No obstante, entró imparable, con absoluta determinación.

—¡Martina!

—Hola, Charo. —El saludo distante, un punto despectivo, emitido sin ni siquiera mirarla.

—Carlos no está. —Cuando Charo consiguió reponerse de la sorpresa y terminar esta frase, Martina ya había abierto la puerta del despacho del aparejador.

—¡Pero…! —Nacho dio un respingo y se puso en pie de un salto. Las ideas acudían, pero era incapaz de expresarlas.

—¿Me puedes explicar que significa todo esto?

—Verás, Martina, cálmate. —Los pensamientos se transformaron de repente en palabras y empezaron a salir atropelladas—. Yo tampoco entiendo nada. No sé qué hacía esa copia dentro del proyecto. He llamado a mi padre y no me coge el teléfono. Pensaba ir esta tarde a verle para pedirle una explicación. Casi con toda seguridad, Carlos había dejado una copia completa del proyecto Hospisa en la caja fuerte y un…

—Un momento, un momento. —Martina frunció el ceño y adelantó el brazo derecho con la mano abierta al frente—. ¡Para, para! ¿Cómo sabes tú de lo que estoy hablando? A no ser que hayas hablado con mi abogado o con el de Carlos. ¿Cómo sabes tú eso?

32

19 de abril

Furiosa, Martina bajó al garaje. Se montó en el coche y salió del aparcamiento quemando ruedas. ¡Quién se había creído aquel imbécil! Se había atrevido a decirle que no le gritara, que no tenía que darle explicación ninguna. «¡A ella! ¡A una Larralde! ¡La culpa era suya por tratar con paletos!». Se enjugó las lágrimas con la manga y aceleró al salir del edificio. Resentida por las afrentas imperdonables, se había olvidado de la principal incógnita de la que Nacho, en ningún momento, aceptó darle explicaciones. No obstante, cuando se sumergió en el tráfico lento de la Castellana, apareció de nuevo como el espectro decadente de sí misma. Además de humillarla, le ocultaba la procedencia de la información que había recibido sobre el resultado del encuentro con el juez. La circulación se detuvo ante un semáforo en rojo. «¿Cómo se había enterado Nacho? Solo lo podían saber los abogados o Carlos. Bueno, Cecilia también. Cecilia lo sabía. No, Cecilia no. ¿Por qué iba Cecilia a hablar con ese tipejo?». Unos bocinazos provenientes de la parte de atrás la alertaron del cambio a verde del semáforo y arrancó.

—Martina se acaba de marchar —intervino cargado de ansiedad.

—¿Para eso me llamas?

—No, claro que no. Te llamo porque he cometido un error y quiero prevenirte.

—¿Qué ha pasado? —se exaltó Cecilia.

—Sin querer he intentado desvincularme del contenido de la carpeta presentada en el juzgado contra Carlos, lo que tú me has contado esta mañana.

—Pero ¡cómo se te ha ocurrido! —Estuvo a punto de añadir: «tonto del culo», pero rectificó en el último momento.

—Se me ha escapado, ¿Qué quieres que haga? Estaba muy alterada. Intenté justificar aquello que, se supone, yo aún no debería conocer y, ya se sabe, *excusatio non pettita, acusatio manifesta.*

—Déjate de latinajos estúpidos, nos jugamos mucho, Nacho. ¿Sabe que yo te lo he dicho?

—¡Claro que no! Pero puede sacar deducciones, estate prevenida.

—¡No entiendo cómo se puede ser tan...!

—¡Para, para! ¡He cometido un error y ya está! ¡No te permito que me eches la bronca! —exigió elevando la voz—. No te olvides de que yo he multiplicado tus ganancias por cinco, con el alquiler de la nave y los pisos. Lo mismo que te lo he puesto en las manos te lo puedo quitar.

Cecilia rumió algo que Nacho no entendió y, tras un «vale» inocuo, cortó la conversación.

Media hora más tarde, Martina aparecía sofocada y le explicaba a Cecilia la visita al abogado y al estudio.

—¿Te has atrevido a ir hasta allí? —fingió sorpresa, sabedora de que Martina estudiaba su reacción. Paseos simulando nerviosismo y giro dramático con los ojos muy abiertos—. Ha sido Carlos. Carlos ha llamado a Nacho para... Espera. —Se detuvo muy cerca de ella, mirando al suelo, meditabunda, absorta en alguna reflexión.

(Como actriz, no tenía precio, desde luego).

—¡Qué!

—A ver si vas a tener razón y el Nacho ese está jugando contigo. A ver si Nacho y Carlos están compinchados.

***

El parque Huelin se mostraba impecable. Después de comer en el restaurante La Dehesa, Carlos e Inés habían dado un largo paseo por la avenida Antonio Machado cogidos de la mano, disfrutando de una de esas tardes de abril soleada y colorista. Apacible, características de Málaga. Aún quedaban algunos retazos de sol bañando de dorado los penachos de las palmeras cuando llegaron a la entrada del parque.

El día anterior, en cuanto dejó a Noguera, Carlos tomó un avión para Málaga y por la tarde se encontraba con Inés. Charo les había alquilado un apartamento en la calle Echegaray, muy cerca del Museo Picasso, así podrían pasar más tiempo juntos cuando ella saliera del trabajo. Desconectaría el teléfono. Tiempo exclusivo para los dos. Y además, buscaría un estudio donde ubicar el nuevo gabinete de arquitectura y empezaría a sondear contactos en la zona para conseguir nuevos proyectos.

Al día siguiente, durante la comida y a lo largo del paseo, Inés trató de apartarlo de los problemas que lo acuciaban. Entusiasmada: «Ya he hablado con Emilio de la separación. Ni siquiera se ha sorprendido». Al contrario, él también llevaba tiempo observando cómo la relación se deterioraba. Por mucho que quieras a una persona, no la puedes retener a tu lado si no te corresponde. También le había preguntado si había otra persona. Fue sincera. Aunque esa no era la causa de su decisión.

—Ya ves —comentó Inés—, parece que se nos allana el camino. Es como si el destino, o lo que sea, hubiese montado este… —se detuvo en mitad del discurso y planteó otra pregunta para evitar volver a lo mismo—. ¿Tú crees en el destino?, quiero decir, ¿tú crees que todo está escrito?

—Bueno, es muy difícil inventarte tu propia historia, y más cuando va ligada a tanta gente. Cambiar un segundo de tu existencia significaría mover demasiadas piezas. En este caso el destino me está complicando la vida.

Vano intento.

—Vamos a tomárnoslo con calma, Carlos.

—No sé qué está pasando, Inés. Ni quién le ha podido entregar esa carpeta a Martina para acusarme ante el juez creyendo que guardaba el proyecto del hospital.

Ella levantó la mirada para contemplarlo. Tenía cara de cansado. Arrugaba los ojos para evitar la luz de sol que, aunque ya se había ocultado tras los edificios, seguía mandando un potente resplandor. Cuando relajaba el gesto, las ojeras apelotonadas bajo los ojos se desperdigaban por las mejillas junto con el cabello, alborotado por la brisa, que le daban aspecto de niño travieso. Le gustaba. Cada vez estaba más segura de sus sentimientos hacia él.

—Quien haya sido le ha gastado una buena putada a Martina —señaló Inés—. Y no me preocupa, al contrario, ella ha ido a por ti y ha salido escaldada. Pero es cierto que hay algo raro en todo esto. Solo se me ocurren dos personas que hayan podido hacer algo así, ¿no?

No esperó la respuesta,

—Nacho o Charo. ¿Quién más podría sacar de tu estudio una copia de un proyecto desechado? Porque el resto del equipo no creo que pueda.

—No, no, no. Hay un armario metálico donde guardamos copias de los proyectos realizados, otros que se han quedado en el tintero y algunas ideas sueltas por si alguien solicita un proyecto en el que encajen y ponerlas en marcha. Una de las llaves de ese armario está en la mesa y otra la tiene Nacho. Cualquiera del equipo tiene acceso a él, pero no veo a ninguno de ellos.

—Nacho podría tener una copia del proyecto del hospital.

—Desde luego que sí. Él estuvo metido en el ajo, pero, ¿iba a conservar esa copia todo este tiempo? ¿Con qué intención?

—¿Y Martina? —se colocó delante impidiéndole el paso al tiempo que le interrumpía, aunque pasados unos segundos, volvía a situarse junto a él para seguir el paseo.

—¿Martina? Va muy poco por el estudio. Espera —esta vez fue Carlos quien se detuvo en medio del sendero de tierra albariza con la vista puesta en los árboles del fondo, pensativo—. Charo, descartada. Daría mi brazo derecho por ella. Así que solo ha podido ser Nacho. Eso significaría… —largo intervalo de mutismo— que ha sido él quien se lo ha entregado a Martina.

—Estás insinuando que hay algo entre ellos.

—No sé. Tengo la terrible sospecha de que me han engañado los dos —levantó la cabeza para mirar al cielo y continuó unos segundos más tarde—. Así que el amigo Nacho está apoyado por Martina. Ahora empiezo a entender su actitud.

—Creo que deberías llamar al detective ese.

—Sabino. —Mientras pronunciaba el nombre metía la mano en el bolsillo del pantalón, sacaba el teléfono móvil y lo conectaba—. Tengo una llamada perdida de Charo. Es de ayer. Y un mensaje de voz.

Carlos lo accionó y puso el altavoz.

«Jefe, están ocurriendo cosas muy raras. Me ha llamado Martina para ver si te encontrabas aquí. Diez minutos más tarde ha llegado hecha una fiera y se ha dirigido al despacho de don Ignacio. Allí han estado discutiendo y ha vuelto a salir hecha un basilisco».

Ambos se miraron. Aquello confirmaba sus sospechas.

—Llámala, puede que nos aclare algo más —sugirió Inés.

—¿Tú crees?

—Sí.

Carlos lo pensó un momento. No la iba a llamar, podría ponerla en un aprieto si se encontraba cerca Nacho. Le mandaré un mensaje y mañana o cuando sea, hablaré con Sabino para informarle de lo que está ocurriendo. No le apetecía romper la magia del momento junto a ella.

Inés le abrazó por la cintura y apoyó la cabeza sobre su hombro en un silencioso agradecimiento. Luego tomaron otro sendero al azar y se dejaron llevar sin rumbo por el atardecer hasta que las sombras derrotaron a la luz y regresaron en un taxi al apartamento.

20 de abril

Al día siguiente, Sabino y Mendoza en La Taberna del Chato.

El bar estaba a rebosar, pero, por suerte, nada más llegar se levantaba una pareja y pudieron sentarse. Ahora se dejaban acompañar por dos jarras de cerveza, una ración de perdiz en salsa que había pedido el inspector, otra de solomillo con cebollas confitadas para Sabino Holgado y el plato de aceitunas y la cestita llena de trozos de pan detalle de la casa.

—Para una vez que me invitas, ya podrías haberme llevado a un restaurante en condiciones —reprochó Alejo sin ningún convencimiento mientras disfrutaba de la comida.

—Yo no he dicho en ningún momento que vaya a invitarte. No te columpies, Alejo.

Mendoza rebañó la poca carne que quedaba del muslo de perdiz, se chupó los dedos uno a uno y se limpió con una servilleta de papel.

—A ver, merluzo. Esta mañana me has sacado a las nueve de la mañana de la cama asegurándome que tenías algo importante entre manos.

—Igual que me despiertas tú a mí cuando te da la gana —saltó—. Al menos yo he esperado hasta las nueve.

—La diferencia es que hoy es domingo.

—Los policías no tenemos horas ni días. «La policía está de servicio las veinticuatro horas, los trecientos sesenta y cinco días del año». Esas eran las palabras del «Manos Frías», nuestro profesor de táctica en la academia de Ávila, ¿te acuerdas?

—No digas memeces, anda, y no me cambies de conversación, que eres un genio en eso de salirte por la tangente. Esta mañana me has dicho: «Te espero en La Taberna del Chato para comentarte algo importante y para invitarte a…».

—¡Ah, ah, ah! ¡Quieto ahí! —Sabino esgrimía el dedo índice derecho y Alejo Mendoza, sabedor de lo que se avecinaba, cogió un trozo de pan de la canastilla y empezó a mojarlo para luego llevárselo a la boca y volver a devorar el otro muslo que aún quedaba en el plato.

—Yo nunca he dicho que te invitaría. He dicho que nos veríamos.

—Bueno, es igual, so cutre, que eres un cutre —espetó Alejo—. Hasta soy capaz de invitarte yo si la información es buena. Venga, tira.

«¡Madre mía!», fue la única expresión de Mendoza cuando Sabino terminó de referirle lo acontecido en el juzgado de plaza Castilla. Sin embargo, su gesto de asombro tras el relato indicaba que estaba relacionando toda la información.

—Pero ¿quién demonios ha podido meterle ese gol a la mujer del arquitecto? —reflexionó en voz alta segundos después.

—Ni idea, pero será una buena trama que investigar.

—Aunque —Alejo seguía meditando, ausente a los comentarios del detective—, pensándolo bien, más que quién, tendríamos que preguntarnos para qué.

—Unos instantes después se enderezó y le prestó atención de nuevo—. ¿Qué sacaste de la entrevista con la secretaria?

—Ya te lo comenté por teléfono. Al tal Nacho no lo traga nadie en la oficina y ella mucho menos. Hace unos días llegó al gabinete un recadero y dejó un sobre para él. Charo cree que dentro iba dinero.

—¿Dinero de quién?

—No lo sabe. El sobre llegó cerrado, sin remite, a la atención del Sr. Andrade.

—¿Y cómo sabía que contenía dinero?

—Pues por el tacto, imagino. Lo cierto es que cuando se lo entregó, el tal Nacho realizó una llamada y se enfadó mucho con su interlocutor por haberle mandado el sobre a la oficina. Luego está la conversación que cotilleó por el teléfono con el de la imprenta y la llegada de la factura en blanco con el membrete de la empresa de Millán Pancorbo. Y aún hay algunos detalles más que tenemos que aclarar.

—¿Cuáles?

—Por ejemplo, la visita de Martina al estudio.

—¡Ah, sí! Bueno, eso no hace más que corroborar nuestras sospechas. La mujer de Duarte y el aparejador están liados.

—Cierto, pero observa que todo ha ocurrido después del juicio. Mira, he llegado a algunas conclusiones. —Sabino se metió la mano en el bolsillo de la chaqueta, sacó un papel doblado y lo extendió sobre la mesa tras apartar el plato de aceitunas y la cestita del pan. Era un esquema de nombres unidos por flechas. En el centro, Carlos, arriba Martina, abajo Nacho, a la izquierda Millán Pancorbo y a la derecha Inés—. Fíjate, Carlos tiene relación con cada uno de ellos. Martina, con Carlos, con Nacho y, al parecer, con Pancorbo, por eso los he unido con una línea de puntos. Nacho está en la misma situación que ella: mantiene relación con Carlos, con Martina y, suponemos, de ahí la línea de puntos, también la tenía con Pancorbo. La única alejada de los demás, excepto del protagonista de la novela, es Inés.

Matiz de Mendoza sin mirar el papel y, en apariencia, atento al trozo de pan que acababa de mojar en la salsa:

—Ahí faltan algunos nombres.

Sabino, paciente, esperó a que volviera a prestarle atención tras deleitarse con el bocado.

—Si te refieres a la hermana de Martina y a la difunta, las he descartado para no embrollar más las deducciones.

—Negativo. Me refiero a la hermana de Martina, a la difunta, al marido de Inés, al abogado, sin olvidarnos de quien está enviando los mensajes y las cartas amenazando a tu cliente. —Alejo se limpiaba las manos y la boca y miraba de reojo el plato ya vacío de codorniz por si había algo que rebañar, pero, para su desconsuelo, solo quedaba salsa—. Me parece que te estás olvidando del tema de los mensajes. Te recuerdo que te contrataron para eso.

—No me he olvidado, no. Tengo a alguien tratando de averiguar un par de cosillas por ahí, creo que ya te lo comenté. Aunque, como imaginaba desde el principio de esta investigación, es, quizás, lo que menos me inquieta.

—Las últimas cartas parecía que iban en serio, ¿no?

Alejo Mendoza intentaba deshacerse con la lengua de un trozo de carne entre las muelas sin apartar la vista del solomillo con cebollas confitadas aún intacto en el plato. «Huele bien». A lo mejor si pico un poco no se enfada. Total, no debe tener mucha hambre porque solo ha bebido cerveza».

Optó por una aceituna. Sabino había cogido el papel de la mesa y estudiaba con el ceño fruncido el esquema.

—Aquí falta alguien —musitó al tiempo que cogía la jarra de cerveza y daba un trago corto sin apartar la vista del papel. —En este círculo falta alguien. No sé si el de los emails podría ser el mismo que ha puesto en manos de Martina la carpeta con el proyecto —supuso en tono, bajo, casi confidencial—. Y aún hay más. Esa carpeta estaba guardada en una caja fuerte cuya combinación solo la conoce Carlos. Ya me dirás cómo ha salido de allí. Y no solo eso. Quienquiera que sea sacó la carpeta, fotocopió las primeras páginas para ponerlas al principio del falso proyecto y la volvió a dejar en la caja.

—Exacto —nuevo sorbo a la cerveza—. Por lo tanto, quien envía los emails y quien ha puesto esa carpeta en manos de Martina no puede ser la misma persona. El de los emails intenta hacer daño a Carlos para que deje a Inés y quien ha puesto en manos de Martina el falso proyecto intenta fastidiarla a ella.

Sabino desvió un momento la mirada procesando los razonamientos de Alejo. Sobre uno de los taburetes giratorios de la barra, una pelirroja justo cruzaba las piernas para mostrarle un panorama bello y amplio de los rincones más recónditos de su fisionomía. Se recreó unos segundos más en los muslos y tuvo que realizar un notable esfuerzo para abandonar aquellos parajes fascinantes. Sacudió la cabeza para ahuyentar la imagen, la terció hacia el lado derecho y se concentró de nuevo en la conversación.

—Cierto —aceptó Sabino—. De estos —realizó un círculo con el dedo sobre el papel del esquema—, el único que ha podido facilitarle a Martina el proyecto es Nacho. Este sí sabría el contenido de la carpeta. Y después de la visita al estudio y la bronca, los indicios señalan que fue él —dejó pasar unos segundos—. Aunque, claro, deberíamos descartarlo como autor de los emails —dijo al fin—. ¿Por qué el aparejador querría que dejara Carlos a su amante? Si yo fuera él y me estuviera acostando con su mujer, me interesaría que Carlos Duarte tuviera una amante, así tendría menos que reprocharme a mí.

—No, no, no. No descartemos a nadie —se apresuró Alejo—. Martina necesitaba esa carpeta para meter a Carlos en la cárcel, no lo olvides. Eso quiere decir que quien le haya dado el falso proyecto a ella sabía que quería hacerle la puñeta al arquitecto. Pero, como bien dices, da la impresión de que ignoraba el contenido. —Sabino volvió a arrugar el entrecejo al hilo del comentario. Alejo lo contempló sumergido otra vez en el estudio del esquema y decidió probar suerte para catar la ración del detective. Con un movimiento suave alargó el brazo, tenedor en ristre, en dirección a uno de los trozos de solomillo, pero apenas empezado el movimiento, Sabino retiró el plato hasta la esquina de la mesa en un gesto que indicaba con claridad que no se le ocurriera probar su aperitivo.

El inspector Alejo Mendoza precipitó una falsa sonrisa y redirigió el tenedor hacia las aceitunas.

—Lo dicho, un cutre.

—¿Qué?

—Nada. Dime qué estás pensando, porque si no, cojo el camino y me voy. Se me está poniendo cara de boniato.

—¡Cómo que cara de boniato!

—Sí, cara de boniato». Entre el tiempo que pasas mirándole las cachas a la pelirroja de la barra y al papel, tengo la impresión de estar aquí de relleno.

—Deja de decir bobadas, anda. —Sabino percibió el enfado en el gesto de Mendoza y probó con algo infalible—. Toma un poco de esto, que es mucho para mí, anda.

Alejo hizo amago de contestar, pero ante el panorama exquisito que tenía delante, optó por disfrutar de la comida. Ya pondría las cosas en su sitio más tarde. Pinchó un trozo, lo cortó con el cuchillo y se lo llevó a la boca para masticarlo lento, con deleite.

—Estoy pensando en alguien.

—¿Y? —Mendoza le invitó a continuar levantando un poco la barbilla.

—Pues que no he metido en este esquema a la secretaria. Ni siquiera se me ha pasado por la cabeza.

—Nosotros ya la hemos investigado. De hecho, se está indagando en la vida de quienes hayan podido estar relacionados con el matrimonio Pancorbo-Duarte de alguna manera. Tú ya sabes cómo funciona esto. La tal Charo vive sola en un pequeño piso en la zona de Tetuán y tiene poca vida social. De vez en cuando sale al cine o a cenar con una única amiga y poco más.

—Aunque no la había investigado, he imaginado algo parecido. —Sabino le echó un vistazo a la pelirroja. Uno de los camareros había inclinado el cuerpo un poco sobre la barra y se aseguraba con disimulo, casi sin mover la cabeza, de que ninguno de los tertulianos inmediatos pudieran escuchar las proposiciones a la chica.

—Total, parece que el aparejador ha entregado la famosa carpeta a la mujer de Duarte y, tras la vista en el juzgado, el bombón fue al estudio a ponerlo a parir.

—De eso ya no hay dudas. La pregunta es cómo abrió la caja fuerte. Carlos me asegura que nadie más conoce la clave, ni siquiera Martina. —Sabino lo miró de reojo. El policía se había inclinado sobre la mesa y rebañaba el plato con el último trozo de pan—. Anda, vamos a comernos lo que queda —señaló el plato con un gesto de la cabeza y se tomó un buen trago de cerveza.

Después, se pusieron de pie en dirección a la barra del bar. Alejo realizó un tímido y nada creíble gesto de pagar metiéndose las manos en los bolsillos hasta que al final Sabino se acercó al mostrador. Mientras esperaba el cambio, echó un último vistazo a los muslos de la pelirroja comprobando que eran pecosos y tersos. ¡Y encima olía bien!

33

21 de abril

¡Ding, dong!

El timbre de la puerta.

Nacho Andrade llevaba un buen rato despierto, deleitándose con el agradable aroma floral que exhalaba Lorena. Tumbada a su lado, desnuda, se hallaba sumergida en un profundo sueño. Giró la cabeza para observarla. Respiraba con lentitud y placer. Su cuerpo, vaporoso, espigado, de un blanco inmaculado que casi invitaba a la devoción, no tenía la voluptuosidad del de Martina, sin embargo, transpiraba esa frescura e inocencia incitadora tanto de lujuria como de ternura. Recuperó de su memoria imágenes de la noche anterior. Montada sobre él como una vikinga salvaje, y aumentaba los gemidos hasta que el orgasmo final se transformó en éxtasis para ambos y cayó dócil sobre su pecho. Llegaron algunos estertores más, un par de suspiros y un te quiero susurrado apenas sin voz. Hasta en eso tenía un punto de sutileza. Más de una vez le pasaba por la imaginación dejarlo todo, vivir de otra forma y dedicarse solo a ella, pero antes tendría que cerrar unas cuantas puertas. Demasiadas. Su afán por conseguir dinero rápido le había hecho involucrarse en algunas aventuras nada recomendables. Bueno, en junio terminaría las asignaturas pendientes de la carrera, entregaría el proyecto y obtendría el título superior de arquitectura. Si para entonces sus planes se habían llevado a cabo, podría disponer de un estudio propio con una buena cartera de clientes sacados de Duarte & Larralde y sería el momento de apartar del camino a Martina y empezar a soltar poco a poco el lastre que arrastraba. Volvió a contemplar el cuerpo de la chica. La piel amelocotonada, algunas pelusillas en la espalda, su media melena rubia dispersa sobre la almohada. Nunca se había planteado formar una familia, pero, sin duda, ella sería una buena candidata.

Apartó la atención de Lorena para centrarse en lo ocurrido en el juzgado. ¿Por qué Carlos había guardado en su caja fuerte una copia falsa del proyecto? ¿Era una trampa? ¡Imposible! ¿Cómo iba a saber que su padre fotocopiaría el proyecto para él? Después de que le llamara Cecilia, había intentado contactar con su padre, pero no respondía al teléfono. Luego, apareció Martina. Después, trató de comunicarse con él varias veces sin obtener respuesta.

El encuentro con Martina le había hecho sentirse fatal, como casi siempre que le pillaban en un renuncio, y por eso había acudido a Lorena, la isla donde acudía cuando su mundo interior se fragmentaba.

El segundo ding, dong consiguió incorporarlo de la cama. ¿Quién llamaría a esas horas un día de fiesta? Casi nadie conocía su dirección, ni siquiera su padre. Se colocó los slips arrugados a los pies de la cama, una camisa y metió los pies en unas zapatillas de piel negra. Al salir, cerró con cuidado la puerta de la habitación.

Otro ding, dong. Y otro. ¡Vaya tela!

«Ya voy, ya voy, dijo sin decirlo». Es decir, que lo pensó. Como si pudiera transmitirle al «llamante» que dejara de hacerlo para no despertar a la chica.

***

La música de *Mi carro* devolvió a Mendoza a la realidad desde el profundo sueño en el que estaba sumido. Con los ojos casi cerrados, resentidos por la luminosidad del móvil, percibió borrosa la palabra «comisaría» en la pantalla.

(Vaya, no vas a tener más remedio que aceptar la llamada).

—Mendoza al habla —voz de ultratumba.

—Me sorprende. ¿Qué han encontrado? —Conforme recibía la información, se iba incorporando en la cama.

—Vaya, vaya.

—Sí, sí.

—Me gustaría estar presente, claro.

—Muy bien. Déjame que apunte la dirección. En media hora estaré allí.

De inmediato, llamó a Sabino. Su primera reacción, protestar por la hora intempestiva, claro.

—¿Qué pasa? ¿Ahora te va a dar por llamarme todos los días tan temprano? ¡Que es domingo, hombre! —protestó malhumorado.

—Pero ¡qué dices! ¿Cuál es el motivo?

—¡Que sí! En quince minutos estoy abajo esperándote.

Llegaron según lo previsto. Después de aparcar el coche una manzana más allá del lugar donde había quedado con la UDYCO, Mendoza y Sabino caminaban por la acera con paso acelerado. Un poco más adelante, Mendoza redujo el ritmo.

—¿Qué pasa? —preguntó Sabino buscando con la mirada el motivo de la desaceleración.

—Allí están.

—¿Y?

—Mira quién se encuentra al otro lado de la furgoneta hablando por teléfono.

Sabino se percató entonces de la figura del inspector De la Serna.

—¡Vaya! ¿Quieres que me quede aquí?

—No, para nada. —Sabino Holgado lo miró. Le había gustado aquella respuesta sin fisura.

Agustín de la Serna puso toda su atención en la pareja que se acercaba por la acera y respondió al saludo de Alejo y Sabino con un leve movimiento de cabeza. Luego se tomó unos segundos antes de dirigirse a Mendoza.

—¡No sé qué coño hace él aquí! —señaló con desprecio a Sabino—. El sueldo te lo tienes que ganar tú solo.

—Y así lo hago, inspector.

—Él ya no juega en este equipo —lo interrumpió.

—Sigo estando del mismo lado que vosotros, inspector —Sabino pronunció la frase mirándole sin pestañear al tiempo que dilataba la nariz en un gesto agresivo.

—Digamos entonces que estás fuera de juego.

El detective echó el cuerpo hacia delante y Alejo intervino enseguida.

—Esta mañana me ha llamado el juez Hidalgo. Como Sabino está llevando a cabo una investigación paralela, quería que asistiera también para contrastar los datos y tener otra visión de los hechos.

Mendoza había jugado un órdago, puesto que ni siquiera sabía si la orden de detención y registro la había firmado el juez Hidalgo, pero en caso de acertar, tenía claro que su jefe no iba a llamarle para comprobar si había autorizado a Sabino Holgado a estar presente en la detención.

De la Serna lo crucificó con una mirada corrosiva y se sujetó los codos con las manos. Aquella pareja ridícula volvía a ganarle la partida. «Aunque hay más días que ollas —pensó— ya caeréis en mi redil». Llamó a uno de los agentes. «No les quite la vista de encima y, sobre todo, este —señaló a Sabino—, no debe tocar nada, ¿de acuerdo? Yo me marcho, tengo unos cuantos problemas por resolver. Esta tarde quiero un informe completo sobre mi mesa».

Mendoza lo vio alejarse. La excusa no tenía mucho sentido, pero, estaba convencido, no soportaría la presencia de Sabino en el registro. En diciembre se jubilaba y no quería complicarse la vida. «Menos mal, pensó, si no me haría sudar tinta. Cuando concluya el caso, pediré unos días de vacaciones para alejarme de él hasta que se le pase el cabreo».

El agente encargado por De la Serna le tocó el hombro.

—No os preocupéis, tiene un mal día. Como comprenderéis, no voy a estar encima de vosotros, así que, por mí, podéis hurgar hasta en los platos sucios de la cocina.

—Gracias, Ramón —dijo Mendoza con una sonrisa.

Por su parte, Sabino le mostró su agradecimiento con una palmada en la espalda.

El grupo empezó a caminar en dirección al apartamento de Nacho.

***

Nacho abrió la puerta dispuesto a mandar al quinto carajo, como se hacía en los barcos antiguamente, al llamante: un vendedor, el portero, una pareja de testigos de Jehová con camisa blanca y corbata. Nada, ninguno de ellos. Un grupo de hombres trajeados. Demasiados para mandarlos donde había pensado antes. El mayor adelantó el brazo mostrando una placa policial y frunció el ceño.

—¡Policía! Traemos una orden de arresto contra usted.

El mundo se detuvo. Su respiración también.

—¿Cómo que...?

—Tiene derecho a guardar silencio. Cualquier cosa que diga puede ser utilizada en su contra en un tribunal. Tiene derecho a bla, bla, bla, la fórmula esa que suelta el policía y el detenido nunca entiende. Esa que siempre acaba con: ¿Entiende usted estos derechos?

(¿Qué tenía que entender? ¿Veis? No se ha enterado de nada).

Se echó hacia un lado y entraron varias personas. ¿Cuántos? No sé. Cinco, seis. Aún no se había repuesto de la sorpresa cuando el policía que le había mostrado la placa le colocó unas esposas. En ese momento se abrió la puerta de la habitación y oyó la voz de Lorena pronunciando su nombre medio ahogado en la garganta: «Nacho, qué pa...». Lo siguiente fue un grito de pánico al encontrarse desnuda frente a la docena de ojos que la contemplaban entre asombrados y complacidos. (Entonces eran seis). La chica regresó de manera precipitada a la habitación tratando de cubrir con las manos su desnudez. Al volver la atención al frente, Nacho se encontró ante Sabino y Alejo Mendoza.

—¿Qué está pasando aquí? —Sus ojos se movieron entre los dos, pidiendo una respuesta, la que fuera, de cualquiera de ellos.

Mendoza leía con detenimiento la orden de arresto y registro, por fortuna para él, firmada por el juez Hidalgo, mientras Sabino lo miraba de arriba abajo, en silencio. Llevaba una camisa rosa de seda abrochada con un solo botón a mitad del pecho y unos bóxeres negros. Le temblaban las piernas desnudas.

—Así que andas metido en algunos líos gordos, ¿eh?

—Yo... yo... yo no he hecho nada.

—Claro que no. Imagino que esto te ha tocado en la lotería. —Mendoza realizó un cuarto de giro con el brazo derecho estirado y la mano abierta señalando el amplio salón, decorado con una mezcla de estilos minimalista y oriental, pintado en color marfil, a excepción de la pared del fondo que simulaba ladrillos oscuros. Destacaban en él tres lámparas japonesas pendientes en uno de los rincones y un par de cuadros colocados de forma estratégica para mantener el equilibrio. Completaban el mobiliario un sofá blanco y una mesa de cristal con un puf a cada lado.

—¡Inspector! —Uno de los policías llamó la atención de Mendoza, quien acudió presto, seguido de Sabino. Se encontraba frente a un ordenador Mac señalando la pantalla con el dedo—. Mire —pasó el dedo por la pantalla ante los asombrados ojos de Mendoza y Sabino.

—¡Vaya con la criatura! —exclamó Sabino—. ¡Menuda contabilidad! ¿Alguien ha localizado su teléfono móvil?

—Yo —dijo uno de los agentes levantando el brazo—. Este es el de él y este estaba en el bolso de la chica. Los dos tienen contraseñas.

Ya vestida, Lorena salía en ese momento de la habitación sollozando, presa de un considerable temblor. Alguien le acercó un vaso de agua y la instó a tranquilizarse. Mendoza y el inspector al mando de la operación intercambiaron unas miradas aprobatorias. Lo mejor, tomarle los datos y dejarla marchar. La chica tenía poco que ver con los negocios sucios de Nacho Andrade. Mientras uno de los policías le tomaba declaración, Sabino y Mendoza cogieron el móvil del aparejador y se sentaron en el sofá después de sonsacarle a Nacho la contraseña. «Tienes dos opciones, o nos la das tú o llamo a un experto. Si lo haces tú, delante del juez tendrás…». Estaba tan asustado que no lo dejó terminar. Balbuceó las palabras sin ni siquiera tener en cuenta las consecuencias: 0882.

—Vamos a ver qué sorpresa nos depara el aparatito —dijo Sabino observando cómo abría el icono de los wasaps.

—Vaya, esto no me lo esperaba. Fíjate —señaló con el dedo Alejo Mendoza el nombre de Cecilia—. Este tío se las está tirando a todas, ¿o qué?

—No —discrepó—. No parece el caso. Con independencia de que se la tirara, esto puede estar relacionado con algún asunto económico. Observa estos mensajes. «Mañana llegan diez más». «Vale. En cuanto reciba el dinero te mando tu porcentaje». Y estos otros. «Esta no es la cantidad que acordamos. Faltan doscientos euros». «Recuerda que el mes pasado se marchó una cuadrilla entera».

—O sea —se asombró Mendoza—, que este hijo de mala madre se dedicaba a cobrar porcentaje de todo el mundo. ¡No entiendo nada!

—Ni yo —Sabino cerró un momento los ojos—, pero antes de nada vamos a llamar a Duarte para que nos dé el teléfono de su cuñada, no sea que estemos especulando y después resulte que esta no es la hermana de Martina. Cecilias hay unas cuantas repartidas por el mundo.

—Muy bien, pero me juego el resto de los pelos que me quedan en la cabeza que son la misma.

Sabino levantó la mirada.

—Poco te juegas tú, ¿eh?

***

Carlos Duarte oyó el *Danubio azul* entre las tinieblas del sueño y abrió los ojos, si bien le costó aún unos segundos reconstruir el presente. Estiró el brazo y frotó con la mano el otro lado de la cama. Aunque era domingo, Inés se había marchado al museo para preparar la visita de la ministra de Cultura programada para el día siguiente. Se incorporó sobre los codos, cogió el teléfono y aceptó la llamada sin mirar la pantalla.

—¿Sí?

—Buenos días, Carlos.

—Hola, Sabino —la inconfundible voz del detective terminó de despabilarle.

—¿Me puede dar el teléfono de su cuñada?

—¿El teléfono de Cecilia? —Sacudió la cabeza en un intento de asegurarse que había escuchado bien.

—Sí, por favor. Le resultará extraño, pero necesito hacer una comprobación.

—Como quiera. Ya me comentará qué pinta Cecilia en esto.

—Más de lo que se imagina. Su cuñada y su arquitecto técnico están de mierda hasta el cuello.

—A ver, señor Holgado, ¿puedo saber de qué me habla? —Carlos giró la cabeza a ambos lados para comprobar otra vez si se encontraba despierto. Su recorrido visual se topó con una nota colocada sobre la almohada, al otro lado de la cama: «Te quiero». Sí, sin duda lo estaba.

—Le hablo de que ahora mismo la policía está en casa de Nacho Andrade procediendo a su detención. —El arquitecto dejó caer un «pero» lleno de incredulidad e incertidumbre y el detective continuó—. Cuando le presente mi informe, le costará creer toda la basura que existe a su alrededor.

¿De qué demonios estaba hablando «Sherlock Holmes»?

—A ver, Sabino, si lo está deteniendo la policía significa que se trata de algo grave.

—Bastante, ya se lo explicaré con detalle en el informe. Por ahora, le agradecería que me facilitara el teléfono de Cecilia.

—Un momento. —Carlos separó el móvil de la oreja, buscó el contacto de su cuñada y se lo mandó vía wasap mientras en su cabeza rebullía un torbellino de ideas confusas—. Ya se lo he enviado. Una pregunta, detective, ¿es Nacho quien ha sacado de mi caja fuerte la copia del proyecto Hospisa y quien me ha estado enviando los emails?

Sabino emitió unos sonidos guturales parecidos a una pequeña carcajada y dejó transcurrir unos instantes antes de responder.

—No sea impaciente, Duarte. Mañana o pasado podré disponer de los datos necesarios para poner sobre su mesa toda la información. Gracias por el teléfono. Adiós.

«¡Maldito detective! La próxima vez que contrate a uno le haré firmar un documento que le obligue a informarme cada día de sus investigaciones». Se recostó en la cama con los brazos tras la nuca. ¿En qué andaría metido Nacho? ¿Y Cecilia? ¿Qué estaba ocurriendo a su alrededor?». Reprodujo la frase de Sabino: «Los emails son el menor de sus problemas». ¿Cómo habría conseguido Nacho sacar de su caja fuerte el proyecto? Recordó que aún no sabía si era el mismo documento presentado en la denuncia y llamó a su abogado para que se lo aclarara.

Según Noguera, coincidían no solo en el número de registro, sino hasta en una marca de tinta presente en la segunda página de los dos. «Sin lugar a dudas, la presentada ante el juez es una fotocopia del original que me has traído».

Cuando el abogado colgó, su voz y la de Sabino aún permanecieron un rato dando vueltas por los entresijos de su cerebro. «Son las mismas copias. ¿Cecilia? Más de lo que se imagina». Volvió a recostarse en la cama, pensativo. «¿Cómo habrá podido Nacho sacar...?». De repente, una imagen apareció en su pantalla mental y se sentó de un salto en la cama. ¡No puede ser! ¡Había otra persona que conocía las claves de su caja fuerte! ¡Fermín Andrade! Hacía tiempo le había entregado la clave para que abriera la caja fuerte, recordó. Él permaneció hospitalizado varias semanas a causa de unas fiebres altas producidas, como más tarde averiguaron, por un estafilococo en la médula. En la oficina necesitaron con urgencia unas actas notariales y Carlos le facilitó a Fermín la clave de la caja fuerte. «Si puedes, entra mañana en la oficina antes de que llegue el equipo, saca las actas notariales y déjalas sobre la mesa de Nacho». No tendría problema en localizarla. Se trataba de una carpeta de plástico transparente con el título en la portada. «Fermín, por favor, conserva estas claves, confío en ti». Por supuesto, el conserje le aseguró que nadie más sabría la clave y Carlos había confiado siempre en él. Después de aquello, había recurrido a él para sacar algún documento en más de una ocasión cuando se encontraba fuera. ¿Qué había pretendido Fermín al poner en manos de Martina y Nacho aquella carpeta de Hospisa rellena con otro proyecto distinto?

Se dirigió a la ducha y antes de abrir el grifo regresó sobre sus pasos. Cogió el teléfono para llamar a Sabino y contarle lo que había averiguado, pero después de buscarlo entre sus contactos y antes de apretar el botón de llamada, se arrepintió y en su lugar marcó otro número. «Que lo averigüe él que tanto sabe», se dijo mientras esperaba.

—Charo, buenos días.

—Buenos días, jefe. ¡Qué sorpresa tan agradable un domingo por la mañana! ¿A qué debo el honor? ¡No me llamarás para invitarme a la cena pendiente!

—No, pero no se me ha olvidado mi compromiso contigo.

—Bueno, algo es algo. ¿Qué te pasa? Te noto tenso.

—No, digo sí. Ya te contaré. No, mejor te lo cuento ahora.

—Como no te des prisa me va a dar algo, jefe.

—A Nacho lo ha detenido la policía.

—¿Como que…? ¿A don Ignacio? —a Charo le costaba hablar—. ¡No puede ser!

—Sí. Debía de estar metido en algo sucio. No me pidas más detalles porque no sé más.

—Bueno, esperaré impaciente, como siempre. Dime entonces qué deseas.

—Necesito que averigües el paradero de Fermín Andrade, el padre de Nacho. Sé que pasa sus vacaciones en un pueblo.

—Patones de Arriba. Ahí tiene una casita. Una vez me pidió que buscara su pueblo en internet y nos metimos en Google Earth. Alucinaba.

—Muchas gracias, Charo. Una cosa más.

—Dime.

—No comentes nada al equipo hasta que no sepamos qué está pasando. A partir de ahora, te nombro jefe de la oficina.

—¿He oído bien? ¿Jefe de la oficina?

—Sí. Ponte las pilas y búscame un arquitecto técnico. Habrá que solicitarlo a la Escuela y realizar una selección entre ellos. Bueno, un beso grande. Me voy a la ducha.

Carlos cortó la llamada y permaneció contemplando el móvil. Luego lo dejó sobre la mesilla de noche y cogió la nota de Inés. «Te quiero». «Yo también te quiero a ti», musitó y cerró los ojos para reivindicar algunos de los momentos de la noche anterior, cuando hacían el amor. Algo desde su interior le pronosticaba que el círculo estaba a punto de cerrarse. La intervención de la policía aceleraba su propósito de poner de patitas en la calle a Nacho y su separación de Martina nunca había estado tan justificada como ahora. Por otro lado, necesitaba que le aclararan la muerte de Millán, su vinculación con Nacho y, lo más importante, cómo había afectado su actitud a Lydia para llegar a suicidarse.

¡Lydia!

Recordarla le ensombreció el rostro.

34

22 de abril

El gesto ensombrecido y enfurruñado de la secretaria se presentó frente a él.

—A ver, Maricarmen, ya te he pagado dos de los meses atrasados, en cuanto cobre lo que me debe el señor Duarte, te liquido el resto, en serio.

—No me estará engañando otra vez, ¿verdad?

—Nooo, esta vez no. Te lo juro.

—Los juramentos del niño de mi vecina Antonia tienen más valor que los de usted.

—No diga eso, mujer.

—¿Quiere que le mencione un centenar de promesas incumplidas?

—Anda, anda, no me seas rencorosa.

—¿Rencorosa? Con usted hay que tener la paciencia del santo Job. Si no fuera por la miserable paguita que me da el gobierno, estaría pasando hambre.

—Bueno, no exageremos.

Maricarmen apoyó las manos en el filo de la mesa con los dedos engarfiados y la barbilla adelantada.

Sabino echó el cuerpo hacia atrás cuando le mostró los incisivos.

—Está bien, está bien. No saquemos las cosas de quicio. Esta vez cumpliré mi palabra, te lo prometo.

La secretaria se enderezó sin dejar de acuchillarlo con la mirada, dio media vuelta y salió del despacho contoneándose, digna.

Sabino resopló. En cuando recibiera dinero, le pagaría algo de lo atrasado para acallarla durante un tiempo. Así llevaban desde que entró a trabajar con él. Bueno, trabajar era un decir. Maricarmen vivía en el piso de arriba con su madre y cuando murió esta, sin ningún motivo aparente, empezó a oírla caminar desde que llegaba a la oficina hasta que se marchaba. Antes del fallecimiento, de vez en cuando, arrastraba una silla o los pies al trasladarse de un sitio a otro: Rrrr. Shsss, shsss. Sin embargo, ahora los ruidos se habían condensado en un continuo deambular de pasos recios, con la cadencia y tesón de un pájaro carpintero: toc, toc, toc. Llegó a ser tan desesperante, que incluso trabajaba escuchando música a través de unos auriculares. Un día, harto de aquel zapateo insoportable, subió con la intención de pedirle que se moviera con más sigilo y cuando abrió la puerta, apareció con una redecilla puesta en la cabeza, luciendo una bata rosa y unos zapatos negros de tacón. «Los estoy domando para la verbena de San Isidro, ¿pasa algo?», se encaró al observar que Sabino reparaba en ellos. «Llevo diez años sin salir de estas cuatro paredes», añadió sin más. La idea emergió de la nada y la dejó caer tal cual le vino: «Soy el vecino de abajo, tengo una agencia de detectives y necesito a alguien que atienda el teléfono mientras yo estoy fuera». Mejor tenerla sentada al lado que no dando paseos en tacones en el piso de arriba.

Sonó el intercomunicador y dio un respingo.

—¿Sí?

—Tiene una llamada de un tal Dani —dijo en un tono que secaría el desierto del Sáhara.

—Gracias, Maricarmen. Pásamela, por favor.

La oyó resoplar.

—Tanta amabilidad me abruma, señor Holmes —el tono sarcástico lo descolocó. A veces le sacaba de quicio, pero no podía despedirla porque el continuo sonido de los tacones volvería a martirizarle. «Estoy condenado a tenerla conmigo, así que mejor aquí abajo que arriba».

—¿Dani?

—Hola, Sabino. Ya tengo localizada la procedencia de los mensajes. El autor o autora sabe muy bien lo que hace.

—No sabes cuánto me alegro. Mi cliente está esperando la respuesta como agua en mayo.

—No ha sido fácil, ¿sabes? El autor de los emails tiene ciertos conocimientos técnicos, pero ha cometido algunos errores. Y por eso lo he cazado. La dificultad para saber de dónde procede un correo electrónico depende de los conocimientos de quien los envía. En este caso parece que se confió.

Sabino tomó aire y consultó resignado el reloj de pulsera. En los siguientes diez minutos no iba a entender nada, pero tendría que escuchar la explicación seguida de Dani por aquello de que la vanidad es la ambrosía de los *hackers*.

—Ha estado utilizando un proxy situado en Rusia, pero debió de seleccionar mal la lista porque en vez de escoger uno anónimo, eligió uno transparente, es decir, no ocultaba la IP de origen, en este caso la del cibercafé...

No fueron diez, sino veintiocho los minutos que tardó Dani en explicarle con todo lujo de detalles el recorrido hasta que, por fin, le dijo la procedencia de los mensajes. Habló y habló de algoritmos, criptográficos de seguridad wifi, WEP, WPA2, de las dificultades a la hora de romper los cortafuegos, de la utilización de la web del camping para despistar, hasta que Sabino fue capaz de oír e interpretar la frase esperada desde hacía casi media hora: cibercafé Jisu.

—¿Ese es el cibercafé?

—Sí —afirmó categórico.

—¿Estás seguro?

—Sin la menor duda, Sabino.

—Y por dónde anda ese cibercafé.

—Calle Leganitos. Cerca de plaza de España.

—Bueno, ahora me toca investigar a mí.

—Si la persona que buscas es española, no vas a tener ninguna dificultad en encontrarlo.

—¿Por qué?

—Ya lo verás cuando llegues allí.

—Bueno, me alegro de que sea así —se dijo más a sí mismo que al *hacker*.

—Ya me contarás.

—Muchas gracias, Dani. Pásate por aquí la semana que viene y te pago —dudó un momento—. Bueno, mejor espera a que te llame. La cosa no anda muy boyante.

—No te preocupes, Sabino, ya me pagarás cuando puedas. Adiós.

En el momento que Sabino asomó la cabeza en el cibercafé, entendió a lo que se refería el *hacker.*

Situado en la calle Leganitos, a escasos metros de la plaza de España, el Jisu era un cibercafé al más puro estilo coreano con una veintena de ordenadores y otras tantas personas volcadas sobre ellos, atentas a las pantallas, casi sin pestañear. ¡Todos tenían rasgos orientales! Bastaría echar un vistazo a las grabaciones de las cámaras de seguridad a uno de los días y hora que Duarte había recibido los mensajes para averiguar el autor de los mismos, puesto que cualquier occidental que hubiera entrado el cibercafé destacaría como un terrón de azúcar sobre un montón de carbón. Carraspeó para llamar la atención. Nada. Ni uno solo de los usuarios movió una pestaña hacia él. Se acercó por un lateral, se situó detrás de una chica y miró las pantallas de ambos lados. La mayoría estaban inmersos en un extraño juego donde se disparaban y destruían en una compleja batalla de explosiones y rayos luminosos que parecían sacados de *La guerra de las galaxias.*

—*League of Legends*, el juego más popular en Corea del Sur. —La voz provenía de un hombre bajito y orondo que se había acercado sin que él se diera cuenta—. ¿Puedo ayudarle en algo? No me parece que venga usted a jugar, ¿me equivoco?

Aunque más viejo que el resto de los jugadores, también tenía rasgos orientales.

—Cierto —respondió Sabino—. Yo no sería capaz de seguir estos juegos. A lo máximo que alcanzo es a jugar al Tetris y nunca paso del segundo nivel.

—Venga por aquí, por favor —le pidió en un español con acento tianjinés y lo guio por detrás de los jugadores hasta una pequeña oficina, oculta tras una cortina de color incierto, llena de revistas, CD, latas de refrescos y cajas de cartón.

El señor se llamaba Yuan Li y resultó ser el dueño del local. «Yuan significa redondo, igual que yo. Ji, ji, ji». Un chino afincado en Madrid con la cara circular como una luna llena, sonrisa perpetua y unos ojos perdidos tras dos líneas oscuras que parecían pintadas con rotulador.

—Soy Sabino Holgado, inspector de policía. —El movimiento de sacar la cartera con su antigua placa y volverla a cerrar lo realizó con la rapidez y destreza de un navajero experimentado con una navaja de mariposa. Tanto que Yuan solo pudo percibir el brillo metálico de la misma—. Estoy interesado en examinar la grabación de las cámaras de seguridad de un día determinado —solicitó Sabino con el arrojo del policía que llevaba dentro.

Yuan se echó para atrás en el asiento.

—Yo no puedo dejarle ver las grabaciones, son confidenciales.

Sabino se levantó lento, y realizó un mohín con los labios en una mueca estudiada.

—No se preocupe, amigo. Dentro de una hora estaré de vuelta con una orden judicial y le cerraré el local mientras realizamos un registro y las visualizamos.

Al hilo del comentario, la sonrisa de Yuan Li se cuajó en la parte baja del redondel de la cara. Allí estaba la luna resaltada por los labios estirados y las dos rayitas de los ojos en una suerte de emoticón idiota.

—Un momento. Espere, por favor. —El acento tianjinés desapareció de repente para dar paso a una pronunciación digna de un vallisoletano—. Puedo enseñarle la grabación, pero sin salir de aquí.

Una hora más tarde, Sabino abandonaba el cibercafé con un gesto de satisfacción dibujado en la cara, aunque ahora pesaba sobre él una pesada carga: poner delante de Duarte los nuevos datos de la investigación.

Se detuvo en la esquina entre la plaza de España y la Gran Vía y sacó el teléfono móvil del bolsillo.

—Hola, Alejo.

—Sí, ya está claro.

—Pues nada, ahora iré a contarle al protagonista de la novela mis averiguaciones.

—Por supuesto que voy a ponerte al corriente de quiénes estaban detrás de los emails, ¡faltaría más!, pero tendrás que esperar a que vayamos a comer. ¡Y no te vayas a hacerte el remolón a la hora de pagar, hoy te toca a ti!

—No, no. Hasta que no estemos en el restaurante no voy a despejar ninguna incógnita sobre nuestro personaje. A que jode, ¿eh?

—Adiós, adiós.

—Buenos días, don Carlos, adelante —Fermín Andrade se apartó para franquearle el paso y agachó la cabeza—. Siga por el pasillo hasta el fondo.

Caminó en silencio por el angosto corredor seguido de los pasos del conserje y se detuvo al llegar al salón. En ese momento Fermín se adelantó y le pidió que tomara asiento señalándole una silla con un ademán del brazo. Luego, sin levantar la vista del suelo, volvió a perderse por el pasillo. Carlos permaneció allí, en medio del destartalado habitáculo, sepultado por los escombros de la incertidumbre. «¿Por qué tenía la impresión de que Fermín sabía a lo que venía?».

Después de que Charo le facilitara la dirección del viejo conserje, llamó a Inés. «Creo que ya están casi todas las dudas solventadas». El detective había averiguado quién enviaba los emails y también quién había sacado de la caja fuerte el informe. «Necesito volver a Madrid. En cuanto resuelva estas cuestiones hablaré con Martina y en unos días estaré de vuelta. Esta vez me quedaré a tu lado mucho tiempo».

Cercano ya al mediodía, tomó un avión en el aeropuerto de Málaga y en el de Barajas alquiló un coche para dirigirse hacia el pueblo de Fermín.

El conserje volvió al poco con un sobre grande de color blanco en las manos.

—Viene a por esto, ¿verdad? —lo dejó caer sobre la mesa como una sentencia de muerte y después se derrumbó en el sillón, frente a Carlos, quien mantuvo la vista en él, sin prestar atención al sobre. Ahora el conserje le sostenía la mirada.

—Fermín…

Desde hacía algún tiempo —el conserje comenzó a hablar sin dejarle continuar—, el chico no andaba por buen camino. Lo engañaba. Antes le pedía dinero para acabar el mes o cambiar el móvil. ¡Hasta le había ayudado a pagar el coche que se compró hacía dos años! Pero ahora no solo no le pedía nada, sino que se había comprado otro nuevo, de los caros, vestía como un señorito, se había cambiado de piso y manejaba dinero.

—Le he preguntado varias veces y me dice que trabaja por las tardes para una empresa extranjera. —Fermín prosiguió componiendo una mueca incrédula con los labios y sacudió varias veces la cabeza al tiempo que se le formaban en la frente arrugas como cauces secos—. Hace poco —continuó—, me pidió que sacara de la caja fuerte de la oficina unos planos de un hospital. Según me dijo, era su proyecto fin de carrera que usted tenía allí guardado para revisarlo y que hasta ahora no le había prestado ninguna atención. Solo quería que lo fotocopiara para poder seguir trabajando en él, y luego volverlo a dejar en la caja fuerte. Le pregunté por qué no se lo pedía a usted y me contestó que para no agobiarlo y porque podría ofenderse si se lo reclamaba. Aunque no me convenció mucho la explicación, lo conozco muy bien, hice lo que me pidió porque en realidad no estaba robando nada.

Entró en el estudio cuando todos se habían marchado, sacó el proyecto y lo fotocopió como otras veces en las que Duarte le había pedido echar una mano en la oficina. Sin embargo, antes de salir, algo se le retorció en su interior. ¿Y si me estuviera engañando? ¿Y si lo estaba metiendo a usted en un lío?

—Fermín, verá…

—Espere, espere. —El viejo conserje adelantó el brazo con la mano abierta—. Mire, lo bueno que tiene la vejez es que se han recorrido muchos caminos. Y en realidad no hay tantos como creemos, al final uno siempre acaba repitiendo sendero. A lo mejor le parece chocheo de un viejo tonto, pero tuve la impresión de que mi Engracia me avisaba cuando iba a salir del despacho: «No saques la carpeta». Se me ocurrió de pronto, o quién sabe, a lo mejor ella me iluminó. Me acerqué a la mesa de Charo para coger la llave del armario donde se guardan los proyectos, saqué una de las carpetas y después de fotocopiar los planos, los cambié por los del hospital hasta ver el comportamiento de Nacho. Porque otra cosa no, pero a mi Nacho lo conozco y sé cómo se comporta. Luego ya decidiría. —El conserje levantó un momento la mirada y escudriñó la cara de Carlos con el gesto de un reo al observar el hacha ensangrentada del verdugo antes de cortarle la cabeza.

Duarte movió de arriba abajo la barbilla invitándolo a seguir. En el fondo agradecía que aquella fuera la causa por la que había sacado el proyecto de la caja fuerte. Y, por otro lado, el viejo conserje no se imaginaba el favor que le había hecho al cambiar los planos. Aquel inocente acto le permitiría matar dos pájaros de un tiro: Martina y Nacho.

Hacía poco habían aparecido por allí a las tantas de la noche, continuó. Querían que los acompañara a la oficina para buscar la dichosa carpeta. No sabían que él ya la había sacado de la caja fuerte y la tenía guardada allí. No entendía por qué los jóvenes consideraban tontos a los viejos, criticó después de emitir un chasqueo con la lengua y suspirar.

—Me contaron una milonga sobre que la policía iba a entrar en la oficina y se llevaría los papeles, a usted lo iban a meter en la cárcel, que mi Nacho iba a perder el proyecto. —Fermín iba realizando círculos con el dedo índice derecho conforme enumeraba—. Lo que me remató fue que la señora Martina empezara a llorar sin lágrimas mientras me pedía que sacáramos el proyecto para que Nacho construyera el hospital en nombre de su padre. Les entregué la carpeta con los planos falsos y se marcharon. Me alegré de que me mi Engracia me avisara. Desde entonces no sé nada de él. Y ahora, don Carlos, estoy a su disposición. Lo que decida lo daré por bueno.

Carlos echó el cuerpo hacia delante, colocó los codos sobre las piernas y cruzó los dedos con la vista puesta en ellos. Él también agradecía a Engracia aquel aviso; y tanto que lo agradecía. Levantó la mirada. El anciano esperaba alguna respuesta. La frente hendida de arrugas, las mandíbulas apretadas y los ojos puestos en las manos, que no dejaba de refregar una contra otra, mostraban su preocupación. Recordó que nunca le había dicho, ni a él ni a Nacho, que Duarte & Larralde fue quien trajo de Navarra y pagado la elevada factura del doctor Andrés de Irazábal para que operara a su mujer del corazón. Les hicieron creer que el eminente cardiólogo estaba interesado en la operación para luego recrearla en un nuevo libro sobre determinadas cardiopatías. Quién sabe, tal vez ahora Engracia le estaba devolviendo el favor.

—Fermín, aunque no me gusta lo que has hecho, no voy a tomar ninguna represalia contra ti. No podría. Y te agradezco que hayas sido tan sincero conmigo. Hubiera bastado con negar los hechos y yo no tendría pruebas para acusarte. —Le pareció que los ojos claros del bedel se volvían más acuosos. Los suyos también. Esperó aún un poco hasta que se disipó la neblina y se armó de valor—. Ahora tengo que darte una mala noticia. —El semblante del viejo conserje permaneció hierático, de manera semejante al de un avezado jugador de póker que intuye la jugada del contrario—. A Nacho lo ha detenido la policía.

35

22 de abril

Antes de llegar, se había planteado si contarle por teléfono la detención de Nacho. Optó por comunicárselo en persona, sería menos sangrante.

Por el espejo retrovisor el pueblo de Patones se alejaba fundiéndose con el entorno. Entre las aletargadas casas de piedras oscuras, había dejado al viejo bedel sumido en el desconsuelo. «Pobre hombre, después del varapalo de la muerte de su mujer, ahora esta fea historia del chico». No estaba seguro de si aguantaría. Para distanciarse de los agobiantes sentimientos, observó con atención el medio. Agreste, casi despoblado. Cualquiera de aquellos pueblos adormecidos entre las montañas sería un buen lugar para retirarse con Inés. Aunque sacar a una malagueña de la costa y llevarla a vivir a la montaña es como meter a un ruiseñor en una jaula. Unos minutos más tarde aparecieron al frente las primeras casas de Torrelaguna, cuna del cardenal Cisneros donde se levanta la iglesia de Santa María Magdalena, precioso edificio de estilo gótico isabelino del siglo XIV.

Una repentina llamada en el móvil, que el *bluetooth* se encargó de pasar por los altavoces del coche, le sobresaltó.

—¡Dígame! —respondió un poco alterado.

—Buenas tardes, Carlos.

—Hola, Sabino —algo saltó en su interior. El detective iba a ponerle al corriente de nuevos datos sobre la investigación—. Imagino que ha averiguado quién es el último eslabón de la cadena.

—Ahora el detective parece usted —lo interrumpió.

El investigador privado lo llamaba porque ya tenía preparado el informe con el resultado de sus indagaciones. Solo un detalle se le resistía: no conseguía determinar quién y cómo había sacado el proyecto de la caja de seguridad pues, según usted, nadie conoce las claves. Sabino dejó correr un silencio en espera de alguna respuesta, pero ningún sonido llegó del otro lado del teléfono, así que continuó. Usted tampoco ha averiguado nada, imagino.

—Imagina mal. Yo ya he resuelto ese problema. Siento no haberlo recordado al principio de este lío, pero hay otra persona más a quien yo le he confiado las claves de la caja fuerte, lo había olvidado por completo.

—¿Martina? —preguntó a renglón seguido el detective.

—No, no es ella. La persona a la que me refiero es al conserje, Fermín Andrade, el padre de Nacho.

—¡Acabáramos! —Sabino resopló— ¡Madre mía! Ahora se pueden atar los cabos —otro tiempo silencioso—. Me cuesta creer que haya usted entregado las claves de la caja fuerte a un conserje.

—Fermín Andrade no es solo un conserje, para mí es mucho más.

Otro espacio desierto de palabras.

—¿Me lo puede explicar? Estoy muy interesado en ese tema —resoplido— ¡Maldita sea! Había pasado horas tratando de encajar los nombres de los personajes de la trama como posibles autores con capacidad para abrir la caja de seguridad y no le cuadraba ninguno. Incluso se había puesto en contacto con el mejor cerrajero de Madrid para aprender las dificultades de abrir una FAC, serie 100, le reprochó.

Pensó Carlos mientras lo escuchaba que él no tenía la culpa de ello. Si se hubiera acordado de aquel detalle al principio, se lo habría referido sin duda. Cuando dejó de despotricar, intervino de nuevo.

—De verdad lo siento, Sabino —trató de justificarse y le relató el motivo por el que Fermín tenía la combinación.

—Sigo sin ver a qué se debe esa confianza en él.

—Es muy largo de explicar —respondió el arquitecto y tomó aire por la nariz—. Bueno, sorpréndame, ¿quién me ha estado enviando los mensajes?

El prolongado mutismo del detective le hizo sospechar a Carlos que no iba a darle la respuesta esperada.

—Relájese, Carlos, todo en su momento. Usted tendrá que explicarme esa relación con el conserje que le lleva a entregarle las claves de la caja fuerte, para que yo pueda cerrar el caso. Créame, para mí es importante. ¿Estará libre mañana por la mañana a las once?

—Sí, sí, claro —afirmó lleno de ansiedad—, pero usted debería…

—Bien, mañana le espero en mi despacho a la hora acordada y le entregaré el informe completo. Después de esta última información necesito ajustar algunos detalles. Si no le importa, traiga el resto del pago de la factura en *cash*. Aquí no disponemos de tarjetero. Hasta mañana.

—Pero entonces…

Las palabras se mezclaron con el repetitivo bip de corte de la comunicación.

«¡Pero será estúpido! ¿Quién coño se cree este tío? ¡Yo soy el que te pago!».

Poco a poco fue calmándose, qué remedio. Los gritos y el pellizco en la barriga más aquella idea maquiavélica de estrangularlo en cuanto volvieran a coincidir deberían esperar hasta el día siguiente. Estaba en sus manos. Quizá la urgencia de dinero había llevado al detective a adelantar las conclusiones de la investigación. Tomó aire por la nariz y volvió a hurgar entre sus propias cenizas. Ya empezaba a estar cansado de aquello. Mañana se acabará todo. En cuanto sepa quién está detrás de este estropicio, lo pongo en manos de Miguel Noguera y me largo para Málaga.

Lo que empezó como una preocupación por unos mensajes amenazantes se había convertido en un torbellino de barbaridades hasta el extremo de haber perdido por el camino a Lydia.

***

—¿Es usted Cecilia Larralde?

—No, ella es mi hermana —Martina observó con el ceño fruncido a la pareja situada frente a ella al otro lado de la puerta. «Nada bueno traen estos».

La chica, rubia, pizpireta, bajita, de ojillos nerviosos y claros, llevaba el cabello rubio recogido en una cola de caballo. (Pantalón vaquero, camisa blanca, chaquetilla corta de cuero negra, deportivas de varios colores). Parecía rayar los veinte, aunque podría pasar de los treinta. El compañero, sin embargo, tuviera los años que tuviera ella, la doblaba en edad. Y en volumen. (Traje marrón bastante ajado, camisa de cuadros verdes y rojos y los zapatos… Los zapatos imposible saber el color. Tras la costra de suciedad podría ocultarse el negro, el azul o, tal vez, un verde oscuro).

—¿Quiénes son ustedes?

—Policía, señora —respondió el musculoso estirando un cuello inexistente y mostrando una placa sacada con habilidad del bolsillo interior de la chaqueta marrón—. ¿Es usted la Cecilia Larralde?

Martina fue a responder, pero la voz de su hermana la interrumpió:

—¿Quién es, Marti?

Cecilia se detuvo al llegar al final del pasillo. Venía envuelta en un albornoz verde pistacho y la cabeza enrollada por una toalla blanca a modo de turbante.

—Somos de la policía, señora —repitió.

36

23 de abril

—Por favor, Maricarmen, que no nos moleste nadie.

La secretaria lo acuchilló con la mirada antes de salir y cerrar la puerta tras ella. Luego el detective invitó a Carlos a que se sentara y él se dirigió con lentitud al otro lado de la mesa.

Voy a informarle de mi investigación —continuó Sabino—, pero tenga paciencia, hay muchos detalles que quiero aclararle.

En vista de la abultada carpeta de papeles que había sobre la mesa, Carlos se reclinó un poco en el asiento ante la sospecha del despliegue de información que Sabino Holgado le tenía preparado. Con estudiada lentitud se colocó las gafas, la abrió, extrajo un folio y empezó a ojearlo.

—Cuando alguien pone sobre mi mesa un caso en apariencia sencillo, como el que traemos entre manos, siempre suelo dejarlo a un lado para mirar en otras direcciones. Ya sabe, la estrategia del prestidigitador que muestra la mano con la pelotita al púbico mientras el truco lo está realizando con la otra, que es a la que nadie le presta atención. —El detective cambió de postura en el asiento—. Esto me acarrea no pocos problemas. Me traería más cuenta limitarme al caso en concreto y dejar de remover con el palo la mierda de los demás. Pero no puedo remediarlo, lo llevo en la sangre, necesito llegar al fondo de las cosas. Lo primero que llamó mi atención fue su preocupación por el problema del hospital aquel que salió ardiendo. A los dos minutos de nuestra primera charla ya me estaba hablando de él. Como el que va al confesionario y quiere deshacerse del pecado más gordo cuanto antes. Al poco recabé información sobre el proyecto Hospisa en la Escuela de Arquitectura y, mire usted por donde, descubrí que la empresa proveedora del material eléctrico y la instalación, Electroshop, pertenecía a Millán Pancorbo. Algo me hizo sospechar, no sé, tal vez la intuición de viejo sabueso, que aquella coincidencia y el incendio estaban relacionadas y volví a solicitar el proyecto días más tarde.

—No tuvo nada que ver una cosa con la otra —intervino un poco nervioso Carlos.

—Lo sé. —Lo calmó Sabino apaciguándolo con la mano—. Pero al ojearlo otra vez con detenimiento sin saber muy bien lo que buscaba, algo llamó mi atención. Una de las hojas del epígrafe donde aparecía el generador provocador del incendio estaba suelta, daba la impresión de que alguien con prisa había cambiado aquella parte del proyecto y la había dejado fuera. —A Sabino no le pasó por alto que Carlos tragara saliva un par de veces—. Su secretaria...

—Charo.

—Sí, Charo. Buena colaboradora y buena chica. Le pedí que me enseñara algunos proyectos posteriores al del hospital y otros con fechas anteriores. Es curioso que la mayoría de los proyectos anteriores a Hospisa, aparecía como proveedor de la parte eléctrica Millán Pancorbo. Sin embargo, después del desgraciado accidente la empresa Electroshop desapareció de sus edificios.

—Después del accidente descubrí que me engañaba con las especificaciones y prescindí de él. —Carlos había hecho la aclaración a modo de disculpa, como arrepintiéndose de haberlo contratado alguna vez.

—Es lo que había supuesto.

Ambos se contemplaron en silencio.

—Millán era un sinvergüenza, Carlos.

—Lo sé.

—Pero no por el cambio en la sección de los cables o por la mala calidad del material que proveía a las obras. Había acciones mucho más graves. Era un aficionado a las apuestas y a los puticlubs. Tenía embargada la empresa y debía dinero a medio mundo. ¿Sabía que después de ponerlo usted de patitas en la calle seguía trabajando para Duarte & Larralde?

—¡Eso es imposible! —Carlos se había apoyado con ambas manos en los brazos del sillón para levantar unos centímetros el cuerpo del asiento, exaltado.

El detective aplastó con los codos la carpeta, leyó algo del folio que mantenía entre las manos y lo miró por encima de las gafas.

—Intelectric. Con el nombre de esa empresa siguió trabajando a sus espaldas.

—Pero…

—Nacho Andrade. Otro prenda de cuidado. Según ha averiguado la policía, este le propuso a Millán cambiar el nombre de la empresa con el fin de que no apareciera en los proyectos la de Electroshop. Claro está, el arquitecto técnico le cobraba a Millán el tres por ciento de la facturación —Carlos empezó a sentirse mal. Casi no podía respirar—. Pero hay más —continuó el detective sacando otro folio de la carpeta—, el señor Andrade tenía montada una red clientelar difícil de imaginar por una mente sana. Controlaba todas las empresas auxiliares: carpintería, fontanería, carpintería metálica, encofrados, impermeabilizaciones, por supuesto electricidad. De todas cobraba entre el dos y medio y el cuatro por ciento de la facturación. A través de un grupo de funcionarios corruptos en varios Ayuntamientos, obtenía información sobre las plicas cerradas de las constructoras que acudían a concurso y metía a la empresa que a él le interesaba incluyendo un sobre con el presupuesto más bajo para que se le adjudicara la obra.

Carlos Duarte escuchaba al detective, lejano, del mismo modo que lo haría si estuviera viendo el telediario. «¿Todo aquello había ocurrido en el gabinete? ¿Dónde había estado él?».

—Pero hay más, mucho más. —Carlos volvió a prestar atención—. Detrás de este raro entramado se encontraban unas mafias encargadas de proporcionar mano de obra barata a estas empresas poco escrupulosas. Personas ilegales. Gente de países del Este y centroafricanos sin papeles que hacían trabajar a destajo. —Dejó un espacio de silencio mientras rebuscaba en la carpeta y sacaba otro folio—. Cecilia también participaba dando cobijo a estas personas utilizando una nave y algunos pisos como «pisos pateras».

—¿Cecilia tenía emigrantes en los pisos alquilados? —se exaltó Carlos echando el cuerpo hacia delante.

—Claro, eso multiplicaba por diez sus ingresos.

—¿Martina estaba al tanto de esto?

Sabino se reclinó en el asiento, se quitó las gafas y se metió una de las pastillas en la boca. Aquel hombre que tenía delante había sido objeto de manipulación por parte de todos. Tal vez debería contarle lo que sabía sobre la relación de Martina con el aparejador y los motivos que la llevaron a denunciarlo, pero pensó que con lo que le había puesto por delante ya tenía suficiente. ¿Para qué añadir más leña al fuego? ¿Acaso no mantenía él otra relación con Inés?

—No. Ella no tenía ni idea de este entramado —contestó lacónico—. Y ahora, para cerrar mi investigación, me gustaría saber qué clase de relación mantenía usted con Fermín Andrade para que el conserje del edificio tuviese la combinación de la caja fuerte.

Después de un pormenorizado relato sobre la figura de Fermín Andrade, ambos permanecieron contemplándose unos instantes. «Ahora quiero la información final», le pedía el arquitecto con aquella mirada. Entonces Sabino Holgado abrió la carpeta, rebuscó entre los papeles y sacó un sobre.

—Dentro está el nombre de la persona que le ha estado mandando los emails.

Carlos lo cogió con manos trémulas, levantó la solapa y sacó una nota escrita a mano.

El arquitecto dio un respingo y se puso de pie de un salto, con la cara descompuesta.

—¡No puede ser!

***

La tarde se mostraba cálida. Alejo Mendoza y Sabino Holgado se encontraban sentados a una mesa en el chiringuito del Ángel Caído, en el Parque del Retiro. Por el paseo de Uruguay caminaban distraídos ancianos de paso lento, niños chillones correteando por los senderos y jóvenes de risa fácil.

Alejo alargó el brazo para coger una aceituna con los dedos.

—Así que el que sacó los documentos de la caja de seguridad fue el conserje. ¡Qué cosas!

—Bueno, al parecer la relación con ese señor partía de cuando Duarte era un niño. El padre de Duarte y el conserje eran más que amigos. El arquitecto incluso pagó la factura de una costosa operación a la mujer del tal Fermín, aunque él nunca se enteró. —Mendoza se llevó la jarra de cerveza a los labios y miró hacia la rosaleda—. Ya está cada oveja en el redil. —El inspector se pasó la lengua por el labio superior para recoger la espuma y fue a por otra aceituna—. ¿Sabe algo el arquitecto de la relación de su mujer con el aparejador?

—No he querido comentarle nada de eso, aunque como no es tonto algo sabrá. De todas formas, él también mantiene una relación.

—Entre los papeles de Millán Pancorbo, han encontrado pruebas que relacionan al arquitectillo con la muerte del cuñado de Duarte y, al parecer, hay otras «lindezas». —Alejo abanicó el aire con la mano—. Si cuando yo digo que los Reyes Magos no traen BMW porque pesan mucho. —El policía arrugó la frente y volvió la vista hacia el paseo de Uruguay—. Es curioso cómo se puede torcer la vida de una persona. A pesar del caos existencial en el que estamos inmersos solo percibimos información inmediata y creemos que es nuestra realidad, sin embargo, no somos más que un hilo de la enorme madeja que conforma nuestra vida.

—Muy filósofo estás tú hoy. —Sabino sonrió.

—Cierto —aceptó Mendoza—. Cada vez que concluyo un caso, tengo una sensación enorme de vacío y trato de buscar una explicación lógica. Porque, si te das cuenta, todos, sin excepción, podríamos formar parte de cualquiera de estos entresijos que nos traemos entre manos.

Sabino miraba a su amigo con curiosidad, recordando la de veces que se habían sentado a tomar una cerveza después de concluir una investigación.

—Cada uno de nosotros tenemos un grupo de ángeles y otro de demonios dentro —intervino Sabino—. Mientras ambos grupos estén agazapados la vida fluye con normalidad, lo malo es cuando se revolucionan y alguno de los bandos quiere salir. Anda, vamos a dar un paseo y luego buscamos un sitio para cenar. Por cierto, te recuerdo que hoy pagas tú.

—Sí, pero las cañas no, ¡eh! A ver si te crees que voy a estar de paganini toda la tarde.

—No te preocupes, roña, las pagaré yo, no sea que te arruines, hombre.

Ambos se pusieron en pie para dirigirse a la barra del mostrador.

—Imagino que con lo que te haya liquidado el arquitecto le habrás pagado a la secretaria —apuntó Mendoza.

—Calla, calla. En cuanto Duarte salió por la puerta, entró como un torbellino en mi despacho con la mano abierta: «Liquídeme lo que me debe». —Sabino holgado atipló la voz imitándola—. Pero el asunto no quedó ahí.

—¿Ah, no?

—No. Después de liquidarle lo que le debía y contar el dinero tres veces, me exigió: «Si quiere que siga trabajando con usted, me tiene que acompañar a la feria de San Isidro».

—¡No!

—Sí.

—¿Y?

—Pues de aquí al quince de mayo ya veré lo que hago. A pesar de los trastornos que me causa y los pocos asuntos que me solventa, no me hallo sin ella.

—¡Madre mía! Te veo con la gorrilla a cuadros bailando el chotis con tu secretaria. ¿Le vas a tirar los tejos?

—Vete a hacer puñetas, anda.

37

24 de abril

En nada se parecía al crío con el que jugaba de pequeño. Sin embargo, en sus sentimientos, en su fuero interno, lo seguía viendo como tal. Para evitar mirarlo de frente puso la atención en el remolino que se formaba al remover con la cucharilla el café de la taza y, sin levantar del todo los ojos, se fijó en las manos de su hijo: dedos largos, uñas y cutículas bien recortadas. Quizás la chica con la que convivía, ¿cómo se llamaba? Mónica; sí Mónica, le hacía la manicura. O ¿quién sabe?, a lo mejor había cambiado tanto como para hacérsela él. «Álex, ¿estás de luto?». «No, ¿por qué?» «Entonces habrás estado cogiendo carbón. Mira cómo tienes las uñas». La respuesta, si la había, concluía en encogida de hombros.

Le había citado por teléfono el día anterior en una terraza que ambos conocían, cerca del estudio de arquitectura y, aunque Álex en un principio había intentado escabullirse, Carlos se mostró tajante. «Alejandro, mañana a las seis te espero en la terraza del bar Avenida». La contundencia y el tono no dejaban opción y aceptó la cita con un «está bien», resignado.

Contra pronóstico, no llegó tarde. Cinco minutos después de la hora acordada. Hombros caídos, miraba baja, tensión reflejada en el rostro.

Acompañó el lacónico «hola, papá» de un roce en la cara a modo de beso protocolario y desganado, antes de sentarse frente a él.

—¿Qué quieres tomar? —serio.

—Una Coca-Cola me irá bien.

Era la primera vez que iba a abordar un tema delicado con él y desconocía su reacción. A los Larralde no les gustaban las humillaciones y Álex tenía mucho de Martina en ese sentido. Carlos se lleva la taza a los labios, sopla el café y bebe un pequeño sorbo mientras observa la actitud de su hijo. Gira el vaso, pierde la vista en el deambular de los viandantes. Balancea sin parar la pierna derecha, cruzada sobre la otra. Sin duda sabe para qué lo ha citado allí y permanece expectante, al igual que los defensores de un castillo antes de ser atacados por el enemigo. Carlos da otro pequeño sorbo sin dejar de observarlo y deposita la taza sobre el platillo.

—Alejandro —el chico se giró y lo miró de frente—, voy a ir directo al grano. Estoy recibiendo en uno de mis correos emails amenazadores que me han tenido en vilo. Incluso me he visto obligado a contratar a un detective para que me ayudara a descubrir quién los mandaba. —Álex se removió en el asiento y echó el cuerpo hacia adelante para decir algo, pero Carlos continuó sin darle tiempo a abrir la boca—. Sé que los has mandado tú y me gustaría que me explicaras por qué lo has hecho.

El chico desvió la mirada, ahora acuosa, penetrante, mientras apretaba las mandíbulas para tratar de minimizar los efectos de la ansiedad.

—Lo sabíamos desde hace días, papá.

—¿Cómo que lo sabíamos? ¿Quiénes lo sabíais? ¿Eso qué quiere decir? —Carlos subrayó la tensión acumulada mirándolo con fijeza.

Su hijo agachó la cabeza, detuvo la vista en el vaso de Coca-Cola y empezó a girarlo de nuevo, sin emitir palabra.

—¡Estoy esperando una explicación, Alejandro!

Ambos se aceptaron las miradas. Carlos se reclinó sobre la silla esperando la justificación y Álex se removió de nuevo, molesto.

—Hace unos meses —la voz salió ahogada de la garganta, áspera—, volví a casa de madrugada y, al pasar por tu despacho, vi el ordenador encendido. Oí ruidos en el váter y pensé escribirte algo para gastarte una broma, pero me sorprendió ver en la pantalla un mensaje de una tal Inés. Hablaba de amor, de pasión y de unos sentimientos imposibles de admitir en mi cabeza si no estaban relacionados entre mamá y tú. —Carlos se hundió un poco al ser consciente del posible daño causado por el mensaje.

Aquella noche regresó al apartamento de Mónica y durmió allí. Bueno, en realidad nos pasamos la noche en vela, ideando un plan para intentar romper aquella relación antes de que se enterara mamá.

—En el rostro de Carlos se dibujó una sonrisa precipitada y nerviosa mientras lo observaba con un nudo en el estómago.

La confesión era el descargo del lastre acumulado. Ahora lo miró con condescendencia. ¿Cómo explicar a un hijo, ilusionado con sus padres, ejemplo de equilibrio familiar, la situación real del matrimonio?

—No me gusta la idea de vivir con unos padres separados —continuó Álex y se detuvo un momento—. Mónica está estudiando ingeniería electrónica y por medio de un amigo suyo conseguimos entrar en tu ordenador.

—Álex —lo interrumpió—, con independencia de tus buenas intenciones, no sé si eres consciente del daño que has causado.

—Lo sé. —Tragó saliva—. Yo solo pretendía asustarte. Pensé que aquella historia podría ser un ligue sin más.

—¿Un ligue? —volvió a interrumpirle algo indignado—. ¿Me ves a mí con pinta de ligón?

—Bueno, no sé. En aquellos momentos no lo pensé.

—Esto que voy a contarte puede ser duro, incluso difícil de entender. El matrimonio entre mamá y yo ya hace mucho que dejó de funcionar, Álex. Mucho. —El chico lo miró con gesto interrogativo—. Estos años han pasado por nuestro lado sin pena ni gloria. Cada uno en nuestro sitio, sin molestarnos, sin inmiscuirnos en la vida del otro. Hace unos meses apareció Inés en mi vida. Ella no ha venido a suplantar a tu madre ni a desplazarla hacia ningún lado. Cuando Inés llegó, tu madre ya no estaba. Sé que es duro para ti, pero es la realidad. Esto no quiere decir que yo la odie. ¡Para nada! ¡Ni mucho menos! Pero cuando la relación no funciona, es mejor dejarla. Tú mismo has tenido con Mónica una separación, ¿no? Y no me gustan las comparaciones porque no se justifican.

Álex permanecía con el gesto bloqueado, sin pestañear, indefenso, como cuando de pequeño lo pillaban en una mentira.

—Ya no eres un crío y no voy a seguir tratando de justificar nada —continuó Carlos después de tomar aire por la nariz—. No tengo nada que reprochar a tu madre ni tampoco nada de qué arrepentirme. Dentro de poco terminarás tu carrera y te espera un estudio de arquitectura que dirigir. Es más, a partir de este momento deberías tomar las riendas del gabinete. El equipo, una vez eliminado el garbanzo negro, es inmejorable y no vas a tener ningún problema. Esto no significa dejarte en la estacada, pero sería conveniente que fueras acercándote a lo que será tu futuro.

—¿Y tú? —la pregunta estaba impregnada de sorpresa.

—Yo abriré un nuevo estudio de arquitectura en Málaga. Hasta que termines la carrera y estés al corriente del funcionamiento, me haré cargo de los dos. Luego te entregaré el de Madrid y lo gestionarás tú solo. —La mirada de Carlos, perdida en el rostro de su hijo, trataba de averiguar la reacción del chico ante la propuesta.

Un denso silencio ocupó el espacio entre los dos.

Álex agachó la cabeza y la levantó enseguida. Lamentaba los problemas causados y se arrepentía de no haber sabido permanecer al margen de la relación con su madre.

—No te arrepientas. —Sintió cómo se desinflaba ante la sinceridad de su hijo y resopló—. En el fondo has actuado como lo hubiera hecho yo.

Álex adelantó el cuerpo. Aquella mirada cálida era la de un animal en busca de consuelo.

—¿Sabes qué?, me gustaría empezar a trabajar contigo.

Carlos lo contempló.

—La idea me parece genial. Formaremos un equipo. Siempre he pensado que no querrías trabajar conmigo.

Álex sonrió.

Nunca había dicho nada de eso, pero no quería sentirse influenciado por su modo de trabajar. Un arquitecto, según sus propias palabras, es una artista que tiene que desarrollar su creatividad.

El tiempo se dilató unos instantes mientras Carlos volvía a saborear el café y lo miraba por encima de la taza.

—¿Cómo sabías lo de…?

—¿Lo del incendio del hospital? ¿Hospisa? —Álex había tomado el vaso y bebió también antes de responder—. Eso lo sé desde hace tiempo. Un día llegué a casa del abuelo Iñaki en Getxo, dejé la bici en el jardín y entré por la cocina. Hablaba acalorado con alguien de un dinero que debía y prometía pagarle nada más vender la casa. En cuanto se marchó, me dejé ver. Estaba muy nervioso, deprimido. «El maldito hospital me va a matar». Sin yo preguntarle nada, me relató la historia completa. Si aquello salía a la luz, sería la ruina de los Larralde. Luego me hizo prometer que nunca hablaría con nadie del tema.

—¡Madre mía! ¿Por qué nunca me dijiste que lo sabías?

—Aquello dejó de tener sentido para mí hasta que descubrí esta historia.

Una hora más tarde se levantaron y se dieron un abrazo. Aunque Carlos evitó hablar de la vileza de su madre al tratar de meterlo en la cárcel, sí le explicó lo que había estado ocurriendo alrededor de Duarte & Larralde, las tramas de corrupción del arquitecto técnico, la implicación de Millán Pancorbo y, con cierta sutileza, los trapicheos de Cecilia para sacar tajada del trapicheo.

—¿Mamá sabía algo de esto? —Esperó expectante la respuesta y, cuando escuchó «no», se relajó hasta el extremo de que su cara recobró el color que había perdido cuando empezó el demencial relato.

Carlos lo vio alejarse por la acera con las manos en los bolsillos, cabizbajo. No había consentido que lo llevara en el coche a ningún sitio. Iba a buscar a Mónica y prefería ir paseando. No le gustaba verlo sufrir, pero era la situación que la vida le había puesto por delante y tendría que aceptarlo.

Ya en el coche y antes de arrancar, marcó el número de Inés.

«Sí, ya he hablado con él».

«No sé lo que hacer. Estoy muy confuso. El caso del hospital planea sobre mi cabeza como una espada de Damocles y no pienso estar así el resto de mi vida. Quiero empezar contigo una nueva etapa, pero limpia de polvo y paja. Si tengo que pagar por lo que hice, lo pagaré».

«Sé que vas a estar siempre ahí, Inés. Lo sé».

Cuando colgó arrancó el coche y se sumergió despacio en el torrente de circulación de la Castellana, buscó en la agenda el teléfono de Miguel Noguera y apretó el botón de llamada desde el volante del vehículo.

«Voy a llevar el caso Hospisa ante el juez, Miguel».

El abogado se indignó. Quería verlo al día siguiente en el despacho a las ocho de la mañana. «¡Ni se te ocurra dar un paso por tu cuenta!», le pidió enfurecido.

Carlos respiró tranquilo, como si se hubiese quitado un gran peso de encima. Sonriente volvió a la agenda del teléfono y marcó otro número.

—¡Por Dios, jefe, que una no está para estas impresiones!

—Bueno, Charo, lo prometido es deuda, esta noche nos vamos a cenar tú y yo.

Se extendió un silencio sepulcral.

—¿Charo estás ahí?

—Sí, sí, sí —se apresuró a responder.

—Bueno. ¿Y?

—Pues…, que esta noche ya he quedado.

—Madre mía, Charo. Si es que tienes la agenda a tope. Y, ¿se puede saber quién es afortunado?

—Pues… —dudó unos instantes—, Sabi me llamó ayer para invitarme a cenar.

—¿Sabi? ¿Te refieres a Sabino Holgado?

—Sí.

FIN

Agradecimientos

A mi editora Ángeles López.

A Mayte Cortijo Higuera por sus correcciones y puesta a punto de esta novela.

A mi amigo y asesor literario, Pablo Barrena García.

A mi amigo Javier de Haedo Navarro por su asesoramiento en los temas jurídicos.